古典文獻研究輯刊

十四編

曾永義 主編

第 15 冊

王學奇論曲（中）

王學奇 著

國家圖書館出版品預行編目資料

王學奇論曲（中）／王學奇 著 — 初版 — 新北市：花木蘭文
化出版社，2016〔民 105〕
目 4+264 面；19×26 公分
（古典文學研究輯刊 十四編；第 15 冊）
ISBN 978-986-404-815-1（精裝）
1. 王學奇 2. 元曲 3. 曲評
820.8 105014958

ISBN-978-986-404-815-1

9 789864 048151

古典文學研究輯刊
十四編 第十五冊 ISBN：978-986-404-815-1

王學奇論曲（中）

作 者	王學奇	
主 編	曾永義	
總 編 輯	杜潔祥	
副總編輯	楊嘉樂	
編 輯	許郁翎、王筑	美術編輯 陳逸婷
出 版	花木蘭文化出版社	
社 長	高小娟	
聯絡地址	235 新北市中和區中安街七二號十三樓	
	電話：02-2923-1455／傳真：02-2923-1452	
網 址	http://www.huamulan.tw 信箱 hml810518@gmail.com	
印 刷	普羅文化出版廣告事業	
初 版	2016 年 9 月	
全書字數	497869 字	
定 價	十四編 21 冊（精裝）新台幣 36,000 元	版權所有·請勿翻印

王學奇論曲（中）

王學奇　著

目次

上　冊

第一輯

中　冊

下　冊

第四輯

簡論元雜劇的衰落和傳奇的興起

王學奇

一、元雜劇的衰落

　　元雜劇的黃金時代，是在蒙古滅宋以前，即元太宗窩闊台滅金（1234）到至元十三年（1276）滅宋這四十多年期間，史稱第一期。第二期是在滅宋以後，到元順帝至正年間，即公元 1277 年到 1340 年這六十年左右。這個時期，作家、作品已不如前期繁榮昌盛。第三期至正時期，即從公元 1341 年至1367 年這二十多年，亦即元末時期。這一期的作家、作品，就更形寥落了。

　　所以如此，其原因在哪裏呢？我看有下述四點：

　　（1）元統一之初，統治者「以弓馬之利取天下」，並沒有一套治理統一的封建帝國的政治措施和經驗。立國既久，元蒙統治者認識到要鞏固統治，就需要儒家的一套，開始接受治國平天下的道理。元仁宗曾對佛、儒兩家發表過這樣的評論：「明心見性，佛教為深；修身治國，儒道為切。」又說：「儒者可尚，以能維持三綱五常之道也。」〔註1〕於此可見，在元代中、後期，統治者已經比較充分地認識到儒家思想對於鞏固封建統治的重要性了。馬克思、恩格斯說：「統治階級的思想，在每一時代都是佔統治地位的思想。」〔註2〕因此，統治階級的思想，不能不在各個方面反映出來。首先是在哲學方面，它繼承了南宋道學家的傳統，極力推廣腐朽反動的程朱理學，把封建道德思想，灌輸給人民。在文人中的惡劣影響尤較普遍。就上層知識份子來說，不僅由於他們受到傳統思想教養，也由於向上爬的政治慾望需要倚靠統治階級提倡

〔註 1〕　《元史・仁宗紀》，中華書局版。
〔註 2〕　《德意志意識形態》第一卷第一章，《馬克思、恩格斯選集》第一卷第 56 頁。

的儒道。至於雜劇作家，雖然出自下層的人物較多，但其固有的封建倫理道德觀念，通過統治階級的倡導也加強了。因之雜劇中產生了不少宣揚封建道德的作品。尤其在後期大量出現的歷史劇中，這種現象更爲明顯。例如秦簡夫的雜劇《趙禮讓肥》，是根據《後漢書‧趙孝傳》編寫的。內容寫的是趙禮、趙孝兄弟的孝悌和信義行爲，感動了吃人心肝的強盜，致使強盜投軍報國。此劇極力美化封建的倫理道德及其教化的力量。再如楊梓的雜劇《霍光鬼諫》。劇中霍光的形象與歷史上權傾天下的重臣全然不同，而是一個對「霍光之禍」早有預見，忠君不惜滅家滅族，死了也要給皇帝託夢，不鏟除君王身邊的隱患，死不瞑目的形象。再如鄭德輝的雜劇《伊尹耕莘》，是寫伊尹如何幫助方伯滅夏興商，表現了一片忠心。再如雜劇《豫讓吞炭》，是寫戰國時晉大夫對其主子智伯的忠義的事跡。其實這些劇本皆旨在託古喻今。據元‧姚桐壽《樂郊私語》云：「今雜劇中有《豫讓吞炭》、《霍光鬼諫》、《不伏老》，皆康惠自製，以寓祖父之意，第去其著作姓名耳」。按楊梓死後，追封弘農郡侯，諡康惠。由此看來，這裏歌頌的忠臣義士，都是爲統治階級服務的。它和元代前期某些歷史劇，如《單刀會》等宣揚的愛國主義以及《五侯宴》等宣揚的濟弱鋤強的精神，兩相比較，顯然黯然失色。

（2）從蒙元統治者對待漢族知識份子態度方面說，是十分歧視、極力排斥的。「蒙古用人，國族勳舊貴遊子弟爲先」。〔註3〕對被征服的漢人、南人很不放心。因此，科舉取士制度，拖延七、八十年沒有舉行。隨著元蒙統治的鞏固，統治者對漢族知識份子的態度，有所改變，於仁宗元祐元年（1314）開始恢復科舉制度。雖然通過科舉，不見得能眞正網羅優秀人才，每科取士的數量也不大，而且因爲繼續推行民族歧視政策，漢人、南人中舉的仍比蒙古、色目人困難得多，但和元初比較起來，總算給讀書人開闢了一條仕進的道路。它對緩和當時讀書人對蒙元統治的不滿起了一定的作用，還引誘了他們把注意力轉移到舉業上，再加之「試藝以經術爲先」，〔註4〕考題多出自朱熹注的「四書」，要想應就得埋頭故紙堆中，把思想納入儒家的道統。同時，又因爲統治者部分地緩和了民族矛盾，一定程度地沖淡了某些讀書人的亡國之痛，於是開始對元代統治者抱有幻想，對自己的政治前途寄以希望。這種情況，不能不影響後期劇作家的生活和思想，使他們在各種不同程度上逐漸

〔註3〕陳邦瞻《元史紀事本末》第48頁，中華書局版。
〔註4〕《元史》第2015頁，中華書局版。

脫離了人民，使作品逐漸失去戰鬥的精神。這便是元雜劇衰落的又一原因。例如鄭光祖的雜劇《王粲登樓》，在第三折裏，寫王粲因仕途險阻，窮愁交加而抒發的思鄉之情：「塵滿征衣，嘆飄零一身客寄，往常我食無魚彈劍傷悲。一會家怨荊王信讒佞，把那賢門緊閉。」（〔中呂粉蝶兒〕）「我這裏望中原，思故里，不由我感嘆酸嘶，越覺得我這一片鄉心碎。」（〔迎仙客〕）等等。聽來深切動人，令人不由想起鄭光祖客居杭州，志不得伸的窘狀。但劇中心高氣傲的王粲，畢竟由於孜孜營求「功名」，獻上萬言長策，博得皇帝的歡心，最後被加封爲「天下兵馬大元帥」，這不正反映了作者對統治階級所抱的幻想嗎？宮天挺的雜劇《范張雞黍》所反映的矛盾心理，較之《王粲登樓》更爲突出。例如劇中說「今個秀才每遭逢著末劫」，「便有那漢相如獻賦難求進，賈長沙痛哭誰僦問，董仲叔對策無公論」，而刀筆吏、屠沽子、工匠、輿隸之徒，卻個個入省登台，封建侯節。而在劇中憤怒地指出：這些人「都是些肥羊、法酒、人皮囤。一個個智無四兩，肉重千斤。」他們「但學得些妝點皮膚，子曰詩云」，就「輪替著當朝貴，倒班兒居要津」。就是這樣一群蠢貨把仕路（三座衙門：國子監、秘書監、翰林院）堵塞得水泄不通。眞是如劇中所說：「國子監助教的尚書，是他的故人；秘書監著作的參政，是他的丈人；翰林院應舉的，是左右丞相的舍人。」因此，本劇雖是根據《後漢書·范式傳》所寫，反映的卻正是元代知識份子悲慘的處境和元代選舉法的種種弊端。這個劇本，雖然如此酣暢淋漓地抒發了作者的憤懣，和對元代黑暗社會的遣責，但作者的政治理想，仍希望有朝一日能遇到一個像「文王」那樣的善於舉賢任能的人；即使他曾立志「便有那送皇宣叩門，聘玄纁訪問，且則可掩柴扉，高枕臥白雲」，但一旦降下詔書，徵聘他入朝，他還是「手腳張狂」地脫了喪服，表示「朝廷有詔，禮不敢違」，志滿得意而去。像這類反映知識份子思想情況的還很多，例如有的說：「學成文武藝，貨與帝王家。」有的說：「一聲雷震報春光，起蟄龍九重天上」，等等。總之，從作品的總的傾向來看，作者雖對現實不滿，但多出自個人懷才不遇的憤慨，並沒有接觸到社會的根本矛盾和政治痼疾，眼光也沒有超越文人的小圈子，看到廣大人民生活的痛苦。因此和元初有成就的作家如關漢卿等，比較接近下層人民，同情人民疾苦，因而能在作品中傳達人民的呼聲、反映時代的精神面貌，是大不相同的。

（3）戲劇形式不斷的發展，才能豐富表演藝術，較好地反映現實生活。元雜劇從戲劇形式來說，是比宋雜劇和金院本較爲完備。據宋·耐得翁《都

城紀勝・瓦舍眾技》所記宋雜劇情況：「雜劇中，末泥爲長，或四人或五人爲一場，先做尋常熟事一段，名曰艷段；次做正雜劇，通名爲兩段。末尼色主張，引戲色分付，副淨色發喬，副末色打諢，又或添一人裝孤。」又說：「大抵全以故事世務爲滑稽，本是鑒戒，或隱爲諫諍也。」可見腳色不多，演出時間也不長；同時也可以看出雜劇內容的一般情況，尚不脫古時俳優託故事以諷時事的痕跡。據元・陶宗儀《輟耕錄》卷二十五所記金院本情況：「院本則五人：一曰副淨，古謂之參軍，一曰副末，古謂之蒼鶻……一曰引戲，一曰末尼，一曰孤裝，又謂之五花爨弄。」可見金院本腳色也是五人，與宋雜劇相近。和這兩者相比，元雜劇形式有了進一步發展，通常以四折加一至兩個楔子組成，每一折唱辭曲一個宮調的套曲組成，押一個韻。全劇由一個腳色正旦或正末獨唱到底。元雜劇的腳色也相應增多，內容能表現較複雜的故事，意樂上也比較完整，無疑是戲劇藝術的一大進步。

但就戲劇形式的成熟程度來講，元雜劇尚處於初期階段，有其不可克服的局限性。這種局限性首先表現在結構上是一劇四折，形成起、承、轉、合固定的情節程式，而且通常以團圓結局。這樣，就使戲劇矛盾不能充分展開，劇情發展，缺乏變化，最後衝突的解決，也易使觀眾或讀者感到突然。明・臧晉叔早就指出：「故一時名士，雖馬致遠、喬夢符輩，至第四折往往彊弩之末矣。」〔註5〕可見結尾倉促，往往使戲劇矛盾的展開受到限制。又元雜劇受中國傳統說唱文學的影響較大。一個故事，總是從頭說起。平鋪直敘，不甚注意剪裁，因而內容迫切要求突破一劇四折的框框，像《趙氏孤兒》、《五侯宴》、《降桑椹》等劇，根據內容需要，就延長爲五折。有的像《西廂記》更延長爲五本二十折。這在元雜劇形成之初，就已顯露這種先天不足的徵兆。

其二表現在一個腳色一唱到底的局限性上。由一個腳色一唱到底，不論從音樂上還是從舞台效果來看，都是比較沉悶單調的，從社會發展來看，既然現實生活越來越趨向複雜，劇也就隨之要求反映複雜的生活現實，因而腳色也勢必根據需要漸漸增多，實際上劇中主要人物不會只有一個，如由一人獨唱，其他腳色不能充分發揮作用，腳色間彼此密切配合的關係也受到妨礙，不利於人物形象的塑造，不利於戲劇矛盾的展開。故在現存一百幾十種完整的元雜劇中也發現有例外的情況，如：《西廂記》第五本，就是末、旦分擔主唱腳色；旦本《東牆記》第三折亦然。不但如上述主要腳色分唱，其他次要

〔註 5〕臧晉叔《元曲選・序》，中華書局版。

腳色（淨、丑、搽旦等）也有唱一兩支曲子的。如旦本《望江亭》第三折【馬鞍兒】曲，就是先由李稍、張千和楊衙內各唱一句，最後合唱。末本《單刀會》，正末安排了三個人，第一折正末為喬公，第二折正末為魯肅，第三、四折正末才是關羽，也突破了由一人獨唱的規律。諸如此類，例不勝舉。對上述這種複雜情況的存在，目前學術界有三種看法：一是有人認為它是經過明人依照南戲、傳奇的唱法，加以改動，如旦本《張生煮海》，臧晉叔《元曲選》本第三折，忽然變成由正末扮演的長老主唱，破壞了全劇一人獨唱的規律，但較前的明刻選本《柳枝集》，則仍由正旦扮仙姑主唱，保持元雜劇的一般規律。從這兩個版本可以證明其中必有一本是經過明人改動而失去原貌的。二是有人認為元雜劇後期的作品，受了南戲的影響，是作者吸收南戲的唱法以革新元雜劇傳統形式的一種表現。這從元明之際和明初的雜劇作品中，多由上場的各種腳色或分唱、或接唱、或合唱，很少是一唱到底的情況，可以獲得一些證明。三是有人根據《西廂記》、《望江亭》、《單刀會》等早期元雜劇作品的例外情況，認為是元雜劇唱法的「常規」尚未建立之前，在摸索階段中出現的現象。這三種說法各有一定理由，但都沒有令人完全信服的證據，不足以解釋種種矛盾現象。不過卻可以說明一人獨唱到底的形式，與複雜的戲劇內容，是不相適應的。

（4）後期元雜劇南移，也是使它衰落的原因之一。元雜劇前期作家多是北人，活動中心也在北方的京師大都，可以說元雜劇是從北方一個地方戲發展起來的。而後期雜劇作家以南人為主，其中少數是遊宦或旅居在南方的北人，如曾瑞卿是大興人，他「喜江浙人才之多，羨錢塘景物之盛，因而家焉」。〔註6〕其他如宮天挺是大名開州人，鄭光祖是平陽襄陵人，喬吉是太原人，他們都在江浙一帶活動，終此一生。又因為戲劇發展與城市經濟的繁榮有密切關係，且演戲賣藝本身也帶有商業經濟的特點。當時北方經濟發展緩慢，而南方如揚州、鎮江、南京、蘇州，特別是杭州等城市，商業與手工業極為發達，故隨著元滅宋，統一了中國，很多劇團紛紛南下，把戲劇活動中心從大都移到了以杭州為中心的江浙一帶。這一南移，雖使北雜劇的影響波及全國不少地方，但一個地方性的劇種要成為全國性的戲劇，還需要具備不少主、客觀條件。而在封建社會時代，生產水平不高，交通不便，方言各異，經濟發展又不平衡的狀況下，是不易發展的。而且一個地方劇種，一旦離開了土

〔註6〕鍾嗣成《錄鬼簿》卷下。

生土長的環境，它原來為人民所喜聞樂見的地方色彩，便失掉了光輝，因而不但不易得到進一步發展，反而會像移植的花木，種於異鄉的土地，氣候不宜，而枯萎下來。

二、傳奇的興起

傳奇的前身是南戲，於北宋末年興起於南方，和北雜劇有不同的淵源。北雜劇是在金院本的基礎上進一步的發展和演變，而南戲的淵源，據明·徐渭《南詞敘錄》說：「永嘉雜劇興，則又即村坊小曲為之，本無宮調，亦罕節奏，徒取其畸衣、士女順口可歌而已。」同書又說：「其曲，則宋人詞而益以俚巷歌謠，不叶宮調，故士大夫罕有留意者。」可見它最初，只是南方民間的歌舞小戲，很少引起士大夫的注意和重視。故南戲雖逐漸向成熟的方面發展，但在長期內，還是相當粗糙的。以戲文《張協狀元》而論，其結構還比較鬆散，語言還比較蕪雜，形式還比較粗糙。元滅宋後，北雜劇南移。雖然元代統治者懷有偏見，貶抑南音，一時造成「南音漸少北音多」的局面，但由於下述原因，南戲終於成熟起來了：

（1）南戲植根於南方的土壤，為南方廣大群眾所喜愛，具有強大的生命力。它漸漸由粗到精，從思想性、藝術性兩方面漸趨成熟，並影響著其他劇種。在元代初期雜劇呈現繁榮的時代，有些雜劇就曾採用過南曲，如關漢卿的《望江亭》，即其一例。據說馬致遠還寫過南戲《牧羊記》，〔註7〕喬吉也寫過南戲《金縢》。〔註8〕到元代後期，雜劇南移，兩者並存，它們互相競爭而又互相滲透。在南戲由粗變精的過程中，廣泛吸收了北雜劇的精華（如南戲音樂原不甚講究，多是以零散的支曲雜湊而成，後採用雜劇套曲，從而使音樂結構比較完整，便於刻劃人物）作為養料。如蕭德祥是雜劇作家，但也寫過南戲。〔註9〕當時被稱為蠻子漢卿的雜劇作家沈和甫，就是後來在南戲和雜劇中出現的唱腔上的「南北合套」的創始者。這些情況，都充分證明了這一點。在元代末期，南戲更從江浙一帶流入江西、安徽等地，結合當地的原有藝術，進一步蓬勃發展，南戲便逐漸成為南方具有很大影響的劇種。從明初到清中葉，即從十四世紀中葉到十八世紀初，隨著北雜劇日益衰落的同時，

〔註7〕呂天成《曲品》卷上、卷下。
〔註8〕呂天成《曲品》卷上、卷下。
〔註9〕鍾嗣成《錄鬼簿》卷下。

我國戲劇藝術又邁進一個新的發展時期。起初是南戲各種聲腔（如弋陽、海鹽、餘姚、崑山等）並行競爭與交流發展，隨後是崑山腔與弋陽腔戲的崛起盛行。新興的崑山腔和弋陽腔諸戲，繼承了南戲的傳統，又進一步吸收了北雜劇的成果，在戲曲舞台上開創了以南曲為主的傳奇時代。所謂傳奇，「傳其事之奇焉者也，事不奇則不傳」。〔註10〕茲就崑山腔而言，原來在明嘉靖、隆慶年間，音樂家魏良輔集南北曲之大成，對崑山腔進行一次重要的改革，接著又有作家梁伯龍，「能得良輔之傳」，專門編演傳奇《浣沙記》，於是才很快地盛行起來了。明末清初，崑山腔的流傳範圍幾乎遍及全國各地大城市，可以說從明代萬曆到清代中葉是崑山腔劇種的黃金時代。這期間，名家輩出，名作如林。其代表作有《牡丹亭》、《長生殿》、《桃花扇》等傳奇，標誌著這一新的歷史時期是我國戲劇藝術發展的高峰。

（2）南戲在形式上和北雜劇相比，不僅不限折數，也不限由一人獨唱到底。從南戲發展到崑曲傳奇仍是如此。因此崑曲傳奇是繼承宋元南戲而形成的，是和《荊》、《劉》、《拜》、《殺》四大傳奇及《琵琶記》一脈相承的。就篇幅來講，崑曲傳奇，亦為長篇鉅帙，一本傳奇，少則卅多出，多則五十多出，因之往往分為上下兩卷，上卷結束叫「小收煞」，下卷結束叫「大收煞」。上下兩卷的內容，大約正適合富於閒暇的觀眾日以繼夜、通宵達旦兩場演出的需要。這和通常只有四折一楔子的北雜劇是完全不同的另一種戲劇形式。而且在演唱上，凡上場的生、旦、淨、丑等各色，均分派之，各相交流，互為輝映。因此，它能容納較豐富的內容，也能使演員的才能得到比較充分的發揮，從而更便於人物形象的塑造。故明‧呂天成《曲品》卷上云：「雜劇折惟四，唱止一人；傳奇折數多，唱必勻派。雜劇但摭一事始末，其境促；傳奇備述一人始終，其味長。雜劇則孰開傳奇之門，非傳奇則未暢雜劇之趣也。」意思顯然是說：雜劇對傳奇的發展和提高有很大的影響，即所謂「開傳奇之門」，而傳奇吸收了雜劇的長處，而又不為其形式所局限，使戲劇藝術得到豐富和發展，即所謂「暢雜劇之趣」也。這種分析，是很符合實際情況的。

正是由於上述原因，終於使崑曲傳奇繼南戲發展成為全國流行的大劇種，取代了元雜劇的主導地位。

（原載於《天津教育學院學報》1986年第5期）

〔註10〕孔尚任《桃花扇小識》。

論關漢卿的散曲

王學奇　王靜竹

　　我國十三世紀偉大的戲曲家關漢卿，一生共創作了六十多本雜劇和大量的散曲。遺憾的是：長期以來對關漢卿的研究，主要集中在雜劇方面，對於散曲的研究，注意的還很不夠。1957 年由作家出版社編印的《元明清戲曲研究論文集》，在所收六篇研究關漢卿的論文中，沒有一篇是論散曲的；1958 年和 1959 年由中國戲劇出版社編輯的《關漢卿研究》一、二輯，在所收的論文中，也很少論述關漢卿的散曲。1958 年由古典文學出版社編輯出版的《關漢卿研究論文集》，情況比較好些，但在所收二十四篇論文中，也只有兩篇談關漢卿的散曲。〔註1〕出版社在編印關集選本中，也多只收雜劇而不收散曲。只有 1958 年由人民文學出版社編印的《關漢卿戲曲選》收了六篇散曲。1981 年以來國內雖已相繼出版了好幾本元散曲選注，〔註2〕但涉及關氏的散曲，仍爲數寥寥，最多的也只選注了十一篇。難道關漢卿的散曲藝術，眞的不值得我們繼承和借鑒嗎？

　　其實不然。關漢卿現存的散曲，據隋樹森先生編校的《全元散曲》，收有七十二篇（內包括小令五十七篇、散套十三篇、殘曲兩篇）。據吳曉鈴等先生編校的《關漢卿戲曲集》，收有七十六篇（內包括連附錄在內的小令共六十二

〔註 1〕指隋樹森《關漢卿贈朱簾秀套》和胡忌的《一齋的小令》（見《關漢卿研究論文集》，古典文學出版社，1958 年版）

〔註 2〕例如王季思等的《元散曲選注》（北京出版社，1981 年版）、唐圭璋《元人小令格律》（上海古籍出版社，1981 年版）、劉永濟《元人散曲選》（上海古籍出版社，1981 年版）、王瑛《元人小令二百首》（貴州人民出版社，1982 年版）、盧潤祥《元人小令選》（四川人民出版社，1981 年版）、蕭善因《元散曲一百首》（上海古籍出版社，1982 年版）、傅正谷等《元散曲選講》（天津人民出版社，1982 年版）等。

篇、散套十四篇）。其中有的作品，是否能繫於關氏名下，固然尚有爭議或存在可疑之點，但絕大多數是沒有問題的。關氏的散曲，論數量，在元人中僅次於張可久、喬夢符、馬致遠。〔註3〕論質量，關氏的同時代人貫雲石就曾給予很高的評價，列於最優秀者之列，近人鄭振鐸的《插圖本中國文學史》也推稱道：「（關）漢卿作品……比之馬（致遠）、白（樸）、王（實甫），實有餘裕，即其套曲、小令，亦溫綺多姿，可喜之作殊多。」今人羅忼烈在《關漢卿和他的散曲》一文中也說：「關漢卿的散曲雅俗相兼，既不像杜仁杰、王和卿等那麼俗，也不像馬致遠、張可久、喬吉那麼雅，恰到好處，雅俗共賞，在散曲史上是有較高地位的，可惜被雜劇的盛名遮蓋了。」從以上的評價，可以看出，他們都是從各自不同的審美角度肯定了關漢卿的散曲，特別是羅氏還明確指出了關在散曲史上的地位。

但這些評論也有其美中不足之處，即他們評論的基本傾向，也還只是偏重語言的藝術成就，不夠全面和系統。筆者認為：關氏的散曲，不但在藝術上有高超的造詣，思想上也放射著燦爛的光芒，此外，對研究關漢卿它還具有第一手史料的價值。因此，我們今天研究關氏的散曲，除了應當繼續加強探索它的藝術價值，還必須藉助關氏提供的散曲資料，研究關氏的思想、性格、生平事跡，等等。把這三者的研究緊密結合起來，互相發明，至關重要。必須明確：關氏的散曲，是關氏全部創作的一部分，研究好它，也是研究好關氏雜劇的必要的補充。反過來說，當然也是一樣。基於這種初步認識，本文擬就關漢卿散曲的思想、藝術和史料價值，分別談一點粗淺的看法，希望得到大家的指正。

一、關漢卿散曲的光輝思想

關漢卿的主導思想，從他現存的雜劇，已經可以明顯看出：他的滿腔熱情都傾注在被壓迫、被剝削、被侮辱、被損害的弱者方面，而他批判的矛頭，則緊緊針對著那些上自目無法紀的皇親國戚、貪官污吏、奸佞賊子、地主惡霸，下至以訛詐為能事的潑皮無賴等社會蟊賊，盡情鞭撻，毫不留情。有時甚至觸及到他們的總後台皇帝老兒。每當我們讀到這類雜劇時，都被他積極

〔註3〕張可久的散曲，現存小令855首，散套9套；喬吉的散曲，現存小令209首，散套11套；馬致遠的散曲，現存小令115首，散套16套，殘套7套。以上皆根據隋樹森編《全元散曲》。

的、戰鬥的、偉大的人道主義精神所感動。若從關氏散曲反映的內容來看，關漢卿到底是怎樣的人呢？游國恩等人的《中國文學史》第六編《元代文學》一節中寫道：「他（關漢卿）的散曲更多的流露他的消極思想，成就遠不如雜劇。」鄭振鐸曾在《插圖本中國文學史》第四十九章中寫道：「在許多雜劇裏，我們看不出（關）漢卿的思想生平來，但在散曲裏，我們卻知道他是馬致遠的同道，也是高唱著厭世調子的。」對這種提法，我們不能完全同意。

　　當然，我們並不否認，在關氏的散曲中也流露過一些消極的東西，但不知兩位先生具體所指為哪些？是否指以下各篇：

　　　　唱一個，彈一個……想人生能幾何？十分淡薄隨緣過，得磨陀
　　處且磨陀。（〔雙調・大德歌〕《冬》）

　　　　平生肥馬輕裘，何須錦帶吳鈎？百歲光陰轉首，休閒生受，嘆
　　功名似水上浮漚。（〔越調・鬥鵪鶉〕《女校尉》）

　　　　官品極，到底成何濟？歸！學取他淵明醉。（〔雙調・碧玉簫〕）

如果真是指的這幾篇，所謂「消極」說，壓世說，都不能成立，因為蔑視功名，不圖仕進，不作元蒙統治階級的爪牙，不但不能視為消極或厭世，而且還正是愛祖國、愛民族的表現，結合雜劇《單刀會》關羽堅守「漢家節」的精神，更可互相印證。此其一。其二，關漢卿不圖仕進，真是無所事事，想逍遙世外嗎？實則不然。從他創作的大量戲曲作品及領導戲劇界的活動，都可以證明他一向是以飽滿的熱情，作人民的喉舌，揭露社會的黑暗，鼓舞人民去鬥爭。「唱一個，彈一個」，不正是這樣嗎？

　　那麼，他的消極作品究竟何所指呢？今遍翻關氏的散曲，只能舉出〔南呂・四塊玉〕《閒適》和〔雙調・喬牌兒〕來。這兩篇作品，均作於晚年。關氏鬥爭了一輩子，年老體衰，當年的豪氣，不免減退，這是可以理解的。不過，這也要作具體分析，不能簡單地否定。茲先節錄〔四塊玉〕兩段如下：

　　　　舊酒投，新醅潑，老瓦盆邊笑呵呵，共山僧野叟閒吟和。他出
　　一對雞，我出一個鵝，閒快活。

　　　　南畝耕，東山臥，世態人情經歷多，閒將往事思量過。賢的是
　　他，愚的是我，爭什麼？

這兩首自題《閒適》的小令，從表面上看，像是消極遁世，追求閒適生活，以了此生。其實字裏行間，卻掩蓋不住作者的悲憤，欲求閒適，何能如願！「舊酒投，新醅潑」，如此恣意痛飲，實際也是「用酒澆愁」的另一種說法。

所以作者只能在「老瓦盆邊笑呵呵」，離開「老瓦盆」，恐怕笑不起來。「南畝耕，東山臥」，似乎真要退隱山林，與世隔絕了。但回憶起一生不愉快的經歷：人情冷暖，世態炎涼，耿耿於懷，又如何閒適得了！最後三句：「賢的是他，愚的是我，爭什麼！」不更是不以為然的憤慨之詞嗎？我們再節錄幾段〔雙調‧喬牌兒〕看一看：

> ……鳧短鶴長不能齊，且休題，誰是非。（〔慶宣和〕）

> 展放愁眉，休爭閒氣。今日容顏，老如昨日。古往今來，恁須盡知：賢的，愚的，貧的和富的。（〔錦上花〕）

> ……不停閒歲月疾，光陰似駒過隙。君莫痴，休爭名利。幸有幾杯，且不如花前醉。（〔碧玉簫〕）

這支散套的格調，基本上和小令〔四塊玉〕一樣。反映作者雖已年老，心灰意冷，無意名利之爭，欲以一醉盡洗胸中之塊壘，但也並未忘懷一生所見賢愚顛倒、貧富倒置的不合理的社會現象。細揣曲文「鳧短鶴長不能齊，且休題，誰是非」，顯然也不是作者心平氣和地承認這種命運的安排。因為接著他又說：「展放愁眉，休爭閒氣」，從這個「愁」字，可以看出，對是非顛倒，他是很反感的；從這個「爭」字，可以看出，對誰是誰非，原來他還是要「題（提）」的，也就是要撥亂反正。

看來，所謂流露消極情緒的作品，也不盡一致，有馬致遠式的消極情緒，也有關漢卿式的消極情緒。在關漢卿消極情緒的表象下面，是憤懣，是不平，是火，是力，在某種意義上，也可以說是控訴黑暗社會的另一種反映形式。

總之，從關氏的散曲中要找徹底消極的東西是找不到的，要找厭世的調子，更加緣木求魚。關氏散曲的基調，是積極的、樂觀的、反抗的、戰鬥的。他有一首題為〔南呂‧一枝花〕《不伏老》的散套，可以看做是關漢卿的自敘傳，它相當全面地介紹了他自己的鬥爭生活、堅強性格、多才多藝以及光芒奪目的進步思想。

先請看散套的第一段：

> 攀出牆朵朵花，折臨路枝枝柳。花攀紅蕊嫩，柳折翠條柔，浪子風流。憑著我折柳攀花手，直煞得花殘柳敗休。半生來折柳攀花，一世裏眠花臥柳。

這段因憤激而誇張的文字，幾乎每句話都有「花柳」二字，但從關氏的主導思想來看，我們不能據此誤解關是嫖妓的浪蕩公子，他很可能是故意表示浪

漫，藉以迴避統治階級的注目，以便於他通過戲劇活動作人民的喉舌，為人民講話。故這段文字的內涵意思主要是說：他曾長期和妓女生活在一起、戰鬥在一起，從而熟悉妓女的生活、心理，感情和願望，並從而正視她們、研究她們、表現她們，終於成功地塑造出像趙盼兒、杜蕊娘、謝天香等光彩照人的藝術形象。另一方面，關漢卿的戲劇活動，在當時的歷史條件下，也只有以勾欄、妓院為主要的陣地，因為妓女，很多兼擅雜劇，〔註4〕有必要密切合作，協同作戰。因此長期和妓女在一起，對關漢卿的創作活動和演出，非常重要。離開這個陣地，開展戲劇活動，是不堪想像的。如果有人想把他從這裏攆出去，他是堅決不答應的。請看〔梁州〕這支曲子：

> 你道我老也，暫休！佔排場風月功名首，更玲瓏，又剔透。我
> 是個錦陣花營都帥首，曾玩府遊州。

這段話的前五句，是作者故意設的反向，意思是說：「你（關漢卿）老了，暫時退休吧！因在風月場合逞強居首，需要腦子靈活，善於應付」。「我是錦陣花營都帥首」句以下，是作者的反駁。他當仁不讓，回敬他們說：「我在戲劇界居於都帥首的領導地位，不僅曾在固定的場所——勾欄裏上演，還曾玩府遊州，帶著劇團到外地巡迴演出。」言外之意，表明他的演出，受人歡迎，影響很大。明人臧晉叔在他的《元曲選序》中也寫道：「關漢卿輩爭挾長技自見，至躬踐排場，面傅粉墨，以為我家生活，偶倡優而不辭」。〔註5〕由此以觀，關漢卿對戲劇事業多麼熱衷，多麼興致勃勃，一直想幹到底，故在同一曲中又說：「願朱顏不改常依舊，」表示不同意年老退休，這就更不能說他和馬致遠一樣「高唱著厭世的調子」了。

當然，關氏在領導戲劇事業前進的路上，並不是一帆風順的，但他並未因此而消極，他運用他的鬥爭經驗，終於戰勝了來自各方面的暗害和阻力。請看〔隔尾〕這支曲子：

> 子弟每是茅草崗、沙土窩初生的兔羔兒乍向圍場上去；我是個
> 經籠罩、受索網蒼翎毛老野雞蹅踏的陣馬兒熟，經了些窩弓、冷箭、
> 蠟槍頭，不曾落人後。恰不道人到中年萬事休，我怎肯虛度了春秋？

〔註4〕說見元・夏伯和《青樓集》(《中國古典戲曲理論集成》，中國戲劇出版社，1959年版)。集中載有當時著名演員如朱簾秀、順時秀、天錫秀、簾前秀、燕山秀、小順時秀、宋錦繡、南春燕、李定奴、司燕奴、國玉第、王玉梅、趙真真、汪憐憐、張奔兒、李嬌兒等人。

〔註5〕見明・臧晉叔《元曲選・序二》。

這段文字中的「兔羔兒」和「老野雞」，是兩個比喻用詞。「兔羔兒」，謂小兔子，借喻青年子弟，涉世尚淺，缺乏鬥爭經驗。「老野雞」關漢卿自喻，謂對人世間各種情況瞭如指掌，鬥爭經驗豐富，故在前進的路上，雖受到「窩弓」、「冷箭」、「蠟槍頭」種種暗算，也從未吃過敗仗，以此來回答那些勸他告老退休的青年子弟；並於此再次聲明「我怎肯虛度了春秋」，以表示他高昂的鬥志。不僅於此，他為表示他這種堅強的性格，在最後一支〔尾曲〕中，更進一步強調說：

> 我是個蒸不爛、煮不熟、捶不扁、炒不爆響璫璫一粒銅碗豆。

關漢卿作為一粒銅豌豆，是曾被蒸過、煮過、捶過、炒過，但這粒銅豌豆，它怎能蒸得爛、煮得熟、捶得扁、炒得爆呢？任何強權、暴力都不能使關漢卿屈服，他真正稱得上「富貴不能淫，貧賤不能移，威武不能屈」〔註6〕的大丈夫。唯其如此，他才不屑追求「錦帶吳鈎」，而寧願側身於地位卑賤的倡優；他不顧「諸亂制詞曲譏議者流」、「諸妄撰詞曲誣人以犯上惡言者處死」〔註7〕的禁令，竟痛快淋漓地撰寫了大量的所謂「犯上惡言」的戲曲，為丫環、妓女、寡婦、乳母、童養媳及一切受迫害者申張正義、報仇雪恨、奪取勝利。而對封建制度的銅牆鐵壁，對朝野間形形色色、殘民以逞的壞蛋，這粒銅豌豆就是比鐵還硬、比鋼還強的槍彈。

正因為關漢卿具有如此堅強的性格，他才能把人的尊嚴和價值置於一切之上，他才能按照自己的意願，選擇自己走的路，在惡勢力面前，充分顯示出他不可侮的力量，正如同一支曲中最後一段所說：

> 你便落了我牙，歪了我嘴，瘸了我腿，折了我手，天賜與我這
> 幾般兒歹症候，尚兀自不肯休，則除是閻王親自喚，神鬼自來勾，
> 三魂歸地府，七魄喪冥幽，天哪！那其間才不向煙花路兒上走。

他執著於戲劇事業，何等堅決！在關氏另一篇散套〔大石調·青杏子〕《聘懷》中也宣告了戰鬥的動員令，《不伏老》的挑戰聲，此起彼應著，回旋在大地：

> 口刀舌劍，吻梨唇槍，獨攻決勝，混戰無憂。」

> 一管筆在手，敢搦孫吳兵鬥。

真是豪氣三千丈，能叫敵人嚇破膽。關漢卿就是這樣地拿起筆來做刀槍，滿懷信心，奮不顧身，為人民而戰。這又怎麼能說和馬致遠是同道呢？

〔註6〕見《孟子·滕文公下》。
〔註7〕見《元史·刑法志》。

在這裏，我們決無意貶低馬致遠的藝術成就，但從思想上說，馬致遠基本上是個看破紅塵的隱士，故他的雜劇中多寫神仙道化，散曲中也時見「閒與仙人醉秋蓮」（〔仙呂・青哥兒〕《十二月》）、「閒身跳出紅塵外」（〔南呂・四塊玉〕《恬適》）、「怨感劉郎下天台」（前調《天台路》）、「裴航自有神仙分」（前調《藍橋驛》）這類的語言。看來，馬致遠的眼睛總朝著天上。關漢卿即使偶然表現出消極情緒，終未離開人間。《魯齋郎》劇中的張珪，雖一度出家，一旦和失敗的家人團聚，最後不還是還了俗嗎？

現在還有些同志，從另一個角度，提出關漢卿的散曲「較多抒寫男女間的愛情和離愁別恨」，因而認為關漢卿的散曲「思想性不很高」。〔註8〕我們看這也是一種偏見。根據歷史材料，蒙元入主中國之時，元政府就與前來投靠的宋儒〔註9〕結合起來，繼承南宋的衣鉢，宣傳封建禮教、程朱理學。由於朝廷大力提倡，傳習日盛。到元代大德年間的北方「（上）而公卿，下而一鄉之士，例皆講讀，全謂精諧理極，不可加尚」，〔註10〕而在南方，元政府亦下令在江南諸學路學及各縣學設立小學，不久推行到全國。〔註11〕於是理學的地位，隨著元朝的統一，逐步加強，而成為統治的思想。理學的核心，就是所謂「去人慾，存天理」；「餓死事小，失節事大」，等等，這種殘酷地扼殺人性、踐踏人道的思想，對青年男女特別是婦女，毒害極大。在這種歷史思潮背景下，關漢卿挺身而出，甘冒天下之大不韙，勇敢地去寫男女之間的真情實感，有什麼不好呢？請看：

〔仙呂〕一半兒：

　　題情

　　　雲鬟霧鬢勝堆鴉，淺露金蓮簌絳紗，不比等閒牆外花。罵你個俏冤家，一半兒難當一半兒耍。

　　　碧紗窗外靜無人，跪在床前忙要親。罵了個負心回轉身，雖是我話兒嗔，一半兒推辭一半兒肯。

〔註8〕見溫凌《關漢卿》48頁（上海古籍出版社，1978年版）。

〔註9〕宋儒主要有趙復、竇默、楊惟中、姚樞、許衡等，而以趙復影響最大。《元史・趙復傳》：「北方知有程朱之學者自復始。」

〔註10〕見王惲《義齋先生四書家訓題辭》，《秋澗集》卷43。

〔註11〕見《元史・選舉志一・學校》、《廟學典禮》卷三：「成宗設立小學書塾」條。官設小學以推廣朱程理學，肇始於元。參見徐明善《贈徐義翁北行序》、《芳谷集》卷二。

銀台燈滅篆煙殘，獨入羅幃淹淚眼，乍孤眠好教人情興懶，薄設設被兒單，一半兒溫和一半兒寒。

細加玩味，這三支小令，把男女之間的愛情追求、誤會、矛盾以及不堪孤眠的寂寞感，「恨」與「愛」交融的心理狀態，寫得真是細膩生動、維妙維肖！關漢卿對這種愛情的真實寫照，不就是對人性的尊重、對理性的批評、對封建統治者的大膽挑戰嗎？怎麼能貶之為「思想性不很高呢」？

不錯，關氏反映離愁別恨的散曲，也確如指責者所說是不少的，如小令〔南呂·四塊玉〕《別情》、〔商調·梧葉兒〕《別情》、〔雙調·沉醉東風〕、〔雙調·碧玉簫〕、〔雙調·大德歌〕、散套〔黃鐘·侍香金童〕、〔仙呂·翠裙腰〕、《閨怨》、〔中呂·古調石榴花〕《怨別》、〔大石調·青杏子〕《離情》、〔仙呂·桂枝香〕等皆是。但對此也要有所分析。我們應該注意到，當時造成這種離愁別恨，除一些個別原因，恐怕與元代動亂的社會也密切相關。據明人陳邦瞻《元史紀事本末》卷一記載：自蒙元建國後，由元世祖忽必烈到成宗鐵穆耳逝世前共二十四年之間，就發生過三十多起規模較大的漢民族反抗運動。蒙元為了鎮壓，元世祖曾多次派兵討伐。再據同書卷十三，講到「治河（即黃河）」的問題，蒙元曾調民夫二十多萬。再證之《拜月亭》劇所說：「干戈動地來，橫禍事從天降，爺娘三不歸，家國一時亡，龍鬥來魚傷」、「家緣都撇漾，人口盡逃亡，閃的俺一雙子母每無歸向」，云云，可見戰爭給人民帶來的流離失所的痛苦。如果從這個意義上說，那麼寫「離愁別恨」就不僅僅是個別人的兒女情長問題，對當時的社會現實也可以說是一種含蓄的揭露和批判。這樣，就更不能說它的思想性不高了。

還有，在關氏的散曲裏，從不同於雜劇的另外一些側面，也寫了不少感人的婦女形象。這對關氏藝術形象的塑造，對整個關學的研究，都是不可少的補充。這裏舉一個不幸的遭遇者，看關漢卿是如何對她寄予深刻的同情：

〔仙呂〕醉扶歸

禿指甲

十指如枯筍，和袖捧金樽；攛殺銀箏字不真，揉癢天生鈍。縱有相思淚痕，索把拳頭搵。

這支曲子，就是描寫一個以靠操箏為生的下層藝人的不幸遭遇。她因長期彈箏，把指甲磨禿，以致最後「攛殺銀箏字不真」；並極狀其磨損的程度：「縱

有相思淚痕，索把拳頭搵。」這是何等沉痛、何等憤懣不平的語言！從這些地方，顯然可以看出作者爲她控訴的深刻同情心。有人卻認爲這支曲子是「嘲笑女性的缺陷的」。〔註12〕這或可能是從《北宮詞紀外集》題作「嘲妓禿指甲」承襲而來，但我們看這是不夠嚴肅的。若把關氏全部作品聯繫起來，絕不類關漢卿的思想。

從關漢卿一系列作品來看，他是始終站在正義的、人道主義的立場，站在尊重個性的立場，爲被壓迫者、被損害者講話。其中對婦女的解放和社會地位的提高，尤爲關心，這種描述和呼籲在關漢卿全部作品中佔了絕大的篇幅。馬克思、恩格斯在《神聖家族》中說：「婦女解放的程度是衡量普遍解放的天然標準。」馬克思還在《致路德維希‧庫格曼》的信中說：「社會的進步，可以用女性的社會地位來精確地衡量。」生在十三世紀的關漢卿，當然不可能認識到這種理論，但在創作實踐上，對解放婦女問題，他是最鮮明不過地起了倡導、鼓舞和推動的作用。

關漢卿的思想境界，所以達到如此的高度，和他具有初步的辯證法思想也是分不開的。例如他說：

> 想人間造物搬興廢、吉藏凶，凶暗吉。（見散套〔雙調‧喬牌兒〕）

> 富貴那能長富貴？日盈昃，月滿虧蝕。（同上）

> 繁華重念簫韶歇。（同上）

以上這些話，意思都是講：事物是互相轉化的；在順境中要想到困難，處逆境時要看到前途的光明。因關漢卿從發展變化中看一切事物的消長，他才能蔑視一時貌似強大的黑暗勢力和騎在人民頭上的醜類，才能看出卑賤者的優秀素質及其不可戰勝的力量。

二、關漢卿散曲的藝術成就

關漢卿散曲的藝術成就，像他的雜劇一樣，一直評價很高，即使那些認爲其思想性不很高的同志，對此也無異辭。在現存元人的文章中，最早提及關漢卿散曲之藝術成就的是貫雲石，他把關列入元初六大名家（徐子芳、楊西庵、盧疏齋、馮海粟、關漢卿、庾吉甫）之一。據他在 1313 年至 1314 年寫成的《陽春白雪序》說：

〔註12〕參見羅慷烈《詩詞曲論文集》（廣州人民出版社，1982 年版）。

關漢卿、庾吉甫造語妖嬌，適如少美臨懷，使人不忍對殢。

其後周德清在 1324 年寫的《中原音韻序》中更把關漢卿列於關、鄭（光祖）、白（樸）、馬（致遠）四大家之首，而論其語言成就云：

自關、鄭、白、馬一新製作，韻共守自然之音，字能通天下之語，字暢語俊，韻促音調。

再後鍾嗣成的《錄鬼簿》，在關漢卿名下附載明初賈仲明（一作名）的吊詞說：

珠璣語唾自然流，金玉詞源即便有，玲瓏肺腑天生就。

近人除王國維對關漢卿的語言藝術也給予高度評價外，吳梅還進一步發揮了周德清的看法：

元人樂府，盛稱關、馬、鄭、白。……四家之詞，直如鈞天韶武之音，後有作者，不易及也。〔註13〕

所有這些評論，都從不同角度，充分肯定了關漢卿的語言美。關漢卿作為一位語言大師，毫無疑義，他的散曲和他的雜劇一樣，都是我國傳統文化中的藝術珍寶，都應該提到同樣被重視的地位。鄭振鐸先生在五十年代初，就認為關漢卿的散曲取得了與雜劇幾乎同等重要的成就。他說：

在（元代）第一期的作家裏，關漢卿無疑的佔著一個極重要的地位。《錄鬼簿》未言其寫作散曲，但他在散曲上的成就，和他戲曲上的成就是不相上下的。……他的散曲，從《陽春白雪》、《太平樂府》、《詞林摘艷》、《堯山堂外紀》諸書所載的搜輯起來，也可成薄薄的一冊。在這薄薄的一冊裏，也幾乎沒有一句不是溫瑩的珠玉。〔註14〕

當然，不容否認，歷史上也有一些追求「詞語」典雅華美的封建貴族和士大夫文人，認識不到關作的藝術成就而予以貶低。例如明初朱權在《太和正音譜・古今群英樂府格勢》中說：「關漢卿之詞，如瓊筵醉客。觀其詞語，乃可上可下之才。」其後，徐復祚在《三家村老委談》中論《西廂》優劣引朱權上述評關漢卿的話而斷曰：「則王、關之聲價，在當時亦自有低昂矣。」不過，這種鸚鵡學舌式的評論是極個別的例外情況，它絲毫也損傷不了關漢卿語言大師的聲譽。

〔註13〕見吳梅《顧曲麈談》第四章《談曲》（中國戲曲出版社，1983 年版）。
〔註14〕見鄭振鐸《中國俗文學史》第九章《元代的散曲》（作家出版社，1954 年版）。

實踐證明，在關漢卿手裏掌握著全套的藝術方法，駕馭語言的能力非常之強。他爲了準確、充分表達作品的主題思想，對每一篇作品，每一個人物，每一個細節，都能區別情況，選用最適當的表現手法，眞正做到了「人習其方言，事肖其本色，境無旁溢，語無外假」的地步，這在他的雜劇中是這樣，在散曲中也是這樣。現在，我就從以下幾個方面，闡述一下關漢卿超凡入聖的藝術手法：

善寫景中情，情中景，情景交融，相映成輝，這在許多作家中都是勝任愉快的，而關漢卿尤爲這方面的裏手。例如：

〔正宮〕白鶴子

　　四時春富貴，萬物酒風流。澄澄水如藍，灼灼花如繡。

　　花邊停駿馬，柳外纜輕舟。湖內畫船交。湖上驊騮驟。

　　鳥啼花影裏，人立粉牆頭，春意兩絲牽，秋水雙波留。

　　香焚金鴨鼎，閒傍小紅樓。月在柳梢頭，人約黃昏後。〔註15〕

這四支詠春景的小令，便是句句寫景，句句寫情。第一首以「春」字點明時令，並以「澄澄水如藍，灼灼花如繡」，狀春光之美。當此時也，舉目四望，如此水澈花明，美不勝收，不言而喻，自動人們的春遊之興。第二首極寫「湖內畫船交，湖上驊騮驟」的春遊盛況；這裏尤妙在著一「交」字和「驟」字。它不僅說明了畫船相撞、駿馬連騎之樂，男女遊春的心也跟著動蕩、馳騁起來，使整個春色更富有詩意。接著第三首「春意兩絲（思）牽，秋水雙波留」，便發展到眉來眼去、四目相視的男女愛情交流上去了。最後一首「焚香金鴨鼎（銅製鴨形香爐），閒傍（bàng）小紅樓」，更具體寫到一位女子竟焚香祈禱愛情，並等待著黃昏應約到月下幽會。這四支小令連起來，可以說是：情隨景而昇華，景因情而增輝。它既是美麗的畫卷，也是動人的情歌，隨著畫卷的展開，情歌的調子也越染越濃。這實在是一首情景交融的好作品。再如：

〔雙調〕大德歌（四首）

　　春

　　子規啼，不如歸，道是春歸人未歸。幾日添憔悴，虛飄飄柳絮飛，一春魚雁無消息，則見雙燕斗銜泥。

〔註15〕見明・臧晉叔《元曲選・序二》。

夏

俏冤家，在天涯，偏那裏綠楊堪繫馬！困坐南窗下，數對清風想念他。娥眉淡了教誰畫？瘦岩岩羞帶石榴花。

秋

風飄飄，雨瀟瀟，便做陳摶睡不著。懊惱傷懷抱，撲簌簌淚點拋。秋蟬兒噪罷寒蛩兒叫，漸零零細雨打芭蕉。

冬

雪紛紛，掩重門，不由人不斷魂。瘦損江梅韻。那裏是青江江上村？香閨裏冷落誰瞅問？好一個憔悴的憑闌人！

這組小令，字面上雖分別標題為《春》、《夏》、《秋》、《冬》，但作者的目的，並非只寫四季的風光，而是要藉各個季節中富有特徵的自然景物，用來烘托閨中少婦思念遠人的憂傷心情。在《春》這支小令中，首二句「子規啼，不如歸」，既寫景物，兼點時令，並由此觸動了少婦懷念遠人的情懷，接著便藉「虛飄飄柳絮飛」之自然景物，比喻少婦被憂思所煎熬，心緒不定，無著無落。又藉「雙燕斗銜泥」，以反襯少婦的獨居孤處，落落寡歡；不用明說，其心境之淒涼，即可想見。在《夏》這支小令中，「綠楊堪繫馬」句，一語雙關，明言時至夏日，綠楊已茁壯成長，能夠拴得住馬了；實際是抱怨遠人歇馬在外，另結新歡，流連忘返；「綠楊」前下一「偏」字，更把少婦愛極怨深的感情反映得淋漓盡致。「羞帶（戴）石榴花」句中的「羞」字，尤屬傳神之筆，它既含戴那鮮艷的石榴花與憔悴的面容不相稱的自我嘲諷，又表露出戴花無人欣賞的寂寞，活畫出少婦的不可告人的複雜的心理狀態。《秋》這支小令，「風飄飄，雨瀟瀟」這開頭兩句，就顯示出這突然而來的惡劣天氣，聲勢咄咄逼人，給這被失望煎熬著的少婦以很大的壓力。心神不安，夜難成寐，故第三句便說她「便做陳摶（傳說他最能睡覺，常一睡百日不醒）睡不著」。憂思如此之深，終如第四、五句所言「懊惱傷懷抱，撲簌簌淚點拋」。如果說在前兩支小令裏，尚僅限於由於憂思而致憔悴的話，那麼在《秋》這支小令裏，她那撲簌簌的淚點終於匯成洪流將感情的堤埧沖毀了。然而，秋天豈止秋風秋雨交相作祟，更有「秋蟬兒噪罷寒蛩兒叫，漸零零細雨打芭蕉」，都一古腦兒來襲擊著少婦破碎的心。這最後兩句，雖未明言少婦的痛苦，但通過景物的描寫，已反映得真真切切。《冬》這支小令，開頭「雪紛紛」三句，就反映

出閨中少婦無可奈何的心情。因爲大雪封門，造成交通阻塞，指望遠人回家的希望，就更落空了，她如何不爲之肝腸寸斷！故最後兩句「香閨裏冷落誰瞅問，好一個憔悴的憑闌人」，表示只有自憐自嘆，徒喚奈何而已。末句下一甚辭「好」字，尤表傷感之至，意在言外，其味無窮，這就更進一步表明「大雪封門」給少婦造成的痛苦。

例子勿庸多舉，僅就〔白鶴子〕和〔大德歌〕兩曲，便可以證明作者寫「情」多通過寫景，很少直抒胸臆。「景」和「情」，如形之於影，不可分離。故清・王夫之在《薑齋詩話》中說：「情景名爲二，而實不可離。神於詩者，妙合無垠。巧者則有情中景，景中情。」又說：「含情而能達，會景而生心，體物而得神，則自有靈通之句，參化工之妙。」黃圖珌《看山閣集閒筆》卷三《文學部・詞曲》說：「景隨情至，情由景生。吐人所不能吐之情，描人所不能描之景。華而不浮，麗而不淫，誠爲化工之筆也。」近人王國維在《人間詞語刪稿》中也說：「昔人論詩詞，有景語、情語之別。不知一切景語，皆情語也。」關漢卿就是神於曲者，善藉景抒情，因情生景，情景交融，串合無痕，是參化工之妙的典範。

關漢卿熟練掌握的另一藝術手法，是最善於通過動作刻畫人物的心理，從而達到揭示人物的靈魂、思想和感情的目的。用動作來顯示人物的心理活動，較之用語言或其他方法，更容易塑造出一個有血有肉的活生生的人。關氏的散曲之所以具有使人百讀不厭的魅力，和他擅長這種手法，也是分不開的。例如：

〔雙調〕新水令

楚台雲雨會巫峽，赴昨宵約來的期話。樓頭棲燕子，庭院已聞鴉。料想他家，收針指晚妝罷。

〔喬牌兒〕

款將花徑踏，獨立在紗窗下。顫欽欽把不定心頭怕。不敢將小名兒呼咱，則索等候他。

〔雁兒落〕

怕別人瞧見咱，掩映在酴醾架。等多時不見來，則索獨立在花陰下。

〔掛搭鉤〕

等候多時不見他，這的是約下佳期話。莫不是貪睡人兒忘了那？

伏冢在藍橋下。意懊惱卻待將他罵，聽得呀的門開，驀見如花。

這首散套的前幾段，細緻地寫出了一個男青年在盼期、赴約、候見、幽會的一連串行動過程中那種焦急、膽怯、埋怨以至喜悅的種種曲折的心理活動，真是維妙維肖，逼真到了極點。從曲文「樓台棲燕子，庭院已聞鴉」、「款將花徑踏」、「獨立在紗窗下」、「顫欽欽」、「掩映在酴醾架」、「伏冢（埋伏）在藍橋」、「呀的門開」，可以想見這個男青年盼望佳期的心情是多麼焦急；前往赴約時那種戰戰兢兢、藏藏掩掩、唯恐被人發現的慌恐狀，又是多麼緊張；緊張中久候不見意中人，亂加揣測，心中火起，正待發作，忽見門開處漂亮的情人出現，頓時又轉憂為喜，一掃疑團，相親如故。這種心境上的變化，夠多麼波瀾起伏、真實動人、搖人魂魄！

顯而易見，這個青年的心理活動，主要都是通過動作描寫。「樓台棲燕子，庭院已聞鴉」，說明燕棲於樓頭，鴉鳴於庭院，時光已迫近黃昏，正是男主人公所焦急等待的昨宵約定的「楚台雲雨會巫峽」的時刻。不過「燕棲」、「鴉鳴」，對男主人公來說，都是客體動作，只有「聞」字，才是主體動作。以下「款將花徑踏」等句，也都是主體動作。其中所下「款踏」、「獨立」、「掩映」、「伏冢」等字，對於赴約偷情者的心理狀態，真可謂盡態窮顏之筆。最後「呀的門開」，情況突然一轉，又是客體動作使然。關漢卿就是這樣善於憑藉主、客體相結合的動作，使人物複雜多變的心理狀態，躍然呈現於紙上，哪怕一個極細微的情節也不放過。

類似這樣的成功之作，在關氏的散曲中，決不是偶然的，只要打開關集，隨處可見。再如〔二十換頭〕〔雙調‧新水令〕，這首散套是寫一個男青年為求官離開情人，到了繁弦促管、花天酒地、妓女成堆的帝都闕下，但他思念嬌妻，無意於此，度日如年，十分愁悶。後得官火速回家，正躊躇滿志之時，不意又生波折。女方對他產生猜疑，有口難辯，經過百般解釋，指天發誓，最後才和好如初。在這段曲文中，也不乏藉動作顯示心理狀態的描寫。「酒勸到根前，只辦的俄延」（〔阿那忽〕），「俄延」這個動作，就是從主人公的主體方面，顯示他思念情人，沒有心情喝酒而故意推託、磨蹭的心理活動。「疏竹蕭蕭西風戰」（〔不拜門〕），這是從客體方面來象徵主人公內心深處不平靜的離愁別緒。「玉兔鶻牌懸，懷揣著帝宣」、「忙加玉鞭，急催駿騕」（〔大拜門〕），

這幾個動作，又是從主體方面，顯示他男兒得志、回家報捷、急如星火的愉快心情。「人叢裏遙見，半遮著羅扇。可喜的風流業冤，兩葉眉兒未展」（〔喜人心〕），「半遮羅扇」和「眉兒未展」，這是從男主人公眼中看到的女主人公的外在表現。不消說，女主人公的一舉一動，對這位男主人公來說，都是最敏感不過的。作者著一「遙」字，甚至在「人叢裏」、「半遮羅扇」的情況之下，都可以把女主人公辨認出來，尤其連「兩葉眉兒未展」，也都看得清清楚楚。從這些地方，顯然可以看出男主人公對這位女主人公的觀察是多麼細緻，愛情是多麼忠篤、傾心！而這位女主人公，她「半遮羅扇」這個舉動，可能包含著令人難以捉摸的感情，但「眉兒未展」則可確認是她不高興的表現，爲以後的愛情波折提供了根據。關漢卿就是這樣善於用外在的動作，揭示人物內心的奧秘，推動衝突的發展，把讀者一步步引向一個更爲豐富的感情世界。

作爲語言大師，關漢卿在他的散曲中，尤爲注重修辭手段，把它看作表情達意的重要工具。舉凡雙關、反語、倒裝、比喻、借代等，無不運用自如，悉造其妙。

在關漢卿的筆下，雙關語隨處可見。除前面舉過的「虛飄飄柳絮飛」、「綠楊堪繫馬」、「羞帶石榴花」（〔大德歌〕）、「春意兩絲（思）牽（〔白鶴子〕）」以外，再如：「謝家村，賞芳春」（〔大德歌〕），此語不僅賞春，亦且賞人。〔南呂·一枝花〕《贈朱簾秀》有句云：「輕裁蝦萬須，巧織珠千串。」按「蝦鬚」乃簾子的別稱，〔註16〕用來影射朱簾秀之「簾」。「珠」與「朱」諧音，又藉「珠」爲「朱」。「繡帶舞蹁躚」句中之「繡」字，音又諧「秀」，故這前幾句，明言「珠簾」，實際是暗藏「朱簾秀」三字。不僅前幾句爲然，全套都是如此。句句詠的是「珠簾」，句句影射的是「朱簾秀」。〔中呂·普天樂〕《崔張十六事·遠寄寒衣》有句云：「寄去衣服牢收受，三般兒（指襪兒、衫兒、裹肚）都有個因由：這襪兒管束你胡行亂走，這衫兒穿的著皮肉，這裹肚常繫（記）在心頭。」在這裏，鶯鶯說明了她寄給張君瑞的三件衣服，都還有另外的含意。在《西廂記》五本一折，鶯鶯對送「汗衫」和「裹肚」的含意，解釋得更清楚。她說：「這汗衫兒呀」，「他若是和衣臥，便是和我一處宿；但黏著他皮肉，不信不想我溫柔。」紅娘問：「這裹肚要怎麼？」她答：「常則不要離了前後，守著他左右，緊緊的繫在心頭」。「繫」諧音「記」。「緊緊的繫（記）在心頭」是說不要忘了她的囑咐。這類雙關語，常常是在不便或不能明白表

〔註16〕參見唐·陸暢《簾》詩：「勞將素手捲蝦鬚，瓊寶流光更綴珠。」

示某種心意時，要藉助它使讀者自行領悟以達到表情達意的目的。上述鶯鶯送衣服是如此。關漢卿寫作《贈朱簾秀》也是如此。朱簾秀是元代著名演員，關曾與之密切合作，對推動戲劇事業的發展有很大貢獻，但後來卻委身於道士，關對她非常愛惜和懷念，但這番心意又不便明白表示，就藉助雙關語，以「珠簾」為喻寫此曲以贈之。

以「反語見意」的修辭法，如能運用得好，發言吐語，比從正面講出還要有力量，效果還要好。例如：「罵你個俏冤家」、「多情多緒小冤家」（〔仙呂・一半兒〕《題情》）、「為則為俏冤家」（〔雙調・沉醉東風〕），「可喜的風流業冤」（〔二十換頭〕〔雙調・新水令〕）各句中的「冤家」、「業冤」，皆非詈詞；實乃婦女對親愛者的昵稱，正如閔遇五注《西廂》所云：「不日可愛，而日可憎，猶如冤家，愛之極也，反語見意」是也。不然，在「冤家」二字前，何又冠之以「俏」，加之以「多情多緒」或「可喜的風流」呢？在散套〔南呂・一枝花〕《不伏老》中，關漢卿在得意地炫耀他各種才能之後，寫道：「天賜與我這幾般兒歹症候，尚兀自不肯罷休。」這中間的「歹症候」，能說是作者的心裏話嗎？實際這「歹症候」正是作者所賴以從事戲劇事業的不可或缺的資本，何「歹」之有？這和雜劇《救風塵》一折〔村里迓鼓〕曲中趙盼兒所說：「也是你歹姐姐把衷腸話勸妹妹」中的「歹」字，有異曲同工之妙。關漢卿就是這樣善用反筆，有力地表達了正面的旨意。凡是大作家無不是這方面的能手。我們說《長生殿》寫得好，就因為洪昇也善用反筆。徐麟序《長生殿》云：「或用虛筆，或用反筆，或用側筆、閒筆，錯落出之，以寫兩人生死深情，各極其致。」後來，劉熙載在《藝概・詩概》中也說：「絕句取徑貴深曲，蓋意不可盡，以不盡盡之，正面不寫，寫反面；本面不寫，寫對面、旁面，須如睹影知竿乃妙。」

利用倒裝句，以達到加強語氣、調整音節或錯綜句法等修辭效果，也是關漢卿熟練掌握的藝術手法。例如：在散套〔南呂・一枝花〕《贈朱簾秀》中說：「搖四壁翡翠濃陰，射萬瓦琉璃色淺。」若順言之，本應為「翡翠濃陰搖四壁，琉璃色淺射萬瓦」。今把動詞「搖」和「射」提到句首，就突出了珠簾的光彩四射，實際是暗喻朱簾秀的美貌光彩照人。在小令〔雙調・沉醉東風〕中說：「面比花枝解語，眉橫柳葉長疏。」若順言之，本應為「比花枝面解語，橫柳葉眉長疏。」今將名詞「面」和「眉」提到句首，就突出了引人注目的美人的容貌。在散套《不伏老》中說：「花攀紅蕊嫩，柳折翠條柔。」若順言

之，本應爲：「攀紅蕊嫩花，折翠條柔柳。」今把賓語「花」、「柳」提到句首，就強調了關漢卿「半生來折柳攀花，一世裏眠花臥柳」的與藝人結合的戰鬥生活。從來，藝術形式都是爲內容服務的，作者爲了充分抒發自己的憤世嫉俗的思想，從詞序顛倒，又進一步發展到語序顛倒，例如上文舉過的「世態人情經歷多，閑將往事思量過。」按照邏輯，這兩句話本應顛倒過來，今把「世態」句提到前面，就越發突出了層見疊出的世態炎涼和人情冷暖的醜惡現象，從而起到一定的向人民宣傳的作用。

比喻，尤爲關漢卿擅長的修辭手段，例如：在〔雙調・沉醉東風〕中，用「月缺花飛」比喻夫妻分離，用「紙鷂兒」比喻虛情假意；在〔仙呂・桂枝香〕中，用「珍珠斷線頭」比喻落淚，用「情如柳絮風前鬥，性似桃花逐水流」比喻思婦的不安定情緒；在〔仙呂・醉扶歸〕《禿指甲》中，用「枯筍」比喻禿指甲；在〔中呂・朝天子〕《從嫁媵婢》中，用「倒了葡萄架」比喻女人吃醋；在〔雙調・碧玉簫〕中，用「度柳穿花」比喻打秋千；在〔南呂・一枝花〕《不伏老》中，用「兔羔兒」比喻缺乏鬥爭經驗的青年子弟，用「老野雞」比喻關氏自己鬥爭經驗豐富，用「銅豌豆」比喻自己的堅強性格，用「窩弓」、「冷箭」、「蠟槍頭」比喻遭遇到的暗害和困難。眞是妙語連珠，不落陳套。散套《賜朱簾秀》，通篇都是確切、形象、生動的比喻，其功力之深厚，更非一般作家所能比了。

以此代彼，謂之借代，這種修辭法，與關氏的散曲中，也隨處可見。有以部分代全體者，如云「何處鎖雕鞍」（〔商調・梧葉兒〕《別情》，是以「鞍」代「馬」也；有以個別代一般者，如：「馮魁吃得醺醉」（〔大德歌〕）、「黃召風虔」（〔雙調・碧玉簫〕），是以「馮魁」、「黃召」代「富商」也；有以事物顏色相代者，如「顛狂柳絮撲簾飛，綠暗紅稀」（〔中呂・古調石榴花〕《怨別》），是以「綠」代「葉」、以「紅」代「花」也；有以結果代原因者，如云「猛見了傾國傾城貌」（〔中呂・普天樂〕《崔張十六事・隨分好事》），是以「傾國」、「傾城」代「佳人」也；有以事物攜帶工具相代者，如云「信沉了魚，書絕了雁」（〔雙調・沉醉東風〕）、「鱗鴻無個，錦箋慵寫」（〔黃鐘・侍香金童〕），是以「魚雁」、「鱗鴻」代書信也；有以事物之質料相代者，如云：「他們也曾理結絲桐」（〔中呂・普天樂〕《崔張十六事・隔牆聽琴》）、「深沉院舍，蟾光皎潔」（〔黃鐘・侍香金童〕），是以「絲桐」代「瑟」、以「蟾光」代「月亮」也；有以事物之所在相代者，如云：「謝家村，賞芳春」（〔大德歌〕），「不比

等閒牆外花」（〔仙呂・一半兒〕《題情》），是以「謝家村」、「牆外花」代妓女也。如此等等，不勝列舉，但都準確自然，恰到好處，令人嘆服。

以上所舉修辭法，關氏常常在作品中結合使用。有些修辭法，還有時在某些地方表現爲交插的現象，例如散套《贈朱簾秀》，遣辭造句，說是「雙關」或「比喻」，均無不可。但「雙關」的特點，重在用一個詞語同時關顧著兩種事物，而「比喻」的特點則重在思維對象與取譬事物之間的類似點。總之，同中又有異，仔細觀察，不難見其妙用也。

最後一個問題，是語言風格。關漢卿的語言風格，素以樸素自然、生動活潑、接近民間口語、富於生活氣息見稱。因此評論者一向都公認他是「字字本色」，推他爲「本色派」的代表，這早已成爲定論，沒有任何異議，不必再多費筆墨。不過這種看法，過去多係根據雜劇而言，很少涉及散曲。其實散曲，它基本上也是以「本色」爲特點。所謂「本色」，用魯迅的話講，即：「有眞意，去粉飾，少做作，勿賣弄而已」。〔註17〕茲舉數例，以見一斑：

> 碧雲天，黃花地，西風起，北雁南飛。恨相見難，又早別離易。久以後雖然成佳配，奈時間怎不悲啼！我則廝守得一時半刻，早鬆了金釧，減了玉肌。（〔中呂・普天樂〕《崔張十六事・張生赴選》）

> 咫尺的天南地北，霎時間月缺花飛。手執著餞行杯，眼閣著別離淚。剛道得聲「保重將息」，痛煞煞叫人捨不得。「好去者，望前程萬里」！（〔雙調・沉醉東風〕《別情》）

> 一自相逢，將人來縈繫。樽前席上，眼約心期。比及道是配合了，受了些閒是閒非。咱各辦著個堅心，要撥個終焉之計。（〔中呂・古調石榴花〕《怨別》）

請看，一切都明白如話，通俗易懂，絕不見有晦澀的詞句。在通俗易懂的詞句中，關氏最喜用「夜夜、朝朝、低低、淺淺、快快、悠悠、澄澄、灼灼、懨懨、煩煩惱惱、哀哀怨怨、哭哭啼啼等二十多種疊字。不僅如是，包括疊字在內的用三個字構成的摹狀詞，更豐富多彩，訴之於視覺的就有雪紛紛、薄設設、嬌滴滴、顫巍巍、惡狠狠、景淒淒、瘦岩岩、媚孜孜等，訴之於聽覺的就有淅零零、笑呵呵、撲簌簌、雨瀟瀟、響瑠瑠等，訴之於觸覺的就有痛煞煞、冷清清、冷丁丁、酸溜溜等。富有時代特徵的語言，更俯拾即是：如：時間、時復間、

〔註17〕見魯迅《作文秘訣》（《魯迅全集》四卷 474 頁）。

好去者、辦著個、陡恁的、越恁的、消不的、那裏每、尚兀自、可喜煞、可喜的、可喜娘、可意種、顛不剌、葫蘆啼、殃及殺、精彩兒、酪子裏、也么天、獲鐸、將息、好教、刮划、和哄、他娘、情取、也么、根前、暢道、暢好、拋撇、打捱、打快、難當、圓備、掙達、掙挫、田地、掙、耨（nòu）等等。

但如據此把關漢卿的語言純粹說成「本色派」，就未免片面了。在不少地方，關漢卿的語言也很有文采，決不亞於馬致遠等人。例如：「額殘了翡翠鈿，鬢鬆了荷葉偏」（雙調・碧玉蕭）、「鬢挽烏雲，蟬鬢堆鴉」、「粉膩酥胸、臉襯紅霞」（〔雙調・新水令〕）、「春山搖，秋波轉」、「腕鬆著金釧，鬢貼著翠鈿，臉朵著秋蓮」（〔二十換頭〕〔雙調・新水令〕）等曲文，是多麼優美！又多麼精煉！看得出來，它們都是經過藝術加工的結果，卻又毫無雕琢的痕跡，使人頗有「秋水出芙蓉，天然去雕飾」的美感。

另外，關漢卿在吸收古典文學詞匯，化用前人詩詞方面，也是位裏手。例如「楊柳岸朦朧月」（〔中呂・普天樂〕《崔張十六事》）句，是化用宋・柳永〔雨霖鈴〕詞：「楊柳岸曉風殘月。」「桃花冷笑人」（〔大德歌〕《冬》）句，是化用唐・孟棨《本事詩》：「桃花依舊笑春風。」「雁底關河，馬頭明月」（〔黃鐘・侍香金童〕）句、「雁勝關河路兒遠」（〔二十換頭〕〔雙調・新水令〕）句，是化用金・王特起〔喜遷鶯〕《別內》詞：「雁底關河，馬頭星月，西去一程程遠。」「半簾花影自橫斜」（〔黃鐘・侍香金童〕）句，是化用宋・林逋《山園小梅》詩：「疏影橫斜水清淺。」「流水落花人何處」（〔大石調・青杏子〕《離情》）句，是化用南唐・李煜〔浪淘沙〕詞：「流水落花春去也：」「百歲光陰，七十者稀」（〔雙調・喬牌兒〕）句，是化用杜甫《曲江》詩：「人生七十古來稀。」「一點櫻桃樊素口，半圍楊柳小蠻腰」（殘曲〔大石調・失牌名〕）句，是化用白居易的詩句：「櫻桃樊素口，楊柳小蠻腰。」以上句句，皆如出己手，了無痕跡。

根據以上的引證，關漢卿的語言風格，決不能用「本色」二字，一概而論。「本色」固然是他的主要特色，富有文采的優美語言，也時時湧現在他的散曲中。因此，我非常同意鄭振鐸先生的意見：

> 他（關漢卿）的作風，無論在小令或套數裏，所表現的都是
> 深刻細膩、淺而不俗、深而不晦；正是雅俗所共賞的最好的作品。

〔註18〕

〔註18〕 見鄭振鐸《插圖本中國文學史》第四十九章《散曲的作家們》（作家出版社，1957年版）。

近來有些同志提出關氏劇曲和散曲的語言風格不盡相同。其實，這不是新問題，陸侃如、馮沅君很早就提過：

> 他（關漢卿）的散曲作風與他的劇曲作風頗殊，他的劇曲以「雄奇排奡」見長，散曲以婉麗者居多。〔註19〕

不過，這種觀點，還值得商榷。從上文的論析中，我們已經明確，即使在散曲中，語言風格也不盡同。前面所引《陽春白雪序》，說「關漢卿、庾吉甫造語妖嬌，適如少美臨懷，使人不忍對殢」的話，恐怕也只適用於寫閨情、別怨以及小兒女的意態，適於寫快意的滿足與失意的沮喪等一類作品，而對於像〔南呂·一枝花〕《不伏老》等作品所表現的豪情奔放、痛快淋漓的作風，這類話就不適合。歷史實踐證明：偉大的作家，他們的語言風格，常常隨著題材表現爲複雜多樣，豐富多彩。明·王世貞《藝苑卮言》評蘇東坡的詞，寫道：「子瞻『與誰同坐，明有清風我』、『明月幾時有，把酒問青天』，快語也；『大江東去，浪淘盡千古風流人物』，壯語也；『杏花疏影裏，吹笛到天明』，又『高晴已逐曉雲空，不與梨花同夢』，爽語也。其詞濃與淡之間也。」王驥德《曲律》評《牡丹亭》語言特色，說它是「在淺深、濃淡、雅俗之間。」關漢卿之所以能成爲元代最優秀的語言大師，對當時和後世發生過深遠的影響，這與他善於運用「本色」爲主而又豐富又彩、曲盡人情的語言，是絕對分不開的。

三、關漢卿散曲的史料價值

我們非常遺憾，像關漢卿這樣舉世罕見的大劇作家，由於封建統治階級史學家的偏見，竟未給立傳，沒有留下什麼材料，供我們研究。現在我們只能根據關氏散曲中一點零星材料，再結合其他記載，對其生卒年的大概時限、平生經歷、才能愛好等問題，作些推測。

關於關漢卿的生年問題，有些記載認爲他是金之遺民，出生較早。如元·楊維楨（1296～1370）《宮詞》云：

> 開國遺音樂府傳，《白翎》（《白翎雀》，教坊大曲名）飛上十三弦，大金優諫關卿在，《伊尹扶湯》進劇編。

此說頗不足據。查鍾氏《錄鬼簿》關漢卿劇目中並無《伊尹扶湯》，而是著錄在鄭德輝的名下，劇的全名爲《耕莘野伊尹扶湯》。此其一。又《伊尹扶湯》

〔註19〕見陸侃如、馮沅君《中國文學史簡編》第十四章《元明散曲》。

乃阿諛帝王之作，與關漢卿思想不類，此其二。如斷爲關作，則關的生年，勢必往上推，恐去史實較遠，此其三。因此有人懷疑關卿爲另一人，不是關漢卿。或疑係楊維楨之誤。

再如元・朱經《青樓集序》云：

> 我皇元初並海宇，而金之遺民若杜散人、白蘭谷、關已齋輩，
>
> 皆不屑仕進，乃嘲風弄月，流連光景。

按此序作於至正甲辰（1364）年，即元亡（1368）前四年，但明《說集》本朱序，並無「而金之遺民」五字。又關已齋名列白蘭谷之後，而白蘭谷（即白樸）生於 1226 年，距金亡（1234）不過八年。關的年齡，當亦和白相近，金亡時還是個小孩子。何談仕進？

明・蔣一葵《堯山堂外紀》卷八十則云：

> 關漢卿號已齋叟，大都人，金末爲太醫院尹，金亡不仕。

「太醫院尹」這個官名，金、元史書均無記載。「尹」只可作爲主管長官的通稱，如知府稱府尹、縣令稱縣尹之類。《元史・百官志四》：「太醫院，秩正二品，掌醫事，領各屬醫職。」看來，如此高的官職，稱關的實際生活和地位不相侔。那麼問題出在何處呢？可能就出自版本上。鍾氏《錄鬼簿》前後曾修訂過三次，轉手之間，不免發生錯誤。據明抄《說集》本、明天一閣抄本、孟稱舜刊本均書作「太醫院戶」，可見「尹」是「戶」字的形誤。只因《說集》本和天一閣本未刊行過，孟本流傳亦極少，故自明・蔣一葵根據坊本，以訛傳訛，訛傳了幾百年，一直到近代曲學大師吳梅先生在談到關漢卿的生平時，還是把蔣一葵的話照抄一遍，[註20] 後學就更不知所從了。

筆者認爲，推定關漢卿的生年，最有力的根據還是關氏本人的散曲〔南呂・一枝花〕《杭州景》。從這首散套中，可以看出杭州經濟發達、繁榮富麗的景象。顯而易見，關漢卿南遊杭州時，杭州經過宋、元戰亂的破壞已經恢復。杭州失陷於 1276 年，宋亡於 1279 年。從曲中「大元朝新附國，亡宋家舊華夷」這兩句話，可以證明此散套寫成的時間，不可能早於 1280 年以前。如果關是金之遺民，推算起來，此時已到七十多歲的高齡，自大都遠遊杭州，想來可能性是很小的。

還有關劇中，如《魯齋郎》劇有「高築座營和寨，斜搠面杏黃旗，梁山泊賊相似，與蓼兒洼爭甚的」等語，《四春園》劇有「比及拿王矮虎，先纏住

〔註20〕見吳梅《顧曲塵談》第四章《談曲》（中國戲曲出版社，1983 年版）。

一丈青」等語，這些俗典都不是成書於元初的《宣和遺事》和龔開的《宋江
三十六人畫贊》所有的，而有待於水滸故事劇廣爲流行，家喻戶曉時，關漢
卿才可能引用。據此亦可推斷關的出生不會太早。

又《錄鬼簿》記董解元，特別指出金章宗時人，記關漢卿，卻未涉及「金」
字，其非仕金，亦可以從此得一旁證。

除此，再結合貫雲石（1286～1324）的《陽春白雪序》所云：

> 北來徐子芳滑雅，楊西庵平熟，已有知者。近代疏齋媚嫵，如
> 仙女尋春，自然笑傲；馮海粟豪辣灝爛，不斷古今，心事又與疏翁
> 不可同舌共談；關漢卿、庾吉甫造語妖嬌，適如少美臨懷，使人不
> 忍對殢。

顯然，以「北來」和「近代」兩個詞語，可以區別出六位作家的年代先後來：
徐子芳（芳，一作「方」，即徐琰），約生於1219～1301年間；楊西庵（即楊
果），生於1197～1269年間；此二人由金入元，爲散曲前輩作家，故稱「北來」
和「已有知者」（其實徐子芳在金亡時才十五歲，也算不得「北來」，也不會
見知於人）。疏齋（即盧疏齋），生年不詳，死於1314年後，馮海粟約生於1275
～1314年間；此二人都是年長於貫雲石的同時代朋友，當貫雲石寫此序時（大
約寫於仁宗皇慶末年至延祐初年，即 1313～1314 年），那時盧、馮尚在世，
故稱「近代」（即指當代）。關漢卿、庾吉甫的名字又列在盧、馮之後，自然
是更該劃爲「近代」作家了。由此看來，如果說關是「大金優諫」、「金之遺
民」，貫雲石何不把他劃入「北來」之列，而歸之於「近代」與盧、馮同列？
況且貫「序」較楊維楨《宮詞》、朱經《青樓集序》皆早出幾十年，可靠性應
當更強一些。

總觀以上正反兩方面的論證，只能說他生於元初較爲合理，謂爲「金之
遺民」，是不可信的。

關於關漢卿的卒年，根據散曲〔大德歌〕，可以肯定是在元成宗大德年間以
後。但堅持「金之遺民說」者，仍擬否定「大德」爲元成宗年號，例如有人說：

> 關漢卿大概等不到元成宗大德元年（1297）就死了。《陽春白雪》
> 前集收著關漢卿小令〔大德歌〕十段，有人認爲「大德」二字應是
> 元成宗年號，怕是錯誤的推測。『大德歌』或許是佛曲，後來拉入北
> 曲，也是很可能的。〔註21〕

〔註21〕見趙萬里《一點補正》，載《戲劇論叢》1957年第三輯。

所謂「佛曲」，不知何所據，但「大德」確爲元成宗年號。元成宗有兩個年號，先「元貞」（1295～1297），後「大德」（1297～1307）。所謂「一時人物出元貞，擊壤謳歌賀太平，傳奇樂府時新令」、「元貞書會李時中、馬致遠、花李郎、紅字公，四高賢合捏《黃粱夢》」、「元貞、大德秀華夷……養人才，編傳奇，一時氣候雲集」、「唐、虞之世慶元貞，高士東平顧仲清，泉場掌印爲司命。見傳奇，舉世行，向雨窗，託興怡情」、「樂府詞章性，傳奇麼末情。考〔都〕興在大德元貞」、「元貞年裏，升平樂章歌汝曹」〔註22〕等吊詞，皆可證。因而當時有〔慶元貞〕和〔大德歌〕的曲名。從以上的引證，不僅可斷言關氏的〔大德歌作於「大德」年間毫無問題，而且證明了元貞、大德年間正是元曲創作繁榮的黃金時代，從創作規律上看，不如此也是不可能的。馮沅君在《關漢卿及其所創作的女性》一文中講得好：

> 就文學上種種實例看，一個作家寫作質量的優劣多寡，往往不獨決定於作者自己的天資學歷，同時又決定於他所處的時代。如果他所處的時代，正是他採用那種文體的盛年，他的作品常是質量咸佳，否則反是。

再者《錄鬼簿》把關漢卿、馬致遠均列入「前輩已死名公才人」，可推知其年齡相近。馬致遠散套有句云：「至治華夷，正堂堂大元朝世」（〔中呂·粉蝶兒〕）。至治爲元英宗年號，時在 1321～1323 年，可知馬致遠當時還健在，還在寫作。因推知關漢卿的卒年不可能太早，至早也是在大德年間以後。近代孫楷第先生根據元·陶宗儀《輟耕錄》卷二十三「嗓」條，記載關漢卿的朋友王和卿死時（1320），關漢卿曾去吊唁，推知關當時尚健在；又據元·周德清《中原音韻序》（寫於 1324）：「樂府之盛，之備，之難，莫如今時……其備則自關（漢卿）、鄭（光祖）、白（樸）、馬（致遠），一新制作。……諸公已矣，後學莫及。」知那時漢卿已故，故漢卿卒年當在 1320～1324 年之間。〔註23〕看來，孫先生的結論，是可信的。

關於關漢卿的經歷，在《不伏老》中，曾自我介紹云：「半生來折柳攀花，一世裏眠花臥柳」，這就是說他的一生都泡在勾構（戲院）、行院（妓院，當

〔註22〕 以上所引分見鍾嗣成《錄鬼簿》卷上，趙子祥、李時中、狄君厚、顧仲清、花李郎、趙明道的吊詞。

〔註23〕 詳見孫楷第《關漢卿行年考》（《元曲家考略續編之一》），戴《文學遺產》第二期。

時演戲的主要場所之一）和「書會」（爲演戲、說書寫腳本的組織）裏，和藝人們生活在一起，創作、演出在一起，鬥爭也在一起。他本是河北安國伍仁村人，但長期是在大都（今北京市）活動。爲了擴大戲劇事業的影響，也曾「玩府遊州」，到各地巡迴演出。他的足跡遍及大江南北。據《不伏老》所說：「我玩的是梁園月，飲的是東京酒，賞的是洛陽花」這幾句話，可知他到過汴梁（今開封市）和洛陽。雜劇《單刀會》二〔隔尾〕，藉道童的打諢：「卟的我恰便似縮了頭的烏龜則向那汴河裏走」，這也是他到過汴梁的佐證。不然，他何以藉「汴河」取笑？從散套《贈朱簾秀》：「十里揚州風物妍，出落著神仙」這句話，說明關在南遊揚州時，見過當時名妓朱簾秀。因朱簾秀時爲南部樂妓，經常活動於兩淮之間，在揚州相見，也是很可能的。過長江再往南遊，就是杭州了。前已及之，無庸贅言。須補充的是：關漢卿在杭州還印行過劇本，如《古杭新刊的本關大王單刀會》，〔註24〕大都、汴梁、杭州，在當時是三個經濟畸形發達的都市，也是戲劇活躍的中心，關漢卿之所以被推稱爲「驅梨園領袖、總編修師首、捏雜劇班頭」，和他到過這些人物薈萃、市面繁榮的大都市，經多見廣，聯繫面寬，想也是有關聯的。

固然，關漢卿的一生，是通過戲劇事業爲人民而嚴肅鬥爭的一生，但據傳聞他似也有過風流韻事，例如下面小令中所反映的內容便是：

　　〔中呂〕朝天子

　　　從嫁媵婢

　　　　鬢鴉，臉霞，屈殺了將陪嫁。規模全是大人家，不在紅娘下。

　　　　巧笑迎人，文談回話，眞如解語花。若咱得他，倒了葡萄架。

此曲，據明・蔣一葵《堯山堂外紀》說：關漢卿嘗見一從嫁媵（ying 硬）婢（即隨嫁的婢女），甚美，欲納之不果，乃賦此曲〔朝天子〕以寄意。關夫人見之，答以詩曰：「聞君偷看美人圖，不似關王大丈夫。金屋若將阿嬌儲，爲君唱徹〔醋葫蘆〕。」關見之，嘆息而已。〔註25〕於此可見關漢卿夫婦間深厚的感情。

關漢卿作爲一個卓越的劇作家和優秀的表演藝術家，集編劇、導演、演員眾長於一人，和他的多才多藝，肯定也有密切的關係。在《不伏老》套數中誇耀他的才藝時說：

〔註24〕見《古本戲曲叢刊》第四輯《元刊雜劇三十種》。
〔註25〕見吳梅《顧曲塵談》第四章《談曲》（中國戲曲出版社，1983 年版）。

願朱顏不改常依舊，花中消遣，酒內忘憂。分茶、攧竹、打馬、藏鬮，通五音六律滑熟；甚閒愁到我心頭？

又說：

我也會圍棋、會蹴踘、會打圍、會插科、會歌舞、會吹彈、會咽作、會吟詩、會雙陸。〔註26〕

一個人能掌握這麼多玩藝，知識面這麼廣，又精通音律之學，不用說在元代作家中，即在歷代作家中，他屬罕見。具有如此雄厚的藝術基本功，其戲劇成就怎能不高出眾人，成為群星燦爛中最光亮的一顆星呢？

在各種玩法中，關漢卿尤喜「蹴踘」這種運動形式。他不僅在上述《不伏老》中連同其他技藝作了自我介紹，還在〔越調‧鬥鵪鶉〕《女校尉》第一套〔寨兒令〕裏說：

得自由，莫剛求。茶餘飯後邀故友，謝館秦樓，散悶消愁。惟蹴踘最風流，演習得踢打溫柔，施逞得解數滑熟，引腳躡龍斬眼，擔槍拐鳳搖頭，一左一右，折疊鵬勝游。

看來，關漢卿還確是個愛好足球運動的健將，常邀女校尉（女運動員）們在球場上各逞球藝，爭強賭勝，以此相娛。關漢卿所以享高壽，愛好這種運動，想必也是原因之一吧。

通過《女校尉》這兩首散套，我們還看到許多描繪「蹴踘」的生動場面，例如第一套的前兩段：

換步那蹤，趨前退後，側腳傍行，垂肩躲袖。若說過論搭頭，朡答板樓。入來的掩，出去的兜。子要論道兒著人，不要無拽樣順紐。

打的個筒子朡特順，暗足窩妝腰不揪。拐回頭，不要那看的母側面，子弟每凝眸。非是我胡謅，上下泛前後左右瞅，過從的圓就。三鮑敲失落，五花氣從頭。（〔紫花兒〕）

第二套的幾段：

裝嬈委實用心機，不枉了夸強會。女輩叢中最為貴，煞曾習。沾身那取著田地，趕起了白踢，諸余里快收拾。（〔小桃紅〕）

〔註26〕此段引自隋樹森《全元散曲》‧《彩筆情詞》：「我也會吟詩，會篆籀，會彈絲，會品竹，我也會唱鷓鴣，舞垂手會打圍，會蹴鞠，會圍棋，會雙陸。」

　　　　　噴鼻，異香吹，羅襪長黏見色泥，天生藝性諸般兒會。折末你
　　　轉花枝堪鱇當對，鴛鴦扣體樣如畫的，到啜賺得校尉每疑惑。（〔調
　　　笑令〕）

　　　　　粉汗濕珍珠亂滴，寶髻偏鴉玉斜堆，虛蹬落實拾躡起，側身動，
　　　柳腰脆，丸惜。（〔禿廝兒〕）

　　　　　「甚旖旎，解數兒希，左盤右折煞曾習。甚整齊，省氣力，旁
　　　行側腳步頻移，來往似粉蝶兒飛。」（〔聖藥王〕）

以上把女運動員活動的千姿百態形容盡致。從中還發現不少今已不甚了解的
有關「蹴踘」的術語，如結合薩都剌的散套《妓女蹴踘》和鄧玉賓的散套《仕
女圓社氣球雙關》進行研究，我想，這對於我們研究體育史、漢語史，都是
很寶貴的第一手資料，可補文獻之不足，萬萬忽視不得。

　　最後一個問題，是有關《西廂記》的作者問題。過去很長一段時期內，
或謂王作，或謂關作，或謂關作王續，或謂王作關續，或謂關作董續，聚訟
紛紜，爭執不下。學術界的意見，到現在也沒有徹底的統一，但多數人已趨
向於王作，而實際上令人懷疑之處還很多，僅就關漢卿的散曲提供的資料，
也尚有可議之點。例如〔中呂·普天樂〕《崔張十六事》，內容與《西廂》全
同，詞句也全是隱括的《西廂》。如完全否定關的著作權，應如何交待這《崔
張十六事》呢？難道以關漢卿這樣偉大的作家，能無聊地剽竊後輩王實甫的
嗎？雖然隋樹森先生認為《崔張十六事》是「明人根據《西廂記》雜劇寫的，
正和《雍熙樂府》卷十九所收的明人小令〔滿庭芳〕，西廂十詠〔小桃紅〕，『摘
翠百詠小春秋』是同一類作品，不是關漢卿寫的」。〔註27〕這種推測，不能說
沒有道理，但缺乏實據，還不能據此率爾否定。何況在《從嫁媵婢》裏提到
過紅娘，在〔大德歌〕中還提到張君瑞，作者如此熱衷《西廂記》中的人物，
難道也都是偶然的嗎？所以，我認為根據關作的小令，再結合其他資料，還
需對《西廂記》作者問題，進行更深入的研究。

　　　　　　　　　　　　　　　（原載於《河北師院學報》1988 年第 3 期）

────────────

〔註27〕見《關漢卿散曲中的幾個問題》，收在隋樹森文集《元人散曲論叢》。

關漢卿生、卒年的再認識

王學奇

　　關漢卿是我國 13 世紀最偉大的戲劇家，可惜他的生平事跡及生、卒年，當時沒有被記錄下來，現在只能從片斷材料中，看到一個極不完整的輪廓。但搞清關漢卿活動的年代，對於元雜劇的發生、發展，至關重要。因此，最近半個多世紀以來，許多學者對關漢卿的生、卒年，作了種種推測。茲列舉有代表性的說法於下：

　　（1）1205 年？～1285 年？（陳子展說，見《中國文學史講話》，北新書局出版，1933 年 3 月）

　　（2）1210 年左右～1280 年左右（趙萬里說，見趙文《一點補正》，載《戲劇論叢》1957 年第三輯）

　　（3）1210 年左右～1280 年以後（戴不凡說，見戴文《關漢卿及其劇作》，載《戴不凡戲曲研究論文集》，浙江人民出版社出版，1982 年 2 月）

　　（4）約 1210 年～1300 年之間（張庚、郭漢城說，見《中國戲曲通史》，中國戲劇出版社出版，1980 年 4 月。

　　（5）1210 年左右～1298 至 1300 年之間（鄭振鐸說，見鄭文《關漢卿——我國十三世紀的偉大戲劇家》，載《戲劇報》1958 年第 6 期）

　　（6）1213 年至 1222 年～1297 至 1307 年（游國恩等人說，見《中國文學史》，人民文學出版社出版，1963 年 7 月）

　　（7）約 1220 至 1230 年～1300 年後（胡適說，見胡文《再談關漢卿的年代》、1937 年）

　　（8）1227 年後～1297 年後（王季思說，見王文《關漢卿和他的雜劇》，載《人民文學》1954 年 4 月號）

（9）1241 至 1250 年～1320 至 1324 年（孫楷第說，見孫文《關漢卿行年考》，載《文學遺產》第 2 期，1954 年 3 月 15 日）

（10）還有馮沅君在《才人考：關漢卿的年代》（見《古劇說匯》）一文中提出兩個關漢卿的主張：一個是年代較早（由金入元）的作曲家，一個是年代較晚（十之八九完全是元人）的劇作者，並指出他可能生在 1240 年左右。

看來眾說紛紜，莫衷一是。究竟哪些說法接近事實呢？容我詳述於後。

一、

要考定關漢卿的生年，請先看下面的記載：

（1）元・鍾嗣成《錄鬼簿》把關漢卿在「前輩才人有所編傳奇於世者五十六人」之首，賈仲明的吊詞並說他「驅梨園領袖，總編修師首，捻雜劇班頭」。

（2）明・朱權《太和正音譜・古今群英樂府格勢》中，品評關漢卿的作品風格時寫道：「初為雜劇之始，故卓以前列。」

（3）《錄鬼簿》列王和卿於「前輩名公樂章傳於世者」，而關漢卿和他則是好友，常相譏謔，其輩分、名望必然相當。元・陶宗儀《輟耕錄》卷二十三說：

> 大名王和卿，滑稽挑達，傳播四方。中統（1260～1263）初，燕市有一蝴蝶，其大異常，王賦〔醉中天〕小令……由是其名益著，時有關漢卿者，亦高才風流人也。王常以譏謔加之。關雖極意還答，終不能勝。

（4）在《錄鬼簿》中，賈仲明給馬致遠的吊詞說：「戰文場，曲狀元。姓名香，貫滿梨園。《漢宮秋》、《青衫淚》、《戚夫人》、《孟浩然》，共庾（吉甫）、白（仁甫）、關（漢卿）老齊肩。」給孟漢卿的吊詞說：「已齋老叟播聲名，表字相同亦漢卿。」給高文秀的吊詞說：「除漢卿一個，將前賢疏駁。比諸公、么末（雜劇）極多。」據此可知，關漢卿與庾吉甫、白仁甫輩分相當；而馬致遠、孟漢卿、高文秀，從「關老」、「老叟」、「前賢」等字眼來看，顯然都是關漢卿的晚輩。

（5）關漢卿寫有《拜月亭》、《調風月》、《哭存孝》、《五侯宴》等雜劇。在這些劇本中，反映的是女真、沙陀的習俗和故事，使用了不少女真族的語言，如阿媽（父親）、阿者（母親）、撒敦（親戚）、赤瓦不剌海（你這該打死

的），等等。1115 年自金太祖完顏旻滅遼佔據中國北方，到 1234 年蒙古滅金時百有餘年，中國北方廣大地區，番漢雜處，互相影響。南宋范成大（1126〜1193）所著《攬轡錄》記金末情況：「民既永習胡俗，態度、嗜好亦與之俱化。……自過淮以北皆然，京師尤甚。」明・蔣一葵《長安客話》卷五「古漁陽」條亦云：「人煙多戌卒，市語雜番聲。」漢卿生於金國佔領的北方，金末的故事和女眞族的語言，不能不在他幼年的記憶中留下痕跡。

以上的材料說明：關漢卿既是雜劇最早的創作者，又是眾望所歸的梨園界領袖；既與王和卿、白仁甫、庾吉甫輩分相當，又長於馬致遠、孟漢卿、高文秀諸人；既熟悉金末的習俗和故事，又通女眞族的語言。據此可以推知：關漢卿的生年必然要略早於元初諸大曲家。

究竟要早多少年呢？有些文獻資料說他是「大金優諫」或「金之遺民」，甚至說他做過「太醫院尹」。例如：

元・楊維楨（1296〜1370）《元宮詞》：

> 開國遺音樂府傳，《白翎》〔註1〕飛上十三弦。大金優諫關卿在，《伊尹扶湯》進劇編。。

元・邾經《青樓集序》：

> 我皇元初並海宇，而金之遺民若杜散人、白蘭谷、關已齋輩，皆不屑仕進，乃嘲風弄月，流連光景。

明・蔣一葵《堯山堂外紀》卷八十：

> 關漢卿號已齋叟，大都人，金末爲太醫院尹，金亡不仕。

實際，這幾條記載皆不足據。先講楊維楨的「大金優諫」說。前人雖有附和者，如清人樓卜瀍爲《鐵崖樂府》作注時，說「關卿」即關漢卿。近人王國維更進而斷言《伊尹扶湯》是關漢卿的作品。但這都是沒有根據的。

查鍾氏《錄鬼簿》，關漢卿名下並無《伊尹扶湯》。而王國維卻說：「其不見於《錄鬼簿》者，亦猶其所作《寶娥冤》、《續西廂》等，亦未爲鍾氏所著錄也。」〔註2〕須知，鍾氏雖未著錄，但《寶娥冤》，古名家本，元曲選本、酹江集本俱題關漢卿撰，《西廂記》的作者，在《錄鬼簿》中著錄在王實甫名

〔註1〕《白翎》，即《白翎曲》，教坊大曲名。此曲創始於元朝開國時。命名《白翎雀》者，乃是遵循蒙古的舊俗。蒙古人因白翎雀寒暑常在北方，故習慣上用它來比喻臣下對可汗的忠誠。參見《元朝秘史》卷五、《元史・太祖本紀》。
〔註2〕見王國維《宋元戲曲考九・元劇之時地》（中國戲劇出版社，1957 年 11 月）。

下，它在元代並無異說。到明代才發生《續西廂》的作者問題，迄今尚無定論，而《伊尹扶湯》在《錄鬼簿》中是明明白白著錄在鄭德輝名下，全名為《耕莘野伊尹扶湯》，脈望館抄本作《立成湯伊尹耕莘》，亦題鄭德輝撰，它與關漢卿毫無瓜葛，兩者未可類比。王國維為證實自己的觀點，又推出馬致遠雜劇《漢宮秋》二折〔賀新郎〕中的兩句話：「不說他伊尹扶湯，則說那武王伐紂」，斷言：「《武王伐紂》乃趙文殷所作雜劇，則《伊尹扶湯》亦必為雜劇之名。馬致遠時代，在漢卿之後，鄭光祖之前，則其所云《伊尹扶湯》劇，自當為關氏之作，而非鄭氏之作。」〔註3〕其實，這是斷章取義，誤解了曲文。如果把這兩句的前後曲白聯繫起來，這兩句話究竟是什麼意思，便可一目了然。

請看《漢宮秋》第二折漢元帝和大臣的一段對話：

〔牡羊關〕興廢從來有，干戈不肯休。可不食君祿命懸君口。太平時，賣你宰相功勞；有事處，把俺佳人遞流。你們乾請了皇家俸，著甚的分破帝王憂？……

（尚書云：）他外國說陛下寵昵王嬙，朝綱盡廢，壞了國家。若不與他，興兵吊伐。臣想紂王只為寵妲己，國破身亡，是其鑒也。

（駕唱：）〔賀新郎〕俺又不曾徹青霞高蓋起摘星樓；不說他伊尹扶湯，則說那武王伐紂。有一朝身到黃泉後，若和他留侯、留侯廝遘，你可也羞那不羞？

很顯然，「伊尹扶湯」和「武王伐紂」絕不是雜劇名，而是漢元帝藉歷史事件責備大臣在危急之際不能與帝王分憂，致使把寵妃王嬙遠嫁單于，內心是很惱火的。再者，雜劇《伊尹扶湯》乃阿諛帝王之作，與甘願做浪子班頭的關漢卿，毫無共同之處。因此，過去就有人懷疑楊維楨所提的「關卿」為另一人，不是大作家關漢卿；或疑楊維楨犯了張冠李戴的錯誤。況且關漢卿在金亡時尚是未成年的孩子，何以得稱「大金優諫」？

據此而推，郝經說關是「金之遺民」，自然也不足據。郝經給《青樓集》寫「序」時，歲在至正甲辰（1364）年，距元亡僅僅四年，而早於郝「序」三十四年前的《錄鬼簿》，記董解元時，特別指出金章宗時人，記關漢卿卻未提及「金」字。兩者相較，何者可信，不辨自明，再查《說集》本郝序，亦

〔註3〕見王國維《宋元戲曲考九・元劇之時地》（中國戲劇出版社，1957年11月）。

不見「而金之遺民」五字。從文字上來考察，「而金之遺民」五字，與上下文意亦不相屬，顯係爲後人所加。

證明關非「金之遺民」，根據還不止此，元・貫雲石（1286～1324）在《陽春白雪序》上說：

> 北來徐子芳滑稽，楊西庵平熟，已有知者。近代疏齋媚嫵，如仙女尋春，自然笑傲；馮海粟豪辣灝爛，不斷今古，心事又與疏翁不可同舌共談；關漢卿、庚吉甫造語妖嬌，適如少女臨懷，使人不忍對殢。

按：「北來」和「近代」兩個詞語，顯然區別了兩個時代。「北來」是指由金入元的曲家徐子芳和楊西庵。「近代」是元滅金後成長的作家如盧疏齋、馮海粟、關漢卿、庚吉甫等。徐子芳即徐琰，約生存於 1219 至 1310 年間。楊西庵即楊果，約生存於 1197 至 1269 年間。其實，徐子芳在金亡時才十五歲，也算不得「北來」，更不會見知於人。何況列入「近代」曲家的關漢卿等人呢？貫雲石寫此「序」時約在仁宗皇慶末年至延祐初年，即 1313 至 1314 年之間，比楊維楨寫《元宮詞》、邾經寫《青樓集序》皆早幾十年，可靠性肯定要強。照此說來，如果說關是「大金優諫」、「金之遺民」，貫雲石何不將關劃入「北來」之列，而歸之於「近代」呢？

至於蔣一葵說關在「金末爲太醫院尹」，尤不可信。「太醫院尹」這個官職，在金、元兩史《百官志》中皆無記載。元・危亦林編的《世醫得效方》〔註4〕卷有元順帝至元四年（1338）太醫院題識，並備列太醫院官吏的職銜計二十四人，其中有太醫院使、同知太醫院事、金太醫院事、同金太醫院事、太醫院判官、經歷、都事、掾史等銜，亦不見「太醫院尹」的職銜。那麼，問題出在哪裏呢？可能就出在版本上。鍾氏《錄鬼簿》前後曾修訂過三次，轉手之間，不免發生形近致誤的錯誤。據明抄《說集》本、明抄天一閣本、孟稱舜刊《酹江集》殘本，均作「太醫院戶」。《說集》本是較早較好的抄本，孟本是現在最早的刻本，自然比較眞實可靠。可見「尹」是「戶」字的形誤。只因《說集》本和天一閣本未刊行過，孟本流傳亦極少，故自明・蔣一葵根據坊本，以訛傳訛，一直訛傳了幾百年。近人馬廉以天一閣抄本爲底本的新校注本，受曹本《錄鬼簿》的影響，又把「戶」字誤改爲「尹」字，造成了新的混亂，不可不察。

〔註4〕見危亦林《世醫得效方》（此書元刊本有太醫院官吏二十四人名單，《四庫》本已刪）。

按:「醫戶」是一種行業的戶籍名,和元代的「茶戶」、「鹽戶」等類似。《通制條格》卷三載有元世祖至元八年(1271)十月初十的一道公文:

> 太醫院奏:本管的醫人內,除戶頭作醫戶當差外,其餘兄弟孩兒每省會醫人的、不會醫人的,析居收作協濟民戶。若這般,已後學習醫人的都少了也。合無將本院但有析居戶,令本院管領,據合著差發依民戶例輸納,不致缺少。……

據此可知,元代父兄行醫的,其「兄弟孩兒每」,雖已不再執行醫務工作,並且已經分居另過,戶籍仍由太醫院管轄,依照其他民戶條例納稅當差,這就是當時所謂的「太醫院戶」。照此看來,關漢卿連小官都不是,怎當的上太醫院「尹」呢?《元史・百官志四》:「太醫院,秩正二品,掌醫事,領各屬醫職。」如果關漢卿真有偌高的官職,又怎麼能解釋他甘於「躬踐排場」「面傅粉墨」、「偶倡優而辭」〔註5〕的生活呢?

總合以上的分析,我看關漢卿的生年當在 1220 至 1230 年之間,與白仁甫(1226 年生)、胡紫山(1227 年生)、王惲(1227 年生)等人年歲相當而略早,也是出生在金末,到蒙古滅金時(1234 年),也不過十多歲的孩子,在金、元兩代都沒有做過官。關漢卿作為一個「偶儻風流人物」,終其一生皆以戲劇為事業,利用戲劇作喉舌。與人民同呼吸共戰鬥,直至最後一刻。

二、

究竟關漢卿卒於何年呢?具體年月無法考知。但從流傳下來的關漢卿的〔大德歌〕可以得到啟示。我們知道,1294 年元世祖忽必烈死後,1295 年元成宗繼位,改元「元貞」,1297 年又改元「大德」。〔大德歌〕的末首說:「吹一個彈一個,唱新行〔大德歌〕。」可見〔大德歌〕曲牌的得名正和〔慶元貞〕的得名一樣,都是來自元成宗的年號。據此推斷,關漢卿的卒年當在 1297 年以後。以後多長時間呢?據曹本《錄鬼簿》睢景臣小傳云:

> 景臣,後字景賢。大德七年(1303),公自維揚來杭州,余與之識。

可知鍾嗣成在當時已開始製曲,並與曲家多有往來。1303 年在杭州結識了以寫套曲《高祖還鄉》著稱的睢景臣。那麼,大名鼎鼎的關漢卿,如當時還健

〔註 5〕見臧晉叔《元曲選・序二》。

在的話，鍾氏何以不知道呢？不難設想，關漢卿在 1303 年前已經過世。從現在佔有的史料，自〔大德歌〕之後再也見不到這位雜劇創始人的活動，也是個明證。故鍾氏在《錄鬼簿》中未把關列入「方今已亡名公才人，余相知者」，而列入「前輩已死名公才人」中，想來是有根據的，因此，我們把關漢卿的卒年斷在 1297 至 1303 年之間，當接近事實。

但堅持「金之遺民」說者，如上所述，既把關的生年提前了，隨之也提前了卒年。例如趙萬里先生說：

> 我們暫定關漢卿生於 1210 年左右，死於 1280 年左右，想來是很有可能。〔註6〕

爲證實這種觀點，趙先生接著在同一篇文章又說：

> 關漢卿大概等不到元成宗大德元年（1297）就死了。《陽春白雪》前集收著關漢卿小令〔大德歌〕十段，有人認爲「大德」二字應是元成宗年號，怕是錯誤的推測。〔大德歌〕或許是佛曲，後來拉入北曲，也是很可能的。

這幾句話，顯而易見，趙先生意在否定〔大德歌〕曲牌來自元成宗的年號。但他只說〔大德歌〕或許是佛曲，卻沒有提出根據來，無從置喙。我們說「大德」是元成宗的年號，〔大德歌〕曲牌之得名就是來自「大德」這個年號，是有大量材料的，請看：賈仲明給顧仲清的吊詞說：「唐虞之世慶元貞，高士東平顧仲清，泉場掌印爲司命，見傳奇，舉世行，向雨窗，託興怡情」；給花李郎的吊詞說：「樂府詞章性，傳奇麼末情，考（都）興在大德、元貞」；給趙明道的吊詞說：「元貞年裏，升平樂章歌汝曹。喜豐登，雨順風調」；給張國賓的吊詞說：「教坊總管喜時豐，斗米三錢大德中，飽食終日心無用。捻《漢高歌大風》，薛仁貴，衣錦崢嶸。七里灘頭辭主，《汗衫記》，孫認公，朝野興隆」；給趙公輔的吊詞說：「儒學提舉任平陽，公輔先生天水郎，元貞、大德乾元象。宏文廣、闢玉京，燕趙擅場」。〔註7〕從以上的引證，聯繫起來看，不僅證明〔慶元貞〕、〔大德歌〕的曲牌得名於元成宗的年號，而且證明了元貞、大德年間正處於元雜劇興旺發達的頂峰，在元貞、大德前後近半世紀的時間內，可以說是元雜劇的黃金時代。在這個時代，人才備出，作品紛呈，百花爭艷，絢爛多姿。正如賈仲明所說：「元貞、大德秀華夷，至大、皇慶錦

〔註6〕見趙萬里《一點糾正》（載《戲劇論叢》1957 年第三輯。）
〔註7〕見鍾嗣成天一閣本《錄鬼簿》上卷（上海古籍出版社，1978 年 4 月）。

社稷，延祐、至治承平世。養人才，編傳奇，一時氣候雲集」。〔註8〕再者，從一般創作規律看，不如此也是不可能的。馮沅君在《關漢卿及其創作的女性》〔註9〕一文中講得好：

> 就文學上種種實例看，一個作家寫作質量的優秀多寡，往往不獨決定於自己的天資學歷，同時又決定於他所處的時代。如果他所處的時代，正是他採用那種文體的盛年，他的作品常是質量咸佳，否則反是。

馮先生這些話，正可以拿王國維所說的「楚之騷，漢之賦，六代之駢語，唐之詩，宋之詞，元之曲」〔註10〕來作注腳。再結合賈仲明所說：「元貞書會李時中、馬致遠、花李郎、紅字公，四高賢合捏《黃梁夢》」，又說「一時人物出元貞，擊壤謳歌賀太平，傳奇、樂府時新令。錦排場，起玉京。《害夫人》、《崔和擔生》。白仁甫、關漢卿。《麗情集》，天下流行」〔註11〕這兩條材料看，在元貞、大德時期，關漢卿、白仁甫、馬致遠、李時中、花李郎、紅字公（紅字李二）等，特別是元曲幾大作家都同時健在。「錦排場，起玉京」，又說明規模較大，弛名燕趙的玉京書會也在此時產生。正因爲如此，才有條件使元雜劇達到全盛時代。從《錄鬼簿》中，我們還知道圍繞在關漢卿身邊的朋友有費君祥、梁退之（一名梁進之）、楊顯之等，也都在元雜劇這種文體的盛年，互相切磋，互相促進，楊顯之不就因此而號稱關漢卿創作的「楊補丁」嗎？而關漢卿對當時作家，特別是高對文秀、孟漢卿、沈和甫等不也有著深刻的影響嗎？故把關漢卿的卒年提前到1280年左右，是沒有根據的。

和提前的說法相反，還有把關漢卿的卒年錯後到14世紀30年代。主此說者以孫楷第先生爲代表。他在《關漢卿行年考》中說：

> 「其（關漢卿）卒當在延祐七年以後」泰定元年以前（1320～1324）。雖不敢云必是，應去事實不遠。」〔註12〕

孫先生的根據是什麼呢？他根據的便是貫酸齋（即貫雲石）在1313至1314年間寫的《陽春白雪序》，他說：

〔註8〕見鍾嗣成天一閣本《錄鬼簿》上卷（上海古籍出版社，1978年4月）。
〔註9〕見馮沅君《關漢卿及其所創作的女性》（載《馮沅君古典文學論文集》，山東人民出版社，1981年3月）
〔註10〕見王國維《宋元戲曲考序》。
〔註11〕見鍾嗣成天一閣本《錄鬼簿》上卷（上海古籍出版社，1978年4月）。
〔註12〕見孫楷第《關漢卿行年考》（載《文學遺產》第二期，1954年3月15日）。

酸齋《陽春白雪序》作於皇慶末延祐初。此序以疏齋、海粟、
漢卿、吉甫並列爲近代人，疑疏齋、漢卿、吉甫，皇慶、延祐間尚
在，與酸齋或相識也。〔註13〕

這意思明顯是說：關漢卿在 1313 至 1314 年間還活著。這種邏輯推理，實難
令人信服。須知，貫酸齋的「序」中所謂的「近代」是和「北來」相對而言。
前文已經提過：「北來」是指由金入元的曲家，「近代」是指元滅金以後成長
的曲家。而且「序」中寫的明明白白，是「近代」而非「當代」，怎麼能保證
都活到貫寫「序」的時候？又怎麼能設想貫都與之相識呢？問題遠不止此，
孫先生這段推論，我還有點懷疑，文章既云「此序以疏齋、海粟、漢卿、吉
甫並列爲近代人」，下文怎麼只「疑疏齋、漢卿、吉甫，皇慶、延祐間尚在」，
而不提海粟，是何用意呢？

孫先生在同一文中又說：

《危太樸文續集》所載王和卿，卒於延祐七年，余謂即《輟耕
錄》與漢卿爲友之王和卿。如余言不誤，則漢卿卒年當在延祐七年
（1320）以後。

但我記得在《元曲家考略》〔註14〕中孫先生曾說：「關漢卿卒，在元仁宗皇慶
三年（1313）詔行科舉之前。而《危太樸文續集》之蔚州人汴梁路通許縣尹
王和卿，卒於延祐七年，明與曲家王和卿非一人。」可見孫先生原來確認《危
太樸文續集》所說的王和卿，即《輟耕錄》所說的曲家王和卿，何以這裏又
以此爲主要依據考定關漢卿的卒年？如有新證，這裏應該提出，但通觀全文，
並無隻字涉及。據《輟耕錄》（卷二十三）我們知道曲家王和卿是大名（今河
北省大名）人，而《危太樸文續集》所稱王和卿則是汴梁（今河南省開封市），
家於蔚州，兩人籍貫明顯不同。以出身、社會地位論，曲家王和卿，《錄鬼簿》
稱王和卿爲學士，列於「前輩已死名公有樂府行於世者」，《輟耕錄》則稱他
「滑稽挑達」以作曲「傳播四方」，而《危太樸文續集》所稱王和卿「家佔軍
籍」，以「褒衣峩冠出入隊伍」。以年齡論，曲家王和卿，《輟耕錄》言在中統
（1260～1263 初），即以賦〔醉中天〕小令而「其名益著」時，「高才風流人」
關漢卿，與之交往，輩分、名位相當，互相戲謔，是可以理解的；而《危太
樸文續集》所說的王和卿，「生於壬寅（1242）歲九月」，到中統初不過十來

〔註13〕見孫楷第《關漢卿行年考》（載《文學遺產》第二期，1954 年 3 月 15 日）。
〔註14〕見《元曲家考略》乙稿「王和卿」條（上海古籍出版社，1981 年 11 月）。

歲，怎麼能名播四方，而與已成名的關漢卿相互戲謔，甚至勝關一籌，使「關
雖極意還答，終不能勝」呢？就以這個王和卿而論，在延祐七年逝世時，亦
已年高七十八歲，那時百歲左右的關漢卿（假設眞是還活著的話），論年齡、
論精力、論情理，怎麼還能前去開王和卿的玩笑呢？看來孫先生的說法不能
自圓其說。故孫先生推斷關漢卿卒於延祐七年（1320 以後）的說法，不能成
立。

　　與此相聯繫，孫先生推斷「其（關漢卿）生當蒙古乃馬眞后稱制元年與
海迷失后稱制三年之間（1241～1250）」的說法，也是缺乏根據的。這在前面
已有大量材料作了正面證明，這裏勿庸贅言。如這種說法成立，則白蘭谷（1226
～1306）、胡紫山（1226～1295）、王惲（1227～1304）等曲家，就都成了關
漢卿的前輩了，那麼關漢卿何以稱得上「初爲雜劇之始」、「驅梨園領袖、總
編修師首、捻雜劇班頭」呢？

三、

　　總之，我認爲關漢卿的生年當在 1220 至 1230 年之間，與白仁甫、胡紫
山、王惲等生年相近而略早；卒年當在 1297 至 1303 年之間。享年八十歲左
右。接近某些前賢的說法。我通過這次對關漢卿生、卒年的進一步探討，糾
正了我過去一些不確切的看法。同時也領會到進行考證工作，必須掌握全面
材料，上下左右，互相聯繫起來，揆情度理，反覆權衡，才能得到中肯的分
析，如不把個別具體材料放在總體材料中進行考察，很可能不同的作者從同
一材料中得到不同的結論。過去很多問題，看法分歧很大，議論不休，誰也
說服不了誰，恐怕根源就在此，事實愈辯愈明。現在對關漢卿生、卒年的看
法，多數人大致趨向一致了。兩極端的看法越來越陷於孤立。

（原載於 1991 年《北京師範大學學報》增刊）

第五輯

元明戲曲中的少數民族語

王學奇

　　我國是以漢民族爲主體逐漸形成的多民族國家。在歷史上漢族和四境的少數民族的接觸從未斷間過，因此漢語和少數民族語就不可避免地要互相滲透、吸收、融合。到蒙元崛起北方，南併中原，統治了整個中國以後，胡、漢雜居，無所不在，從此，蒙語對漢語的影響，其深廣程度是任何時代、任何民族語所不能比擬的。元‧杜善夫詩云：「吳疆連晉境，漢卒雜番兵。」明‧蔣一葵《長安客話》卷五「古漁陽」條引都人白某過薊州詩云：「人煙多戍卒，市語雜番聲。」明‧王世貞《曲藻序》云：「大江南北，漸染胡語，時時採入。」所謂「時時採入」者，即指元明戲曲中採用了蒙語。因此，我們今天讀元明戲曲，對其中的蒙語，必須有所理解，才能進一步更好地繼承和發揚這份寶貴遺產。爲此，就我目前所能解釋的，依音序詮釋部分詞語如下，以爲同道參考。不當之處，還望指正。

阿馬　阿媽

　　元‧關漢卿《拜月亭》：【牧羊關】白：「阿馬，認得瑞蘭麼？」

　　元‧關漢卿《哭存孝》一、白：「俺父親是李克用，阿媽喜歡俺兩個。無俺兩個呵，酒也不吃，肉也不吃。」

　　元‧無名氏《貨郎旦》三、白：「阿媽，有甚話對你孩兒說呵，怕做什麼？」

女眞語呼父親爲阿馬。阿馬。一譯阿媽，《女直譯語‧人物門》又譯「父」日「阿麻」，均音近義同。今滿族人仍呼父爲「阿嘛」，是其遺也。

阿者

元・關漢卿《拜月亭》一【天下樂】:「阿者，你這般沒亂荒張到得那裏？」

元・關漢卿《調風月》二【江兒水】:「老阿者使將來伏侍你，展污了咱身起。

元・關漢卿《哭存孝》二【牧羊關】白:「左右報復去，道有阿者來了也。」

女眞語呼母親爲阿者。《女直譯語・人物門》:「母，額墨。」觀在滿族人呼做訥訥（nè nè），是其聲轉。

阿斤堆

明・黃元吉《流星馬》二【乾荷葉】白:「（通事遇正旦云：）托勤那顏阿斤堆兒來。（正旦云：）也來那顏阿斤堆引度赤來者備，撒因撒因亦來來來。」

同劇同折【上小樓】白:「那顏哈敦阿斤堆虎林備。」

阿斤堆，蒙語。漢語謂親眷也。《華夷譯語・人物門》稱「親眷」爲「兀里撒敦」，即「阿斤堆」的異譯。《元朝秘史》譯作「安答」，《元朝譯文補證》譯作「諳達」，又譯作「按達」，皆字異音近義同。

阿媽薩　呵媽薩

明・黃元吉《流星馬》二【乾荷葉】白:「（正旦云：）民安倚看大牙兒哈茶幾鐵兒高赤呵媽薩赤者來備。（通事問旦兒云：）你從那個口子裏過來？（通事見正旦云：）也七阿媽薩一來四。」

阿媽薩，一譯呵媽薩，漢語謂口子、關口或山口子。《華夷譯語・地理門》譯「口子」爲「阿馬薩兒」；《盧龍塞略》卷十九、二十譯部上下卷所收蒙古譯語《居處門》，譯「口子」爲「阿彎薩兒」；《韃靼譯語・地理門》譯「口子」爲「阿麻撒兒」；《登壇必究》卷二十二所載（蒙古）《譯語・地理門》則曰:「山門子，阿彎撒兒。」韃靼館下續增《華夷譯語・地理門》則曰:「關口，察八察哈勒。」都是「阿媽薩」、「呵媽薩」的不同譯音。

阿那忽　阿納忽

元・王實甫《麗春堂》四【一錠銀】:「他將那（阿那忽）腔兒合唱，越感起我悲傷。」

　　元‧無名氏小令【阿納忽】：「花正開風篩，月正圓雲埋，花開月圓人在：宜唱那【阿納忽】修來。」（見《太平樂府》卷二）

　　元‧張子堅小令【德勝令】：「家聲，唱的是【阿納忽】時新令」。（見《樂府群玉》卷三）

阿那忽，一譯阿納忽，元曲曲牌名，屬雙調，傳自女眞或蒙古。王國維《宋元戲曲考‧餘論三》：「北曲【黃鐘宮】之【者剌古】，【雙調】之【阿納忽】、【古都白】、【唐兀歹】、【阿忽令】，【越調】之【拙魯速】，【商調】之【浪來里】，皆非中原之語，亦當爲女眞或蒙古之語也。」

阿忽令　阿占令　阿孤令

　　元‧關漢卿《拜月亭》四【阿忽令】：「咱卻且盡教佯呆著休勸，請夫人更等三年」。

　　元‧關漢卿《調風月》四【阿古令】：「滿盞內盈盈綠醑，子合當作婢爲奴。」

　　元‧秦簡夫《東堂老》三、白：「我夢見月明樓上，和那撅之秀兩個唱那【阿孤令】，從頭兒唱起。」

阿忽令，又譯作阿古令、阿孤令，當時北方民族的曲牌名，屬雙調。參看【阿那忽】釋文所引王國維《宋元戲曲考‧餘論三》。

　　按：《拜月亭》四折「阿忽」二字，經校筆塡蓋爲「太平」二字，仍依稀可見。王季思《全元戲曲》徑改爲【太平令】，並作校記云：「此曲牌誤作【阿忽令】，鄭本已據律改。」復按：據元曲聯套慣例，【沽美酒】之後例接【太平令】，如《單刀會》四折、《哭存孝》四折、《陳母教子》四折，皆可證。但也並非盡然，《調風月》四折【阿古令】曲，即置於【得勝令】之後，抑另有說乎？待考。

阿堵兀赤

　　明‧朱有燉《桃源景》四、白：「（淨白：）俺是蒙豁阿堵兀赤。（末白：）他說是達達人放馬的。」

例中一言「阿堵兀赤」，一言「放馬的」可見「阿堵兀赤」即牧馬人。《華夷譯語‧人物門》：「牧馬人，阿都兀赤。」阿堵兀赤、阿都兀赤，音義正同。阿、哈音近，或又譯作「哈剌亦」。《元史‧兵志三》：「牧人曰哈赤、哈剌赤」，是也。

把都兒　巴都兒　把都　把都孩　都把兒

元·馬致遠《漢宮秋》三【鴛鴦煞】白：「把都兒將毛延壽拿下，解送漢朝處置。」

元·鄭光祖《老君堂》楔子【仙呂賞花時·么篇】白：「大小巴都兒，擺開陣勢！」

明·湯顯祖《紫釵記》三十【㑳秀才】白：「把都們且搶殺他一番。」

清·郲山《雙星圖》二十四【縷縷金】：「軍營肅恁踉蹌，把都孩一個個似亡羊。」

清·楊潮觀《吟風閣雜劇，凝碧池忠魂再表》【繡停針·前腔】白：「那時他帳下都把兒們，一排排露刃相向，誰敢抬頭。」

把都兒，又譯作巴都兒、把都、把都孩、都把兒。蒙古語，意爲勇士。《元朝秘史》及《華夷譯語·人物門》均譯作「把那都兒」。《韃靼譯語·人物門》又譯作「把禿兒」，皆字異音近義同。把都兒，亦即滿語之「巴圖魯」。南宋·彭大雅、徐霆《黑韃事略》：「不殺則充八都魯軍，即《元史·兵志》之拔突也。拔突，華言勇無故也。」《元史·趙阿哥潘傳》：「帝駐釣魚山，合州守將王堅夜來砍營，阿哥潘率壯士逆戰，手殺數十百人。……帝喜曰：『有臣如此，朕復何憂？』賜黃金五十兩，名曰拔都。」元·陶宗儀《輟耕錄》卷二：「拔突，即拔都，都與突，字雖異而聲相近，蓋譯語無正音故也。」清·梁章距《稱謂錄》卷二十六「拔都」：「元時漢人賜號拔都，惟史天澤、張宏範，見《輟耕錄》。漢言勇也，亦曰拔都魯。案：此拔都，其即今巴圖魯乎？」筆者按：《兒女英雄傳》第三回、《官場現形記》第十二回，都有「巴圖魯」，是清朝皇帝給有戰功的武士的一種榮譽稱號，溝州話勇武的意思。

孛知赤　孛著剌

元明間·闕名《午時牌》一【鵲踏枝】白：「俺兩個弓馬上五烈不楪，早晚阿媽眼前，倒剌孛知赤伏侍，阿媽但見了俺兩個便歡喜」。

明·黃元吉《流星馬》二【上小樓】白：「塞銀例（倒）剌，塞因孛著剌。」

孛知赤，蒙語：漢語是跳舞的意思。《華夷譯語·人事門》、《韃靼譯語·人事門》都譯「舞」爲「孛知」。孛知是孛知赤的不同翻譯。例中「倒剌孛知赤伏

侍」，意言唱歌（倒剌）跳舞伏侍著。孛著剌，聲近孛知赤，義並同。剌，刻木原訛爲「刺」，今正。

備

> 明·黃元吉《流星馬》二【上小樓】白：「那顏、哈敦、阿斤堆虎林備。」

> 同劇同折【乾荷葉】白：「也麥、那顏、阿斤堆、引度赤來者備。」

備，漢語「有」的意思。《華夷譯語·通用門》：「備，有。」「那顏、哈敦、阿斤堆虎林備」，意言官人、娘子、親眷有個聚會。那顏漢言官人，哈敦漢言娘子，虎林漢言聚會也。

必赤赤　畢徹赤

> 元·無名氏《射柳捶丸》三、白：「必赤赤懷揣著文書，赤五色石手駕蒼鷹。」

> 明·黃元吉《流星馬》二【醉春風】：「終朝殺馬做筵席，將愁懷來遣：虎而赤吹彈，保兒赤割肉，畢徹赤把體面。」

必赤赤，一譯畢徹赤，蒙浯，漢語意指掌管文書的官吏。《元史·百官志一》：「中書省掾（yuán）屬：怯里馬赤四人，蒙古必闍（shè）赤二十二人，玉典赤四十一人。」《華夷譯語·人物門》：「吏，必闍赤。」《至元譯語·文字門》：「文書，必赤。」南宋·彭大雅、徐霆《黑韃事略》：「韃人無相之稱，只稱之曰必徹徹者，漢語令吏也，使之主行文書耳。」按：必闍赤、必赤、必徹徹，皆必赤赤、畢徹赤的異譯，聲近義同。

必答奴那可兒

> □·無名氏散套【般涉調·哨遍】《鷹犬從來無價》：「綠依依觀看五酥，翠巍巍對著倒剌，必答奴那可兒休奸詐，俺亦剌散銀哈。」

《華夷譯語·人物門》：「必答，咱。」「伴當，那可兒。」《至元譯語·君臣門》：「伴當，訥哥兒。」據此可知：「必答奴那可兒」，漢語即「咱的伙伴」之意。那可兒、訥哥兒，都是「奴那可兒」的異譯，字異聲近義同。

卜兒赤　保兒赤

> 元明間·闕名《岳飛精忠》一、白：「卜兒赤一只眼，兀剌赤豁看唇。」

明·黃元吉《流星馬》二、白：「一壁廂喚將保兒赤來，整治筵席。」

同劇同折【醉春風】：「虎而赤吹彈，保兒赤割肉，畢徹赤把體面。」

卜兒赤、保兒赤，蒙語，漢語謂廚子。《至元譯語·人事門》：「廚子，豹立直。」《華夷譯語·人物門》：「廚子，保兀兒赤。」《元史·兵志二》：「親飪以奉上飲食者，曰博爾赤。」元·黃溍集又作寶兒赤。按：卜兒赤、保兒赤、豹立直、寶兒赤、保兒兀赤，皆字異音近義同。蓋譯語無正音也。

赤瓦不剌海

元·關漢卿《哭存孝》二【牧羊關】：「（云：）赤瓦不剌海！（唱：）你常好是莽撞也祗候人。」

元·李直夫《虎頭牌》三【得勝令】：「才打到三十，赤瓦不剌海，你也忒官不威牙爪威。」

元·孟漢卿《魔合羅》三【醋葫蘆·么篇】白：「問不成呵，將你個賽隋何、欺陸賈，挺曹司，翻舊案，赤瓦不剌海猢猻頭，嘗我那明晃晃的勢劍銅鍘。」

赤，漢語「你」也。《華夷譯語·人物門》：「你，赤。」「瓦不剌海」或作「洼勃辣駭」，敲殺的意思。宋·洪皓《松漠紀聞·洼勃辣駭》下原注云：「彼云敲殺也。」敲殺，即打死之意。「赤瓦不剌海」，意言「你這該打死的」。王實甫《麗春堂》二【滿庭芳】：「則你那赤瓦不剌強嘴，兀自說兵機。」此「赤瓦不剌」義同上，疑漏一「海」字。

倒剌　倒喇

元明間·闕名《破天陣》一、白：「哥也，無甚勾當，已定則是喚俺吃答剌孫，倒剌著耍子。」

元明間·闕名《午時牌》一【鵲踏枝】白：「俺兩個弓馬上五烈不楪，早晚間阿媽跟前，倒剌字知赤伏侍，阿媽但見了俺兩個便喜歡。」

明·湯顯祖《牡丹亭》四十七【北夜行船】白：「（老旦作看丑介）：倒喇，倒喇。（丑笑介：）怎說？（貼：）要娘娘唱個曲。」

倒剌，蒙語，漢語是歌唱的意思。《華夷譯語·人事門》、《韃靼譯語·人事門》均譯「唱」爲「倒剌」。《牡丹亭》例，亦明言唱曲爲「倒喇」。倒剌、倒喇，

意義並同。《金瓶梅》又寫作「搗喇」。如第六十回：「內臣斜局的營生，他只寫《藍關記》，搗喇小子胡歌野調，那裏曉的大關目，悲歡離合。」「搗剌小子」即指唱的人。呼「小子」者，蔑稱也。

答剌孫　答剌蘇　打剌孫　打剌蘇　打剌酥　打辣酥　打蠟酥

元・關漢卿《哭存孝》一、白：「撒因答剌孫，見了搶著吃。」

元・陳以仁《存孝打虎》二【尾聲】白：「金盞子滿斟著賽銀打剌蘇。」

元・無名氏《射柳捶丸》三，白：「（黨項云：）打剌孫喝上五壺。」

元・無名氏《小尉遲》二【清江引】：「不知道我哄他，把我當實話，去買一瓶兒打剌酥吃著耍。」

□・無名氏散套【般涉調・哨遍】《鷹犬從來無價》：「鹽燒肉銅籤炭火上叉，答剌蘇俺吃剌。」

明・邱浚《投筆記》二十三【清江引】：「野餘大宛馬舞回回，打辣酥唱凱歌。」

清・尤侗《吊琵琶》楔子【仙呂端正好】白：「左右，賞他打蠟酥者！」

答剌孫，蒙語。《華夷譯語・飲食門》：「酒，答剌孫。」《韃靼譯語・飲食門》：「酒，打剌孫。」亦譯作答剌蘇、打剌蘇、打剌酥、打辣酥、打蠟酥，《至元譯語・飲食門》又作「答剌速」，《水滸傳》第二十四回又作「大辣酥」，清・謝濟世《西北域記》又作「達喇蘇」，這都是翻譯用字不同的緣故。

哈孩

明・黃元吉《流星馬》二【上小樓】白：「哈孩米蝦大輪米般拾，哈來哈者孩。」

《華夷譯語・鳥獸門》：豬曰「哈孩」，肉曰「米罕」。「米蝦」為「米罕」的不同譯語。哈孩米蝦，即指豬肉；抹鄰米罕，即指馬肉；兀格爾米罕，即指牛肉。《至元譯語・走獸門》又呼「豬」為「唐兀四」。《女直譯語・鳥獸門》則呼「豬」曰「兀甲」，皆由於譯音用字的不同。

哈喇　哈剌　哈剌兒

元‧馬致遠《漢宮秋》三【鴛鴦煞】白：「不如送他去漢朝哈喇，依還的甥舅禮，兩國長存。」

元‧無名氏《射柳捶丸》三、白：「來者何人？趁早下馬受降！但道個不字，我都哈剌兒了。」

元明間‧闕名《捉彭寵》三【倘秀才】白：「和他說什麼，拿出去哈剌了罷。」

清‧石子斐《正昭陽》四、白：「眾部落聽吾號令，來日呵，早把敵軍哈喇，宋皇帝只憑著隻手擒拿。」

哈喇，蒙語，謂殺死。《華夷譯語》呼殺曰「阿蘭」，阿蘭即「哈喇」的異譯，又譯作哈剌，哈剌兒，皆聲近義同。

哈敦

元明間‧闕名《岳飛精忠》一、白：「帳房裏藏著俊哈敦。」

明‧黃元吉《流星馬》二【上小樓】白：「哈敦鎖胡塌八杯。」

同劇同折同曲白：「我是金牙實不中，正望婦女結雙親，不想可是他老婆，通事也，入你哈敦五都魂。」

古代蒙古、突厥、回紇稱君之妻皆曰「哈敦」。《華夷譯語‧人物門》謂「娘子」曰「哈敦」。《續增華夷譯語‧人物門》呼「皇后」曰「哈敦」。《舊唐書‧突厥傳上》：「可汗，猶單于也。妻曰可敦。」《至元譯語‧人事門》謂「娘子」曰「下敦」。明‧瞿佑《剪燈餘話‧至正妓人行並敍》：「官裏遙沖朔漠塵，哈敦暗哭穹廬月。」清‧龔自珍《擬進上蒙古圖志表文》：「碩矣天姬，爲之哈屯。禮官擇言，匪古和婚。」此外還有稱作「可賀敦」者。按：可敦、下敦、哈屯、可賀敦，皆「哈敦」譯音之轉也。

哈撒　哈㘞

明‧朱有燉《桃源景》四【倘秀才】：「他道哈撒呵，原來是問你；他道倒喇是歌一曲；他道字知是舞一回。」

明‧湯顯祖《牡丹亭》四十七【北清江引‧前腔】：「（老旦笑點頭招丑介：）哈㘞，哈㘞。（貼：）要問娘娘。（丑笑介：）問什麼？（老旦扯丑輕說介：）哈㘞兀該毛克喇，毛克喇。（丑笑問貼介：）怎說？（貼作搖頭介：）問娘娘討件東西。」

哈撒、哈嗽，漢語「問」的意思。《華夷譯語‧人事門》：「問，阿撒里。」《韃靼譯語‧人事門》：「問，阿撒。」按：哈撒、哈嗽、阿撒、阿撒里，皆音近義同。

哈剌乞

明‧闕名《李雲卿》二【梁州】白：「小道改日買幾瓶撒因的哈剌乞、打劉孫，與你壓驚罷！」

哈剌乞，漢語是燒酒名。《登壇必究》卷二十二所載（蒙古）《譯語‧飲食門》：「燒酒，阿剌乞。」《女眞譯語‧飲食門》：「燒酒，阿兒其。」明‧朱有燉《元宮詞》：「紅妝小妓頻催酌，醉倒花前阿剌吉。」清‧謝濟世《西北域記》：「園子酒穀穀衕釀而蒸之，曰阿勒氣，薄甚。阿勒氣，斛取斗曰阿勒旃，斗取升曰科勒旃，升取合曰波羅達喇蘇，一名哈利。」按：阿剌乞、阿兒其、阿剌吉、阿勒氣，並即哈剌乞，哈利亦即海郎，譯文雖異，而聲皆近。蓋澤語無個音之故。

哈茶兒　哈搽兒

明‧黃元吉《流星馬》二【乾荷葉】白：「民安倚看大牙兒哈茶兒鐵兒高赤呵媽薩赤采者備。」

明‧闕名《萬國來朝》二、白：「騰克里喚做青天，哈搽兒喚做地下，打剌酥喚做好酒，紫皮蒜喚做忒剌。」

哈茶兒，一譯哈搽兒，蒙語，漢語呼作「里地」。《韃靼譯語‧地理門》：「地，合扎兒。」按：哈茶兒、哈搽兒、合扎兒，皆一詞的異譯。元‧陶宗儀《輟耕錄》卷二曰：「字雖異而聲相近，蓋譯語無正音故也。」參看「火牙兒」條。

虎兒赤　虎而赤

元‧王實甫《麗春堂》四【喬木查】白：「左右，將酒來！老丞相滿飲一杯，一壁廂虎兒赤那都，著與我動樂者。」

明‧黃元吉《流星馬》二【醉春風】：「虎而赤吹彈，保兒赤割肉，畢徹赤把體面。」

虎兒赤，一作虎而赤，蒙古語，謂奏樂的人。《元史‧兵志二》：「奏樂者曰虎兒赤。」

虎剌孩　虎喇孩　虎辣孩　忽剌孩　忽剌海

元‧無名氏《陳州糶米》一【金盞兒】白：「你這個虎剌孩作死也！」

元‧無名氏《射柳捶丸》三、白：「看了這忽剌孩武藝委實高強，俺兩個夾著馬跑了罷。」

元明間‧無名氏《岳飛破虜東窗記》三【新水令】：「長大叫做虎辣孩。」

明‧《姚茂良》精忠記三【風檢才】：「我們番將實是乖，慣吃牛肉不吃齋，孩子都在馬上養，長大都叫虎喇孩。」

明‧黃元吉《流星馬》三【古竹馬】白：「強盜忽剌海，走到那裏去！」

虎剌孩，蒙語，謂強盜、賊。《華夷譯語‧人物門》：「賊，忽剌孩。」語又譯作虎剌孩、虎喇孩、虎辣孩、忽剌海，皆字異音近而義同。現在仍保留在內蒙西部的方言里，叫做「胡拉蓋」，已轉意為騙子，漢語中多借作詈詞，如《陳州糶米》例中的「虎剌孩」就是小衙內罵張懶古的話。今豫北俚語亦有云：「胡（虎）剌賓，吃嘴不顧身。」意即指一味貪吃而不顧身份也。胡剌賓，即由「虎剌孩」演化而來。

火牙兒　大牙兒

明‧黃元吉《流星馬》二【乾荷葉】白：「倚看民（安）火牙兒哈茶兒也也來」。

又：「民安倚看大牙兒哈茶兒鐵兒高赤呵媽薩赤來者備。」

火牙兒，一譯大牙兒（大字可能是火字的誤排），蒙語，漢語謂「二」也。《華夷譯語‧數目門》、《韃靼譯語‧數目門》皆呼「二」為「豁牙兒」。《至元譯語‧數目門》呼「二」為「活腰兒」。豁牙兒、活腰兒，皆與「火牙兒」聲近義同。「倚看民（安）」、「民安倚看」皆「敏乾」之訛，譯言「千」也。「哈茶兒」譯言「里地」也。「鐵兒高赤」譯言「大道也」。「呵媽薩」譯言「口子」也。連起來，例一大意是說：我行了二千里地。例二大意是說：行了二千里地通過大道、關口來了也。

火不思

元‧無名氏小令【水仙子】《冬》：「番鼓兒劈颩撲桶，火不思必留不剌撲，簇捧著帶酒沙陀。」

火不思，突厥語 qobuz 的音譯。一種撥弦樂器，約在宋元時傳入內地。形似琵琶，但頸細，槽有棱角，與琵琶略異。《元史·禮樂志五》：「火不思，制如琵琶，直頸，無品，有小槽，圓腹如半瓶，槵以皮為面，四弦皮絣，同一孤柱。」清·俞正燮《癸巳類稿·火不思》：「琵琶直頸者，宋以來謂之『火不思』。俞金吾《席上腐談》云：『渾撥四，形較琵琶小，胡人改造琵琶，昭君笑曰：『渾不似也』。後訛為『渾撥四』。案：『火不思』、『渾撥四』皆單字還音，非有改造不似義。《長安客話》謂之『胡撥思』……庸人猶有直頸琵琶、曲頸琵琶之名，宋元始以直頸者名『火不思』。」《金瓶梅》第一回：「勾引的這伙人，日逐在門前彈胡博詞。」此外還有湖撥思、胡不思、和不思、和必斯、虎撥思、虎拍思、處拍思、吳撥四、琥珀詞等，皆為「火不思」的異譯。

火里赤

　　元·曾褐夫散套【般涉調·哨遍】《羊訴冤》：「火里赤磨了快刀，忙古歹燒下熱水。」（見《太平樂府》卷九）

火里赤，蒙語 qorci 的音譯，意為弓手、帶弓箭的人。《至元譯語·人事門》：「帶弓箭人，火魯直。」火魯直與火里亦，音近義同。

（原載於《河北師院學報》1994 年第 1 期）

元明戲曲中的少數民族語（續）

火敦腦兒

清・楊潮觀《吟風閣雜劇・偷桃捉住東方朔》〔孝順歌・前腔〕白：「黃河自禹王導水之後，已是徹底澄清，被那八匹馬在池上，這個一泡尿，那個一堆糞，淌到星宿海中，壅出一個火敦腦兒來，積穢源源而下，把黃河清流，登時變變成濁流了。」

火敦腦兒，蒙語，意譯爲星宿海。《至元譯語》、《華夷譯語》、《韃靼譯語》的《天文門》皆謂「星」爲「火敦」；《地理門》謂「海」爲「阿來」。《韃靼譯語・地理門》不列「海」字，謂「湖」爲「納兀兒」。按：阿來、納兀兒，都是「腦兒」的不同譯語。合而言之，火敦腦兒，即星宿海之意。《諸史夷語音義》云：「河源在吐蕃朵思甘西鄙，有泉百餘泓，沮洳散澳，弗可逼視，方可七八十里，登高山下瞰，燦若列星，故名火敦腦兒。火敦者，華言星宿也；腦兒者，華言大澤也。是爲星宿海。」

或林　虎林

明・黃元吉《流星馬》二〔上小樓〕白：「荅古歹者古歹撒答哩備哈敦掃者，十列赤來或林備。」

同劇同折同曲白：「那顏、哈敦、阿千堆虎林備」。

《華夷譯語・人事門》：「會，忽林。」「忽林」即「或林」或「虎林」也。《韃靼譯語・通用門》：「有，備。」這里說「或林備」、「虎林備」，均聚會之意。

里列馬赤

元・無名氏《射柳垂九》三、白：「里列馬赤，口傳著將令。」

里列馬赤，蒙語，漢譯爲翻譯官。清‧韓泰華《無事爲福齋隨筆》下：「元怯里馬赤，漢言通事也。」《至元譯語‧君臣門》：「通事，乞里覓赤。」：怯里馬赤、乞里覓赤都是「里列馬赤」的異譯，字異聲近義同。通事，即翻譯官。

莽古歹　忙古歹

元‧關漢卿《哭存孝》三、白：「（正旦扮莽古歹上，云：）自家莽古歹便是。奉阿者的言語，著我打聽存孝去。

元‧曹禢夫散套〔般步調‧哨遍〕《羊拆冤》：「火里赤磨了快刀，忙古歹燒下熱水。」

明‧黃元吉《流星馬》二〔醉春風〕白：「莽古歹將酒來。」

同劇三折、白：「莽古歹將母驏催動。」

莽古歹，蒙語。漢語謂小番、小校，例一是也。二、三、四例似指體力勞動者，即僕役之類。莽古歹，一作忙古歹，又作「忙兀觲（歹）」，如《元史‧兵志三》所云：「闊闊地兀奴忽赤忙兀觲」是也。元‧陶宗儀《輟耕錄》卷一「氏族」條，在七十二種中列有「忙古歹」，顯系又是蒙古的氏族名。

蒙豁

明‧朱有燉《桃源景》四、白：「（淨白）俺是蒙豁阿堵兀赤。（末白：）他說他是達達人放馬的。」

《華夷譯語‧人物門》：「韃靼，忙豁。」《至元譯語‧人事門》：「達達，蒙古歹。」《韃靼譯語‧人物門》：「韃靼，猛幹力。」按：達達、韃靼，皆蒙古族的別稱。忙豁、蒙古歹、蒙幹力，都是「蒙豁」的異譯。「阿堵兀赤」，漢譯爲牧馬人。「蒙豁阿堵兀赤」，意即蒙古牧馬人。

米罕　米哈　米蝦

元‧關漢卿《哈存孝》一、白：「米罕整斤吞，抹鄰不會騎。」

明‧闕名《萬國來朝》二、白：「快吃米哈，一頓十斤。」

明‧黃元吉《流星馬》二〔上小樓〕白：「哈孩米蝦大輪米般拾，哈來哈者孩。」

米罕，蒙語，漢語曰肉。《華夷譯語‧飲食門》和《韃靼譯語‧飲食門》均謂「米罕」爲「肉」。《至元譯語‧飲食門》注：「肉，密匣。」按：米罕、米哈、米蝦、密匣，皆字異聲近義同。

抹鄰　母鱗　母驎

元‧關漢卿《哭存孝》一、白：「米罕整斤吞，抹鄰不會騎。」

□‧無名氏散套〔中呂粉蝶兒〕《鷹犬從來無價》：「把母鱗疾快拴。」

明‧黃元吉《流星馬》三、白：莽古歹將母驎催動。

《華夷譯語‧鳥獸門》謂「馬」曰「抹鄰」，或譯作母鱗、母驎。字又譯作抹林、抹倫、抹力、木里，如：明‧瞿佑《剪燈餘話‧至正妓人行》：「抹倫精鞠繡鞍乘。」《韃靼譯語‧鳥獸門》：「馬，抹林。」《武備志‧薊門防禦考》載蒙古驛語，謂「馬」曰「抹力」。《至元譯語‧鞍馬門》謂「馬」曰「木里」。按以上不同譯法，皆字異聲近義同。

那顏

元明間‧闕名《活拿蕭太后》三、白：「那顏喚我來，那廂使用？」

明‧湯顯祖《牡丹亭》四十七〔北夜行船〕白：「溜金王患病了，請那顏進。」

明‧湯顯祖《邯鄲記》十五〔第三段〕：「止不過敲象牙，抽豹尾，有什麼去不得也那顏？」

蒙語稱官長為那顏。《明史‧劉清源傳》：「那顏者，華言大人也。」《華夷譯語‧人物門》：「官人，那顏。」《至元譯語‧人物門》：「官人，那延。」《韃靼譯語‧人物門》：「官員，那顏。」另又譯作「諾顏」。按：那顏，那延，諾顏，并字異聲近義同。

奴未赤

元明間‧闕名《陰山破虜》一、白：「奴未赤懸帶著寶劍雕弓，速木赤笑捻著金鈚風箭。

奴未赤，蒙語，漢語為弓匠。《至元譯語‧人事門》：「弓匠，奴木直兀蘭。」《新刻校正買賣蒙古同文雜字》：「弓匠，奴木七。」奴木直、奴木七都是「奴未赤」的異譯，字異聲近義同。例中下句「速木赤」為箭匠。兩句是說：弓匠帶著寶劍雕弓，箭匠捻著金鈚風箭。

弩門

元‧關漢卿《哭存孝》一、白：「米罕整斤吞，抹鄰不會騎，弩門并速門，弓箭怎的射？」

元明間‧闕名《活拿蕭太后》三、白：「也不索顯耀機謀，安排著弩門速門」。

元明間‧闕名《岳飛精忠》一、白：「弩門并速門，撒袋緊隨身。」

弩門，蒙語，漢語謂「弓」。《華夷譯語‧器用門》：「弓，弩門。」《至元譯語‧車器門》：「弓，奴木。」奴木，即「弩門」，蓋譯語無準繩也。

弩杜花暹

元‧陳以仁《存孝打虎》二〔尾聲〕白：「手彈著樂器，有弩杜花暹，準備著相持。」

弩杜花暹，蒙古語譯音，漢語呼作拳師。《華夷譯語‧身體門》：「拳，弩者儿哈。」《至元譯語‧身體門》：「拳頭，訥篤儿彎。」譯音不同，義則一也。按：暹，猶「赤」，平仄之別耳；蒙古語慣例，凡稱某類人皆係以「赤」字，偶爾用「暹」字。

怯薛　劫薛

元‧劉時中散套〔端正好〕《上高監司》：「怯薛回家去，一個個欺凌親戚，眇視鄉閭。」（見《陽春白雪》後集三）

元‧無名氏散套〔耍孩兒〕《拘刷行院》：「入席來把不到三巡酒，索怯薛側腳安排起，要賞錢連聲不住口。」（見《太平樂府》卷九）

明‧闕名《下西洋》二、白：「今日使的小番去，呼喚各國劫薛夷長來，一同計較，眾劫薛敦待來也。

怯薛，蒙語，漢語是番值宿衛的意思。《元史‧兵志二》：「怯薛者，猶番直宿衛也。」因用以稱官廷衛士，每三日一換班；亦即禁衛軍之類，是元代皇帝的心腹爪牙。元‧張憲有《怯薛行》詩描寫說：「怯薛兒郎年十八，手中弓箭無虛發。」它設置於成吉思汗時代，由宿衛、侍衛、環衛三隊組成，各有隊長統率，總隸於怯薛長。元初功臣博爾忽、博爾術、木華黎、赤老溫，太祖命其世掌怯薛之長，謂之四怯薛。《元史‧選舉志二》：「凡怯薛出身，元初用左右宿衛爲心膂爪牙，故四怯薛子孫世爲宿衛之長，使得自舉其屬。諸怯薛歲久被遇，常加顯擢，惟長官荐用，則有定制。」其云內怯薛者，是指宮中侍衛。《初刻拍案驚》卷九：「次子忙古歹，幼子黑廝俱爲內怯薛帶御器械」，是也。清‧袁枚《隨園隨筆‧領侍衛內大臣》：「至《元史》所稱怯薛，則今之侍衛矣。」《下西洋》劇中所謂「劫薛」，想亦系宮廷侍衛之類。

撒因　賽銀　賽因　賽艮　撒贏

元・關漢卿《哭存孝》一、白：「撒因答剌孫，見了搶著吃。」

元・陳元仁《存孝打虎》二〔尾聲〕白：「金盞子滿斟著賽銀打刺蘇。」

元明間・闕名《紫泥宣》四、白：「我把那賽艮的哈打刺孫，都安排的停當了。」

明・黃元吉《流星馬》二〔上小樓〕白：塞因者米食塞艮打刺酥。」

明・高濂《玉簪記》三〔北朝天子〕：「吹嗶嗦幾聲，打羯鼓幾聲，好撒贏、撒贏、撒撒贏摟紅妝曉來未醒，打辣酥堪消悶。」

《華夷譯語・通用門》「好」曰「撒因」。「撒因答剌孫」，謂好酒也。明・俞弁《山樵新語》卷六：「元史正綱」云：元世祖賜楊漢英名以賽因不花，譯以華言：賽因，好也；不花，牛也。」《元朝秘史續集》卷二：「每百羊中歲輸其一，給貧乏者，亦撒因也。」按：撒因、賽銀、賽因、賽艮、賽因，撒贏，皆字異聲近義同。

撒婁　撒髏

元明間・闕名《岳飛精忠》三、白：「大家又去弄虛頭，丟了撒婁休後悔。」

元明間・闕名《鬧銅台》四〔梁州〕白：「虛揦一槍逃命走，留著撒髏戴紗帽。」

明・闕名《五龍朝聖》三〔尾聲〕白：「今日我們造物低，思想起來最孤恓，他若恰才焦懆了，丟了撒婁變田雞。」

撒婁，亦譯作撒髏，蒙語；漢語指人的頭（腦袋）。

撒敦

元・關漢卿《調風月》四〔雙調新水令〕：「雙撒敦是部尚書，女婿是世襲千戶，有二百匹金勒馬，五十輛畫輪車。」

元・李直夫《虎頭牌》二〔大拜門〕：「常記得往年，到處里追陪下些親眷。我也曾吹彈那管弦，快活了萬千，可便是大拜門撒敦家的筵宴。」

明‧賈仲明《金安壽》四〔早鄉詞〕：「託生在大院深宅，盡豪
奢衛氣概；忒聰明，更精彩，對著俺撒敦家顯耀些抬頦。

撒敦，女真語，漢語謂親戚。阿坡文底本《女真譯語‧人物門》：「親家，撒
都。」撒敦、撒都，聲近義同。王季思《玉輪軒曲論》說：「撒敦，女真貴族
的通稱。」恐非是。

石保赤　赤五色石

元‧無名氏《射柳捶丸》三、白：「赤五色石手架著蒼鷹。」

元明間‧闕名《陰山破虜》一、白：「石保赤高擎著鐵爪蒼鷹。」

石保赤，蒙語，意為管鷹的人。《元史‧兵志四》：「元制，自御位及諸王，皆
有昔保赤，蓋鷹人也。」元‧陶宗儀《輟耕錄》卷一：「昔寶赤，鷹房之執役
者。」按：「昔寶赤」乃「石保赤」的異譯；「赤五色石」乃「石五色赤」之
誤，也是「石保赤」的異譯。

速門

元‧關漢卿《哭存孝》一、白：「弩門和速門，弓箭怎的射？」

元明間‧闕名《岳飛精忠》一、白：「弩門并速門，撒袋緊隨身。」

元明間‧闕名《活拿蕭太后》三、白：「也不索顯耀機謀，安排
著弩門、速門。」

速門，蒙語，漢語曰「箭」。《華夷譯語‧器用門》：「箭，速門。」《至元譯語‧
車器門》：「箭，速木。」按：速門、速本，聲近義同。

速木赤

元明間‧闕名《陰山破虜》一、白：「奴未赤懸帶著寶劍雕弓，
速木赤笑捻著金鈚風箭。」

速木赤，蒙語，漢譯為箭匠。《至元譯語‧人事門》：「箭匠，續木直兀蘭。」
《新刻校正買賣蒙古同文雜字》：「箭匠，蘇木七。」續木直、蘇木七，均為
「速木赤」的異譯，聲近義同。兀蘭，漢言「匠」也。

莎塔八　莎搭八　鎖陀八　鎖胡塌八　鎖忽塌把

元‧關漢卿《哭存孝》一、白：「喝的莎塔八，跌倒就是睡。」

元‧劉唐卿《降桑椹》一〔金盞兒〕：「（白厮賴云：）哥也，俺
打刺孫多了，您兄弟莎搭八了。」

明・朱有燉《桃源景》四〔倘秀才〕：「他道鎖陀八，原來是酒醉矣。」

明・黃元吉《流星馬》二〔上小樓〕白：「打剌酥備，亦來五耶塞艮塞因，哈敦鎖胡塌八杯。」

同劇同折同曲白：「那顏鎖忽塌把，塞因，塞因。」

莎塔八，蒙語，謂酒醉。《華夷譯語・人事門》：「醉，莎黑塔八。」《韃靼譯語・人事門》：「醉，莎塔把。」《女直譯語・人事門》：「醉，索托話。」：莎塔八，鎖陀八、鎖胡塌八、鎖忽塌把、莎黑塔八、莎塔把、索托活，俱聲近義同。

鐵里溫

元・施惠《幽閨記》三〔水底魚〕：「因貪財寶到中華，閑戲耍；被他拿住，鐵里溫都哈喇。」

清・蔡應龍《紫玉記》十〔水底魚〕：「撞的個行家，鐵里溫都答喇。」

蒙語，把人的頭顱呼作「鐵里溫。」《華夷譯語・身體門》、《韃靼譯語・身體門》均呼「頭」爲「帖里溫」。《盧龍塞略》卷十九、二十譯部上下卷所收蒙古譯語，也呼「頭」爲「帖里溫」。《至元譯語・身體門》呼「頭」爲「忒婁溫」：鐵、帖、忒、里、婁皆雙聲字，音近義同。

禿禿茶食　吐吐麻食

元・楊顯之《酷寒亭》三、白：「小人江西人氏，姓張名保，因爲兵馬嚷亂，遭驅被擄，來到回回馬合麻沙宣差衙里。往常時在侍長行爲奴作婢。他家裡吃的是大蒜臭韭、水答餅、禿禿茶食。我那裡吃的？我江南吃的都是海鮮。」

元・無名氏《延安府》二、白：「（回回官人云：）霍食買在必牙，有什麼好吃的？……都是二菩薩、濟里必牙、吐吐麻食、偌安桌食所兒叭。」

禿禿茶食，一譯吐吐麻食，元明時代回族的一種麵食品。元・和斯輝《飲膳正要》云：「禿禿麻食，系手撇麵，補中益氣。」明・蔣一葵《長安客話》卷二「餅」條：「水瀹而食者皆爲湯餅。今蝶蝴麵、水滑麵、托掌麵、切麵、掛麵、餺飥、餛飩、合絡、撥魚、冷淘、溫淘、禿禿麻失之類是也。」按：瀹

（yuè），謂以湯煮物也。可見禿禿麻失是一種水煮的麵食。禿禿茶食、吐吐麻食、禿禿麻失，皆字異聲近而義同，蓋譯語無正音故也。近人朱居易把「禿禿茶食」閹割爲「禿禿」，歸納在「兀兀秀秀」條，解作「不冷不熱的」（見《元劇俗語方言例釋》），誤。

託勤

> 明・黃元吉《流星馬》二〔乾荷葉〕白：「（通事見正旦云：）
> 托勤那顏阿斤堆凡來。」

古代蒙古等少數民族君主的子弟稱爲「托勤」。《元史譯文證補》卷一注：「和林詩注引《唐元闕特勤碑》，謂諸突厥部之遺俗，猶呼可汗的子爲『特勤』、『特謹』。」按：特勤、特謹皆托勤之異譯，字異聲近義同。

溫都赤

> 元明間・闕名《陰山破虜》一、白：「溫都赤齊列著晃眼槍刀，
> 速胡赤肩擔著宣花鉞斧。」

溫都赤，元代皇帝的侍衛官名。亦譯作云都赤、引度赤，乃侍衛中之最親信者。《元史・兵志二》：「侍上帶刀及弓矢者，曰云都赤、闊端赤。」元・陶宗儀《輟耕錄》卷一「云都赤」條：「國朝有四怯薛太官……中有云都赤，乃侍衛之親近者。雖官隨朝諸司，亦三日一次，輪流入值，負骨朵于肩，佩環刀於腰，或二人，四人，多至八人。時若上御控鶴，則在官車之前，上御殿廷，則在墀陛之下，蓋所以虞奸回也。雖宰輔之日覲清光，然有所奏請，無云都赤在，不敢進。今中書移咨各省，或有須備錄奏文事者，內必有云都赤某等。」

五裂蔑迭

> 元・關漢卿《哭存孝》二〔尾聲〕白：「哥哥，阿媽道：『五裂
> 蔑迭！』醉了也，怎生是了？」

> 同劇四、白：「夫人，……我說道：『五裂蔑迭，我醉了也。』。
> 他怎生將孩兒五裂了？」

五裂蔑迭，蒙語，漢語是酒醉之意。《華夷譯語・通用門》，《韃靼譯語・通用門》、《盧龍塞略》卷十九、二十譯部上下卷所收蒙古譯語《通用門》皆譯「不」爲「兀祿」，「兀祿」爲「五裂」的異譯，聲近義同。《華夷譯語・人事門》譯「蔑迭」爲「知了」。合言之，「五裂蔑迭」即「不知」，引申爲酒後腦子不清醒，亦即酒醉之謂也。

兀剌赤

元·施惠《幽閨記》十〔番鼓兒·前腔〕：「（淨：）兀剌赤，
兀剌赤，門外等多時。（外：）縱彎加鞭，心急馬遲。

元明間·闕名《岳飛精忠》一、白：番官不發放，頭目听點名：
那顏瘸著腿，小番耳又聾，卜兒赤一只眼，兀剌赤豁著唇。

兀剌赤，蒙語，漢語謂駕馬車的人，俗稱馬夫。《華夷譯語·人物門》：「馬夫，
兀剌赤。」清·虞兆漋《天香樓偶得》云「兀剌赤，元人掌車馬者之稱，故
《拜月》有云：『兀剌赤，兀剌赤，門外等多時。』」元·楊瑀《山居新語》
云：「至中途，有酒車百餘乘從行，其回車之兀剌赤，多無禦寒之衣。」《元
曲章三十六·兵部三·使臣·禁約使臣稍帶沉重》「深重物貨更有不盡，令兀
剌赤沿身負帶，致將馬匹壓損，因而倒死。」以上俱可証。

牙不　啞不　啞步　亞卜　牙不約而赤　啞不啞剌步　牙不亞剌赤

元·無名氏《射柳捶丸》三、白：「殺將來，牙不，牙不。」

元·無名氏《黃花峪》一〔南駐云飛〕白：「你問那秀才，借他
渾家來，與我遞三杯酒，叫我三聲義男兒，我便上馬，啞不啞剌步
就走。」又云：「那蔡衙內聽的你唱，問秀才借嫂子，與他遞三杯酒，
叫三聲義男兒，便上馬啞不也。」

元·高文秀《黑旋風》楔、白：「若見了你呵，跳上馬牙不約而
赤便走。」

元明間·闕名《陰山破虜》二〔鬼三台〕白：「我敵不過他，逃
命啞步，啞步。」

明·黃元吉《流星馬》二〔上小樓〕白：「那顏，那顏，亞卜，
亞卜。」

明·闕名《廣成子》一、白：「吾奉太上老君急急如律令，足律
光云揣撒開亞不亞剌赤趙過走。」

蒙語謂「走」曰「牙不」。明·權衡《庚申外史》：「辛卯年，⋯⋯赫斯軍馬，
望見紅軍陣大，揚鞭曰：『阿卜！阿卜！』『阿卜』者，華言走也。」阿卜，
即「牙不」。牙不，又譯作啞不、啞步、亞卜。《牧羊記·望鄉》又譯作「耶
步」，《元史語解》卷十四又譯作「牙伯」。字異而聲相近，義并同。重言之，
則曰「牙不約而赤」、「啞不啞剌步」、「牙不亞剌赤」。《華夷譯語·人事門》、

《韃靼譯語・人事門》均注明「行」曰「牙不」，「去」曰「約而赤」。「牙不約而赤」就是「走去」的意思。「啞不啞剌步」、「牙不亞剌赤」義同。近人徐嘉瑞在《金元戲曲方言考》中竟把「牙不約而赤」閹割爲「不約而赤」，並釋作「打馬聲」，誤。

曳剌　拽剌　曳落

　　　　元・李直夫《虎頭牌》三〔雙調新水令〕白：「（曳剌鎖老千户上，云：）行動些！」

　　　　明・湯顯祖《牡丹亭》四十七〔北夜行船〕：「那古里誰家？跑番了拽喇。怎生呵，大營盤沒個人答煞。」

　　　　清・蔡應龍《紫玉記》三十〔大聖葯・前腔〕：「破隴西，他草次馳驅，曳落羌，深難抵護，對戎王，言語須回互。」

契丹語稱壯士、走卒爲曳剌；唐代回紇語謂之丈落河；安祿山反唐時把他豢養的同羅、奚、契丹八千餘武士，也稱作曳落河。《遼史・百官志》作「拽剌」。《武林舊事》作「爺老」。明清傳奇又作拽喇、曳落，義并同。王國維《古劇腳色考》云：「曳剌，本契丹語，唐人謂之曳落河。《舊唐書・房琯傳》：琯臨戎謂人曰：逆黨曳落河雖多，豈當我劉秩等！《遼史》作拽剌，《百官志》有拽剌軍詳穩司，旗鼓拽剌詳穩司，千拽剌詳穩司，猛拽剌詳穩司。又云：走卒謂之拽剌。《武林舊事》作爺老，其所載官本雜劇，有《三爺老大明樂》、《病爺老劍器》二本，當即遼之拽剌也。元・馬致遠《荐福碑》雜劇中尚有曳剌爲胥役之名，此即《遼志》走卒謂之曳剌之証。

一來四

　　　　明・黃元吉《流星馬》二〔乾荷葉〕白：「（通事見正旦云：）也七阿媽薩一來四。」

一來四，蒙語。漢語是「來」的意思。《華夷譯語・人事門》和《韃靼譯語・人事門》皆注「來」爲「亦列」。「亦列」爲「一來四」的異譯，聲近義同。「也七阿媽薩一來四」，意言你從那個口子過來。

宋元明清戲曲中的少數民族語

王學奇

摘　要

　　宋元明清戲曲作品中，時時採入少數民族語，世易時移，這些少數民族語成了閱讀這類文學作品的語言障礙，對於散見於各戲曲作品中的少數民族語匯集例句，兼採眾說，爲之詮釋。共釋詞 149 個，連同附目 97 個，計 246 個。

　　關鍵詞：宋元明清；戲曲；少數民族語；釋義

我國是以漢族爲主體的多民族國家。在歷史上漢族和四境的少數民族通過戰爭或其他形式的接觸，從未間斷過，因此漢語和少數民族語，就一直在互相滲透、互相吸收和融合著。所以，唐・白居易《聽曹剛琵琶兼示重蓮》詩云：「撥撥弦弦意不同，胡啼番洖兩玲瓏。」唐・司空圖《河湟有感》詩云：「一・白蕭關起戰塵，河湟隔斷異鄉春。漢兒盡做胡兒語，卻向城頭罵漢人。」及至宋金元明清，民族矛盾異常尖銳，是個大動蕩時代。宋金南北對峙，達一百多年。其間，金創立屯田軍，曾遷女眞、奚、契丹五、六萬人，入居中原。蒙古族入主中原百餘年間，先是忽必烈定制，中原官吏限用蒙古語，又於各路設蒙古字學，漢官子弟多人入學，讀蒙古文字。朱元璋趕走元順帝，建立明朝，天下復歸於漢。然而四境的民族矛盾，特別是在西北邊境與韃靼、瓦剌的交戰，始終未得平息。明亡，滿族又入主中原達二百多年。在這七、八百年之間，少數民族與漢族雜居，遍地皆是。少數民族語對漢語的影響，至爲深遠。故元曲作家杜善夫《從軍》詩云：「吳疆連晉境，漢卒雜番兵。」明・蔣一葵《長安客話》卷五「古漁陽」條引都人白某《過薊州》詩云：「人煙多戍午，市語雜番聲。」明代劇作家王世貞《曲藻序》云：「大江南北，漸染胡語，時時採入。」所謂「時時採入」，即指戲曲作家在作品中不斷採用少數民族語，這在許多作品中都可以見到。其中採用最多的，要推朱有燉的《桃源景》、黃元吉的《流星馬》、湯顯祖的《牡丹亭》等劇。如不弄懂這些少數民族語，特別是蒙古語，簡直是難以卒讀。爲打破少數民族語言關，就必須對它有個明白的解說。這個工作是很不容易的，有些解釋資料，可遇而不可求。在我研究戲曲語言過程中，我特別注意到要解決這個問題。經過我多年積累，試注了 149 個詞目，連 97 個附目計入，共得 246 個，以漢語拼音爲序，匯釋如下，以供參考。不當之處，懇請批評。

阿馬（à ma） 阿媽

　　元・關漢卿《拜月亭》二〔牧羊關〕白：「阿馬，認得瑞蘭麼？」

　　元・關漢卿《調風月》一〔寄生草・幺〕：「這書房存得阿馬，會得賓客。」

　　元・關漢卿《哭存孝》一、白：「俺父親是李克用，阿媽喜歡俺兩個。無俺兩個呵，酒也不吃，肉也不吃。」

元・無名氏《貨郎旦》三、白：「阿媽，有甚話對你孩兒說呵，
怕做什麼？」

女眞語呼父親爲阿馬。阿馬。一作「阿媽」。《女直譯語・人物門》及阿波文
庫本《女直譯語・人物門》均譯「父」爲「阿麻」。阿麻、阿媽，音近義同。
今滿族人仍呼父爲「阿麻」，蓋其遺也。蒙語呼「父」爲「愛赤哥」（見《至
元譯語・人事門》。）

阿（à）者

元・關漢卿《拜月亭》一〔天下樂〕：「阿者，你這般沒亂荒張
到得那裏？」

元・關漢卿《調風月》二〔江兒水〕：「老阿者使將來伏侍你，
展污了咱身起。」

元・關漢卿《哭存孝》二〔牧羊關〕白：「左右報復去，道有
阿者來了也。」

女眞語呼母親爲阿者。《女直譯語・人物門》及阿波文庫《女直譯語・人物門》
均譯「母」爲「額墨」。阿者、額墨，音近義同。《登壇必究》卷二十二所載
（蒙古）譯語《人物門》稱母爲「額克」，《新刻校正買賣蒙古同文雜字》稱
母爲「厄克」，音皆相近，此乃女眞、蒙古相通之詞彙。現在滿族人呼做「nè nè」，
是其聲轉。

阿哈

明・朱有燉《桃源景》四、白：「（淨云：）額多額，兀堵兒，
馬失闊亦塡，乞塔、阿哈，撒銀打刺蘇，未納悟有。（旦兒云：）那
裏走的兩個達子來？亦留兀剌的，知他說什麼？（末云：）他說今
日十分冷，漢兒哥哥，好酒與吃些。」

阿哈，漢語謂「兄」也。《華夷譯語・人物門》：「兄，阿哈。」韃靼館下續增
《華夷譯語・人物門》：「父兄，額赤格阿哈。」《登壇必究》卷二十二所載、
（蒙古）譯語《人物門》：「哥哥，阿害。」《盧龍塞略》卷十九、二十譯部上
下卷所收之蒙古譯語《倫類門》：「兄曰阿哈。」《新刻校正買賣蒙古同文雜字》：
「兄，阿哈。」《女眞譯語・人物門》：「兄，阿洪。」以上並可證。阿哈、阿
害、阿洪，皆爲同一詞語之不同譯文，音近義並同。

阿斤堆

明・黃元吉《流星馬》二〔乾荷葉〕白：「(通事遇正旦云：)
托勤那顏阿斤堆兒來。(正旦云：)也來那顏阿斤堆引度赤來者備，
撒因撒因亦來來來。」

同劇同折〔上小樓〕白：「那顏哈敦阿斤堆虎林備。」

阿斤堆，蒙語。漢語曰親眷。《華夷譯語・人物門》、《盧龍塞略》卷十九、二
十譯部上下卷所收蒙古譯語《倫類門》呼親眷爲「兀里撒敦」，即「阿斤堆」
的異譯。《元朝秘史》譯作「安答」，《元朝譯文補正》譯作「諳達」，又譯作
「按答」，皆字異音近義同。

阿媽薩　呵媽薩

明・黃元吉《流星馬》二〔乾荷葉〕白：「(通事見正旦云：)
倚看民火牙兒哈茶兒也也來。(正旦云：)民安倚看大牙兒哈茶兒鐵
兒高赤呵媽薩赤者來備。(通事問旦兒云：)你從那個口子裏過來？
(通事見正旦云：)也七阿媽薩一來四。」

《華夷譯語・地理門》譯「口子」爲「阿馬薩兒」，《盧龍塞略》卷十九、二
十譯部上下卷所收之蒙古譯語「居處門」，譯「口子」爲「阿蠻薩兒」；《韃靼
譯語・地理門》譯「口子」爲「阿麻撒兒」；《登壇必究》卷二十二所載(蒙
古)譯語《地理門》則曰：「山口子，阿蠻撒兒。」韃靼館下續增《華夷譯語・
地理門》則曰：「關口，察八察哈勒。」都是「阿媽薩」、「呵媽薩」的不同譯
音。

阿那忽　阿納忽

主要有以下兩解：

（一）

元・王實甫《麗春堂》四〔一錠銀〕：「他將那〔阿那忽〕腔兒
合唱，越感起我悲傷。」

元・張子堅小令〔得勝令〕：「齊聲，唱的是〔阿納忽〕時行令。」
(見《樂府群玉》卷三)

元・無名氏小令〔阿納忽〕：「花正開風篩，月正圓雲埋，花開
月圓人在：宜唱那〔阿納忽〕修來。」(見《太平樂府》卷二)

阿那忽，一作「阿納忽」，元曲曲牌名，屬雙調，傳自女眞或蒙古。王國維《宋元戲曲考・餘論三》：「北曲〔黃鐘宮〕之『者刺古』，〔雙調〕之『阿納忽』、『古都白』、『唐兀歹』、『阿忽令』，〔越調〕之『拙魯速』，〔商調〕之『浪來里』，皆非中原之語，亦當爲女眞或蒙古之語也。」

（二）

> 元・石君寶《紫雲庭》三〔十二月〕：「哎！不色你把阿那忽月那身子兒擺撮，你賣弄你且休波。」

此例爲形容體態柔美、苗條之詞。阿，通讀作ē，通「婀」；那，讀作nuò，通「娜」；忽，用爲助詞。《長生殿》四〔祝英台・前腔〕：「（且回身臨鏡介。）（老、貼：）還對鏡，千般婀娜。」《桃花扇》六〔梁州序・前腔〕白：「生小傾城是李香，懷中婀娜袖中藏。」並可證。

阿剌吉　哈剌氣

> □・無名氏散套〔一枝花〕《詠燒酒》：「甜甘甘甜如蜜腴，萃浸浸萃似薑汁，若齏，到席，黃封御醞都回避，韃靼家呼爲阿剌吉，聲播華夷。」（見明・郭勛輯《雍熙樂府》）

> 明・無名氏《李雲卿》二〔梁州〕白：「小道改日買幾瓶撒因的哈剌氣、打剌孫，與你壓驚罷！」

阿剌吉，一作「哈剌氣」，燒酒名。《登壇必究》卷二十二所載（蒙古）譯語《飲食門》：「燒酒：阿剌乞。」《女眞譯語・飲食門》：「燒酒，阿兒其。」《新刻校正買賣蒙古同文雜字》：「燒酒：阿拉氣。」《武備志》收《蘇門防禦考》載（蒙古）譯語：「黃酒：哈力氣。」明・朱有燉《元宮詞》：「紅妝小伎頻催酌，醉倒花前阿剌吉。」明・李時珍《本草綱目・谷四・燒酒》（釋名）：「火酒，阿剌吉酒。」清・郝懿行《證俗文・酒》：「火酒，秫酒也……火酒自元時始創其法，一名阿剌吉酒，見《飲膳正要》，李時珍《本草》詳之。」清・謝濟世《西北域記》：「乳子酒穀穀挏醴而蒸之，曰阿勒氣……。」按：阿剌吉、阿剌乞、阿拉氣、阿兒其、阿勒氣、哈力氣……，並即「哈剌乞」之聲轉，字異音近而義同。

　　清・俞樾《茶香室四鈔》卷十三「元時國語入詩」條：「周憲王《元宮詞》曰：『獨木涼亭錫宴時，年年巡幸孟秋歸。紅妝小伎頻催酌，醉倒花前阿剌吉。』……明・方以智《物理小識》云：『燒酒元時始創其法，名阿剌吉。』」

阿忽令　阿孤令　阿古令

　　元·關漢卿《拜月亭》四〔阿忽令〕：「咱卻且盡教伴呆著休勸，請夫人更等三年」。

　　元·關漢卿《調風月》四〔阿古令〕：「滿盞內盈盈綠醑，子合當作婢爲奴。」

　　元·秦簡夫《東堂老》三、白：「我夢見月明樓上，和那撇之秀兩個唱那〔阿孤令〕，從頭兒唱起。」

阿忽令，又作阿孤令、阿古令，當時北方民族的曲牌名，屬雙調。參看〔阿那忽〕條釋文所引王國維《宋元戲曲考·餘論三》。

　　按：元刊本《拜月亭》四折「阿忽」二字，經校筆塡蓋爲「太平」二字，仍依稀可見。王季思《全元戲曲》逕改爲〔太平令〕，並作校記云：「此曲牌底本誤作〔阿忽令〕，鄭本已據律改。」是。復按元曲聯套慣例，〔沽美酒〕之後例接〔太平令〕，如《單刀會》四折、《哭存孝》四折、《陳母教子》四折，皆可證。其音「阿忽」、「阿古」，或有「太平」之意乎？

阿堵兀赤

　　明·朱有燉《桃源景》四〔滾繡球〕白：「（淨云：）俺是蒙豁，阿堵兀赤。（旦唱：）他說道蒙豁是阿堵兀赤。（末白：）他說是達達人，放馬的。」

例中一言「阿堵兀亦」，一言「放馬的」可見阿堵兀亦即牧馬人。《華夷譯語·人物門》：「牧馬人，阿都兀赤。」《盧龍塞略》卷十九、二十譯部上下卷所收之蒙古譯語《品職門》：「馬牧曰阿都兀赤。」俱可證。按：「阿堵兀亦」、「阿都兀赤」都是一個詞語的不可分割的整體。朱居易在《元劇俗語方言例釋》「兀剌赤」條，舉朱有燉《桃源景》例，把「兀赤」從「阿堵兀赤」闔割開來，誤。

俺答　岸答

　　元·無名氏《像生番語罟罟旦》三〔潘海令〕：「哎，你個俺答的官人你便休怪，若有俺那千戶見了你個多才，這其間殺羊造酒，宰馬敲牛，爲男兒不在，帳房裏沒什麼、沒什麼東西、東西的這五隔。」

　　同劇三〔古竹馬〕：「託賴著天地氣力，帝王福蔭，身奇安樂，馬無疾病，俺答官人，哎，你個囊篋的房子裏，哎，那顏咬兒只不

毛兀剌你與我請過來！」(此曲原收在《詞林摘艷》卷三，題無名氏
撰；此據趙景深《元雜劇鉤沉》。《雍熙樂府》卷六收此曲，「俺答」
作「岸答」)

　　明・湯顯祖《牡丹亭》四十七〔北清江引〕：「兀那是都麻，請
　　將來岸答。」

俺答、岸答皆為蒙語 anda 的譯音，漢語是「朋友」的意思。《登壇必究》卷二
十二所載蒙古譯語《人物門》：「朋友，俺答。」《盧龍塞略》卷十九、二十譯
部上下卷所收之蒙古譯語《倫類門》：「朋友曰撒亦合鄰，一曰俺答。《新刻校
正買賣蒙古同文雜字》：「朋友，唵答。」《元史・太祖紀》：「烈祖親將兵逐菊
兒〔罕〕走西夏，復奪部眾歸汪罕，汪罕聽之，遂相與盟，稱為『按答』。」
注：「按答，華言交物之友也。」《元朝秘史》第九十六節：安達，旁譯「契
交」。《元史語解》卷八（職官門）；「諳達，伙伴也。」清・陳康祺《郎潛紀
聞三筆》卷五亦注曰：「諳達，伙伴也。」按以上俺答、岸答、唵答、按答、
安達、諳達，皆為朋友之不同譯音。

袄剌

　　□・無名氏散套〔般涉調哨遍〕《大打圍》：「綠依依觀著五速，
　　翠巍巍對著袄剌。」(見明・郭勛輯《雍熙樂府》卷七)

袄剌，漢語為「山」。《露書》卷九《風篇》、《韃靼譯語・地理門》、《武備志》
收《蘇門防禦考》載（蒙古）譯語，皆呼「山」為「袄剌」，《至元譯語・地
理門》、《新刻事物異名》（地理門）皆呼「山」為「奧剌」，《華夷譯語・地理
門》、《盧龍塞略》卷十九、二十譯部上下卷所收蒙古譯語《地理門》，皆呼「山」
為「阿剌兀」，《登壇必究》卷二十二所載（蒙古）譯語《地理門》呼「山」
為「袄兀剌」。以上袄剌、奧剌、阿剌兀、袄兀剌皆為「山」的異譯，音近義
同。

把酥　把蘇

　　明・無名氏《蘇武牧羊記》六、丑白：「列位！新到的頭目在那
　　裏大呼小叫，俺們見他，只是把酥，不要磕頭與他。」又眾白：「長
　　官！這是雁門關上的舊規，只是把酥，沒有磕膝的禮。」

　　明・無名氏《絞綃記》十六、丑白：「主帥在上，小將李成喇膝。」
　　淨白：「李將軍把蘇。」

　　　　清・張照《昇平寶筏》十八〔回回舞〕白：「（小回回白：）小
　回回把酥！（唐僧白：）老回回怎麼不見？（小回回白：「老回回接
　了數日，不見到來，又往東樓叫佛去哩！」

把酥，一作「把蘇」，漢語是跪拜的意思。按：把酥，不見有解。但從明・梅
鼎祚《長命縷》四、白：「把酥！把酥！捏骨地！捏骨地！」這段劇文來看，
「把酥」和「捏骨地」重覆爲辭，似應指的是同一種動作。葉隆禮《契丹國
志》卷二十七《歲時雜記・跪拜》：「男女拜皆同，其一足跪，一足著地，以
手動爲節，數止於三，彼言捏古地者，即跪也。」又《華夷譯語・人事門》、
《盧龍塞略》卷十九、二十譯部上下卷所收蒙古譯語《生靈門》皆謂「跪」
爲「莎葛惕」。《女直譯語・人事門》謂「跪」爲「捏苦魯」。「莎葛惕」、「捏
苦魯」與「捏骨地」皆字異音近而義同，俱如證。據此可以推知，此當爲蒙
古與契丹、女眞的通用語。

把撒

　　　　□・無名氏散套〔般涉調・哨遍〕《鷹犬從來無價》：「母楞甲口
　叭，幸彈也叭哩叭馬，那孩兒把撒難當耍。」（見明・張祿輯《詞林
　摘艷》卷三）

把撒，蒙語，漢譯「再」也。《元朝秘史》：巴撒，旁譯「再」，屢見，可證。
又《續增華夷譯語・通用門》：「又，巴咱。」按：再，在各種有關蒙語辭典
中亦譯作「又」以及「亦」、「尚」、「猶」、「還」等，皆言重覆之意也。故「巴
咱」、「把撒」，實字異音近而義同。

把都兒　巴都兒　把都　把都孩　都把兒

　　　　元・馬致遠《漢宮秋》三〔鴛鴦煞〕白：「把都兒將毛延壽拿下，
　解送漢朝處置。」

　　　　元・鄭光祖《老君堂》楔子〔仙呂賞花時・么篇〕白：「大小巴
　都兒，擺開陣勢！」

　　　　明・湯顯祖《紫釵記》三十〔偤秀才〕白：「把都們且搶殺他一番。」

　　　　清・鄒山《雙星圖》二十四〔縷縷金〕：「軍營肅恁踉蹌，把都
　孩一個個似亡羊。」

　　　　清・楊潮觀《吟風閣雜劇，凝碧池忠魂再表》〔繡停針・前腔〕
　白：「那時他帳下都把兒們，一排排露刀相向，誰敢抬頭。」

把都兒，又譯作巴都兒、把都、把都孩、都把兒；蒙古語，意爲勇士。《元朝秘史》及《華夷譯語·人物門》均譯作「把那禿兒」。《韃靼譯語·人物門》又譯作「把禿兒」，皆字異音近義同。把都兒，亦即滿語之「巴圖魯」。南宋·彭大雅、徐霆《黑韃事略》：「不殺則充八都魯軍，即（元史·兵志）之『拔突』也。拔突，華言勇無故也。」《元史·趙阿哥潘傳》：「帝駐釣魚山，合州守將王堅夜來砍營，阿哥潘率壯士逆戰，手殺數十百人。……帝喜曰：『有臣如此，朕復何憂？』賜黃金五十兩，名曰拔都。」元·陶宗儀《輟耕錄》卷二：「拔突，即拔都，都與突，字雖異而聲相近，蓋譯語無正音故也。」清·梁章鉅《稱謂錄》卷二十六「拔都」：「元時漢人賜號拔都，惟史天澤、張宏範，見《輟耕錄》。漢言勇也，亦曰拔都魯。案：此拔都，其即今巴圖魯乎？」按：《兒女英雄傳》第三回、《官場現形記》第十二回都有「巴圖魯」，是清朝皇帝給有戰功的武士的一種榮譽稱號，滿州話武勇的意思。

孛（bèi）知　孛知赤　孛著剌

明·朱有燉《桃源景》四〔倘秀才〕：「他道孛知是舞一回。」

明·湯顯祖《牡丹亭》四十七口〔北清江引〕白：「（老旦作醉，看丑介：）孛知！孛知！（貼：）又央娘娘舞一回。」

明·無名氏《午時牌》一〔鵲踏枝〕白：「俺兩個弓馬上五烈不楪，早晚阿媽跟前，倒刺孛知赤伏侍，阿媽但見了俺兩個便歡喜」。

明·黃元吉《流星馬》二〔上小樓〕白：「塞銀例（倒）刺，塞因孛著剌（剌）。」

清·尤侗《吊琵琶》楔子〔仙呂端正好·幺〕「倒喇滑，孛知斜，酥孛速，軟脂奢。」

孛知，蒙語，漢語謂跳舞。《華夷譯語·人事門》、《韃靼譯語·人事門》皆譯「舞」爲「孛知」。《登壇必究》卷二十二所載（蒙古）譯語《人物門》譯「舞」爲「伯赤」，《武備志》收《蘇門防禦考》載（蒙古）澤語：「舞，把氣。」伯赤、把氣，均與「孛知」音近義同。長讀則曰孛知赤，孛著剌，義均同。

備

明·朱有燉《桃源景》四〔倘秀才〕白：「乞塔苦溫卯兀備，打剌蘇額薛悟，卯兀客勒莎可知。」（意爲：漢人歹，酒也不曾吃，歹言罵人。）

　　　　明・黃元吉《流星馬》二〔乾荷葉〕白：「也麥、那顏、阿千堆、
　　　引度赤來者備。」同劇同折〔上小樓〕白：「那顏、哈敦、阿斤堆虎
　　　林備。」

備，蒙語，漢語「有」的意思。《華夷譯語・通用門》、《韃靼譯語・通用門》、
《盧龍塞略》卷十九、二十譯部上下卷所收蒙古譯語《通用門》皆譯「有」
爲「備」。《新刻校正買賣蒙古同文雜字》譯「有」爲「卑一」。「卑一」，「備」
之長讀也。

必

　　　　明・朱有燉《桃源景》四〔倘秀才〕：「（淨云：）必倒剌者有。
　　　（淨作胡唱科。）（旦唱：）他道倒剌是歌一曲。（淨云：）必字知
　　　者有。（淨作胡舞科。）（旦唱：）他道字知是舞一回。（淨云：）必
　　　哈哩有。（淨虛下。）（旦唱：）他回去也道一聲哈哩。」

必，蒙語，漢語譯爲「我」。《華夷譯語・人物門》：「我，必。」《武備志》收
《蘇門防禦考》載（蒙古）譯語：「我，必。」《盧龍塞略》卷十九、二十譯
部上下卷所收蒙古譯部《倫類門》：「我曰必。」《女眞譯語・人物門》亦呼「我」
爲「必」，此乃蒙古、女眞相通之詞匯也。我的，曰「米怒」（見《韃靼譯語・
人物門》）、「米訥」（見《華夷譯語・人物門》、《盧龍塞略》卷十九、二十譯
部上下卷所載蒙古譯語《倫類門》），乃第一人身的領有格。按：「有」乃蒙古
的習慣語氣詞。

必赤赤　畢徹赤

　　　　元・無名氏《射柳捶丸》三、白：「必赤赤懷揣著文書簿，赤五
　　　色石駕蒼鷹。」

　　　　明・黃元吉《流星馬》二〔醉春風〕：「終朝殺馬做筵席，將愁
　　　懷來遣，虎而赤吹彈，保兒赤割肉，必徹赤把體面。」

必亦赤，蒙語，又譯作「畢徹亦」，主管文書的官吏。《元典章・刑部二・鞫
獄・鞫囚公司磨問》：「鞫勘罪囚，仰達魯花赤管民官一同磨問，不得轉委通
事必闍赤人等推勘。」

　　　　《元史・百官志一》：「中書省掾（yuàn）屬：怯里馬赤四人，蒙古必闍
（shé）赤二十二人，玉典赤四十一人。」《華夷譯語・人物門》：「吏：必闍赤。」
《至元譯語・文字門》：「文書：必赤。」宋・彭大雅、徐霆《黑韃事略》：「韃

人無相之稱，只稱之曰必徹徹者，漢語令史也，使之主行文書爾。」按：必闍赤、必赤、必徹徹，皆必赤赤、必徹赤的異譯，音近義同。女眞語則呼作必忒失、必忒額，與蒙語發音相近，此蓋蒙古、女眞的通用語。

必答奴

　　□‧無名氏散套〔般涉調‧哨遍〕《鷹犬從來無價》：「綠依依觀看五酥，翠巍巍對著倒剌，必答奴那可兒休奸詐，俺亦剌散銀哈。」

（見明‧張祿輯《詞林摘艷》卷三）

《華夷譯語‧人物門》、《盧龍塞略》卷十九、二十譯部上下卷所收蒙古譯語《倫類門》均呼「咱」曰「必答」。《韃靼譯語‧人物門》呼「咱每」曰「必塔」。按：「必答」即蒙語 bida 的譯音，意爲「我們」。「必答奴」即 bidanu 的譯音，意爲「我們的」。「那可兒」意爲「伙伴」（見「那可兒」條）。必答奴那可兒，意即咱們的伙伴。

別十八里

　　明‧無名氏《齊天大聖》三、白：「小聖乃耍三郎孫行者是也。正在山頂上放風箏，不想斷了我，刮的往別十八里去了。」

別十八里，五城之意，我國古西域地名。元‧陶宗儀《輟耕錄》卷八「狗站」條：「高麗以北，名別十八（里），華言連五城也。罪人之流奴兒乾者必經此。」《元史譯文證補》卷二十六上：「元別失八里有二：一在高麗北，見陶宗儀《輟耕錄》罪人之流奴兒乾者必經此；一在今之烏魯木齊，元爲北庭都護府，舊有回鶻五城，故名。」看來此當指古西域之地。《元史‧地理志六‧西北地附錄》：「別失八里：至元十五年，授八撒察里虎符，掌別失八里畏兀城子里軍站事。十七年，以萬戶綦公直戍別失八里。十八年，從諸王阿只吉請，自太和嶺至別失八里置新站三十。二十年，立別失八里和州等處宣慰司。二十一年，阿只吉使來言：『元隸只必帖木兒二十四城之中，有察、帶上城置達魯花赤，就付闊端，遂不隸省。』至是奉旨『誠如所言，其還正之。』二十三年，遣侍衛新附兵千人屯田別十八里，置元帥府，即其地以總之。」《明史‧西域傳四》：「別十八里，西域大國。南接於闐，北達瓦剌。西抵撒馬兒罕，東抵火州，東南距嘉峪關三千七百里，或曰焉耆，或曰龜茲。元世祖時設宣慰司，尋改爲元帥府，其後以諸王鎮之。」以上所引《元史》、《明史》均可證。劇中當是藉以喻極遠之地，未必確指別十八里也。

卜兒赤　保兒赤

元明間・無名氏《岳飛精忠》一、白：「卜兒赤一只眼，兀剌赤豁著唇。」

明・黃元吉《流星馬》二、白：「一壁廂喚將保兒赤來，整治筵席。」

同劇同折〔醉春風〕：「虎而赤吹彈，保兒赤割肉，畢徹赤把體面。」

卜兒赤、保兒赤，蒙語，漢語謂廚子。《至元譯語・人事門》：「廚子：豹立直。」《華夷譯語・人物門》：「廚子：保兀兒赤。」《元史・兵志二》：「親餕以奉上飲食者，曰博爾亦。」《聖武親征錄》甲戌歲有「雍古兒寶兒赤。」王國維注曰：「寶兒赤，華言膳夫也。」《元史・輿服志三・儀衛》殿上執事：「二十人，主膳。」注：「國語曰博兒赤。」《道園學古錄》卷二十四《曹南王勳德碑》：「又為博而赤，博而赤者，親烹餕以奉上飲食者也。」按：以上卜兒赤、保兒赤、豹立直、寶兒赤、博爾赤、博兒赤、博而赤，皆字異音近而義同，蓋譯語用字無準繩也。

擦者兒　擦折兒

□・無名氏散套〔哨遍〕《鷹犬從來無價》：「將母鱗疾快拴，擦者兒連忙打。」（見明・張祿輯《詞林摘艷》卷三、《雍熙樂府》卷七載此曲作「擦折兒」）

擦者兒，漢語謂帳棚之類。《元朝秘史》第二七五節：擦赤兒，旁譯「帳子」。《續增華夷譯語・宮室門》：「帳房，察赤兒。」《韃靼譯語・宮室門》：「帳房，茶赤兒。」《武備志》收《蘇門防禦考》載（蒙古）譯語：「帳，又赤兒。」欽定《元史語解》卷四（地理門）：「察察爾，涼棚也。」同書卷九（人名門）：「察察哩，滿洲語涼棚也。」同書卷十九（人名門）：「察察爾岱：察察爾，涼棚也；岱，有也。」察察爾岱，即謂有涼棚也。同書卷二四（名物門）：「薩哈連察察哩，滿洲語黑涼棚也。」同書卷四三作「撒哈剌察赤兒」。按：格魯柏本《女眞譯語・聲色門》譯「黑」為「撒哈良國。薩哈連、撒哈剌、撒哈良，音近義並同。

總觀以上擦折兒、擦赤兒、察赤兒、茶赤兒、又赤兒、察察爾、察察哩，皆與「擦者兒」異寫音近而義同。復據以上所引，亦可見「擦者兒」乃蒙古、女眞之通用語。

茶合

　　□・無名氏散套〔鬥鵪鶉〕《滿長空雲霽天開》：「披著羊袄裹氊，
茶合毛的絨團，鼠尾線的香綿，紫貂鼠披肩。」（見明・張祿輯《詞
林摘艷》卷十）

茶合，蒙語，漢語謂白色。「茶合毛」，即白色毛。《華夷譯語・聲色門》：「白，
察罕。」《至元譯語・顏色門》、《韃靼譯語・聲色門》、《盧龍塞略》卷十九、
二十譯部上下卷所收蒙古譯語《色目類》均同上。欽定《元史語解》：「察罕，
白色也。」屢見。清・陳康祺《郎潛紀聞三筆》卷五亦云：「察罕，白色也。」
《露書》卷九《風篇》：「擦罕」釋爲「白」。按：察罕、擦罕皆爲「茶合」之
不同譯語。

單（chán）于

　　元・馬致遠《漢宮秋》楔子、白：「獯鬻、獫狁，逐代易名；
單于、可汗，隨時稱號。」

　　明・陳與郊《昭君出塞》〔金瓏璁〕白：「官家今日御未央宮，
傳旨宣王嬙上殿，下嫁單于。」

　　明・無名氏《萬國來朝》二、白：「（單于云：）你且一壁有者。
小番，喚將奴廝哈來者。」

　　清・尤侗《吊琵琶》楔子〔仙呂端正好〕白：「想是單于出獵，
不免匍伏草間則個。」

單于，古代匈奴最高首領的稱號。全稱應作「撑犁孤涂單于」。匈奴語「撑犁」
是天，「孤涂」是「子」，「單于」是廣大之意，通常簡稱作「單于」。《史記・
匈奴傳》：「匈奴單于曰頭曼。」宋・裴駰《集解》引《漢書音義》曰：「單于
者，廣大之貌，言其象天單于然。」唐・李白《幽州胡馬客歌》：「天驕五單
于，狼戾好凶殘。」唐・高適《燕歌行》：「校尉羽書飛瀚海，單于獵火點狼
山。」唐・杜甫《哀王孫》詩：「竊聞天子已傳位，聖德北服南單于。」皆其
例。按：匈奴，亦稱「胡」，戰國時活動於燕、趙、秦以北地區。秦漢之際，
冒頓單于統一各部，勢力強盛起來，統治了大漠南北廣大地區。

撑黎枯涂

　　明・無名氏《蘇武牧羊記》三出、淨白：「撑黎枯涂，頓然騰咭
里，只好喀梨秃秃鱄鱄吃。」

撐黎枯涂，本匈奴語，意即「天子」。《史記・匈奴列傳》：「匈奴單于曰頭曼，頭曼不勝秦，北徙。」《索隱》案：「《漢書》：『單于姓攣鞮氏，其國稱之曰「撐黎孤涂單于」。而匈奴謂天爲「撐黎」，謂子爲「孤涂」。單于者，廣大之貌也。』言其象天，故曰撐黎孤涂單于。」《後漢書・南匈奴傳》：「單于姓虛連題。」唐章懷太子注；「《前書》曰：『單于姓攣鞮氏，其國稱之曰撐黎孤屠。匈奴謂天爲撐黎，謂子爲孤屠。』與此不同也。」宋・王懋《野客叢書》卷七「不識撐梨」條：「有胡奴執燭，顧而問之。奴曰：『撐梨，天子也。言匈奴號撐梨，猶漢人稱天子也。』」按：撐黎枯涂、撐黎孤涂、撐（chēng）黎孤屠，音近義並用。簡作「撐梨」，而意不變。

赤

> 元・李直夫《虎頭牌》三〔得勝令〕：「才打到十三，赤瓦不剌海，你也忒官不戚牙爪戚。」

> 明・黃元吉《流星馬》二〔乾荷葉〕白：「（正旦云：）赤哈敦哈剌咬兒赤剌。（通事出問旦兒云：）你從那裏來？」

赤，蒙語，漢譯「你」也。《華夷譯語・人物門》：「你：赤。」《盧龍塞略》卷十九、二十譯部上下卷所收蒙古譯語《倫類門》：「你曰赤。」《武備志》收《蘇門防禦考》載（蒙古）譯語：「你：赤。」皆可證。

《華夷譯語・人物門》、《盧龍塞略》所收蒙古譯語，皆呼「你的」爲「赤訥」。《韃靼譯語・人物門》呼「你的」爲「赤怒」。赤訥、赤怒，皆「赤」的領有格。

又「赤」，蒙語亦指人，如馬夫曰「兀剌赤」，牧馬人曰「阿堵兀赤」，牧羊人曰「豁紉赤」，農人曰「塔里牙赤」，等等。

赤年空俺

> 明・黃元吉《流星馬》二〔乾荷葉〕白：「（通事見科。）（正旦云：）茶古歹赤年空俺？（通事云：）也隱迷都也麥哈杯。」

赤年空俺，漢語意謂：你說什麼哪。按：《華夷譯語・人物門》稱「你」爲「赤」；同書《人事門》稱「言」爲「兀格」；同書《通用門》稱「麼道」爲「客蠻」。連起來便是「你言麼道」（你說什麼哪）。這裏「言」叶音「年」，「客蠻」借爲「空俺」，皆以音近而相假也。

赤瓦不剌海　洼勃辣駭

　　元・關漢卿《哭存孝》二〔牧羊關〕「（云：）赤瓦不剌海！（唱：）你常好是莽撞也祗候人。」

　　元・李直夫《虎頭牌》三〔得勝令〕：「才打到三十，赤瓦不剌海，你也忒官不成牙爪成。」

　　元・孟漢卿《魔合羅》三〔醋葫蘆・么篇〕白：「問不成呵，將你個賽隋何、欺陸賈，挺曹司，翻舊案，赤瓦不剌海猢猻頭，嘗我那明晃晃勢劍銅鍘。」

　　清・尤侗《吊琵琶》楔子〔仙呂端正好〕：「唱道治爨離，洼勃辣駭毛和血。」

赤，漢語：「你」也。見「赤」字條。「瓦不剌海」亦作「洼勃辣駭」，皆敲殺的意思。宋・洪皓《松漠紀聞・洼勃辣駭》下原注云：「彼云敲殺也。」敲殺，即打死之意。「赤瓦不剌海」，是說「你這該打死的」。王實甫《麗春堂》二〔滿庭芳〕：「則你那赤瓦不剌強嘴，兀自說兵機。」此「赤瓦不剌」義同上，疑漏一「海」字。

搭䄈（dā huò）　搭護

　　元・無名氏（一作武漢臣）《生金閣》三〔牧羊關〕白：「孩兒，吃下這杯酒去，又與你添了一件綿搭䄈麼。」

　　明・陳鐸散套〔北般涉調耍孩兒〕《嘲外有事實》：「綠羅搭護重披掛。」

搭䄈，即「搭護」，蒙古人穿的袄子。《至元譯語・衣服門》：「番皮，答胡。」宋・鄭思肖《絕句》之八：「鬃笠氈靴搭護衣，金牌駿馬走如飛。」自注：「搭護，胡衣名。」《元史・輿服志一》「比肩」注：「俗稱曰襻子答忽。」《元史語解》卷二一（人名門）：「賽音達呼，好皮端罩也。」又卷二四（名物門）：「達呼，皮端罩也。」以上搭䄈、搭護、答胡、答忽、達呼，皆同音異譯，訓爲一種袄子或皮袄。清・翟灝《通俗編・服飾・搭護》：「鄭思肖詩：『鬃笠氈靴搭護衣，金牌駿馬走如飛。』自注：『搭護，元衣名。』按：俗謂皮衣之表里具而長者曰搭護，頗合鄭詩意。《居易錄》言：『搭䄈，半臂衫也，起於隋時內官服之。』乃名同而實異。」

　　復據《女眞譯語‧衣服門》：「皮袄，答忽。」清‧楊賓《柳邊紀略》卷三：滿洲人「天寒披重羊裘或猞猁猻狼皮打呼。」原注：打呼，「皮長外套也」。此皆與蒙語搭謹、答胡、答忽、搭護同。爲蒙語、女眞語若干相通詞匯之一例。

答納　塔納

　　　　明‧朱有燉小令〔醉太平〕「玉兔鶻妝著帶根，金孔雀繡著襴裙，皂皮靴刺著倒提雲，答納珠墜著耳輪。」（見明‧郭勳輯《雍熙樂府》卷十七）（《全明散曲》收此曲作「塔納」）

答納，蒙語，漢語謂大珠，《元史語解》卷一（后妃門）、卷七（地理門）皆云：「塔納，東珠也。」同書卷九五作「太納」，卷一〇七作「大納」，俱「答納」之異譯。《元史‧世祖紀十三》至元二十八年十一月甲辰詔：「回回以答納珠充獻及求售者還之，留其估以給貧者。」又同書《輿服志一》冕服：「天子質孫……夏之服凡十有五等，服答納都納石失。」注云：「綴大珠子於金錦。」按「納石失」，即漢言金錦也。明‧朱有燉《元宮詞》：「隊里惟誇三聖奴，清歌妙舞世間無。御前供奉蒙深寵，賜得西洋塔納珠。」《華夷譯語‧珍寶門》、《韃靼譯語‧珍寶門》、《盧龍塞略》卷十九、二十澤部上下卷所收蒙古譯語《珍寶類》亦皆呼「大珠」爲「塔納」。明‧李昌祺《剪燈餘話》卷四《至正妓人行》：「渾脫囊盛阿剌酒，達拿珠絡只孫裳。」達拿，亦「答納」之異譯。有人注「達拿」爲地名，失之也。

答剌孫　打剌孫　打剌蘇　打剌酥　答剌蘇　打辣酥　打蠟酥

　　　　元‧關漢卿《哭存孝》一、白：「撒因答剌孫，見了搶著吃。」

　　　　元‧無名氏《射柳捶丸》三，白：「（黨項云：）打剌孫喝上五壺。（祖孛云：）莎塔八了不去交戰。」

　　　　元‧陳以仁《存孝打虎》二〔尾聲〕白：「金盞子滿斟著賽銀打剌蘇。」

　　　　元‧無名氏《小尉遲》二〔清江引〕：「不知道我哄他，把我當實話，去買一瓶兒打剌酥吃著耍。」

　　　　□‧無名氏散套〔般涉調‧哨遍〕《鷹犬從來無價》：「鹽燒肉銅簽炭火上叉，答剌蘇俺吃剌。」（見明‧張祿輯《詞林摘艷》卷三）

明・邱浚《投筆記》二十三〔清江引〕:「野餘大宛馬,舞回回,打辣酥唱凱歌。」

清・尤侗《吊琵琶》楔子〔仙呂端正好〕白:「左右,賞他打蠟酥者!(淨飲謝恩科。)」

答剌孫,蒙古語。《華夷譯語・飲食門》:「酒,答剌孫。」《韃靼譯語・飲食門》:「酒,打剌孫。」又作答剌蘇、打剌蘇、打剌酥、打辣酥、打蠟酥,《至元譯語・飲食門》又作「答剌速」,《新刻校正買賣蒙古同文雜字》又作「達拉索」,《水滸傳》第二十四回又作「大辣酥」,清・謝濟世《西北域記》又作「達喇蘇」。這都是翻譯用字不同的緣故。

答絲叭兒　答思叭兒

□・無名氏散套《鬥鵪鶉・滿長空雲霽天開》:「我則見幾員吐實番官,都將答絲叭兒頭上纏。」(見《詞林摘艷》卷十)

明・湯顯祖《邯鄲記》十五〔第二段〕:「將一領答思叭兒頭毛上按,將一個哨弼力兒唇綽上安。」

答絲叭兒,一作「答思叭兒」,番語「頭巾」的意思。

達干

明・陸華甫《雙鳳記》二十五〔縷縷金〕:「點酋豪,返團山,達干驅號令。」

達干為蒙古官稱,在元代多澤為答剌罕、答爾罕。《遼史》卷一一六《國語解》帝紀:「達剌干,縣官也,後升為副使,」此「達剌干」疑即「達干」、「答剌罕」。《登壇必究》卷二二所載(蒙古)譯語《人物門》:「頭目,打剌汗。」與「答剌罕」字異音同,明清兩代又有打剌罕、打兒漢等異譯,蓋譯音無正字,隨時而異也。據史料稱:它是突厥、蒙古兩族長期沿用的官號。唐代突厥音譯為「達干」,為傳統兵馬的武職官號,東西突厥及回鶻皆用之。及至南宋,高昌、回鶻的這個官號,僅成世襲的空銜。蒙古立國後,成吉思汗對於共同創業的功臣,授以萬戶、千戶有實職的官號,而對成吉思汗本人或兒子有救命之恩的,即更加以「答剌罕」之尊號。可見「答剌罕」這個官銜,在蒙古族中的榮顯地位。元・陶宗儀《輟耕錄》卷一「答剌罕」條:「答剌罕,譯言一國之長,得自由之意,非勳戚不與焉。太祖龍飛日,朝廷草創,官制簡古,惟左右萬戶,次及千戶而已。丞相順得忠獻王哈剌哈孫之曾祖啓昔禮,

以英才見遇,擢任千戶,錫號答剌罕。至元壬申,世祖錄勳臣後,拜王宿衛宮襲號答剌罕。」到元朝中葉,常用「答剌罕」之封號,賞賜功臣,性質已與元初之世襲大異。明朝韃靼人在陣前救出本管台吉者,酬升「打兒漢」,猶存元初報恩之意。清朝各部蒙古有功加「達爾漢」號者,僅酬少量銀帛而已。看守成吉思汗陵寢者,號稱「達爾哈特」(蒙語「答剌罕」的複數),僅免除一切徭役,這說明「答剌罕」的封號愈來愈降格了。

打喇哥

> 清·無名氏《擋馬》〔急口令〕:「笑呵呵,笑呵呵,一心要做一個打喇哥。」

打喇哥,指開酒店的小二哥。當時女眞、蒙古等少數民族呼酒爲「打喇酥」,因稱酒頭或酒保爲「打喇哥」也。打喇酥,詳見「答剌孫」條。

打髀殖 打髀石 打臂石

> 元·關漢卿《哭存孝》一〔後庭花〕:「他餓時節摑肉吃,渴時節喝酪水,閒時節打髀殖,醉時節歪唱起。」

> 元·鄭光祖《三戰呂布》一、白:「某正在某處與小廝打髀殖。」

> 元明間·無名氏《九宮八卦陣》一、白:「閒來所事都不做,帳房後頭打髀殖。」

> 元明間·無名氏《紫泥宣》四、白:「若是閒了沒處去,階上打會髀殖耍。」

> 明·無名氏《萬國來朝》二、白:「正在帳房裏打壁石耍子,單于那頻喚我,不知有甚來事,我走一遭去。」

> 明·姚茂良《精忠記》三〔風檢才〕:「番將叢中第一,誰人及得俺武藝。不論鞭與撾捶,氈帳裏細牛蹄,閒來時打臂石。」

打髀殖,一譯打壁石、打臂石,契丹的一種遊戲名稱。其法爲:剔鹿類腿前骨,灌以銅錫,堆地上擲之,中者盡取所堆。據《元朝秘史》卷三有「(帖木眞)於斡難河冰上打髀石」一語,李文田注曰:「《元史·太祖本紀》曰:『咩撚篤敦第七子納眞詣押剌伊而部,路逢童子數人,方擊髀石爲戲。』據此,則打髀石乃漠北舊俗也。《契丹國志》曰:『宋眞宗時,晁回往契丹賀生辰還,言國主皆佩金玉錐,又好以銅及石爲槌以擊兔。』然則髀石乃擊兔所用,以麏鹿之骨角灌銅而成也。」此俗曾流行我國東北一帶,滿語稱爲「噶什哈」。

清・湯賓《柳邊紀略》卷四：「童子相戲，多剔麕麃麋鹿前腿骨，以錫灌其竅，名『噶什哈』，或三或五，堆地上擊之，中者盡取所堆，不中者與堆者一枚。多者千，少者十、百，各盛於囊。歲時閒暇，雖壯者亦爲之。」據明・劉侗、于奕正《帝京景物略》，「髀石」又作「貝石」。該書卷二「春場」條云：「是月，羊始市，兒取羊後脛之膝之輪骨，曰貝石，置一而一擲之。置者不動，擲之不過，置者乃擲，置者若動，擲之而過，勝負以生。」這說明明代在北京亦有此遊戲。今湖北兒童仍有「打碑兒」遊戲。朱居易在《元劇俗語方例》中解「打髀殖」爲「擲骰子」，誤。

按：《元曲選・伍員吹簫・音釋》：「髀，音妣。」髀、壁、臂，石、殖，俱音近通用。

打剌不花

□・無名氏散套〔般涉調哨遍〕《大打圍》：「打剌米渾托中放著打剌不花，從頭兒吃罷。」（見明・郭勳輯《雍熙樂府》卷七）

打剌不花，獸類食品，漢語呼爲「獺（tǎ）」；，一名土撥鼠。元・和斯輝《飲膳正要》卷三「獸品」：「塔剌不花，一名土撥鼠，味甘無毒，主野雞瘻瘡，煮食之宜人，生山後草澤中，北人掘取以食。」「塔剌不花」乃「打剌不花」的異譯。又譯爲「塔剌不歡」，如《元史・伯顏傳》曰：「又令軍士有捕塔剌不歡之獸而食者……」又譯爲「獺剌不花」，如《元典章・兵部五・捕獵・放皮貨則例》「抵張」內列有「獺剌不花」。又作「塔爾巴噶。」如《元史語解》卷四（地理門）：「塔爾巴噶，獺也。」明・李時珍《本草綱目・獸三・土撥鼠》（釋名）：「蘇恭曰：『鼫鼠』，答剌不花。時珍曰：『按《唐書》有鼫鼠鼠，即此也。鼫鼠，言其肥也。《唐韻》作鸂鼠，音仆朴，俗訛爲土撥耳，蒙古人名答剌不花。』」按：打剌不花、塔剌不花、塔剌不歡、獺剌不花、塔爾巴噶、答剌不花，皆音義同。

倒剌　倒喇

元明間・無名氏《破天陣》一、白：「哥也，無甚勾當，已定則是喚俺吃答剌孫，倒剌著耍子。」

元明間・無名氏《午時牌》一〔鵲踏枝〕白：「俺兩個弓馬上五烈不樁，早晚阿媽跟前，倒剌孛知赤伏侍，阿媽但見了俺兩個便喜歡。」

明・湯顯祖《牡丹亭》四十七〔北夜行船〕白：「（老旦作看丑介：）倒喇，倒喇。（丑笑介：）怎說？（貼：）要娘娘唱個曲兒。」

清‧尤侗《吊琵琶》楔子〔仙呂端正好‧幺〕：「倒喇滑，字知斜。」
倒剌，蒙語，漢語是歌唱的意思。《華夷譯語‧人事門》、《韃靼譯語‧人事門》
都譯「唱」為「倒剌」。《牡丹亭》例，亦明言唱曲為「倒喇」。倒喇、倒剌，
音義並同。《金瓶梅》又寫作「搗喇」，如第六十回：「內臣斜局的營生，他只
喜《藍關記》，搗喇小子胡歌野調，那裏曉的大關目，悲歡離合。」「搗剌小
子」即指唱的男童，呼「小子」者，蔑稱也。《登壇必究》卷二十二所載（蒙
古）譯語《人物門》：「唱的：倒剌赤。」此蓋指歌唱之人也。

額薛（é xuē）

明‧朱有燉《桃源景》四〔倘秀才〕白：「（淨云：）乞塔苦溫
卯兀備，打剌蘇額薛悟，卯兀客勒莎可支。（旦云：）他說什麼？（末
云：）他說漢兒人歹，酒也不曾吃，歹言語罵人。」

額薛，《元朝秘史》旁譯「不曾」；額薛兀，旁譯「不曾」、「不曾麼」，並屢見。
「打剌蘇額薛悟」，是說「酒也不曾飲」。

額多額

明‧朱有燉《桃源景》四、白：「（淨云：）額多額，兀堵兒，
馬失闊亦填，乞塔，阿哈，撒銀打剌蘇，未（米）納悟有。（旦兒云：）
那裏走的兩個達子來？亦留兀剌的，知他說什麼？（末云：）他說
今日十分冷，漢兒哥哥，好酒與些吃。」

額多額，漢語謂「今」，即現今也。《華夷譯語》和《韃靼譯語》、《時令門》
皆曰：「今：額朵額。」《至元譯語‧時令門》：「如今：愛朵。」《武備志》收
《蘇門防禦考》載（蒙古）譯語：「如今：我奪。」按：額多額，與「額朵額」
意義並用。「今」與「如今」義亦同。「愛朵」、「我奪」，長讀之，則與「額多
額」、「額朵額」音俱相近也。又《元朝秘史》：額多額，旁譯「今」或「如今」，
屢見；並可證。

伏以

明‧無名氏《蘇武牧羊記》十七、白：「（末：）你是南朝人，
必知禮數，你權為儐相便了。（淨：）伏以！李奴羅言有請。（小生：）
十二峰頭雲雨合，天地交泰。（淨：）伏以！花花公主耶步。」

伏以，蒙語中用為招呼詞、驚嘆詞，相當漢語中的「喂」、「嘿」。內蒙古大學蒙
古語文研究室編《蒙漢辭典》第710頁：「hoyi，喂、嘿（招呼人或驚嘆的口氣）。」

罟罟（gǔ gǔ）

元・無名氏小令〔柳營曲〕《風月擔》：「達達搜無四兩，罟罟翅赤零丁，捨性命將風月擔兒爭。」

元・劉廷信小令〔寨兒令〕《戒漂蕩》：「達達搜沒半星，罟罟翅赤零丁，捨性命把風月擔兒爭。」

罟罟，蒙語，為蒙古貴族婦女所戴的一種冠飾。以譯音不同，又作顧姑、故姑、罟姑、故故、姑姑、固姑、罟罛、罟冠等。宋・趙珙《蒙韃備錄》婦女：「凡諸酋之妻，則有顧姑冠，用鐵絲結成，形如竹夫人，長三尺許，用紅青錦繡或珠金飾之，其上又有杖一枝，用紅青絨飾之。」宋・彭大雅、徐霆《黑韃事略》：「婦人頂故姑。」徐霆疏云：「霆見其故姑之制，用畫木為骨，包以紅絹青帛，頂之上用四五尺長柳枝或鐵打成枝，包以青氈，其向上人則用我朝翠花或五彩帛飾之，令其飛動，以下人則用野雞毛，婦女眞色，用狼糞塗面。」元・俞琰《席上腐談》：「向見官妓舞〔柘枝〕，戴一紅物，體長而頭尖，儼如靴形，想即是今之罟姑也。」明・葉子奇《草木子・雜制》：「元朝后妃及大臣之正室，皆帶姑姑，衣大袍……姑姑高圓二尺許，用紅色羅，蓋唐金步搖冠之遺制也。」元・鄧雅《玉笥集》卷三《和睦州雜詩》：「南國香，誰家女？容貌如花絕代嬌。嫁郎西去久不歸，今日相逢在軍壘。宮妝不著嫁衣裳，三尺罟罟包髻子。」元・陶宗儀《輟耕錄》卷八「聶碧窗詩」條：「雙柳垂鬟別樣梳，醉來馬上倩人扶。江南有眼何曾見，爭捲珠簾看固姑。」明・朱有燉《元宮詞》：「侍從皮帽總姑麻，罟罟高冠口六珈。」

又：「罟罟珠冠高尺五，暖風輕裊鷓雞翔。」又：「要知各位恩深淺，只看珍珠罟罟冠。」據此可見一斑。

哈孩

明・黃元吉《流星馬》二〔上小樓〕白：「哈孩米蝦大輪米般拾，哈來哈者孩。」

哈孩，蒙語，漢語謂「豬」。《華夷譯語・鳥獸門》、《盧龍塞略》卷十九、二十譯部上下卷所收蒙古譯語《獸畜類》皆呼「豬」為「哈孩」，《韃靼譯語・鳥獸門》呼「豬」為「合孩」。《登壇必究》卷二十二所載（蒙古）譯語《走獸門》、《武備志》收《蘇門防禦考》載（蒙古）譯語，皆呼「豬」為「噶害」，《新刻校正買賣蒙古同文雜字》呼「野豬」為「克勒因嘎海」。《至元譯語・走獸門》呼「豬」為「唐兀歹」。按：哈孩、合孩、噶害、嘎海、唐兀歹，音近義並同。

哈哩

明·朱有燉《桃源景》四〔倘秀才〕:「他回去也道一聲哈哩。」

明·湯顯祖《牡丹亭》四十七〔北尾〕:「曳喇曳喇哈哩。」

哈哩，蒙語，漢語曰「回」。《華夷譯語·人事門》、《盧龍塞略》卷十九、二十譯部上下卷所收蒙古譯語《生靈門》，皆呼「回」爲「哈里」，《韃靼譯語·人事門》呼「回」爲「合里」，《武備志》收《蘇門防禦考》載（蒙古）譯語，呼「回」爲「哈力」。哈哩、哈里、合里、哈力，皆譯音的不同用字，而其義則一。《桃源景》劇且明言「他回去也道一聲哈哩」。皆其證。

哈喇　哈剌　哈剌兒　哈蘭

（一）

元·馬致遠《漢宮秋》三〔鴛鴦煞〕白:「不如送他去漢朝哈喇，依還的甥舅禮，兩國長存。」

元·無名氏《射柳捶丸》三、白:「來者何人？趁早下馬受降！但道個不字，我都哈剌兒了。」

元明間·無名氏《捉彭寵》三〔倘秀才〕白:「和他說什麼，拿出去哈剌了罷。」

元明間·無名氏《智降秦叔寶》一〔尾聲〕:「早則是我走的快哩，若遲了一這步，連我也哈剌了。」

明·無名氏《蘇武牧羊記》三、白:「早上奉狼主之命，但有中國來的使臣，符驗上有名字的呢留下，沒有名字的，一概都哈蘭了。」

清·朱茞《翡翠園》十七〔香柳娘·前腔〕白:「直弄到死罪，今日王府裏旨意下來，正要哈喇。」

哈喇，蒙古語，謂殺死。《華夷譯語》下:「殺曰阿蘭，即哈剌也。」哈剌，即「哈喇」的異寫，又作哈剌兒、哈蘭、阿蘭，音近義俱同。蓋譯語無正音故也。

（二）

明·黃元吉《流星馬》二〔乾荷葉〕白:「(通事云;) 也麥哈剌咬兒赤剌。(旦兒云:) 官人不省的達達官人番語，我則說的漢兒話。(通事云:)你是漢兒人，你不省的達達番語，我問你是什麼人。」

哈剌，漢語謂「人」。《元朝秘史》通常作「哈蘭」，偶爾作「哈剌」。該書第一四九節，「哈蘭」旁譯為「人」，第二四六節，「哈剌」旁亦譯為「人」，均可證。

（三）

　　　　□‧無名氏散套〔般涉調哨遍〕《大打圍》：「酥泛酒銀瓶鑼鍋裏
旋，鹽燒肉鋼簽上叉，打剌酥哈剌扑哈，土思胡先把，蒙赤兔忙拿。」

（見明‧郭勳輯《雍熙樂府》卷七）

以上「哈剌」，漢語是黑色的意思。《華夷譯語‧聲色門》、《韃靼譯語‧聲色門》、《登壇必究》卷二二所載（蒙古）譯語《衣服門》，「黑」皆作「哈剌」。欽定《元史語解》第二四回（名物門）注曰：「哈喇：黑色也。卷一四九作哈剌。」《至元譯語‧顏色門》「黑」作「匣剌」。「匣剌」與「哈剌」、「哈喇」俱音近義同。《元史‧王珣傳》：「珣貌黑，人呼為哈剌元帥。哈剌，中國言黑也。」《高麗史‧元卿傳》：「卿幼習蒙語，屢從王入朝，世祖常呼之曰納麟哈剌，以其應對詳敏，舉止便捷，故曰納麟，須髯美黑，故曰哈剌。」清‧陳康祺《郎潛紀聞三筆》卷五：「哈喇，黑色也。」以上並可證。

另外在《盧龍塞略》卷十九、二十譯部上上卷所收蒙古譯語《生靈門》：「罵曰莎可，一曰哈剌。」是知「哈剌」又有罵的意思。

哈敦

　　　　元明間‧無名氏《岳飛精忠》一、白：「帳房裏藏著俊哈敦，吃
的醉了胡廝鬧。」

　　　　明‧黃元吉《流星馬》二〔上小樓〕白：「（正旦云：）莽古歹、
者古歹撒答哩備，哈敦掃者。」又云：「哈敦鎖胡塌八杯。」又云：
「我是金牙實不中，正望婦女雙結親，不想可是他老婆，通事也。
入你哈敦五都魂。」

　　　　清‧無名氏《三鳳緣‧截關》〔鎖南枝〕白：「他因新得了一個
哈敦，喝了半夜的酒才睡。」

古代蒙古、回紇稱君之妻皆曰「哈敦」。《華夷譯語‧人物門》呼「娘子」曰「哈敦」。《續增華夷譯語‧人物門》謂「皇后」曰「哈敦」。《舊唐書‧突厥傳上》：「可汗，猶單于也。妻曰可敦。」《遼史‧國語解》：「可敦，突厥皇后之稱。」《韃靼譯語‧人物門》呼「娘子」曰「合敦」。《登壇必究》卷二十二

所載（蒙古）譯語《人物門》呼「娘子」曰「阿葛」。《至元譯語・人事門》謂娘子曰「下敦」。明・李昌棋《剪燈餘話・至正妓人行並敘》：「官裏遙沖朔漠塵，哈敦暗哭穹廬月。」周楞伽校注：「哈敦，蒙古語，娘子。這裏似指元宮后妃。」清・龔自珍《擬進上蒙古圖志表文》：「碩矣天姬，爲之哈屯。禮官擇言，匪古和婚。」又《蒙古冊降表序》：「曰哈屯者視福晉，曰格格者視郡主也。」（福晉，滿人指親王、郡王、世子的正妻）此外，還有呼作「可賀敦」者。按：合敦、阿噶、可敦、下敦、哈屯、可賀敦，皆「哈敦」一詞的聲轉。

哈撒　哈纏

> 明・朱有燉《桃源景》四〔倘秀才〕：「他道哈撒呵，原來是問你；他道倒喇是歌一曲；他道字知是舞一回。」

> 明・湯顯祖《牡丹亭》四十七〔北清江引・前腔〕：「（老旦笑點頭招丑介：）哈纏哈纏。（貼：）要問娘娘。（丑笑介：）問什麼？（老旦扯丑輕說介：）哈纏兀該毛克喇，毛克喇。（丑笑問貼介：）怎說？（貼作搖頭介：）問娘娘討件東西。」

哈撒、哈纏，「問」的意思。《華夷譯語・人事門》、《盧龍塞略》卷十九、二十譯部上下卷所收蒙古譯語《生靈門》，皆謂「問」爲「阿撒黑」，《韃靼譯語・人事門》謂「問」爲「阿撒」，韃靼館下續增《華夷譯語・人事門》謂「記問」爲「脫黑脫阿阿撒黑」。阿、哈音近，故哈撒、哈纏、阿撒、阿撒黑，皆一詞之聲轉。

哈剌赤

> 元明間・無名氏《陰山破虜》一、白：「人人英勇，個個爭先。哈剌赤招展到雲月皂雕旗，禿魯赤擺列著朱纓畫戟。」

哈剌赤，蒙古語，指牧馬人。《元史・兵志三》：「牧人曰哈赤、哈剌赤；有千戶、百戶，父子相承任事。自夏及冬，隨地之宜，行逐水草，十月各至本地。」《元史・吐吐哈傳》：「班都察舉旗迎降，世祖令掌尚方馬畜，歲時挏馬乳以進，色清而味美，因目其屬曰哈剌赤。哈剌赤，譯言黑馬乳也。」此言呼牧馬人爲哈剌赤之由來也。《至元譯語・君臣門》：「牧馬人：木里赤。」元・陶宗儀《輟耕錄》卷十「馬判」條：「烏剌赤，站之牧馬者。」按：木里赤、烏剌赤，皆「哈剌赤」之異譯。又「哈」、「阿」音近，哈剌赤，意猶「阿堵兀赤」，請參見該條。

哈茶兒　哈搽兒

明・黃元吉《流星馬》二〔乾荷葉〕白：「民安倚看大牙兒哈茶兒鐵兒高赤呵媽薩赤來者備。」

明・無名氏《萬國來朝》二、白：「騰克里喚做青天，哈搽兒喚做地下，打剌酥喚做好酒，紫皮蒜喚做忒剌。」

哈茶兒，一譯「哈搽兒」，蒙語，漢語呼作「……里地」。《韃靼譯語・地理門》：「地：合札兒。」《至元譯語・地理門》：「地：合掣兒。」《華夷譯語・地理門》：「地：哈察兒。」《登壇必究》卷二十二所載（蒙古）譯語《地理門》：「地：噶扎兒。」《盧龍塞略》卷十九、二十譯部上下卷所收蒙古譯語《地理門》：「地曰哈札兒。」按：哈茶兒、哈搽兒、合札兒、合掣兒、噶扎兒、哈察兒、哈札兒，意近義並同。元・陶宗儀《輟耕錄》卷二曰：「字雖異而聲相近，蓋譯語無正音故也。」

呼韓

元・馬致遠《漢宮秋》楔子、白：「（沖末扮番王，引部落上）……某乃呼韓耶單于是也。」

明・薛道論小令〔雙調水仙子〕《爲將》三首之一：「朝廷命我鎮邊關，一線封疆萬里山，旌旗到處遮雲漢，把胡兒心膽寒。淨烽煙國泰民安，準備著擒可汗，安排著繫呼韓，大將軍義膽忠肝。」

呼韓，呼韓耶（yě）單于的略稱，是漢代匈奴王的稱呼。《漢書・陳湯傳》：「先是，宣帝時匈奴乖亂，五單于爭立，呼韓邪單于與郅支單于俱遣子入侍，漢兩受之。」又云：「會漢發兵送呼韓邪單于，郅支由是遂西破呼偈、堅昆、丁令，兼三國而都之。怨漢擁護呼韓而不助己，因辱漢使者江乃始等。」是其證。

忽剌八　忽剌巴　忽喇叭

元・無名氏《雲窗夢》三〔哨遍〕：「忽剌八夢斷碧天涯。」

元・商政叔散套〔新水令〕《彩雲聲斷紫鸞簫》：「忽剌巴地北天南，抵多少水遠山遙。」（見《詞林摘艷》卷五）

元・無名氏散套〔醉花陰〕《風擺青青送行柳》：「忽喇八面北眉南出盡醜。」（見《詞林摘艷》卷九）

　　　　明・賈仲明《金安壽》三〔望遠行〕：「扯碎俺姻緣簿，忽剌八
　　掘斷俺前程路。」

忽剌八，一作「忽剌巴」、「忽喇叭」，蒙語，漢語意謂突然、憑空。《金瓶梅》
第七三回：「剛幾個千金夜，忽剌八拋去也！我怎肯恁隨邪，又去把牆花亂。」
是知小說中已借用了此語。《華夷譯語・人事門》、《盧龍塞略》卷十九、二十
譯部上下卷所收蒙古譯語《生靈門》並譯作「忽兒八」，《韃靼譯語・人事門》
譯作「忽兒把」，《紅樓夢》第十六回又作「忽剌巴兒」，如云：「忽剌巴兒打
發個屋裏人來，原來是你這蹄子鬧鬼。」或又作虎辣八、虎拉巴，前者如《醒
世姻緣傳》第四十五回；「當時……這燒酒是聞也不聞，他虎辣八的從前日只
待吃燒酒合白雞蛋哩。」後者如《三俠五義》第十五回：「這些年也沒見你老
人家說有兒子，今兒虎拉巴的又告起兒子來了。」按：忽剌八、忽剌巴、忽
喇叭、忽兒八、忽兒把、忽剌八兒、虎辣八、虎拉巴，皆音近而用字不同，
蓋譯語往往如此也。此語在漢語中已被廣泛借用，和土生土長的漢語中常見
的俗語，已不易分辨清楚，故明・沈榜《宛署雜記》卷十七「民風二」（方言）
條則說：「倉卒曰忽喇叭。」

虎兒赤　虎而赤

　　　　元・王實甫《麗春堂》四〔喬木查〕白：「左右，將酒來！老丞
　　相滿飲一杯，一壁廂虎兒赤那都，著與我動樂者。」

　　　　明・黃元吉《流星馬》二〔醉春風〕：「虎而赤吹彈，保兒赤割
　　肉，必徹赤把體面。」

　　　　同折〔上小樓〕白：「打剌酥亦迷，虎而赤納都，知虎兒搠兒牙。」

虎兒赤，一譯「虎而赤」，蒙語。《元史・兵志二》：「奏樂者曰虎兒赤。」《至
元譯語・君官門》：「樂人，那督赤。」虎兒赤、虎而赤、那督赤，皆一詞的
異譯，音近義同。

虎剌孩　虎喇孩　虎辣孩　忽剌孩　忽剌海

　　　　元・無名氏《陳州糶米》一〔金盞兒〕白：「你這個虎剌孩作死也！」

　　　　元・無名氏《射柳捶丸》三、白：「看了這忽剌孩武藝委實高強，
　　俺兩個夾著馬跑了罷。」

　　　　元明間・無名氏《岳飛破虜東窗記》三〔新水令〕：「長大叫做
　　虎辣孩。」

明·《姚茂良》精忠記三〔風檢才〕：「我們番將實是乖，慣吃牛肉不吃齋，孩子都在馬上養，長大都叫虎喇孩。」

明·黃元吉《流星馬》三〔古竹馬〕白：「強盜忽剌海，走到那裏去！」

虎剌孩，蒙古語；謂強盜、賊。《華夷譯語·人物門》、《盧龍塞略》卷十九、二十譯部上下卷所收蒙古譯語《品職門》皆稱「賊」為「忽剌孩」。《女眞譯語·人物門》謂「賊人」為「忽魯哈捏麻。」字又譯作虎剌孩、虎喇孩、虎辣孩、忽剌海，女眞語又作「忽魯哈」（見《女眞譯語·人物門》），皆字異音近而義同。現在仍保留在內蒙古西部的方言里，叫做「胡拉蓋」，意已轉為騙子。漢語中亦多借作詈詞，如《陳州糶米》例中的「虎剌孩」，就是小衙內罵張懶古的話。今豫北俚語亦有云：「胡（虎）剌賓，吃嘴不顧身」，意即指一味貪吃而不顧身分也。胡剌賓，即由「虎剌孩」聲轉而來。

火牙兒　大牙兒

明·黃元吉《流星馬》二〔乾荷葉〕白：「倚看民（安）火牙兒哈茶兒也也來」。

又：「民安倚看大牙兒哈茶兒鐵兒高赤呵媽薩赤來者備。」

火牙兒，一譯「大牙兒」，蒙語，漢語「二」也。《華夷譯語·數目門》、《韃靼譯語·數目門》呼「二」為「豁牙兒」。《至元譯語·數目門》呼「二」為「活腰兒」，《武備志》收《蘇門防禦考》載（蒙古）譯語，呼「二」為「火約兒」；《新刻校正買賣蒙古同文雜字》呼「二」為「和葉」。按：豁牙兒、活腰兒、火約兒、和葉，皆前者的異譯。「倚看民（安）」、「民安倚看」，蓋「敏干」之訛，擇言「千」也。「哈茶兒」譯言「里地」也。「鐵兒高赤」，譯言「大道」也。「呵媽薩」，譯言「口子」也。連起來，例一是說：我行了二千里地。例二是說：行了二千里地大道關口來了也。

火不思　渾不是

元·無名氏小令〔水仙子〕《冬》：「番鼓兒劈颭撲桶，火不思必留不剌撲，簇捧著帶酒沙陀。」

清·洪昇《長生殿》十七〔胡撥四犯〕白：「番將彈琵琶、渾不是，眾打太平鼓板。」

火不思，突厥語 qobuz 的音譯。一種撥弦樂器，約在宋元時傳入內地。形似琵

琶，但頸細，槽有梭角，與琵琶略異。《元史·禮樂志五》：「火不思，制如琵琶，直頸，無品，有小槽，圓腹如半瓶榼，以皮為面，四弦皮絣，同一孤柱。」明·蔣一葵《長安客話》卷二「渾不似」條：「相傳王昭君琵琶壞，使胡人重造，造成而其形小。昭君笑曰：『渾不似。』遂以名。《元史》以為火不思，今以為胡撥思，皆相傳之訛。」清·俞正燮《癸巳類稿·火不思》：「琵琶直頸者，宋以來謂之『火不思』。俞玉吾《席上腐談》云：『渾撥四形較琵琶小，胡人改造琵琶，昭君笑曰：『渾不似也』。後訛為『渾撥四』。案：『火不思』、『渾撥四』皆單字還音，非有改造不似義。《長安客話》謂之『胡撥思』……唐人猶有直頸琵琶、曲頸琵琶之名，宋元始以直頸者名『火不思』。」《金瓶梅》第一回：「勾引的這伙人，日逐在門前彈胡博詞。」此外還有湖撥思、胡不思、和不思、和必斯、虎撥思、虎拍思、庭拍思、吳撥四、琥珀詞等，皆為音轉之異。

火里赤

> 元·曾褐夫散套〔般涉調·哨遍〕《羊訴冤》：「火里赤磨了快刀，忙古歹燒下熱水。」

火里赤，蒙語 qorči 的譯音，意為弓手；帶弓箭的人。《至元譯語·人事門》：「帶弓箭人：火魯直。」同書《君官門》又云：「帶弓箭人：貨魯赤。」按：火魯直、貨魯赤，皆為「火里赤」的異譯。漢文最早與此有關的記載，當推宋·彭大雅、徐霆《黑韃事略》。徐霆疏云：「霆見其自上而下，只稱小名，即不曾有姓，亦無官稱，如管文書則曰必徹徹，管民則曰達魯花赤，環衛則曰火魯赤。」《元史·輿服志三·儀衛》殿下執事：「殿內將軍一人，凡殿內佩弓矢者、偏刀者，諸司御者皆屬焉。」注云：「如火兒赤、溫都赤之類是也。」《元朝秘史》又作「豁兒赤」。火魯赤、火兒赤、豁兒赤，亦皆「火里赤」之異譯。明·朱有燉《宮詞》云：「王孫王子值三春，火赤相隨出內闈。」火赤，「火里赤」之省文也。

火敦惱兒　火敦腦兒

> 明·湯顯祖《紫釵記》三十〔新水令〕：「恰咬了些達郎古賓蜜，溑了些火敦惱兒水。」

> 清·楊潮觀《吟風閣雜劇·偷桃捉住東方朔》〔孝順歌·前腔〕白：「黃河自禹王導水之後，已是徹底澄清，被那八匹馬在池上，這個一泡尿，那個一堆糞，淌到星宿海中，壅出一個火敦腦兒來，積穢源源而下，把黃河清流，登時變成濁流了。」

火敦惱兒，蒙語，意譯爲星宿海。《至元譯語》、《華夷譯語》、《韃靼譯語‧天文門》皆謂「星」爲「火敦」；《至元譯語‧地理門》、《盧龍塞略》卷十九、二十譯部上下卷所收蒙古譯語《地理門》：皆譯「海」爲「答來」。《登壇必究》卷二十二所載（蒙古）譯語《地理門》譯「海」爲「打來」。「答來」、「打來」都是「惱兒」的不同譯語。合而言之，火敦惱兒，即星宿海之意。《諸史夷語音義》曰：「河源在吐蕃朵思甘西鄙，有泉百餘泓，沮洳散渙，弗可逼視。方可七八十里，登高山下瞰，燦若列星，故名火敦腦兒。火敦者，華言星宿也；腦兒者，華言大澤也。是爲星宿海。」

火敦惱兒，一譯「火敦腦兒」，音義俱同。

或林　虎林

明‧黃元吉《流星馬》二〔上小樓〕白：「莽古歹者古歹撒答哩備哈敦掃者，十列赤來或林備。」

同劇同折同異又白：「那顏、哈敦、阿斤堆虎林備。」

或林，一作「虎林」，漢語意謂聚會。《華夷譯語》及韃靼館下續增《華夷譯語》的《人事門》，均譯「會」爲「忽林」。忽林、虎林，音近義同。《韃靼譯語‧通用門》譯「有」爲「備」。「忽林備」、「虎林備」皆「有聚會」之意。

可汗　可罕　克汗

元明間‧無名氏《開詔救忠》一、白：「被那楊大郎假裝，瞞過俺北番，將南朝可罕救的去了。」

明‧許三階《節俠記》一〔滿庭芳〕：「孤征邊塞苦。可汗雅重，贈女殷勤。恨讒言構難，遁人胡塵。」

明‧徐渭《雌木蘭》一、白：「俺大魏拓拔克汗下郡征兵，軍書線繹，有十二卷來的，卷卷有俺家爺的名字。」

清‧尤侗《吊琵琶》二〔尾〕：「這魂魄呵，一靈兒隨著漢天子伴黃昏；這骸骨呵，半堆兒交付胡可汗埋青草。」

可汗，一作可罕、克汗，古代鮮卑、柔然、突厥、回紇、蒙古‧等族對最高統治者的稱呼。或謂三世紀中，鮮卑族已有此稱。《晉書‧西戎‧吐谷渾傳》：「樹落乾……自稱大都督、車騎大將軍、大單于、吐谷渾王。化行所部，眾庶樂業，號爲戊寅可汗。」《魏書‧吐谷渾傳》：「伏連籌死，子誇呂立，始自號爲可汗。」北朝樂府民歌《木蘭辭》：「昨夜見軍帖，可汗大點兵。」皆可

證。但據清・梁章鉅《稱謂錄》卷九，謂西域稱天子爲「可汗」，已見《漢書》。《韃靼譯語・人物門》呼皇帝爲「合安」，《盧龍塞略》卷十九、二十譯部上下卷所收蒙語譯語《品職門》呼「皇帝」曰「哈罕」，《登壇必究》卷二十二所載（蒙古）譯語《人物門》呼皇帝曰「哈案」。此外還有譯作可寒、合罕者，具字異音近而義同。

> 可汗，義同「單于」。《舊唐書・吐厥傳》：「可汗，猶單于也，妻曰可敦。」

客勒

> 明・朱有燉《桃源景》四〔倘秀才〕白：「（淨云：）乞塔苦溫卯兀備，打剌蘇額薛悟，卯兀客勒莎可支。（旦云：）他説什麼？（末云：）他説漢兒人歹，酒也不曾吃，歹言語罵人。」

客勒，漢譯「言語」（即指說的「話」）。《華夷譯語・人事門》、《韃靼譯語・人事門》、《武備志》收《蘇門防禦考》載蒙古譯語皆呼「言」爲「兀格」。《盧龍塞略》卷十九、二十譯部上下卷所收蒙古譯語《倫類門》謂「話」爲「兀格」。《續增華夷譯語・人物門》注曰：「言：客蠻。」按：兀格、客蠻，皆爲「客勒」的不同譯語，音近而義同。「卯兀客勒莎可支，是說用不好聽的話罵人。

苦溫

> 明・朱有燉《桃源景》四〔倘秀才〕白：「（淨云：）乞塔苦溫卯兀備，打剌蘇額薛悟卯兀客勒莎可支。（旦云：）他説什麼？（末云：）他説漢兒人歹，酒也不曾吃，歹言語罵人。」

苦溫，蒙語，漢語曰「人」。《華夷譯語・人物門》、《盧龍塞略》卷十九、二十譯部上下卷所收蒙古譯語《倫類門》皆稱「人」爲「古溫」。《登壇必究》卷二十二所載（蒙古）譯語《人物門》稱「人」爲「苦文」。按：古溫、苦文，皆「苦溫」的不同異文。好人，則曰「撒因古溫」，歹人則曰「卯溫古溫」（見韃靼館下續增《華夷譯語・人物門》）。

闊亦填

> 明・朱有燉《桃源景》四、白：「（淨云：）額多額，兀堵兒，馬失闊亦塡，乞塔，阿哈，撒銀打剌蘇，未（米）納悟有。（旦兒云：）那裏走的兩個達子來？亦留兀剌的，知他說什麼？（末云：）他説今日十分冷，漢兒哥哥，好酒與吃些。」

闊亦塡，漢語謂「寒」也。《華夷譯語・時令門》：「寒：闊亦田。」《韃靼譯語・時令門》：「寒：闊亦田。」《元朝秘史》第二〇七節、第二一三節，闊亦田，皆旁譯「寒」。《盧龍塞略》卷十九、二十譯部上下卷所收蒙古譯語《天時門》：「寒日闊亦田。」闊亦田、闊亦塡，音義並同。

刺它叺

　　□・無名氏散套〔般涉調・哨遍〕《鷹犬從來無價》：「一個胡論把盞，一個胡論鬧那，那顏掃者刺它叺。」（見明・張祿輯《詞林摘艷》卷三）

刺它叺，蒙語，漢語謂盤子。《華夷譯語・器用門》呼「盤」爲「塔剌巴兒」。《至元譯語・車器門》呼「盤」爲「塔裏八兒」。塔剌巴兒、塔裏八兒，均與「刺它叺」音近而義同。「那顏掃著刺它叺」，意言官員看著盤子（裏的菜餚）。女眞語則呼盤爲「阿力古」（見《女眞譯語・器用門》）。

刺散銀哈

　　□・無名氏散套〔般涉調・哨遍〕《鷹犬從來無價》：「綠依依觀著伍酥，翠巍巍對著倒剌，必答奴那可兒休奸詐，俺亦刺散銀哈。」（見明・張祿輯《詞林摘艷》卷三）

刺散銀哈，蒙語，漢語謂欣賞。《華夷譯語・人事門》呼「賞」曰「莎余兒哈」，《盧龍塞略》卷十九、二十譯部上下卷所收蒙古譯語《生靈門》呼「賞」曰「莎余兒合」，《韃靼譯語・人事門》呼「賞」曰「莎余兒罕」，此皆與「刺散銀哈」音近義同。

里列馬赤

　　元・無名氏《射柳捶丸》三、白：「赤五色石，手架著蒼鷹。里列馬赤，口傳著將令。」

里列馬赤，蒙古語，漢譯爲通事或翻譯官。清・韓泰華《無事爲福齋隨筆》卷下：「元怯里馬赤，漢言通事也。」《至元譯語・君官門》：「通事：乞里覓赤。」《元史語解》又譯爲「克埒穆爾齊」，註云：「通事也。」按：里列馬赤、怯里馬赤、乞里覓赤、克埒穆爾齊，皆字異聲近義同。女眞族則呼「通事」爲「痛塞」（見《女眞譯語・人物門》）。

　　此語引申爲代言人。明・葉子奇《草木子・雜俎》：「（北人）立怯里馬赤，蓋譯史也，以通華夷語言文字。昔世祖嘗問孔子何如人。或應之曰：『是天的怯里馬赤。』世祖深善之。」

蔞（lóu）珂忍

清·尤侗《吊琵琶》楔子〔仙呂端正好〕：「曳剌的把拂盧鋪，
肉屏踤，打著蔞珂忍，鐵立兒獵。」

蔞珂忍，相當漢語龍虎二字。宛委山堂本《說郛》卷五六引宋·王易《燕北
錄》云：「凡兵馬，應是漢兵多以得勝或必勝爲號，諸番兵以蔞珂忍爲號，漢
語龍虎二字也。」

馬失

明·朱有燉《桃源景》四、白：「（淨云：）額多額，兀堵兒，
馬失闊亦塡，乞塔，阿哈，撒銀打剌蘇，未（米）納悟有。（旦兒云：）
那裏走的兩個達子來？亦留兀剌的，知他說什麼？（末云：）他說
今日十分冷，漢兒哥哥，好酒與吃些。」

馬失，蒙古語中的甚詞，有甚、很、十分等義。元·無名氏《元朝秘史》：
馬石，旁譯「好生」，屢見。馬石、馬失，音近而治同，實爲同一語詞之不
同譯文也。好生，亦是甚詞。柯瓦列夫斯基《蒙俄法辭典》等辭書，注解
並同。

莽古歹　忙古歹

元·關漢卿《哭存孝》三、白：「（正旦扮莽古歹上，云：）自
家莽古歹便是，奉阿者的言語，著我打聽存孝去。」

元·曾瑞卿散套〔般涉調·哨遍〕《羊訴冤》：「火里赤磨了快刀，
忙古歹燒下熱水，若客都來抵九千鴻門會。」

明·黃元吉《流星馬》二〔醉春風〕白：「官人，你差了也。俺
生於塞北，長在沙陀，俺怎生說的過來？莽古歹將酒來！」

同劇三、白：「（番官通事正旦騎馬上。）（正旦云：）莽古歹將
母驊催動。」

莽古歹，蒙古語，意謂小番，猶漢語呼小校，蓋供奔走執役者也。一作「忙
古歹」，亦作「忙兀觲（歹）」，如《元史·兵志三》：「闊闊地兀奴忽赤忙兀」，
是也。元·陶宗儀《輟耕錄》卷一「氏族」條，列「蒙古七十二種」，即有「忙
古歹」一種，顯係又是蒙古的氏族名。

毛　眊　卯兀

元・無名氏《爭報恩》二〔朝天子〕白：「好麼，只說獐過鹿過，可不說麀過，每日則捏舌頭說別人，今日可是你還不羞死了哩。毛！毛！毛！」

元・無名氏《獨角牛》一〔單雁兒〕：「吓，眊！眊！眊！不害你娘羞！原來是個蠟槍頭。」

明・朱有燉《桃源景》四〔倘秀才〕白：「（淨云：）乞塔苦溫卯兀備打剌蘇，額薛悟卯兀客勒莎可只。（旦云：）他說什麼？（末云：）他說漢兒人歹，酒也不曾吃，歹言語罵人。」

明・無名氏《下西洋》楔子〔仙呂端正好〕白：「做事沒來由，毛！毛！不害羞。」

毛、眊、卯兀，蒙語，漢語曰「歹」。《武備志》收《蘇門防禦考》載（蒙古）譯語：「歹：毛。」《華夷譯語・通用門》、《盧龍塞略》卷十九、二十譯部上下卷所收蒙古譯語《通用門》皆謂「歹」為「卯溫」。毛、眊、卯兀、卯溫，皆字異音近而義同。韃靼館下續增《華夷譯語・通用門》謂：「好歹：撒因卯溫。」這是把「好」和「歹」連在一起說的。「撒因」即「好」，詳該條。

毛克喇　毛克剌　毛古喇

明・湯顯祖《牡丹亭》四十七〔北清江引・前腔〕白：「（老旦笑點頭招丑介：）哈撒哈撒。（貼：）要問娘娘。（丑笑介：）問什麼？（老旦扯丑輕說介：）哈撒兀該毛克喇，毛克喇。（丑笑問貼介：）怎說？（貼作搖頭介：）問娘娘討件東西。（丑笑介：）討什麼？……（貼：）他這話到明，哈撒兀該毛克喇，要娘娘有毛的所在。」

清・尤侗《吊琵琶》楔子〔仙呂端正好・么〕：「哈哈，俺待向踏里彩，耍一會毛克剌。」

清・丁耀亢《西湖扇》三〔清江引〕：「幫硬似槍，毛古喇只一攮。」

毛克喇，一譯毛克剌，毛古喇，蒙語，迄無文字材料為據，但從曲意主看，似指女陰，周貽白在其論著《中國戲曲中之蒙古語》中說：「『毛克喇』一語，本無確解，而《吊琵琶》乃徑注作『婦人之私』，似即以《還魂記》為其根據。」吾意先不必作是非結論，須經進一步考證。

卯兒姑

> 明・阮大鋮《燕子箋》二十三〔四邊靜・前腔〕:「咸陽烽火兼
> 天動,鐵騎超騰猛。荊棘長銅駝,馬嵬斷香夢。羊羔連瓮,琵琶調
> 弄。拍手卯兒姑,把如花向帳前奉。」

卯兒姑,蒙語,漢語謂「叩頭」。《華夷譯語・人事門》:「叩頭:木兒沽。」《韃
靼譯語・人事門》:「叩頭:木兒古。」《盧龍塞略》卷十九、二十譯部上下卷
所收蒙古譯語《生靈門》:「拜曰母兒谷……叩曰木兒沽。」木兒沽、木兒古
都是「卯兒姑」的不同譯音。「拍手卯爾姑」,猶云合十或合掌磕頭、叩首也。
劉一禾注此語曰:「卯兒,指士兵,以每日應卯(點名)故稱。」這純是望文
生義,把「卯兒姑」給支解了,「姑」字也不見著落。

蒙豁

> 明・朱有燉《桃源景》四〔滾繡球〕白:「(淨云:)俺是蒙豁
> 阿堵兀赤。(旦唱:)他說道蒙豁是阿堵兀赤。(末云:)他說他是
> 達達人,放馬的。」

蒙豁,譯語是韃靼、達達。《華夷譯語・人物門》:「韃靼:忙豁。」《至元譯
語・人事門》:「達達:蒙古歹。」《韃靼譯語・人物門》:「韃靼:猛幹力。」
按:達達、韃靼,皆蒙古族的別稱。忙豁、蒙古歹、猛幹力,都是蒙豁的異
譯。「阿堵兀赤」,漢譯爲牧馬人。蒙豁阿堵兀赤,意即達達(或韃靼)人放
馬的。

蒙古兒

> 明・姚茂良《精忠記》十〔甘州歌〕白:「(淨:)好計,好計!
> 叫把都每快取蒙古兒過來,謝書生眞奇計,且將軍馬縶住屯栖。(眾:)
> 蒙古兒在此。(淨:)你快收去,多謝了。」

蒙古兒,指銀子。清・梁紹壬《兩般秋雨庵隨筆》卷五:「市井以爲銀之隱語。
按:國書蒙古,原作『銀』解,蓋彼時與金國號爲對耳。《一文錢傳奇・羅夢》
出云:『蒙古兒,覘著他,幾多輕重?』謂元寶也。」筆者按:此市語,疑來
自蒙古。《華夷譯語・珍寶門》呼「銀」曰「蒙昆」。《盧龍塞略》卷十九、二
十譯部上下卷所收蒙古譯語《珍寶類》亦呼「銀」爲「蒙昆」,或呼爲「猛谷」,
俱音近義同。《新刻校正買賣蒙古同文雜字》呼「銀匠」爲「蒙古尼答爾罕」。
又女眞語亦呼「銀」爲「猛古」,此蓋蒙古、女眞通用之詞彙也。

米罕　米哈　米蝦

元・關漢卿《哭存孝》一、白：「米罕整斤吞，抹鄰不會騎。」

元・無名氏《射柳捶丸》三、白：「（阻孛云：）好米哈吃上幾塊。（黨項云：）打剌孫喝上五壺。」

明・黃元吉《流星馬》二、白：「哈孩米蝦大輪米般拾，哈來哈者孩。」

明・無名氏《萬國來朝》二、白：「快吃米哈，一頓十斤。」

米罕，蒙古語，漢語曰肉。《華夷譯語・飲食門》和《韃靼譯語・飲食門》均謂「米罕」為「肉」。《登壇必究》卷二二所載（蒙古）譯語《飲食門》、《武備志》收《蘇門防禦考》載（蒙古）《譯語》，皆謂「肉」曰「米哈」。《至元譯語・飲食門》則呼「肉」曰「密匣」。按：米罕、米哈、米蝦、密匣，皆字異聲近而義同。

民安

明・黃元吉《流星馬》二〔乾荷葉〕白：「（通事見正旦云：）倚看民（安）火牙兒哈茶兒也也來。（正旦云：）民安倚看大（火）牙兒哈茶兒鐵兒高赤呵媽薩赤來者備。」

民安，數目字，漢譯「千」也。《至元譯語・數目門》：「千，明安。」《華夷譯語・數目門》：「千，敏干。」《韃靼譯語・數目門》「一千」作「你干敏安」。《登壇必究》卷二十二所載（蒙古）譯語《地理門》稱「大一千」為「野克民安」、「小一千」為「五出揹民案」。《盧龍塞略》卷十九、二十譯部上下所收蒙古譯語《色目類》：「千曰敏暗，萬曰土慢。」《新刻校正買賣蒙古同文雜字》：「千，明嘎。」《元史語解》卷七《地理門》：「明安鄂倫，滿洲語明安千數也。鄂倫，肚帶也。」《金史・金國語解》官稱：「猛安，千夫長。謀克，百夫長也。」按以上明安、敏干、敏安、敏暗、明嘎、猛安，皆為「民安」的異譯，字異音近而義同。

抹奶

元・關漢卿《裴度還帶》二、白：「（長老引淨行者上，云：）……行者，門首覷者！看有什麼人來。（淨行者云：）阿彌陀佛！阿彌陀佛！南無爛蒜吃羊頭。婆婆婆婆，抹奶抹奶。」

抹奶，蒙語，漢語謂「我的」。《華夷譯語・人物門》：「我的：米訥。」《韃靼

譯語・人物門》：「我的：米怒。」抹奶，與米訥、米怒爲一詞之不同譯文，音近字異而義同。

抹（mò）鄰　母鱗　母驎

元・關漢卿《哭存孝》一、白：「米罕整斤吞，抹鄰不會騎。」

元・無名氏《射柳捶丸》三、白：「我騎一匹撒因的抹鄰，眾小番都騎瘸象。」

□・無名氏散套〔中呂粉蝶兒〕《鷹犬從來無價》：「把母鱗疾快拴。」（見明・張祿輯《詞林摘艷》卷三）

明・黃元吉《流星馬》三、白：「莽古歹將母驎催動！」

抹林，亦作母鱗、母驎，蒙語，漢語謂「馬」。《華夷譯語・鳥獸門》、韃靼館下續增《華夷譯語・鳥獸門》均呼「馬」曰「抹鄰」。《韃靼譯語・鳥獸門》則「馬」曰「抹林」。《登壇必究》卷二十二所載（蒙古）譯語《走獸門》則呼「馬」爲「莫林」。《新刻校正買賣蒙古同文雜字》則呼「馬」爲「摩力」。《女直譯語・鳥獸門》則呼「馬」爲「木力」。《至元譯語・鞍馬門》則呼「馬」爲「木里」。《盧龍塞略》卷十九、二十譯部上下卷所收蒙古譯語《獸畜類》則曰：「馬自喜峰關入者曰抹鄰，自山海關入者曰莫林，而北虜曰抹力，譯字異而音稍轉也。」明・瞿佑《剪燈餘話・至正妓人行》有云：「抹倫晴鞦繡鞍乘」，則知又作「抹倫」。以上皆音近義同，蓋譯語無正字也。

那顏

元明間・無名氏《活拿蕭太后》三、白：「那顏喚我來，那廂使用？」

元明間・無名氏《岳飛精忠》一、白：「那顏瘸著腿，小番耳又聾，卜兒赤一隻眼，兀剌赤豁著唇。」

明・黃元吉《流星馬》二〔乾荷葉〕白：「托勤那顏阿斤堆兒來。」

明・湯顯祖《牡丹亭》四十七〔北夜行船〕白：「溜金王患病了，請那顏進。」

蒙古語稱官長爲那顏。《明史・劉源清傳》：「指代府曰以此爲那顏居。那顏者，華言大人也。」《華夷譯語・人物門》、《韃靼譯語・人物門》、《盧龍塞略》卷十九、二十譯部上下卷所收蒙古譯語《品職門》均呼「官員」爲「那顏」。《至元譯語・人物門》則呼官人爲「那延」。《登壇必究》卷二十二所載（蒙古）

譯語《人物門》則呼官人爲「奴原」。另又有譯作「諾延」者，如欽定《元史語解》卷二四《名物門》：「諾延，官長之稱。」還有譯作「諾顏」的，以上皆翻譯用字的不同，義則一也。

那可兒

□・無名氏散套〔般涉調・哨遍〕《鷹犬從來無價》：「綠依依覷著五酥，翠巍巍對著倒刺，必答奴那可兒休奸詐，俺亦刺散銀哈。」

（見明・張祿輯《詞林謫艷》卷三）

那可兒，蒙語，漢語爲「伴當」。《華夷譯語・人物門》、《韃靼譯語・人物門》均呼「伴當」爲「那可兒」，又《韃靼譯語・人事門》呼「作伴」爲「那可扯」。《至元譯語・君官門》呼「伴當」爲「訥哥兒」。《盧龍塞略》卷十九、二十譯部上下卷所收蒙古譯語《品職門》呼「伴當」爲「那可兒」，《生靈門》呼「作伴」爲「那可徹」，《元朝秘史》第七六節，「那可兒」旁譯「伴當」，第一二五節，「那闊兒」旁譯「伴當」。按以上訥哥兒、那可徹、那可扯、那闊兒，都是「那可兒」的不同譯音。伴當，即伙伴或隨從之意。據護雅夫《伴當 nokor 考》，說「那可兒」實際即是蒙古汗國和元朝時蒙古貴族領主「那顏」的親兵和伴當，主要用來鎮壓游牧民，並參加那顏奪取牧場和奴隸的戰爭（見1952年8月號《史學雜誌》）。

捺（nài）鉢

清・尤侗《吊琵琶》楔子〔仙呂端正好〕：「哈，哈！俺向那答兒捺鉢也鎖陀八？」

捺鉢，遼語，謂住坐處。宋・陳襄《文昌雜錄》：「北虜謂住坐處曰捺鉢。四時皆言，如『春捺鉢』之類是也。……師儒答云：『是契丹家語，猶言行在也。』」（見宛委山堂本《說郛》卷四十七）遼・王鼎《焚椒錄》：「國俗君臣尙獵，故有四時捺鉢。」文後附《國語解附》云：「四時捺鉢，謂四時畋漁行在所也。」（見前書卷一一○）

粘漢　粘沒喝

明・黃元吉《流星馬》二、白：「（千户云：）是個粘漢，休放箭，拿近前來，搜他那身上。……（萬户云：）千户，你把口子呵，你見我有什麼話？（千户云：）無事也不敢來見，正演習武藝，拿住個粘漢犯界。」

　　　清・丁耀亢《西湖扇》三〔北點絳唇〕白：「自家大金元帥粘沒
　　喝便是。俺大金國一戰渡河，將宋家二帝驅之北去，中原萬里，盡
　　入版圖。」

按：粘漢，乃金國名將完顏宗翰，本名粘沒喝，漢語訛爲粘罕。一名粘漢。《大
金國志・粘罕傳》：「粘罕小名烏家奴，一名粘漢，言其貌類漢兒。」《金史語
解》卷十一《人名門》：「尼堪，漢人也，卷三十一作『粘哥』，又作『粘罕』，
並改。」據此可知粘罕、粘漢、尼堪均與曲中「粘漢」同語，意爲「漢兒」
或「漢人」。《說岳全傳》第三七回：「粘漢大怒，吩咐把都兒們，將王釋家私
抄了，房屋燒毀了。」陸澹安《戲曲詞語匯釋》解作「文人」，非是。

奴未赤

　　　元明間・無名氏《陰山破虜》一、白：「奴未赤懸帶著寶劍雕弓，
　　速木赤笑捻著金鈚鳳箭。」

奴未赤，蒙語。漢譯爲弓匠。《至元譯語・人事門》：「弓匠：奴木直兀蘭。」
《新刻校正買賣蒙古同文雜字》：「弓匠：奴木七。」奴木直、奴木七都是「奴
未赤」的異譯，字異聲近義同。例中下句「速木赤」爲箭匠。兩句是說：弓
匠帶著寶劍雕弓，箭匠捻著金鈚鳳箭。

奴海赤

　　　元明間・無名氏《陰山破虜》一、白：「石保赤高擎著鐵爪蒼鷹，
　　奴海赤雙捧著金鈴細犬。」

奴海，蒙語，漢語呼作「狗」。《華夷譯語・鳥獸門》、《韃靼譯語・鳥獸門》
皆呼「狗」爲「那孩」。《至元譯語・走獸門》呼「狗」爲「訥和」。《登壇必
究》卷二十二所載（蒙古）譯語《走獸門》呼「狗」爲「奴害」，《武備志》
收《蘇門防禦考》載（蒙古）譯語，呼「狗」爲「那害」，《盧龍塞略》卷十
九、二十譯部上下卷所收之蒙古譯語《獸畜類》呼「狗」爲「奴孩」，《露書》
卷九《風篇》，呼「狗」爲「腦害」，《元史語解》卷五（地理門）：「諾海，犬
也。」清・陳康祺《郎潛紀聞三筆》卷五有關蒙古語的記載同。按：「奴海」
與那海、訥和、奴害、那害、奴孩、腦害、諾海，俱字異音近義同。則「奴
海赤」即指管狗的人，當無疑義。

弩門

元‧關漢卿《哭存孝》一、白：「米罕整斤吞，抹鄰不會騎，弩門並速門，弓箭怎的射。」

元‧無名氏《射柳捶丸》三、白：「也不會弩門速門。」

元明間‧無名氏《岳飛精忠》一、白：「弩門並速門，撒袋緊隨身。」

元明間‧無名氏《活拿蕭太后》三、白：「也不索顯耀機謀，安排著弩門速門。」

弩門，蒙古語；漢語謂「弓」。《華夷譯語‧器用門》、《盧龍塞略》卷十九、二十譯部上下卷所收蒙古譯語《戎具類》均謂「弓」曰「弩門」。《至元譯語‧車器門》、《武備志》收載《韃靼譯語‧軍器什物門》呼「弓」為「奴木」。《韃靼譯語‧器用門》呼「弓」為「弩木」。《武備志》收《蘇門防禦考》載蒙古譯語，呼「弓」為「努木」，蓋譯音無準繩也。硬弓，蒙語曰「哈討兀弩門」。弓匠，蒙語呼「弩門兀闌」（見韃靼館下續增《華夷譯語‧人物門》）。按：哈討兀，漢語謂「硬」也；兀闌，漢語謂「匠」也。

弩杜花遲

元‧陳以仁《存孝打虎》二〔尾聲〕白：「雁翎刀擺明晃晃耀日爭光，繡旗下列光油油檀子棒，手彈著樂器，有弩杜花遲，準備著相持得勝也。

弩杜花遲，蒙語，漢語呼作拳師。《華夷譯語‧身體門》：「拳：弩都兒哈。」《盧龍塞略》卷十九、二十譯部上下卷所收蒙古譯語《身體門》：「拳曰弩都兒阿。」《至元譯語‧身體門》：「拳頭：訥篤兒彎。」《元史‧文宗紀》：至順二年正月戊子「命奴都赤阿里火者按行北邊牧地。」弩都兒哈、弩都兒阿、訥篤兒彎、奴都赤，譯音不同，實指一也。拳師曰「弩杜花遲」。按：遲，猶「赤」，平仄之別耳。蒙古語慣例，凡稱某類人皆係以「赤」字，偶爾用「遲」字。

扑哈

□‧無名氏散套《哨遍‧大打圍》：「酥泛酒銀瓶鑼鍋裏旋，鹽燒肉銅簽炭火上叉，打剌酥哈剌扑哈，土思胡先把，蒙赤兔難拿。」

（見明‧郭勳輯《雍熙樂府》卷七）

扑哈，蒙語，意爲牤牛。欽定《元史語解》：「布哈，牤牛也。」屢見。《華夷譯語・鳥獸門》「牯牛」作「不花」。《韃靼譯語・鳥獸門》、《盧龍塞略》卷十九、二十譯部上下卷所收蒙古譯語《獸畜類》同。《登壇必究》卷二十二所載（蒙古）譯語《走獸門》：「牤牛」作「補哈」。清・陳康祺《郎潛紀聞三筆》卷五「有補實用之國語」條所收蒙古語：「布哈，犍牛也。」按：扑哈、布哈、不花、補哈，皆一詞的不同譯音。哈剌扑哈，即黑色牤牛之意。參見「哈剌」條（三）。

乞塔

明・朱有燉《桃源景》四〔倘秀才〕白：「（淨云：）乞塔苦溫卯兀備打剌蘇，額薛悟卯兀客勒莎可只。（旦云：）他說什麽？（末云：）他說漢兒人歹，酒也不曾吃，歹言語罵人。」

乞塔，蒙語，漢語呼「漢兒」。《至元譯語・人事門》：「漢兒：扎忽歹。」《華夷譯語・人物門》：「漢人，乞塔惕。」《盧龍塞略》卷十九、二十譯部上下卷所收蒙古譯語《品職門》：「漢人：東夷曰乞塔惕，北虜曰起炭。」《登壇必究》卷二十二所載（蒙古）譯語《人物門》：「漢人，乞塔。」清・陳康祺《郎潛紀聞三筆》卷五：「奇塔，漢人也。」《韃靼譯語・人物門》：「漢人：乞塔苦溫。」以上所引皆音近字異而義同。

怯薛　劫薛

元・劉時中散套〔端正好〕《上高監司》：「怯薛回家去，一個個欺凌親戚，眇視鄉閭。」（見《陽春白雪》後集卷三）

元・無名氏散套〔耍孩兒〕《拘刷行院》：「入席來把不到三巡酒，索怯薛側腳安排趁，要賞錢連聲不住口。」（見《太平樂府》卷九）

明・無名氏《下西洋》二、白：「今日使的小番去，呼喚各國劫薛夷長來，一同計較，眾劫薛敢待來也。」

清・程鑣《蟾宮操》二七〔霜焦葉〕白：「奉有明詔，召我入禁，直言得失，若不將幾種大利大害，痛切陳之，更待何時？爲此乘夜而來，已到午門了，早有怯薛官伺候也。（雜下。）（生、外扮侍衛上。）」

怯薛，蒙古語，番值宿衛的意思。正如《元史・兵志二》所說：「怯薛者，猶番直宿衛也。」因用以稱宮廷衛士，每三日一換班；亦即漢語所謂的禁衛軍，

這是元代皇帝的心腹爪牙。元·張憲有《怯薛行》詩描寫說:「怯薛兒郎年十八,手中弓箭無虛發。」它設置於成吉斯汗時,由宿衛、侍衛、環衛三隊組成,各有隊長統帥,總隸於怯薛長。元初功臣博爾忽、博爾術、木華黎、赤老溫,太祖命其世領怯薛之長,謂之四怯薛。《元史·選舉志二》:「凡怯薛出身,元初用左右宿衛爲心膂爪牙,故四怯薛子孫世爲宿衛之長,使得自舉其屬。諸怯薛歲久被遇,常加顯擢,惟長官薦用,則有定制。」其云內怯薛者,是指宮中侍衛。《初刻拍案驚奇》卷九:「次子忙古歹,幼子黑廝俱爲內怯薛帶御器械」,是也。清·袁枚《隨園隨筆·領侍衛內大臣》:「至《元史》所稱怯薛,則今之侍衛矣。」《下西洋》劇中所謂「劫薛」,想亦係宮中侍衛之類。

怯烈司

元·張雲莊小令〔朱履曲〕《警世》:「蕭牆外擁來搶去,宴席上似有如無,奏事處連忙的退了身軀。付能都堂中妝樣子,卻早怯烈司裏畫招伏,知它那答兒是榮貴處?」(見《樂府群珠》卷四)

怯烈司,漢語謂畜養馬匹的地方。《聖武親征錄》:「是時別里古台那顏掌上乞烈思事。」原注:「係禁外繫馬所。」《元史·太祖紀》:「時皇弟別里古台掌帝乞列思事。」原注:「乞列思,華言禁外係馬所也。」一本注作:「華言禁外牧場也。」《元朝秘史》第二四五節:乞魯額迭徹,旁譯「聚馬處。」此乞魯額、乞列思皆與怯烈司爲共同語,只是譯語用字不同耳。張雲莊的這支小令,大意是說人事滄桑,變化無常:昨天還在中書省裏任職,今天卻在怯烈司因偷盜牛馬事發,而被捉畫了招伏。

軟脂

清·尤侗《吊琵琶》楔子〔仙呂端正好·么〕:「倒喇滑,字知斜,酥孛速,軟脂奢,哈、哈、哈!俺待向踏里彩,耍一會毛克剌。」

軟脂,油炸的麵食品,漢語呼作饊子,亦稱寒具。宋·洪皓《松漠記聞》:「酒三行,進大軟脂、小軟脂、蜜糕。人一盤,曰茶食。」(見宛委山堂本《說郛》卷五五)在「軟脂」字下原注云:「如中國寒具。」明·周祈《名義考》云:「以麵繩而食者曰『環餅』,又曰『寒具』,即今『饊子』。」

薩那罕

清·尤侗《吊琵琶》楔子〔仙呂端正好·么〕:「那顏兒,塞痕者,畫的薩那罕,似肉菩薩。」

薩那罕，蒙語，漢語指「妻」。宋・洪皓《松漠記聞》：「夫謂妻爲薩那罕，妻謂夫爲愛根。」（見宛委山堂本《說郛》卷五五）。《華夷譯語・人物門》、韃靼館續增《華夷譯語・人物門》皆呼「妻」爲「格兒該」。「格爾該」與「薩那罕」字異音近義同。

撒八

　　明・梅鼎祚《長命縷》四〔風檢才〕：「高高的雁兒呀呀，快快的犬兒花花，阿里喜人馬都撒八。」

撒八，《金史・金國語解・人事》：「撒八，迅速之義。」方齡貴釋爲「忠勇可恃」（見《元明戲曲中的蒙古語》）。在這裏二說以後說較妥。

撒因　賽銀　塞因　塞艮　撒贏　灑銀

　　元・關漢卿《哭存孝》一、白：「撒因答剌孫，見了搶著吃。」

　　元・陳以仁《存孝打虎》二〔尾聲〕白：「金盞子滿斟著賽銀打剌蘇。」

　　元明間・無名氏《紫泥宣》四、白：「我把那塞艮的哈打剌孫，都安排的停當了，則等俺阿媽來。」

　　明・黃元吉《流星馬》二〔上小樓〕白：「塞因者米食塞艮打剌酥。」

　　明・高濂《玉簪記》三〔北朝天子〕：「吹嗶嘌幾聲，打羯鼓幾聲，好撒贏撒贏撒撒贏摟紅妝曉來未醒，打辣酥堪消悶。」

　　明・無名氏《蘇武牧羊記》三、白：「灑銀打辣酥，撒叭赤了撒叭赤。」

撒因，亦作賽銀、塞因、塞艮、撒贏、灑銀，「好」的意思。《華夷譯語・通用門》呼「好」曰「撒因」。《盧龍塞略》卷十九、二十譯部上下卷所收之蒙古譯語《通用門》呼「好」曰「賽因」。「撒因答剌孫」，謂好酒也。明・俞弁《山樵新語》卷六：「《元史正綱》云：元世祖賜楊漢英名以賽因不花，譯以華言：賽因，好也；不花，牛也。」按以上各寫法，皆字異聲近義用。宋・洪皓《松漠記聞》：「婿牽馬百匹，少者十四陳其前。婦翁選子姓之別馬視之，塞痕則留，辤辣則退。留者不過十二三。」自注云：「塞痕，好也；辤辣，不好也。」欽定《元史語解》卷二十四（名物）：「賽音，好也。卷一一五作「賽因」。《元朝秘史續集》卷二：「每百羊中歲輸其一，給貧乏者，亦撒因也。」清・陳康祺《郎潛紀聞三筆》卷五：「賽音，好也。」皆其證。

撒花

元·無名氏散套〔天仙子〕:「添瀟灑,朝暮是甚生涯?女仗唇槍,娘憑嘴馬,尋縫兒覓撒花。」

撒花,蒙古語,意謂索賄,奉獻禮物。宋·彭大雅、徐霆《黑韃事略》:「其見物則欲,謂之撒花。……撒花者,漢語覓也。」宋·汪元量《醉歌》之七:「北師要討撒花銀,官府行移逼市民。」《元典章·刑部十七·禁誘略·反賊拜見人口為民》:「江南草賊生發,劫掠平民子女財物,官司調官收捕。賊有降者,將劫擄財物男女於收捕官處,作拜見撒花。」「作拜見撒花」,謂作拜見禮品也。清·劉獻廷《廣陽雜記》卷三:「元朝末年,官貪吏污,因蒙古、色目人網然不知廉恥為何物。其問人討錢,皆有名目,所屬始參,曰『拜見錢』;無事白要,曰『撒花錢』。」撒花,亦作「掃花」。元·無名氏《元朝秘史》第一一四節,掃花,旁譯「人事」,「人事」者,禮物也。古典戲曲小說中多見之。

撒婁　撒髏

元明間·無名氏《岳飛精忠》三、白:「大家又去弄虛頭,丟了撒婁休後悔。」

元明間·無名氏《鬧銅台》四〔梁州〕白:「虛搠一槍逃命走,留著撒髏戴紗帽。」

元明間·無名氏《破天陣》一、白:「若被南朝捉了去,耍了撒髏一世苦。」

明·無名氏《五龍朝聖》三〔尾聲〕白;「今日我們造物低,思想起來最孤恓,他若哈才焦懆了,丟了撒婁變田雞。」

撒婁,亦作「撒髏」,蒙古語,漢語指人的「頭」,使用既久,遂雜入漢語方言中。明·無名氏《墨娥小錄》卷十四《行院聲嗽·身體》:「頭,撒摟。」是其證。

撒袋(sǎ dài)　撒袋兒

元·關漢卿《五侯宴》二〔隔尾〕白:「左右,與我拾將那枝箭來,插在我這撒袋中。」

元明間·無名氏《岳飛精忠》一、白:「弩門並速門,撒袋緊隨身。」

明·湯顯祖《南柯記》十五〔越恁好〕:「盔纓繳撒袋兒搖,一個個把歸鞍裊裊。」

撒袋,插弓箭的袋子。《清會典事例·兵部·軍器》:「十七年奏准,各直省綠營兵丁自備軍械內,弓箭撒袋腰刀。」清·陳康祺《郎潛紀易初筆》卷五:「文宗顯皇帝御用鞍一副,藤鞭一把,撒袋一副,弓四張,箭三十六枚。」《清繪典圖·武備·撒袋》:「撒袋,親王、郡王用青倭緞,紅氈裏,綠革緣,飾皆縷金花紋。百官撒袋,均用革,綠革緣,各綴鑲二,懸革帶,藍布裏,前繫以鈎,左右及後帶版各一。一、二品官用一等撒袋,緣加紅黃線三道。」於此可見封建時代服飾的等級制度。

按:撒袋,本來自蒙語。《盧龍塞略》卷十九、二十譯部上下卷所收蒙古譯語《戎具類》:「撒袋曰撒答。」《武備志》收《蘇門防禦考》載(蒙古)譯語,亦注曰:「撒袋:撒答。」《登壇必究》卷二十二所載(蒙古)譯語《軍器什物門》:「箭插:撒答。」並可證。元明曲家吸收此語入劇,一直延用到清代。亦見之小說,如《醒世姻緣傳》第一百回、《施公案》第一一二回,皆有此語。撒袋,亦作「靸袋」。據《蒲松齡集》所收《日用俗字》兵器章第九:「靸袋當腰勒。」原注:「靸,即撒。」

撒敦 (să dūn)

元·關漢卿《調風月》四〔雙調新水會〕:「雙撒敦是部尚書,女婿是世襲千戶,有二百匹金勒馬,五十輛畫輪車。」

元·李直夫《虎頭牌》二〔大拜門〕:「常記的往年,到處裏追陪下些親眷。我也曾吹彈那管弦,快活了萬千,可便是大拜門撒敦家的筵宴。」

明·賈仲明《金安壽》四〔早鄉詞〕:「託生在大院深宅,盡豪奢衝氣概;忒聰明,更精彩,對著俺撒敦家顯耀些抬頦。」

撒敦,女眞語,漢語謂親戚。阿坡文庫本《女眞譯語·人物門》:「親家:撒都。」「撒都」爲「撒敦」的不同驛文。又《華夷譯語·人物門》、《盧龍塞略》卷十九、二十譯部上下卷所收蒙古譯語《倫類門》皆謂「親眷」爲「兀里撒敦」。王季思《玉輪軒曲論》則注曰:「撒敦,女眞貴族的通稱。」恐非是。

撒叭赤

明・無名氏《蘇武牧羊記》三、白：「灑銀打辣酥，撒叭赤了
撒叭赤；蹉跎呵，老來不覺兀辣赤。」

同劇六、白：「咱是邊關一把都，鼻高眼大口含糊，卷檐帽子頭
斜挺，獐鹿皮靴腳慢拖，撒叭赤，打辣酥，蹉跎馬上叫姑姑。」

撒叭赤，蒙語解爲糟蹋、濫用（見內蒙古大學蒙古語文研究室編《蒙漢辭典》）。
「撒叭赤了撒叭赤」，即無節制地狂喝濫飲之意，猶漢語俗話所說『儘了還
儘』，正與本劇第三齣賓白所言：「上等好美酒，吃了還要吃」，意思相同。

掃兀　撒兀

明・朱有燉《桃源景》四〔偺秀才〕：「他道掃兀呵，原來是坐
地；他道鎖陀八，原來是酒醉矣。」

同劇同折〔偺秀才〕：「撒兀者，必鎖陀八有。」

例中明言，蒙語「掃兀」是「坐」的意思。《韃靼譯語・人事門》：「坐：掃兀。」
《華夷譯語・人事門》：「坐：撒兀。」《新刻校正買賣蒙古同文雜字》：「坐：
騷。」掃兀、撒兀、騷，音近義同，俱可證。若用爲名詞「座兒」，《登壇必
究》卷二十二所載（蒙古）譯語《馬鞍器械門》、《武備志》收載《韃靼譯語・
馬鞍器械門》則呼爲「掃兀兒」。

沙八赤

宋・無名氏《宦門子弟錯立身》五〔鎖南枝・同前換頭〕：「如
今打得我，渾身上下都麻痺。要把刀，割下腿。告相公，沙八赤。」

沙八赤，蒙語。漢語謂抽打、摔打之義。《華夷譯語・人事門》：「打，古卜石。」
《盧龍塞略》卷十九、二十譯部上下卷所收蒙古譯語《生靈門》：「打曰古不
石。」按：古卜石、古不石，皆與「沙八赤」音近義同。《韃靼譯語・人事門》
又譯「打」爲「占赤」，音更相近。蓋譯音無準繩也。錢南揚《永樂大典戲文
三種校注》注云：「沙八，蒙古語抽打、摔打之義；加語尾『赤』，即祈使打。」
按：釋義對，但把「沙八」和「赤」分割開，無據。陸澹安《戲曲詞語匯釋》
解爲「原諒，寬恕。」亦無據。

沙咤利

明・徐復祚《紅梨記》六〔錦纏道〕：「那沙咤利又十分威壯，
如何更酌量，眼見得石沉山障，怨只怨孤辰寡宿命相妨。」

宋‧李昉等編《太平廣記》卷四八五引唐‧許堯佐《柳氏傳》載有唐代番將沙吒利恃勢劫占韓翊美姬柳氏的故事，後人因以「沙吒利」，喻指霸佔他人妻室或強娶民婦的權貴及惡霸。清‧蒲松齡《聊齋志異‧香玉》：「無限相思苦，含情對短窗。恐歸沙吒利，何處見無雙？」清‧沈復《浮生六記‧坎坷記愁》：「憨爲有力者奪去，以千金作聘，且許養其母，佳人已屬沙叱利矣。」皆其例。咤、吒、叱，音近通用。

失剌溫

　　　明‧無名氏《萬國來朝》二、白：「（單于云：）我今要天朝進貢去，我著你選揀的馬匹有了麼？（木朵剌云：）那顏分付我的勾當，怎麼敢差了，選了一百匹高頭細馬，昨日晚夕，那失剌溫又下了個馬駒兒。」

失剌溫，蒙語，是一種名貴的黃馬。《登壇必究》卷二十二所載（蒙古）譯語《聲色門》：「失剌文馬：失剌文莫林。」「莫林」漢譯是「馬」（詳見「抹鄰」條），則「失剌文」即「失剌溫」也。失剌溫馬，究係何種顏色之馬，須作探討。《至元譯語‧顏色門》「黃」作「昔剌」。《華夷譯語‧聲色門》「黃」作「石剌」。《韃靼譯語‧聲色門》「黃」作「失剌」，《盧龍塞略》卷十九、二十譯部上下卷所收蒙古譯語《色目類》與此同。《元史語解》卷五（地理門）：「實喇，黃色也。」復據《道園學古錄》卷十七《高魯公神道碑》：「裕皇奇公材。國人謂黃曰失剌，公鬚黃，裕皇因賜公名失剌，以表而寵之。」據此可推，失剌溫馬，當係一種名貴的黃馬。失剌、昔剌、石剌、實喇，俱音近義同。

石保赤　赤五色石

　　　元‧無名氏《射柳捶丸》三、白：「赤五色石手架著蒼鷹。」

　　　元明間‧無名氏《陰山破虜》一、白：「石保赤高擎著鐵爪蒼鷹。」

《登壇必究》卷二十二所載（蒙古）譯語《飛禽門》呼「鷹」爲「失保」。失保，音義同「石保」。石保赤，意爲管鷹的人。《元史‧兵志四》：「元制，自御位及諸王，皆有昔寶赤，蓋鷹人也。」元‧陶宗儀《輟耕錄》卷一：「昔寶赤，鷹房之執役者。」按：「昔寶赤」乃「石保赤」的異譯；「赤五色石」乃「石包五（五色）赤」之衍幾倒誤，亦爲「石保赤」的異譯。

首思

> 元·劉時中散套〔正宮端正好〕《上高監司》:「他那想赴京師關
> 本時,受官差在旅途。耽驚受怕過朝暮,受了五十四站風波苦,虧
> 殺數千百程遞運夫,哏生受哏搭負。廣費了些首思分例,倒換了些
> 沿途文書。」

首思,蒙語,是指站戶為過往乘驛人員所提供的糧、油、鹽、炭等所需之物
資,簡稱「廩給」。《元史語解》卷二十四(名物門):「舒思,廩給也,卷一〇
一作『首思』。」《元史·兵志四》:「(至元)十八年閏八月,詔:『除上都、
榆林迤北站赤外,隨路官錢,不須支給,驗其閒劇,量增站戶,協力自備首
思當站。』又套曲中「首思」、「分例」並舉,重複為義。並可證。

速門

> 元·關漢卿《哭存孝》一、白:「弩門和速門,弓箭怎的射?」
> 元明間·無名氏《岳飛精忠》一、白:「弩門並速門,撒袋緊隨身。」
> 元明間·無名氏《活拿蕭太后》三、白:「也不索顯耀機謀,安
> 排著弩門、速門。」

速門,蒙古語,漢語曰「箭」。《華夷譯語·器用門》、《盧龍塞略》卷十九、
二十譯部上下卷所收蒙古譯語《戎具類》皆呼「箭」為「速門」。《至元譯語·
車器門》、《韃靼譯語·器用門》、《登壇必究》卷二十二所載(蒙古)譯語《軍
器什物門》、《武備志》收《蘇門防禦考》載(蒙古)譯語,皆呼「箭」為「速
木」。速門、速木,音近義同。精於箭者,稱箭匠,蒙語呼作「蘇木七」。

速木赤

> 元明間·無名氏《陰山破虜》一、白:「奴未赤懸帶著寶劍雕弓,
> 速木赤笑捻著金鈚鳳箭。」

速木赤,蒙語,漢譯為箭匠。《至元譯語·人事門》:「箭匠,續木直兀蘭。」
《新刻校正買賣蒙古同文雜字》:「箭匠:蘇木七。」續木直、蘇木七都是「速
木赤」的異譯,字異聲近義同。兀蘭,漢語譯言「匠」也。按:「匠」者,謂
有專門技藝或修養很深之人也。

速胡赤

> 元明間·無名氏《陰山破虜》一、白:「溫都赤齊列著晃眼槍刀,
> 速胡赤肩擔著宣花鉞斧。」

《華夷譯語・器用門》、《韃靼譯語・器用門》、《盧龍塞略》卷十九、二十譯部上下卷所收蒙古譯語《戎具類》皆呼「斧」爲「速克」。「速克」，即「速胡」的異譯。速胡赤，即斧鉞手。

莎可（suō kě）

　　明・朱有燉《桃源景》四〔倘秀才〕白：「（淨云：）乞塔苦溫卯兀備，打剌蘇額薛悟，卯兀客勒莎可只。（旦云：）他說什麼？（末云：）他說漢兒人歹，酒也不曾吃，歹言語罵人。」

莎可，蒙語，漢語曰「罵」。《華夷譯語・人事門》：「罵，莎可。」《韃靼譯語・人事門》：「罵：速克。」《盧龍塞略》卷十九、二十譯部上下卷所收蒙古譯語《生靈門》：「罵曰莎可，一曰哈剌。」《新刻校正買賣蒙古同文雜字》：「罵：哈拉。」按：速克、哈剌、哈拉皆爲「莎可」的不同譯語，字異音近而義同。

莎塔八（suō tǎ ba）　莎搭八　鎖陀八　鎖胡塌八　鎖忽塌把

　　元・關漢卿《哭存孝》一、白：「喝的莎塔八，跌倒就是睡。」

　　元・劉唐卿《降桑椹》一〔金盞兒〕白：「（白廝賴云：）哥也，俺打剌孫多了，您兄弟莎搭八了，俺牙不約兒赤罷！（外呈答云：）且打番語，得也麼！」

　　明・朱有燉《桃源景》四〔倘秀才〕：「他道掃兀呵，原來是坐地；他道鎖陀八，原來是酒醉矣。」

　　明・黃元吉《流星馬》二〔上小樓〕白：「打剌酥備，亦來五耶塞艮塞因，哈敦鎖胡塌八杯。」

　　同劇同折同曲白：「那顏鎖忽塌把，塞因，塞因。」

　　清・尤侗《吊琵琶》楔子〔仙呂端正好〕：「哈，哈！俺向那答兒捺鉢也鎖陀八。」

莎塔八，蒙古語，謂酒醉。《華夷譯語・人事門》：「醉：莎黑塔八。」《韃靼譯語・人事門》：「醉：莎塔把。」《女眞譯語・人事門》：「醉：索托活。」《盧龍塞略》卷十九、二十譯部上下卷所收蒙古譯語《飲食類》：「醉曰沙裏塔八。」俱與「莎塔八」音近。又譯作莎搭八、鎖陀八、鎖胡塌八、鎖忽塌把，音近義並同。

台吉

　　明・阮大鋮《春燈謎》二四、喇嘛白：「台吉，今日即可撒馬者。」

　　又眾白：「你聽哨聲，台吉有號頭傳俺們也。」

台吉，漢語譯爲太子。《三云籌阻考》卷二《封貢考・夷語解說》：「台吉，是王子家子孫。」那可通世《校正增注元親征錄》：「本書（按即指《元親征錄》）多以太子作太石。」太石、太子，是翻譯用字不同，實指則同。嚴格講來，「台吉」本不是蒙古語，而是源出於漢語「太子」二字，被蒙古語所借用，成爲「台吉」、「太石」，翻轉來又譯成「太子」，顯然可見，這是漢語對蒙語的影響。

忒刺

　　明・無名氏《萬國來朝》二、白：「紫皮蒜喚做忒刺。」

例中明言蒙語，呼「蒜」曰「忒刺」。《至元譯語・菜果門》呼「蒜」曰「撒林撒」，《新刻校正買賣蒙古同文雜字》呼「蒜」曰「薩力末撒」，均字異音近義同。

騰忔里　騰屹里　騰克里

　　元・無名氏《像生番語罟罟旦》三〔古竹馬〕：「有朝一日來到俺沙陀，道是騰忔里取曲律撒銀那顏，托賴著天地氣力，帝王福蔭，身奇安樂，馬無疾病。」（《雍熙樂府》卷六作「騰屹里」）

　　明・無名氏《萬國來朝》二、白：「騰克里喚做青天。」

蒙語，呼「天」曰「騰克里」。《華夷譯語・天文門》、《韃靼譯語・天文門》呼「天」曰「騰吉里」，《至元譯語・天文門》呼「天」曰『滕急里』，」《登壇必究》卷二十二所載（蒙古）譯語《天文門》呼「天」曰「騰革力」，《盧龍塞略》卷十九、二十譯部上下卷所收蒙古譯語《天時門》呼「天」曰「騰克立」，《武備志》收《蘇門防禦考》載（蒙古）譯語：呼「天」曰「騰格利」，《新刻校正買賣蒙古同文雜字》呼「天」曰「滕哥力」。按以卜騰忔里、騰屹里、騰克里、騰吉里、滕急里、騰革力、騰克立、騰格利、滕哥力，皆字異音近義同。

帖各

　　明・朱有燉《桃源景》四〔滾繡球〕：「（末云：）他說是達達人放馬的。」（旦唱：）我見他短髮，打著練垂，長繫腰是帖各皮，有幾根黃支沙苫唇髭鬢。」

帖各皮，即野羊皮。「長繫腰是帖各皮」，即以野羊皮做長腰帶也。《韃靼譯語‧鳥獸門》謂「野羊」爲「帖克」。帖各、帖克，音近義同。

帖兒各

> 明‧黃元吉《流星馬》二〔乾荷葉〕白：「（正旦云：）莽古歹，哈答剌五者！（通事云：）者、者、者，帖兒各。」

帖兒各，蒙語，漢語呼爲「車」。《元朝秘史》第八六節：帖兒干，旁譯「車子」，又譯「車」。《華夷譯語‧器用門》、《韃靼譯語‧器用門》同。《至元譯語‧器物門》：「車：忒里干。」《登壇必究》卷二十二所載（蒙古）譯語《房舍車輛門》：「車：忒兒根。」《盧龍塞略》卷十九、二十譯部上下卷所收之蒙古譯語《器皿類》：「車曰帖兒罕。」清‧陳康祺《郎潛紀聞三筆》卷五所收蒙古語：「特爾格，車也。」按：帖兒干、忒里干、忒兒根、帖兒罕、特爾格，皆爲「帖兒各」的不同譯語，字異音近而義同。

鐵里溫　鐵力溫

> 元‧施惠《幽閨記》三〔水底魚〕：「因貪財寶到中華，閒戲耍；被他拿住，鐵里溫都哈喇。」

> 明‧朱有燉《桃源景》四〔北夜行船〕白：「鐵力溫都答剌。」

> 明‧湯顯祖《紫釵記》二〔水底魚〕：「撞的個行家，鐵里溫都答喇。」

> 清‧蔡應龍《紫玉記》十〔水底魚〕：「撞的個行家，鐵里溫都答喇。」

蒙古語，呼人的頭顱爲「鐵里溫」。《華夷譯語‧身體門》、《韃靼譯語‧身體門》均呼「頭」爲「帖里溫」。《盧龍塞略》卷十九、二十譯部上下卷所收蒙古譯語《身體門》：「頭曰帖里溫，一曰黑乞，一曰拖羅害。」《至元譯語‧身體門》呼「頭」爲「忒嬰溫」。《新刻校正買賣蒙古同文雜字》呼「頭」爲「它洛該」。以上皆聲近義同，蓋譯語無正音也。

鐵兒高赤

> 明‧黃元吉《流星馬》二〔乾荷葉〕白：「民安倚看大牙兒哈茶兒鐵兒高赤呵媽薩赤來者備。」

鐵兒高赤，蒙語，漢語謂大道、大路。《華夷譯語‧地理門》、《韃靼譯語‧地理門》均呼「大道」爲「帖兒格兀兒」。《登壇必究》卷二十二所載（蒙古）《譯

語・地理門》、《盧龍塞略》卷十九、二十譯部上下卷所收蒙古譯語《地理門》則呼「大路」爲「忒兒革兀兒」。帖兒格兀兒、忒兒革兀兒，皆爲「鐵兒高赤」的異譯，聲近義同。按：例中「民安倚看」，乃「敏干」之訛，漢語呼「千」爲「敏干」。「大牙兒」即「豁牙兒」，漢語呼「二」爲「豁牙兒」。漢語呼「里地」爲「哈茶兒」。呼「口子」爲「呵媽薩」（以上見《華夷譯語》、《韃靼譯語》）。連起來這句是說：行了二千里地大道口子來了也。

禿喇哈

　　　　明・姚茂良《精忠記》七〔清江引〕：「秋高草黃馬正肥，禿喇哈都精銳，皂雕旗展開，寶劍刀磨日，殺教他錦州城都棄與」。

禿喇哈漢譯爲質子軍。《元史》、《元朝秘史》等著作中屢見。《元史・輿服志三》儀衛、殿上執事：「護衛四十人，以質子在宿衛者攝之。」注：「質子，國語曰睹魯花。」《元史・兵志一》：「或取諸候將相之子弟充軍曰質子軍，又曰禿魯華軍。」《元史・拜延傳》：「太祖立質子軍，另禿魯花，遂以火奪都爲禿魯花軍百戶。」《金華黃先生文集》卷二十五：「太祖皇帝以岳璘帖穆而充禿魯花。禿魯花者，譯言質子也。」以上睹魯花、禿魯華、禿魯花皆爲禿喇哈的異譯。

　　按：質子，元代軍隊名。爲防止藩屬及次將領的叛變而召其子弟另編成軍，以便加以挾制也。

禿魯赤

　　　　元明間・無名氏《陰山破虜》一、白：「禿魯赤擺列著朱纓畫戟，奴未赤縣帶著寶劍雕弓。」

蒙古呼種田人（農夫）爲「禿魯赤」。《華夷譯語・人物門》：「農人：塔里，牙赤。」《至元譯語・人事門》：「種田人：達里耶赤。」《登壇必究》卷二十二所載（蒙古）譯語《人物門》：「種田的：塔力阿赤。」塔里牙赤、達里耶赤、塔力阿赤，都是「禿魯赤」的異譯，字異聲近而義同。

禿魯哥

　　　　明・姚茂良《雙忠記》二十四〔撼動山〕：「小名叫做撤喇唬，是人都讓我。饃饃當點心，乾牛肉，背上佗，將軍賞我一個禿魯哥。」

禿魯哥，漢語謂緞子或紵絲（皆屬絲織物）。《至元譯語・衣服門》：「緞子，禿魯哥。」同書《人事門》又曰：「紵絲匠，禿魯哥兀蘭。」《續增華夷譯語・

衣服門》：「緞子，土兒格。」《登壇必究》卷二十二所載（蒙古）譯語《衣服門》「段子」譯爲「土爾革」。《盧龍塞略》卷十九、二十譯部上下卷所收蒙古譯語《珍寶類》：「段曰土兒革。」《元史語解》卷二十二（人名門）：「阿爾托爾噶，有紋之緞也。」同卷「阿爾圖敖拉」注曰：「阿爾，花紋也。」則「托爾噶」、「圖敖拉」即「緞」也。合觀以上土爾格、土爾革、托爾噶，皆與「禿魯哥」音近而義同。

段子，亦曰綢，或曰絹。《露書》卷九《風篇》就釋作「綢」，沈鈔《譯語》所收回回譯語《衣服門》呼「絹」曰「土爾姑」。《高昌館雜字·衣服門》呼「絹」曰「土爾呼」。土爾姑、土爾呼與禿魯哥亦音近義同。

禿禿茶食　吐吐麻食

　　元·楊顯之《酷寒亭》三、白：「小人江西人氏，姓張名保，因爲兵馬嚷亂，遭驅被擄，來到回回馬合麻沙宣差衙里。往常時在侍長行爲奴作婢。他家裏吃的是大蒜臭韭、水答餅、禿禿茶食。我那裏吃的？我江南吃的都是海鮮。」

　　元·無名氏《延安府》二、白：「（回回官人云：）霍食買在必牙，有什麼好吃的？……都是三菩薩、濟里必牙、吐吐麻食，偌安桌食所兒叭。」

禿禿茶食，一作「吐吐麻食」，蒙語，當時回族的一種麵食品。元·和廝輝《飲饍正要》：「禿禿麻食，係手撇麵，補中益氣。」明·蔣一葵《長安客話》卷二「餅」條：「水瀹而食者皆爲湯餅。今蝴蝶麵、水滑麵、托掌麵、切麵、掛麵、博飥、餛飩、合絡、撥魚、冷淘、溫淘、禿禿麻失之類是也。」瀹（yuè），謂以湯煮物也。可見禿禿麻失是一種水煮的麵食。禿禿茶食、禿禿麻食、吐吐麻食，皆字異聲近而義同，蓋譯語無正音故也。近人朱居易把「禿禿茶食」閹割爲「禿禿」，歸納在「兀兀禿禿」條，解作「不冷不熱的」（見《元劇俗語方言例釋》），誤。

土木八

　　元·無名氏《延安府》二、白：「（回回官人云：）經歷，拿那土木八來！（經歷云：）有！令人拿過那廚子來！（廚子跪科。）（回回官人云：）兀那廚子，聖人言語，著俺這八府宰相在此飲酒，你安排的茶飯不好吃。……經歷，與我拿出去打四十者！」

例中前云「土木八」，後云「廚子」，顯係土木八，即是廚子。疑此為回語。蒙語呼廚子為「卜兒赤」或「保兒赤」，參見「卜兒赤」條。

吐實　土實

　　□‧無名氏散套〔鬥鵪鶉〕《滿長空雲霽天空》：「我則見幾員吐實番官，都將答絲叭兒頭上纏。」（見明‧張祿輯《詞林摘艷》卷十，《雍熙樂府》錄此曲作「土實」）

吐實，漢語謂「臣」。《華夷譯語‧人物門》：「臣：土失綿。」韃靼館下續增《華夷譯語‧人物門》呼「臣子」曰「土失綿可卜溫」。《續增華夷譯語‧人物門》呼「臣宰」曰「土實蔑侖」。《韃靼譯語‧人物門》呼「大臣」曰「也克土失慢」。《登壇必究》卷二十二所載（蒙古）譯語《人物門》呼「臣宰」曰「土失目兒」。《盧龍塞略》卷十九、二十譯部上下卷所收蒙古譯語《品職門》呼「臣宰」曰「土失綿」。以上並可證君臣之「臣」，蒙語呼為「吐實」，今俗謂「官員」。土實、土失，音義並同。

兔胡　兔鶻

　　元‧關漢卿《調風月》二〔十二月〕：「把兔胡解開，扭扣相離。」

　　元‧王實甫《麗春堂》一〔鵲踏枝〕：「衲襖子繡攢絨，兔鶻碾玉玲瓏，一個個躍馬揚鞭，插箭彎弓。」

　　元‧李直夫《虎頭牌》二〔醉娘子〕：「頭巾上砌的粉花兒現，我繫的一條玉兔鶻是金廂面。」

　　元‧無名氏《貨郎旦》四〔八轉〕：「他繫一條兔鶻海斜皮偏宜襯連珠。」

　　明‧賈仲明《金安壽》三〔賢聖吉〕：「縷金鞓玉兔鶻，七寶嵌紫珊瑚。」

兔胡，同「兔鶻」，契丹、女真人的一種束帶。《女真譯語‧衣服門》譯「束帶」為「掛你兀木素」。「兀木素」與「兔胡」音近義同。《宋史‧輿服志六》：「上項帶（指透碾雲龍玉帶和連珠環玉束帶），國言謂之兔鶻，皆其故主完顏守緒常服之物也。」這種束帶，最好的是用玉做裝飾的稱玉兔胡，其次用金，再次用犀象骨角。《金史‧輿服志下》：「金人之常服四：帶、巾、盤領衣、烏皮靴。其束帶曰吐鶻。」又云：「吐鶻，玉為上，金次之，犀象骨角又次之。」按：吐鶻即兔鶻，亦即兔胡。此語習用已久，已滲透到漢語方言中。今河北

省安國縣仍在使用，如說「下穿褲衩，上繫兔鶻。」天津方言謂之「腰硬子」。王季思注云：「兔鶻原是一種白色獵鷹，因爲它的貴重，也用以稱玉帶（見《玉輪軒曲論》）。非是。

托勤

> 明·黃元吉《流星馬》二〔乾荷葉〕白：「（通事見正旦云：）
> 托勤那顏阿斤堆兒來。」

古代蒙古等少數民族把君主的子弟稱爲「托勤」。《元史譯文證補》卷一注曰：「和林詩注引《唐元闕特勤碑》，謂諸突厥部之遺俗，猶呼其可汗的子弟爲特勤、特謹。」按：特勤、特謹皆托勤之異譯，字異音近而義同。

拖陀磨

> 元·無名氏《黃孝子尋親記》二十四〔金字經〕白：「昨奉太宜人之命，準備拖陀磨、打辣酥，與他母子送行。」

> 同劇同折〔梨花兒〕白：「小番，分付你準備拖陀磨、打辣酥，可曾完備麼？（眾：）完備多時了。（老旦：）既如此，請黃娘子、黃小官人出來。」

> 同劇同折〔天下樂〕白：「（老旦：）既如此，你去心已決，不能強留，老身無以爲贈，聊奉黃金二錠，以爲路費，請收了。……還有水酒一杯，與你餞行。小番，看打辣酥過來。」

曲文中前云「拖陀磨」，後云「黃金」，可見拖陀磨即指的是黃金。

溫都赤　引度赤

> 元明間·無名氏《陰山破虜》一、白：「溫都赤齊列著晃眼槍刀，速胡赤肩擔著宣花鉞斧。」

> 明·黃元吉《流星馬》二〔乾荷葉〕白：「也麥、那顏、阿斤堆、引度赤來者備。」

溫都赤，元代皇帝的侍衛官名。亦譯作云都赤、引度赤。乃侍衛中之最親信者。《元史·兵志二》：「侍上帶刀及弓矢者，曰云都赤、闊端赤。」《元代白話碑集錄·加封顏子父母妻懿旨碑》：「云都赤別不花，殿中喃忽里等有來。」元·陶宗儀《輟耕錄》卷一「云都赤」條：「國朝有四怯薛太官。……中有云都赤，乃侍衛之親近者。雖官隨南諸司，亦三日一次，輪流入直。負骨朵於

肩，佩環刀於腰，或二人、四人，多至八人。時若上御控鶴，則在宮車之前，上御殿廷，則在墀陛之下，蓋所以虞奸回也。雖宰輔之日覲清光，然有所奏請，無云都赤在，不敢進。今中書移咨各省，或有須備錄奏文事者，內必有云都赤某等。」

窩脫銀

> 元·無名氏《貨郎旦》三、白：「我死後，你去催趲窩脫銀，就跟尋你那父親去咱。」

> 同劇四折〔九轉〕白：「這兩個名下，欺侵窩脫銀一百多兩。」

窩脫（ortoq），《元史》作「斡脫」，突厥語 ortaq 的音譯，意爲合伙。窩脫銀，亦稱「窩脫錢」，它是元代統治階級通過西域商人對人民進行高利貸盤剝所放出的銀子。元·徐元瑞《史學指南》云：「斡脫，謂轉運官錢，散本求利之名也。」專管這項事務的機關，叫做「斡脫所」。南宋·彭大雅、徐霆《黑韃事略》作「窩里陀」。《金史·金國語解·官稱》作「斡里朵」，都是同一名詞的異譯。官府爲斡脫商設置「斡脫所」、「斡脫總管府」，並予以保護，還享有使用驛站、攜帶兵器、減免貨稅等優待。諸王領主每年都可以從他擁有的斡脫商那裏獲取鉅額利潤。官商就是如此勾結，對人民進行殘酷的剝削。

五都魂

> 明·黃元吉《流星馬》二〔上小樓〕白：「通事也，人你哈敦五都魂。」

五都魂，蒙古穢語，漢語謂女陰。《武備志》收《蘇門防禦考》載（蒙古）譯語：「陰戶，五毒戶。」五毒戶、五都魂，音近義同。《盧龍塞略》卷十九、二十譯部上下卷所收蒙古譯語《身體門》：「閆曰五毒戶。」「閆」即指女陰也。《露書》卷九《風篇》作「武托古」，亦爲「五都魂」之異譯，字異音近而義同。

五烈不楪

> 元明間·無名氏《午時牌》一〔鵲踏枝〕白：「俺兩個弓馬上五烈不楪，早晚阿媽跟前，倒刺字知赤伏侍，阿媽但見了俺兩個便歡喜。」

五烈不楪，蒙語，「不知」之意，引申爲不濟、不強、不好。《盧龍塞略》卷十九、二十譯部上下卷所收蒙古譯語《通用門》：「不曰兀祿。」同書《生

靈門》：「知曰箆迭。」《韃靼譯語・人事門》謂「知了」為「箆迭把」。「五烈」葉「兀祿」，「不楪」葉「箆迭」。合而解之，五烈不楪，即「不知」之意也。詳參「五裂箆迭」。

五裂箆迭

> 元・關漢卿《哭存孝》二〔尾聲〕白：「哥哥，阿媽道：『五裂箆迭！』醉了也，怎生是了？」

> 同劇四、白：「夫人，……我說道：『五裂箆迭，我醉了也。』他怎生將孩兒五裂了？」

五裂箆迭，蒙古語，漢語是酒醉之意。《華夷譯語・通用門》、《韃靼譯語・通用門》、《盧龍塞略》卷十九、二十譯部上下卷所收蒙古譯語《通用門》皆譯「不」為「兀祿」。「兀祿」為「五裂」的異譯，聲近義同。又《華夷譯語・人事門》擇「知」為「蔑迭八」，《韃靼譯語・人事門》譯「知」為「蔑迭把」，《盧龍塞略》十九、二十譯部上下卷所收蒙古譯語《生靈門》譯「知」為「蔑迭」。合而言之，五裂蔑迭，即「不知」之意，引申為酒醉後腦子不清醒也。

伍酥　五速

> □・無產名氏散套〔般涉調・哨遍〕《鷹犬從來無價》：「綠依依觀著伍酥，翠巍巍對著倒刺，必答奴那可兒休奸詐，俺亦刺散銀哈。」

> （見明・張祿輯《詞林摘艷》卷三，《雍熙樂府》卷七載此曲作「五速」）

伍酥、五速，蒙語，漢譯是「水」。《至元譯語・地理門》：「水：澳速。」《華夷譯語・地理門》：「水：兀孫。」《韃靼譯語・地理門》同《華夷譯語》。《登壇必究》卷二十二所載（蒙古）譯語《地理門》：「水：五速。」《武備志》收《蘇門防禦考》載（蒙古）譯語：「水：抹速。」《盧龍塞略》卷十九、二十譯部上下卷所收蒙古譯語《地理門》：「水曰兀孫，一曰五素。」按以上澳速、兀孫、抹速、五素，皆與伍酥、五速音近而義同。《元史語解》卷七（地理門）：「烏蘇，水也。」「烏蘇」與「伍酥」亦音近義同。

兀者

> □・無產名氏散套〔般涉調・哨遍〕《鷹犬從來無價》：「那顏掃著刺它叭，海達兒兀者母楞納馬只尺鬧都答刺海呀。」（見明・張祿輯《詞林摘艷》卷三）

兀者，漢語意為「見」，《華夷譯語‧人事門》、《韃靼譯語‧人事門》、《盧龍塞略》卷十九、二十譯部上下卷所收蒙古譯語《生靈門》皆呼「見」為「兀者」。《武備志》收《蘇門防禦考》載（蒙古）譯語，呼「看」為「兀者」，皆其證。《女真譯語‧人事門》呼「見」為「阿察」。

兀該

　　明‧朱有燉《桃源景》四、白：「（淨云：）打剌只有。（旦唱：）他道是打剌蘇兀該呵約而兀只。」

　　明‧湯顯祖《牡丹亭》四十七〔北清江引‧前腔〕白：「（淨背叫貼問介：）他要娘娘什麼東西？古魯古魯不住的。（貼：）這件東西是要不得的。便要時，則怕娘娘不捨的。便是娘娘捨的，大王也捨不的。便是大王捨的，小的也不捨的。（淨云：）甚東西，直恁捨不的？（貼：）他這話到明，哈嗽兀該毛克喇，要娘娘有毛的所在。」

　　同折同出〔北夜行船〕白：「（老旦手足做忙介）兀該打剌（蘇）。（貼：）叫馬乳酒。」

兀該，蒙語，漢語謂「無」。《華夷譯語‧通用門》、《韃靼譯語‧通用門》、《盧龍塞略》卷十九、二十譯部上下卷所收蒙古譯語《通用門》皆呼「無」為「兀該」。《新刻校正買賣蒙古同文雜字》呼「兀」為「烏貴」。兀該、烏貴，音近義同。

兀剌　烏剌

　　元‧無名氏《漁樵記》二〔滾繡球〕白：「投到你做官，直等的那日頭不紅，月明帶黑，星宿晰眼，北斗打哈欠，直等的蛇叫三聲狗拽車，蚊子穿著兀剌靴……。」

　　元‧楊立齋散套〔般涉調哨遍〕《皮匠說謊》：「初言定正月終，調發到十月一。新靴子投至能勾完備，舊兀剌先磨了半截底。」

　　元明間‧無名氏《破天陣》一、白：「髮垂雙練狗皮袍，腳穿兀剌忒清標。」

　　元明間‧無名氏《岳飛精忠》楔子、白：「贏了的賞、輸了的罰，一人一雙歪兀剌。」

明・徐霖《繡襦記》三一〔沽美酒〕:「破帽子在頭上搭,破布
衫露出肩甲,腰間繫一條爛絲麻,腳下穿一雙歪烏剌,上長街又丟
襪。咱便是鄭元和。家業使盡待如何,勸郎君休似我。」

兀剌,一作「烏剌」,意指鞋子。亦見之小說,如《西遊記》第六五回:「腳
踏烏喇鞋一對,手執狼牙棒一根。此形似獸不如獸,相貌非人卻似人。」周
立波《暴風驟雨》:「二小子是個靰鞡匠。」兀喇、靰鞡,音義並同「兀剌」
和「烏剌」。中國東北一帶以皮革爲底,墊上烏拉草,綁在腿上的一種防寒鞋。
清・陳元龍《格致鏡原》卷十八《冠服類・靴》引《事物原始》曰:「今遼東
軍人著靴名曰護臘。」清・楊賓《柳邊紀略》卷三:「護臘,革履也。絮毛草
於中可禦寒,毛子草細若線……一名護臘草。土人語云:『遼東三件寶:貂鼠、
人參、護臘草。』」又卷五《寧古塔雜詩》十三云:「三十年前事,兒童見者
稀。天寒曳護臘,地凍著麻衣。」護臘注云:「革履名。」護臘,亦即兀剌、
烏剌。

　　按:靴子名「兀剌」,實源於蒙語。《華夷譯語・身體門》、《韃靼譯語・
身體門》:「腳底」均作「兀剌」。《登壇必究》卷二十二所載(蒙古)譯語《衣
服門》:「靴底」作「古堵速五剌」。《盧龍塞略》卷十九、二十譯部上下卷所
收蒙古譯語《身體門》:「腳面曰斡裏迷,其底曰兀剌。」並可證(按:五剌,
亦「兀剌」之同音異字)。

兀剌赤

元・施惠《幽閨記》十〔番鼓兒・前腔〕:「(淨:)兀剌赤,兀
剌赤,門外等多時,(外:)縱彎加鞭,心急馬遲。」

元明間・無名氏《岳飛精忠》一、白:「番官聽發放,頭目聽點
名:那顏瘸著腿,小番耳又聾,卜兒赤一隻服,兀剌赤豁著唇。」

兀剌赤,蒙語,駕車馬的人,俗稱馬夫。《華夷譯語・人物門》:「馬夫,兀剌
赤。」清・虞兆隆《天香樓偶得》云:「兀剌赤,元人掌車馬者之稱,故《拜
月》有云:『兀剌赤,兀剌赤,門外等多時。』」元・楊瑀《山居新語》云:「至
中途,有酒車百餘乘從行,其回車之兀剌赤,多無禦寒之衣。」《元典章・兵
部三・使臣・禁約使臣稍帶沉重》:「沉重物貨更有不盡,令兀剌赤沿身負帶,
致將馬匹壓損,因而倒死。」《錄鬼簿續編》附失載無名氏《括罟旦》之題目、
正名作:「風雪當站兀剌赤,像生番語括罟旦。」以上俱可證。

兀堵兒

明・朱有燉《桃源景》四、白:「(淨云:)額多額兀堵兒,馬
失闊亦填,乞塔,阿哈,撒銀打剌蘇,未(米)納悟有。(旦兒云:)
那裏走的兩個達子來?亦留兀剌的,知他說什麼?(末:)他說今
日十分冷,漢兒哥哥,好酒與吃些。」

兀堵兒,漢語謂「日」也。《華夷譯語・時令門》:「晝:兀都兒。」《韃靼譯
語・時令門》:「今日:額朵兀都兒。」《登壇必究》卷二十二所載(蒙古)《譯
語・時令門》:「日:五堵兒。」《武備志》收《蘇門防禦考》載(蒙古)譯語:
「晝:我都兒。」《盧龍塞略》卷十九、二十譯部上下卷所收蒙古譯語《天時門》:
「晝曰兀都兒。」按以上兀堵兒、兀都兒、五都兒、我都兒,皆音近義同。

悟

明・朱有燉《桃源景》四〔倘秀才〕白:「(淨云:)乞塔苦溫
卯兀備,打剌蘇額薛悟,卯兀客勒莎可支。(旦云:)他說什麼?(末
云:)他說漢兒人歹,酒也不曾吃,歹言語罵人。」

悟,蒙語,漢語「飲」的意思。《元朝秘史》第一四五節:兀周,旁譯「飲著」。
第二七二節:兀兀周,旁譯「飲著」。《續增華夷譯語・飲食門》:「飲,兀。」
《登壇必究》卷二十二所載(蒙古)譯語《飲食門》:「飲酒,打剌速藕。」《盧
龍塞略》卷十九、二十譯部上下卷所收蒙古譯語《飲食門》:「飲酒曰打剌速
藕。」按:兀、藕、悟皆字異音近而義同。

宣魯干　宣虜干兒　宣魯甘

明・陸采《懷香記》十一〔番卜算〕白:「(丑上:)生長在氐
羌,又尚氐羌主,職稱宣魯干,榮貴眞無比。(相見番語介,淨:)
宣魯干,中朝無道,皇帝屢更。如今司馬篡位,國號爲晉,仍要咱
們朝貢,咱心中甚是不甘。」

明・陸華甫《雙鳳記》二十五〔縷縷金〕:「宣魯干,曳落河千
萬,撐黎峭寒,莫遮蘇襖襯胡衫,黃頭奚兒捍,黃頭奚兒捍。」

明・無名氏《四美記》十三、淨白:「俺如今欲將公主招贅天使,
做個宣虜干兒,新親蓋舊親,尊意何如?」

明・無名氏《鮫綃記》十六、淨白:「與你十萬人馬,封你爲主
帥,李塔兒宣魯干爲先鋒。」

同劇二十三、丑白：「把都兒，今夜好冷，睡又睡不著，拿吐吐磨磨，打剌酥來吃，與我後帳請宣虜干對飲一回。」

宣魯干，一譯「宣虜干兒」、「宣魯甘」，蒙語，意指女婿或駙馬，這從《懷香記》中宣魯干自稱尙主，《四美記》中「欲將公主招贅天使，做個宣虜干兒」便是證明。又：《元朝秘史》第一五五、第一五六節有「古列干」，旁譯「女婿」，第二〇三節「古列格惕」，旁譯「駙馬每」。《華夷譯語・人物門》呼「婿」爲「古列根」。《登壇必究》卷二十二所載（蒙古）譯語《人物門》呼「女婿」爲「苦里根」。《盧龍塞略》卷十九、二十譯部上下卷所收蒙古譯語《倫類門》呼「女婿」爲「古列根」，皆可證。

按：宣魯干、宣虜干、宣魯甘的「宣」字，並爲「庫」字之訛誤。因爲庫魯干、庫魯甘爲 kürgen 的對音，庫虜干爲 küregen 的對音。《至元譯語・人事門》注「女婿」不「庫里干」，又《君官門》注「駙馬」爲「庫魯干」。至順本《事林廣記》所收蒙古譯語亦與此同。

其「宣虜干兒」之「兒」，此處是虛字，元・無名氏《射柳捶丸》三、白：「來者何人？趁早下馬受降，但道個不字，我都哈剌兒了。」明・湯顯祖《紫釵記》三十〔偷秀才〕：「滿地上綻葡萄亂煞，醞就了打辣酥兒香碧綠。」兩例中「兒」字，皆與此同例。故「宣虜干兒」，意即「宣虜干」。

牙不　啞不　啞步　亞卜　雅步

元・無名氏《射柳捶丸》三、白：「殺將來，牙不，牙不。」

元・無名氏《黃花峪》一〔南駐雲飛〕白：「那蔡衙內聽的你唱，問秀才借嫂子，與他遞三杯酒，叫三聲義男兒，便上馬啞不也。」

元明間・無名氏《陰山破虜》二〔鬼三台〕白：「我敵不過他，逃命啞步，啞步。」

明・黃元吉《流星馬》二〔上小樓〕白：「那顏，那顏，亞不，亞不。」

清・石子斐《正昭陽》九〔尾犯帶芙蓉〕白：「（淨：）大小三軍聽者，元帥有令，暫且解圍。（丑、外、老白：）好了，解圍了，雅步萬歲！」

蒙古語謂「走」曰「牙不」。《華夷譯語・人事門》、《韃靼譯語・人事門》均注明「行」曰「牙不」，是其證。又譯作啞不、啞步、亞不、雅步，皆音近而

義同。明‧權衡《庚申外史》：「辛卯年……赫斯軍馬，望見紅軍陣大，揚鞭曰：『阿卜！阿卜！』阿卜者，華言走也。」《牧羊記‧望鄉》折又譯作「耶步」，《新刻校正買賣蒙古同文雜字》又譯作「押布」，欽定《元史語解》卷十四又譯作「牙伯」。按：阿卜、耶步、押布、牙伯，皆與「牙不」字異聲近而義同，蓋譯語無正字故也。

闕支　闕氏

元‧馬致遠《漢宮秋》二、白：「（番王云：）世間那有如此美人？若得他做闕支，我願足矣。」

清‧曹寅《續琵琶》十九〔簇御林〕白：「記得大王吩咐要個琴棋書畫俱全的美女子，納做闕支。」

同劇二十六〔海棠春‧前腔〕：「帳殿擁胡姬，新把闕支選。」

清‧尤侗《吊琵琶》二〔綿搭絮‧么〕：「這樣風流瀟落，則怕漢宮人消不起小闕氏皇后號。」

闕支，一作「闕氏」，匈奴的皇后之號。《史記‧匈奴列傳》：「單于有太子名冒頓。後有所愛闕氏，生少子。」司馬貞索隱：「闕氏，舊音於連、於曷反二音。匈奴皇后號也。」又云：「匈奴名妻作『闕支』，言其可愛如煙肢也。闕音煙。」《元史‧郭寶玉傳》：「歲庚午，童謠曰：『搖搖罟罟至，河南拜闕氏。』」

約而赤　也棘赤　亞剌赤

宋‧無名氏《宦門子弟錯立身》四〔桂枝香‧同前〕：「休得收拾，疾忙前去，莫遲疑。你莫胡言語，我和你也棘赤。」

元‧高文秀《黑旋風》楔子、白：「若見你呵，跳上馬牙不約而赤便走。」

明‧無名氏《廣成子》一、白：「吾奉太上老君急急如律令，足律光雲揣撒開亞不亞剌赤赳過走。」

約而赤，蒙語，漢語是「去」的意思。《華夷譯語‧人事門》、《韃靼譯語‧人事門》均譯「去」為「約而赤」。也棘赤、亞剌赤音近義同。《武備志》收《蘇門防禦考》載（蒙古）譯語，則曰：「去，額兒去。」額兒去，也是「約而亦」的不同譯語。與「牙不」結合起來解釋，則「牙不約而赤」、「亞不亞剌赤」顯然都是「走去」的重言，不能隨便分割。近人錢南揚在《永樂大典戲文三

種校注》中，就把「也棘赤」分割開來，注曰：「『也棘』，猶云『一起去』，『赤』為動詞祈使式收尾。」近人徐嘉瑞在《金元戲曲方言考》中，竟把「牙不約而赤」分割為「不約而赤」，並釋作「打馬聲」，近著《漢語大詞典》又沿其說，均非是。

咬兒只不毛兀剌　　咬兒只不毛古喇

　　元·無名氏《像生番語罟罟旦》三〔窮河西〕：「都麻呢咬兒只不毛兀剌你與我請過來！倘或間些兒個無什麼管待，休笑我這女裙釵，觸犯著你個官人也少罪責。」

　　同劇同折〔古竹馬〕：「哎，那顏咬兒只不毛兀剌你與我請過來！」
（以上亦見《詞林摘艷》卷三）

　　明·湯顯祖《牡丹亭》四十七〔北清江引〕：「撞門兒一句咬兒只不毛古喇。通事，我斟一杯酒，你送與他。」

咬兒只不毛兀剌，蒙語，漢譯為「我斟一杯酒，你送與他」（見《牡丹亭》例）。徐朔方注曰：「咬兒只不毛兀剌，疑即請過來。」非是。一譯「咬兒只不毛古喇」，音近義同。

也麥

　　明·黃元吉《流星馬》二〔乾荷葉〕白：「（通事云：）也麥哈剌咬兒赤剌……我問你是什麼人？」

　　又：「（通事云：）也隱迷都也麥哈杯？（正旦云：）赤哈敦剌咬兒赤剌！（通事出問旦兒云：）你從那裏來？」

　　又：「（正旦云：）也麥那顏阿斤堆赤度赤來者備，撒因，撒因，亦來！亦來！」

也麥，漢語譯為「什麼」、「怎麼樣」。《華夷譯語·通用門》：「不揀什麼，阿里別，又黷巴兒別。」《盧龍塞略》卷十九、二十譯部上下卷所收蒙古譯語《通用門》：「曰阿里別，又黷巴兒伯，譯以四字，不揀什麼也。」按：阿里別、黷巴兒別（伯），讀音與「也麥」相近，自應是一詞的不同譯語，蓋譯音無正字故也。復據《元朝秘史》第六三節：黷巴兒（yambar），旁譯「什麼」，第一五四節旁譯「怎生」，第二五五節旁譯「怎」，並可證。上舉之例，顯係「什麼」之意。

曳剌　拽喇　曳落　曳落河

元・李直夫《虎頭牌》三〔雙調新水令〕白：「（曳剌鎖老千戶上，云：）行動些！」

元・無名氏《同樂堂》二、白：「（正末扮曳剌上，云：）灑家是個關西漢，岐州風翔府人氏，在這薊州當身役。」

明・梅鼎祚《玉合記》十四〔北點絳唇〕白：「俺帳下番漢各兵之外，又有契丹曳落河八千人。」

明・湯顯祖《牡丹亭》四十七〔北夜行船〕：「那古里誰家？跑番了拽喇。怎生呵，大營盤沒個人兒答煞。」

清・蔡應龍《紫玉記》三十〔大聖藥・前腔〕：「破隴西，他草次馳驅，曳落羌，深難抵護，對戎王，言語須回互。」

契丹語稱壯士、走卒為曳剌（yè lā）；唐代回紇語謂之曳落河；安祿山反唐時把他豢養的同羅、奚、契丹八千餘武士也稱做曳落河。《遼史・百官志》作「拽剌」。《武林舊事》作「爺老」。《元典章・工部二・祗候》條作「曳剌」。明清傳奇又作拽喇、曳落，義並同。王國維《古劇腳色考》云：「曳剌，本契丹語，唐人謂之曳落河。《舊唐書・房琯傳》琯臨戎謂人曰：『逆黨曳落河雖多，豈能當我劉秩等！』」《遼史》作拽剌，其《百官志》有拽剌軍詳穩司，旗鼓拽剌詳穩司，千拽剌詳穩司，猛拽剌詳穩司。又云：走卒謂之拽剌。《武林舊事》作爺老，其所載官本雜劇，有《三爺老大明樂》、《病爺老劍器》二本，當即遼之拽剌也。元・馬致遠《薦福碑》雜劇中尚有曳剌為胥役之名，此即《遼志》走卒謂之曳剌之證。

一來四

明・黃元吉《流星馬》二〔乾荷葉〕白：「（通事見正旦云：）也七阿媽薩一來四。」

一來四，蒙語，「來」的意思。《華夷譯語・人事門》、《韃靼譯語・人事門》皆呼「來」為「亦列」。《武備志》收《蘇門防禦考》載（蒙古）譯語，呼「來」為「以列」。按：亦列、以列皆「一來四」的異譯。「也七阿媽薩一來四」，意言「你從那個口子過來。」

亦迷　倚的

明·黃元吉《流星馬》二〔上小樓〕:「打剌酥亦迷,虎而赤納都,知虎搠兒牙禿罕琶巴氣茶。」

□·無産名氏散套〔般涉調哨遍〕《鷹犬從來無價》:「奧利朱獨盤中堆著米哈,奧剌雞讀壺中放著答剌,爲頭兒倚的,從頭兒把。」

(見明·張祿輯《詞林摘艷》卷三)

亦迷,一譯「倚的」,蒙語,漢語謂吃。《韃靼譯語·飲食門》、《華夷譯語·飲食門》、《盧龍塞略》卷十九、二十譯部上下卷所收蒙古譯語《飲食類》皆呼「吃」曰「亦迭」,《新刻校正買賣蒙古同文雜字》呼「吃」曰「亦得」,《武備志》收《蘇門防禦考》載(蒙古)譯語,呼「吃」曰「以的」。亦迭、亦得、以的,皆「亦迷」、「倚的」之異譯。例二「爲頭兒倚的」句,《雍熙樂府》卷七錄此曲作「從頭兒吃罷」,亦可證。

有

明·朱有燉《桃源景》四〔滾繡球〕:「(淨云:)好姐姐,與一盞酒吃有。」淨又云:「好酒多得吃了有,必哈撒有,把撒誤有,撒兀者,必鎖陀八有。」

同劇同折〔倘秀才〕:「(淨云:)必倒剌者有。」淨又云:「必字知者有。」淨又云:「必哈里有。」淨又云:「好個可喜姐姐,你這酒冷有,俺借你那熱鍋子裏燙一燙酒有。」

有,蒙語中的語助詞,有聲無義。《元朝秘史》卷三:「田地顫動的聲聽得有。」又:「見裏頭一個年少婦人坐著有。」皆是。(參考周貽白《中國戲曲中之蒙古語》,見《周貽白小說戲曲論集》1986年齊魯書社出版)

扎撒　札撒　撒扎

元·喬吉散套〔一枝花〕《雜情》:「看承似美玉無暇,誰敢做野草閒花?曹大家賣杏虎,裴小蠻學撒撒。溫太眞索妝蝦。麗春園扎撒,鳴珂巷南衢。現而今如嚼蠟,似咬瓦,若搏沙。」

明·康海小令〔南仙呂人雙調〕《飲中漫興》:「請休兀剌,且開札撒。恣歡洽,怎麼?卻繁華不到越王台下。」

明·徐元《八義記》三十六〔梁州序〕:「皇朝撒扎,兀誰不怕?」

扎撒，一作「札撒」，倒作「撒扎」，蒙語，意指法令、法典。《元典章·刑部十九·禁毒藥·禁貨賣假藥》：「如今街上多有賣假藥及用米面諸色包裹詐妝藥物出賣的也有，恐誤傷人性命。奉聖旨：您也好生出榜明白省諭者，如省諭已後有違犯人阿，依著扎撒教死者，欽此。」《元史·太宗紀》元年秋八月乙未：「諸王百官大會於怯綠連河雕阿蘭之地，以太祖遺詔即皇帝位於庫鐵烏阿剌里。始立朝儀，皇族尊屬皆拜。頒大札撒。」原注：「華言大法令也。」元·徐元瑞《吏學指南》法例：「大扎撒，謂依條例法度也。」元·王惲《秋澗先生大全文集》卷八十四《烏台筆補》中《爲春水時預期告諭事狀》：「今後設或復有違犯之人，乞送有司照依扎撒斷罪施行。」明·惠康野叟《識餘》卷一：「（轄鞎）斷罪則不用徒、流、黥、絞之刑，惟杖臀，斬剮又酷，或生剝罪人身皮曰渾脫；又有三段剮殺，彼曰札撒。此曰條法，彼曰大札撒者，大條法也。」

站赤

      元·劉時中散套〔雙調新水令〕《代馬訴冤》：「便休說站赤難爲，則怕你東討西征那時節悔。」

      元·高明《琵琶記》四十一〔劉兗·前腔〕白：「（外：）站赤，你疾忙與分例鞍馬者！（末：）領鈞旨。」

站赤，蒙語，漢語謂驛站。《元史·兵志四》：「元制站赤者，驛傳之異名也。蓋以通達邊情，布置號令，古人所謂置郵而傳命。」例一是也。又《元典章·刑部十六·違例·省官多取分例》：「赴任官和林行省、陳郎中等一行，經過站赤內，打拷頭目人等。」也指的是驛站。當時站赤無遠不至，曾「自敦煌置驛抵玉關，通西域」（見《元史·按竺邇傳》）。

    亦代指驛站的官員，如例二。

竹里真

      元·李直夫《虎頭牌》三、白：「自前祖父本名竹里眞，是女眞回回祿眞。」

竹里眞，疑爲「諸移里菫」之異譯。《金史·金國語解》：「諸『移里菫』，部落塢寨之首領也。」按：「移里菫，本遼語，金人因之而稍異同焉。」

（原載於《唐山師範學院學報》2001 年 1、3、4、6 期）

第六輯

釋「顛不剌（喇）」

王學奇

在古典戲曲中，「顛不剌（喇）」一詞，用者頗多，例如：

董解元《西廂記》卷一《般涉調·尾》：「窮綴作，腌對付，怕曲兒撚到風流處，教普天下顛不剌的浪兒每許。」

王實甫《西廂記》一本一折《元和令》：「顛不剌的見了萬千，似這般可喜娘的龐兒罕曾見。」

《樂府群珠》卷四關漢卿小令《普天樂·普救姻緣》：「顛不剌見了萬千，似這般可喜娘罕見，引動人意馬心猿。」

《太平樂府》卷七馬致遠散套《青杏子·悟迷》：「柳戶花門從瀟灑，不去踏。……顛不剌的相知不綣他，被莽壯兒的哥哥截替了咱。」

《雍熙樂府》卷一《醉花陰套·怨恨》：「休、休、休，虧心的自有神明鑒；我、我、我，顛不剌的情理是難甘。」

湯顯祖《牡丹亭·圓駕》：「哎喲，見了俺前生的爹，即世孃，顛不剌俏魂靈立化。」又《邯鄲記·死竄》：「取佩刀來，顛不喇自裁刮。〔生作刟〕〔旦救介〕〔眾：〕聖主不准自裁，要明正典刑哩。」

凌初成《虬髯翁》一《哪吒令》：「顛不剌見來，少這般稔色。總莊家扮來，是豪門氣色。」

洪昇《長生殿·彈詞》：「直弄得個伶俐的官家顛不剌，懵不剌，撇不下心兒上。弛了朝綱，占了情場。」

但對「顛不剌」如何解釋，向來各執一詞，莫衷一是。茲舉其有代表性的說法如下。

明·王伯良注《西廂記》云：「『顛不剌』句反起下『可喜娘』句。『顛』，輕佻也。『不剌』，方言助詞，元詞用之最多，不必著其『顛』字。如《舉案齊眉》劇『破不剌碗內吃了些淡不剌白粥』之類。」閔遇五箋：「『不剌』，北方語助詞。不，音舖，如怕人曰『怕人不剌的』，凡可墊作語處，皆帶此三字。『顛』，輕狂也。『剌』，音辣，去聲。」按「輕佻」、「輕狂」意相近，以上可爲一說。

明·凌濛初針對以上等解釋，提出不同的看法：「考之『顛不剌』爲北方助語則是，而其解則非也。『顛不剌』，詞中用之不少，如『顛不剌情理是難甘』、『顛不剌喬症候』等語，豈以顛爲輕狂而反起可喜娘耶？繹其意似言『沒頭腦』、『沒正經』之意，如『葫蘆提』、『酩子里』之類，可解不可解之間。」毛西河論云：「『顛不剌』俗解甚惡，即徐天池、王伯良輩以『顛』作『輕佻』，起鴛凝重，亦非也。『千般嬝娜』，固不在凝重，即以輕佻起凝重，可謂凝重乎？『顛』即『顛倒』，猶言『沒頭緒』也。言『顛之倒之』的看了萬千，今才看著也。『顛』，張自指，不指所看者。董詞有『怕曲兒捏到風流處，教普天下顛不剌的浪兒每許』，以『顛』指浪兒，正此意。況此曲亦全抄董詞：『這一雙鶻鴒眼，須看了可憎的萬千，兀的般媚臉兒不曾見。』上句單說自己可驗。『不剌』，北襯詞，隨手可襯，不專襯『顛』。如（舉案齊眉）劇『破不剌碗兒』，又以『不剌』襯『破』，更可知也。」此又爲一說。

王季思注《西廂記》則云：「破不剌即破意，雜不剌即雜意。則顛不剌遺即顛意。加不剌字，不過狀其顛、雜、破之甚耳。詞曲中凡言風言顛，皆有風流、放浪意。」按此說謂「顛」字之義，於風流、放浪，兼而有之，可謂第三說。

總觀以上各說，對於「不剌」（一作不喇）二字，都表明它是語助詞，看法基本相同。分歧之處在於對「顛」字的解釋。他們各持一議，不僅失之主觀、片面，而且有的還不恰當，如果按照他們各自的說法，很難以把我們所到的「顛不剌」，都解釋得通。因爲語言的使用，在具體的語言環境中，情況是很複雜的，故往往出現一詞多用的現象。我認爲「顛不剌」一詞，正是這樣一種情況。對此，過去研究詞曲的，也不是完全沒有注意到，例如張相先生在他的《詩詞曲語辭匯釋》（以下簡稱《匯釋》）中就說過：「顛有風流或輕薄之意。」但把「顛」字的含意僅僅歸結爲「風流或輕薄」就夠了嗎？而且這種提法究竟恰當與否？經過反覆推敲和驗證，還認爲有申述意見的必要。

　　（一）我首先認為張相先生的「風流」說，或王季思先生的「風流、放浪」說，對於解釋某一部分實例，例如對於解釋董詞：「怕曲兒捏到風流處，教普天下顛不剌的浪兒每許」，還是合適的。正如張相先生所說：「顛不剌的浪兒，意言風流浪子也，與上句風流相應」（見《匯釋》），是也。但用這種說法去解釋王西廂的「顛不剌的見了萬千，似這般可喜娘的龐兒罕曾見」，就難以令人滿意了。在這個例子裏，「顛」字究應作何解釋呢？據《說文》：「顛，頂也。」《詩·秦風·車鄰》：「有馬白顛」。傳：「白顛，白額也。」段玉裁云：「馬以額為頂也。」又《墨子·修身》：「華髮隳顛」。孫詒讓《閒詁》：「隳顛，即禿頂也。」我認為「顛」字在這裏作「頂」字解釋，最為妥當。助詞「不刺」合讀與「頗」字音近，《正字通》云：「頗，甚也。」故「顛不刺」有絕頂之意（今北方尚謂人物，器皿之最上品者曰拔頂，意正相同），即指絕頂之美人也。據此解釋，則上面所引曲文的意思便是：「上等美人見過千萬，但像鶯鶯這樣可愛者少有。」由此看來，「顛」在這裏就是絕美、最漂亮的意思。試想，鶯鶯如果不是這樣玉貌花顏，而僅止「風流放浪」，能使張生為之神魂顛倒嗎？試打開古典文學，有誰看到過把「郎才」和「女風流」放在一起，但我們卻常見有「郎才女貌」、「才子佳人」這類詞相提並論，而紅娘也正是用這種觀點看待鶯鶯和張生的，例如他說：「姐姐是傾城色，張生是冠世儒。」〔註1〕尤其是張生自己也表白過：「早知道無明無夜因他害，想當初不知不遇傾城色。」〔註2〕他們在這裏著重提的都是鶯鶯的美色，而無一字涉及風流，可見「風流」對張生的作用是無足輕重的。難道當時的當事人張生和紅娘的這些話倒不足憑，而必取信於千百年後的王季思、張相兩先生的解釋嗎？更何況從修辭學的角度說，也只有把「顛」解作「絕美」、「最漂亮」和下文「可喜娘的龐兒」才搭配得攏，否則便是不倫不類。由此看來，在這裏，「風流」說是站不住腳的。「風流」只有附著在美人的身上才起作用。「美」是主體，「風流」只是它的屬性，顛倒不得的。依此看法，去尋繹前面例舉的關漢卿的小令《普天樂》、馬致遠的散套《青杏子》、凌初成的雜劇《虬髯翁》，都不難融會貫通，把握住其實旨。否則，便會曲解成另一種樣子，例如馬致遠的《青杏子》：「顛不刺的相知不綣他。」王季思先生仍是不加分析地，把「顛不刺」解為「風流放浪」，這怎能打中要害呢？張相先生解為「輕薄」，距實質就更

〔註1〕見《董西廂》卷六《般涉調·麻婆子》。
〔註2〕見《西廂記》四本一折《油葫蘆》。

遠了。按「輕薄」，乃貶詞，聯繫上文「柳戶花門從（縱）瀟灑，不去踏（踏）」，則這裏的「顛不刺」，看不出貶意，顯然是褒其美的意思。正因其美，才有迷人之可言，唯其「迷」人已深，才談的到「悟迷」，這是情節發展的必然邏輯。如果把美人視為「輕薄」、不肖之徒，那題旨所謂「悟迷」，不就落空了嗎？因此我不同意他們的解釋。至於王伯良、閔遇五等所謂的「輕佻」、「輕狂」說，其不當之處，觀此也就不辨自明了。

（二）凌濛初，毛西河等對元曲的一些具體解釋，也不能盡如人意。但毛西河等提出「顛」即「顛倒」的說法，是可取的。按《詩》有「顛之倒之」、「倒之顛之」之語；《楚辭・九嘆・愍命》：「今反表以為裏兮，顛裳以為衣」。王逸注：「顛，倒也。」韓愈《醉後》詩：「淋漓身上衣，顛倒筆下字。」看來，「顛」作「顛倒」解釋，自古有之。用這個意義，去解釋另一部分曲例，也是適用的。例如前面所舉的《雍熙樂府》例：「休、休、休，虧心的自有神明鑒；我、我、我，顛不刺的情理是難甘。」顯然，此語怨意很深。故「顛不刺的情理，「實指情理顛倒，傷天害理，故才面對神明，咒罵他「虧心」，訴說自己「難甘」（難以甘心忍受）。而張相先生在《匯釋》中引述此曲之後，卻釋云：「此亦輕薄意，言難甘輕薄之人也」。試問：對這種虧心的、倒行逆施的人，豈可以「輕薄」二字輕輕一筆帶過呢？再如上舉之《牡丹亭》，是寫杜麗娘起死回生之後，和狀元柳夢梅完了婚，但她父親不肯認她，堅持叫她和柳離異。在此情況下，她哭著對父母說：「哎喲，見了俺前生的爹，即世嬤，顛不刺俏魂靈立化。」顯然，這裏的「顛不刺」之「顛」，是顛倒意，形容無計可施，顛之倒之，不知所措的樣子。再如上舉之《邯鄲記》：「取佩刀來，顛不喇自裁刮。」其「顛不喇」之「顛」字，亦顛倒意也。因為此劇，講的是盧生出乎意料，被擒拿到案，行將綁赴刑場，明正典刑，故盧生一時不知所措，乃顛顛倒倒要進行自決也。再如上舉之《長生殿》例：「直弄得個伶俐的官家顛不刺，懵不刺，撇不下心兒上。」這是說唐明皇自貴妃死後，精神錯亂，被折騰得顛顛倒倒，糊糊塗塗，放心不下。顯而易見，「顛不刺」之「顛」字，在這裏，唯有作「顛倒」講合適，若易以他說，則費解矣。但這種解釋，也和其他各解一樣，只能各盡一部分職責，包辦代替，是行不通的。

以上就是我對解釋「顛不刺」的初步意見。不敢抱殘守缺，茲公諸於此，希望得到專家和廣大讀者的指正。

（原載於《河北師院學報》1981 年第 4 期）

「波浪、儱賴、舌剌剌」詞義發微

王學奇　王靜竹

波浪

　　這個詞，在元、明戲曲中的用法很特別，有時指人的容貌，例如：

　　　　切駕的波浪上堆著霜雪。(《太平樂府》卷九高安道《嗓淡行院》)

　　　　著床臥枕在他鄉，針灸都無當，減了風流舊波浪；好難當，瘦得來不似人模樣。(《雍熙樂府》卷十九《小桃紅・西廂百詠》四十六)

　　　　外面兒波浪掙，就裏又心性耍。(《詞林摘艷》卷四誠齋散套《點絳唇・嬌艷名娃》)

第一例中的「切」字義不詳，「駕」是元雜劇扮演皇帝的專稱。「波浪上堆著霜雪」，是形容臉上表情嚴肅、冷淡、不快的樣子。第二例「波浪」和下文「模樣」，是互文見義。第三例則是以「面孔」和「內心」反襯見義。

　　在另外一些例子裏，又解作「俊俏、風流」，例如：

　　　　小子金銀又多又波浪，你不陪我，卻伴那等人？(柳枝集本《青衫淚》第二折)

　　　　文質彬彬掙波浪，怎教人不念想？(脈望館鈔校本《曲江池四《喬牌兒》)

　　　　一剗地疏狂，千般的波浪，諸餘的事行。難道是不理會惜玉憐香？(《風光好》二《菩薩梁州》)

第一例中的「波浪」,《元曲選·青衫淚》作「波俏」。可見「波浪」意同「波俏」。按「波俏」,又作「庸峭、逋峭、俌俏」。《魏書·溫子昇傳》:「(溫子昇)自以不修容止,謂人曰:『文章易作,逋峭難爲』。」意思是說:文章容易寫,美容難辦到。宋·周密《齊東野語》:「《集韻》曰:『庸庲,屋不平也,造勢有曲折者,謂之庸峭。』今京師指人之有風指(致)者,亦謂之波峭。雖轉庸爲波,亦此義。」《湘煙錄》云:「齊魏間,以人之有儀矩可喜者,則謂之庸峭。今造屋勢有曲折者曰庸峭,俗又轉語爲波峭。」由此可知,「波俏」不僅是「庸峭」的聲轉,「波俏」之釋作「俊俏」與構造屋勢之有曲折者,含義也是相通的。故《詞敘錄》徑直釋曰:「俌俏,美俊也。」二、三兩例意均同此,毋庸贅言。

此外,還有「殷勤」的意思,例如:

> 問紅娘,一一說到他心上,做了主張,通些波浪,教你去成雙。
>
> (《雍熙樂府》卷十九《小桃花·西廂百詠》六十七)

但這裏所謂「殷勤」(或作「慇懃」),不是一般所謂勤奮,或一般所謂懇切深厚的情意,乃是專指男女間的情愛。《漢書·司馬相如傳》:「相如乃使侍人重賜文君侍者,通殷勤。」這是司馬相如表示寄情卓文君。《西廂記》二本一折《鵲踏枝》:「誰肯把針兒將線引,向東鄰通個殷勤?」這是崔鶯鶯表示對張生的鍾情。《東牆記》二《鵲踏枝》:「一會家心中自忖,誰與俺通個殷勤?」這是董秀英表示對馬生的愛慕。以上所引,並可證「通波浪」即「通殷勤」之意。

還有的例子,意近「殷勤」,但又有所區別,例如:

> 論胸中紀綱,我是寨兒中風月元戎將,善吟詠,會波浪,能撰
> 梨園新樂章。(《玉壺春》二《梁州第七》)

細玩本例中的「波浪」,從要達到的目的說,嫖客玉壺生也是想把上廳行首李素蘭弄到手,但採取的辦法,不是借助別人先「通殷勤」,而表示自己「會波浪」,即善於直接出面幫襯之意。所謂「幫襯」,《醒世恒言·賣油郎獨占花魁》中說:「幫者,如鞋之有幫;襯者,如衣有襯。但凡做小娘的有一分所長,得人襯貼就當十分;若有短處,曲意替他遮護。更兼低聲下氣,送暖偷寒,逢其所喜,避其所嫌,以情度情,豈有不愛之理?這叫做『幫襯』。」簡言之,就是知情識趣,逢其所喜,避其所嫌,想方設法,使對方高興,以達到戀愛的目的。

儱賴

或作「潑賴、派賴」，這是同一個詞的三種不同的寫法，在元曲中的使用次數，都不算少，例如：

> 美婦人我見過萬千向外，不似這小妮子生得十分儱賴。（《竇娥冤》一《賺煞》）

> 老徐卻也忒潑賴！這不是說話，這是害人性命哩！（《單鞭奪槊》二《小梁州》）

> 這潑賴無禮，你那裏是罵俺？哥哥，你看孫二見俺在這裏吃酒，他罵你吃你娘祖代宗親哩！（《殺狗勸夫》一《鵲踏枝》）

> 啐！我養著家生哨裏！我一年二祭，好生供養你，你不看覷我，反來折挫我，直恁的派賴！（《盆兒鬼》二《么篇》）

> 你還說嘴哩，你平常派賴；久寒天道，著我在這裏久等，險些兒凍的我腿轉筋。（《降桑椹》二《逍遙樂》）

像這樣一個詞，不僅在元曲中普遍使用，明、清小說中也不乏其例，如：《今古奇觀・念親恩孝女藏兒》：「怎當得新郎儱賴，專一使心用腹，搬是造非。」《好逑傳》第八回：「你這和尚也忒儱賴！」《儒林外史》第四十回：「新娘人物倒生得標緻，只是樣子覺得儱賴，不是個好惹的。」但過去的元曲語言專著，概未涉及。今新版《辭海》，只列「潑賴」，舉《單鞭奪槊》為例，釋曰：「凶惡，毒辣。」這個解釋，就所舉《單鞭奪槊》的例子來說，還是恰當的；對於《盆兒鬼》《降桑椹》兩例，意亦吻合。但對於《竇娥冤》《殺狗勸夫》兩例，似嫌重了些。我們以為解作「調皮、無賴」為宜。

舌刺刺

先舉數例：

> 咱則道舌刺刺言十妄九，村棒棒呼幺喝六。（《氣英布》三《剔銀燈》）

> 你則管裏絮叨叨說事頭，舌刺刺不住口。（《桃花女》一《後庭花》）

> 那婆娘舌刺刺挑茶斡刺。」（《貨郎旦》四《四轉》）

這三個「舌剌剌」，均應作「舌刺刺」，是形容調舌的詞兒。據《雍熙樂府》卷三、散套《端正好・曬了些舊瓜仁》：「舌枝剌的信口詞。」又卷十、散套《一枝花・春思》：「芳樹裏舌支剌的黃鶯弄巧。」證明「舌刺刺」應作「舌刺刺」，「刺刺」與「枝（支）刺」音近，「枝（支）」寫作「刺」則訛為「刺」。

（原載於《中國語文通訊》1981 年第 6 期）

（日本金丸邦三、曾根博隆《元明戲曲語釋補遺》收錄）

釋「彈（dàn）」

王學奇

　　彈字有兩讀，一讀但（dàn），一讀談（tán）。在新《辭海》中注曰：（一）（dàn）弓彈、槍彈、炸彈之總稱。（二）（tán）（1）發射彈丸。（2）用手指撥弄，如彈琴。（三）用手指彈擊。（4）彈劾。新《辭源》的注釋，大致與此類似。但這些都只是一些常見的字義，不能幫助我們理解在元曲中遇到的那些比較特殊的用法。爲了正確地體會元曲的思想內容，很有探索一下的必要。請先看下面的例子：

　　　　《瀟湘雨》二：「【試官云】河裏一只船，岸上八個拽。你聯將
　　　　來【崔殿士云：】若還斷了彈，八個都吃跌。」

　　　　《襄陽會》一：「【劉琮上，云】河裏一只船，岸上八個拽，若
　　　　還斷了簹，八個都吃跌。」

這兩個例子，從句法上顯然可以看出「彈」一作「簹」，是同義詞，即同是纖索（拉船用的繩子）的意思。何以知之？證據有三：（一）《劉弘嫁婢》劇第四折王秀才的道白，也有同樣的四句詩：「河裏一只船，岸上八個拽。若還斷了索，八個都吃跌。」以此例和前兩例對照，彈、簹、索，用字雖異，其義實同。（二）宋·周密《齊東野語》卷二十《舟人稱謂有據》云：「余生長澤國，每聞舟子呼造帆曰歡，以牽船之索曰彈子。」〔註1〕又云：「鍾會呼捉船索爲百丈。趙氏注云：『百丈者，牽船篾，內地謂之笪，音彈』。」（三）明·黃福《奉使安南水程日記》云：「初六日五更，至李楊河驛·入長風夾，傍有小徑，

〔註1〕分別見涵芬樓藏板《齊東野語》卷20《舟人稱謂有據》第8頁、卷16《文莊
　　　公滑稽》第9頁。

舟子得以牽簹；辰至安慶，同安驛泊舟於家港。」〔註2〕按「簹」，《字匯補》云：「同丹切，音談。」但從（二）（三）兩條引文看，「笪」「簹」可能是同字異體，故疑「簹」，俗亦讀 dàn。

再如：

《救風塵》二【商調集賢賓】：「一個個眼張狂似漏了網的游魚，一個個嘴盧都似跌了彈的斑鳩。」

《金線池》二【絮蝦蟆】：「嘴碌都的恰便似跌了彈的鵓鳩。」

《百花亭》二【紅繡鞋】：「一個似摘了心的禽獸，一個似擷了彈的班鳩，……。」

《漁樵記》二【滾繡球】旦兒白：「投到你做官？直等的炕點頭，人擺尾，老鼠跌腳笑，駱駝上架兒，麻雀抱鵝彈，木伴哥生娃娃，那其間你還不得做官哩！」

《太平樂府》卷五、查德卿小令【寄生草·間別】：「擲金釵擷斷鳳凰頭，繞池塘捽碎鴛鴦彈。」

這些「彈」字，均指禽卵而言，同於今日的「蛋」字。這種用法，不僅元曲為然，在宋、元諸書中亦極為普遍。例如：宋·吳自牧《夢粱錄》卷十六「葷素從食店」條和周密《武林舊事》卷六「蒸作從食」條，所記宋代臨安市的點心，其中均有「鵝彈」一色。〔註3〕這是以「鵝蛋」作「鵝彈」。《齊東野語》卷十六《文莊公滑稽》〔註4〕云：「其法乃以鳧彈數十，黃白各聚一器。」這是以「鴨蛋」作「鳧彈」。還不僅如此，就是形容球形或圓形的東西，亦皆習用「彈」字，而不用「蛋」。例如：戲文《張協狀元》二：「築球打彈謾徒勞。」明·無名氏雜劇《女姑姑》四：「我如今脫殼化金蟬，肯學蜣蜋推糞彈。」《金瓶梅》第二十五回：「平白惹老娘罵，你那球臉彈子！」這是以「打球」作「打彈」，「糞蛋」作「糞彈」，「臉蛋」作「臉彈」。可見到了明代，仍普遍習用「彈」字，「蛋」字尚未取得正統地位，故明·李實《蜀語》曰：「禽卵曰彈。」〔註5〕

〔註2〕見叢書集成本《史地類·奉使安南水程日記》第4頁。

〔註3〕分別見上海古典文學出版社1956年版《東京夢華錄》（外四種）268頁、449頁。

〔註4〕分別見涵芬樓藏板《齊東野語》卷20《舟人稱謂有據》第8頁、卷16《文莊公滑稽》第9頁。

〔註5〕見李雨村函海本《蜀語》第40頁。

彈字見《大明會典》：『上林苑雞、鵝、鴨彈若干。』皆用彈字，言卵形之圓如彈也，俗用蛋字，非。」今人注元曲，不知古今習用字的區別，反把「跌了彈」之「彈」，解作「槍彈」之「彈」，或把「彈」指為「蛋」之訛字，這就值得商榷了。

　　以上二解，「彈」皆讀作但，用作名詞；若讀作談時，用如動詞，當作「稱」講。例如：

　　　　《陳州糶米》一：「【大斗子云】拿來上天平彈著。少、少、少，
　　　　你這銀子則十四兩。」

「上天平彈著」，就是把銀子放在天平上衡量一下輕重，猶如今天習用的動詞「稱」的意思。古人習用「彈」，今人習用「稱」，其意一也。同樣的例子，也見於古典小說，例如：《金瓶梅》第五十三回：「便喚玳安鋪子裏取天平，請了陳姐夫，先把他討的徐家二十五包彈准了，後把自家二百五十兩彈明了，付與黃四、李三。」《古今小說·珍珠衫》：「彈斤估兩的在日光中炟耀。」義俱同。

（原載於《中國語文》1984 年第 5 期）

再釋「彈（tán）」

王學奇

　　我在《中國語文》84 年第 5 期上發表了《釋「彈」》一篇短文，意有未盡，故在這裏，聯繫邏輯和修辭，進一步深入挖掘「彈」字的含義，又得以下數種。例如：

　　　　《西廂記》三本二折【中呂粉蝶兒】：「比及將暖帳輕彈，先揭起這紅羅軟簾偷看。」

這個「彈」字從上下文來看，宜釋作「敲」。「將暖帳輕彈」，這是輕輕敲擊暖帳的意思。全句是說：在輕敲暖帳把鶯鶯喚醒之前，先揭開梅紅色綾羅做的床帳偷看一下。只有這樣解釋，才能恰如其分地表現出婢女紅娘服侍小姐的小心翼翼的心理狀態。把「彈」字解作「敲」，不僅元劇為然，明・湯顯祖《牡丹亭・幽媾》云：「省諳譁，我待敲彈翠竹窗櫳下。」這裏「敲彈」連文，更顯然應把「彈」字解作「敲」。若換個解釋，便講不通了。下面舉的例子，與此貌似，含義實不相侔：

　　　　《樂府群玉》卷五、張可久小令【折桂令・海棠】：「輕彈銀燭，滿引金巵。」

此例雖也是「輕彈」連文，但不能套用上例的解釋。因為在上例中「彈」字的賓語是床帳，對床帳這類可觸摸的對象，徒手施以敲擊是方便可行的。而在本例中「彈」字的賓語是燃燒過的燭芯，它雖已燃過，但餘焰未盡，怎敢伸手甘冒灼傷之苦？依照生活邏輯，這裏的「彈」字，我看似宜解作「挑」或「剪」或「剔」為當。故「輕彈銀燭」，就是借助工具輕挑、輕剪或輕剔燭芯的殘焰。用這種辦法保持照明，是我們祖先經常採取的：在元劇以前，古詩詞中亦隨處可見，例如：五代書莊的【謁金門】和牛嶠的【更漏子】兩詞，

都有「金爐暗挑殘燭」這樣的話；唐‧李商隱《夜雨寄北》詩云：「何當共剪西窗燭，卻話巴山夜雨時。」湯顯祖化用李商隱的詩句，也寫道「待和你剪燭臨風，西窗閒話。」（見《牡丹亭‧幽媾》）元散曲《梨園樂府》下、無名氏小令【醉扶歸】云：「獨倚屏山謾嘆息，再把燈兒剔。」俱可證。再如：

  《西廂記》二本三折【新水令】白：「覷俺姐姐這個臉兒吹彈得破，張生有福也呵！」又同劇同本同折【么篇】：「沒查沒利謊僂儸，你道我宜梳妝的臉兒吹彈得破！」

這裏「吹彈」連這大，沿用既久，「彈」亦含有「吹」意。「吹彈破」即吹破，是極言其肉皮細且嫩也。這種用法，到了清代大劇作家洪昇手裏，便索性略去「吹」字，直接以「彈」代「吹」了。如《長生殿‧春睡》云：「看了這粉容嫩，只怕風兒彈破。」在這些地方，除了「吹」之一解，其他任何解釋都不適用。因為從自然現象講，風的活動，也只宜說是「吹」，如強作它解，便不合事理的邏輯了。再如：

  《雍熙並府》卷九、貫雲石散套【一枝花‧離間】：「粉臉淚珠彈，灑竹成斑。」

  同書卷十一、康進之散套【新水令‧武陵春】：「花片紛紛過雨，猶如彈淚粉。」

  同書卷十二、李洞散套【夜行船‧送友歸吳】：「丈夫雙淚不輕彈，都付酒杯間。」

  《樂府群玉》卷三、周文質小令【水仙子‧賦婦人染紅指甲】：「錦瑟弦重按，楊家花未殘，為何人血淚偷彈？」

  同書卷五、張可久小令【寨兒令‧送別】：「白玉連環，斑竹欄杆，回首淚偷彈。」

  《梨園樂府》中、無名氏散套【水仙子‧冬】：「咱本是英雄漢，尚兀自把淚彈。」

以上諸「彈」字，是什麼意思呢？宋‧晏兒道〔思遠人〕詞：「淚彈不盡臨窗滴」，上云「彈」，下云「滴」；《雍熙樂府》卷十五、無名氏南曲小令【七賢過關‧四時思情】：「閃得似雨打梨花珠淚垂」，此不言「彈」而言「垂」；《新編南九宮詞》無名氏散套【小醋大‧情】：「悶無語時將珠淚灑」，此不言「彈」而言「灑」；湯顯祖《牡丹亭‧寫眞》中，前云「花枝紅淚彈，」後云「寄春

容教誰淚落」，一作「彈」，一作「落」，顧彩《桃花扇序》云：「（桃花扇）作史詩觀可，作內典觀遺可，寧徒慷慨悲歌，聽者墮淚而已乎？」此不言「彈」而言「墮」；今香港《東方日報》報導；題曰「火噬家園未獲安置，棄婦無奈暗彈珠淚」，文曰「眼眶不由得黯然掉淚」，一作「彈」，一作「掉」。按以上「滴」、「垂」、「灑」、「落」、「墮」、「掉」，都是一個意思，故「彈淚」，即「滴淚」、「垂淚」、「灑淚」、「落淚」、「墮淚」或「掉淚」之意。我國詞章中常借助於這種修辭上的多樣化，給人以美感的享受。下面另一些例子，與此意極為相近，但又有所區別：

　　《樂府群玉》卷五、張可久小令【水仙子‧紅指甲】：「玉纖彈淚血痕封。」

　　《金元散曲》上、張可久小令【天淨沙‧春晚】：「翠簾不捲鉤閒，華堂長見門關，血指頻將淚彈。」

　　《北宮詞紀》外集五、無名氏小令【清江引‧詠所見】：「香肩靠粉牆，玉指彈珠淚。」

　　《梨園樂府》下、無名氏小令【醉扶歸】：「玉筍彈珠淚。」

這裏的「彈淚」應解作揮淚，「將淚彈」，就是將淚揮。揮淚，實際也是落淚的意思。但在這裏不能解說為落淚，因為這裏有手指在起作用。故「玉纖彈淚」、玉筍淚彈」等例，都是以手（按玉纖、玉筍均指美女之手）揮淚的意思，如把「彈」解作「落」，那就如同說「手落淚」或「手指落淚」，這在邏輯上就講不通了。從修辭學上來說，「揮淚」比「落淚」，更能形容痛之深，悲之切。南唐‧李煜【破調子】詞：「最是倉皇辭廟日，教坊猶奏別脫歌，揮淚對宮娥！」至今讀之，其國破家亡之感，仍能引起讀者的共鳴，沁人心脾。

（原載於《信陽師院學報》1986年第6期）

殺、煞、瞁、儍等字在元曲中的用法及其源流

王學奇

　　殺、煞、瞁、儍等字在元曲中表達某種意義時或單用或並用，呈現極為複雜的情況，因引起筆者極大的興趣，且乘興之所及，以元曲中這些辭語為中心，考覽群籍，上下求索，對其源流，又進一步比較系統地作了某些探討。今加以總結，把它們在語言舞台上各自活動的興衰史描述出來，以就正於方家和廣大的讀者。

一、

　　《薦福碑》二〔呆骨朵〕白：「（淨云：）你殺了他去，我便饒了你罪過。」

　　《謝金吾》三、白：「兀那楊景、焦贊，你擅離信地，私下三關，無故殺壞謝金吾一門十七口良賤，你知罪麼？」

　　《岳陽樓》三、白：「（社長云：）你媳婦殺了麼？（郭云：）殺了。」

　　同劇四、〔收江南〕白：「（郭云：）這個道人殺了我的媳婦兒。」

上舉各「殺」字，俱用作動詞。《說文解字注・三篇下》：「殺，戮也。從殳，殺聲。」元曲中作這種解釋的，都直接用本字「殺」，概不借用「煞」，但遠在漢代「煞」字已作為「殺」的俗體字出現，且有時代替了「殺」字。例如：漢・班固《白虎通》卷上「五行」條：「金味所以辛何？西方煞傷成物，辛所

以煞傷之也。」又云：「先王先賞後罰，何法？法四時，先生後煞也。」按「煞」、「殺」音義同，「煞傷」即「殺傷」，「後煞」即「後殺」也。晉‧葛洪《抱朴子》內篇用「煞」之例尤多，如：《微旨》篇：「郭巨煞子爲親，而獲鐵卷之重賜。」「水火煞人而又生人。」「若乃憎善好煞。」《內理》篇：「寧煞生請福，分著回崇，不肯信良醫之攻病。」「萑蘆、貫眾之煞九蟲，當歸、芍藥之止絞痛。」《論仙》篇：「變大若審有道者，安得待煞乎？」《釋滯》篇：「萬無一人爲之，而不以此自傷煞者也。」《道意》篇：「又諸妖道百餘種，皆煞生血食。」唐代的敦煌變文亦多借用「煞」字，如：《漢將王陵變》：「二將驀營行數里，在後唯聞相煞聲。」《捉季布變文》：「罪臣不煞將金詔，感恩激切卒難中」。《李陵變文》「相煞無過死即休。」《伍子胥變文》：「煞楚兵夫，橫屍遍野。」《維摩詰經問疾品變文》：「毗耶城里人皆見，盡道神通大煞生。」如此等等，不勝列舉。

除了借用「煞」，偶爾也借用「鎩」。晉‧左思《蜀都賦》：「鳥鎩翮，獸廢足。」南朝宋‧劉義慶《世說新語‧言語》：「支公好鶴，住剡東峁山。有人遺其雙鶴。少時翅長欲飛。支意惜之，乃鎩翮，鶴軒翥不復能飛。」李善注引許慎曰：「鎩，殘也。」按：殘，亦殺意。敦煌變文《舜子變》：「渾家不殘性命。」「不殘性命」，即不殺性命也。字又作「摋」，如《春秋公羊傳》卷七：「（宋）萬臂摋仇牧，碎其首。」或又借作「剎」，如敦煌變文《韓擒虎話本》：「若一人退後，斬剎諸將」，是也。

不過，上述「煞」、「鎩」等字之被借用爲殺傷之「殺」，只是歷史上爲期不長或偶見的現象，它們和源遠流長的「殺」字都不能相比，不是在它們被借用的那段時間內，「殺」字本身的使用也始終佔著優勢，如：《左傳‧成公十七年》：「一旦殺死三卿，我不忍再多殺。」漢‧陸賈《新語‧慎微》：「故殺身以避難，則非計也。」《抱朴子》內篇《微旨》：「或爲虎狼爲食，或爲魍魅所殺。」外篇《用刑》：「其禍深大，以殺止殺。」《世說新語‧德行》：「孫叔敖殺兩頭蛇以爲後人，古之美談。」敦煌變文《舜子變》：「瞽叟渻吾之孝，不自斟量，便集鄰里親眷，將刀以殺後母。」等等，皆其例。

二、

《哭存孝》一〔尾聲〕白：「喜殺安敬思，稱俺平生願。」

《合汗衫》一〔天下樂〕白：「則打的一拳，不恇就打殺了。」

《魔合羅》二〔尾〕白：「兀那婦人，你怎生藥殺丈夫？」

《霍光鬼諫》一〔青哥兒〕：「旱殺了農桑，水淹了田莊。」

《盆兒鬼》一〔六幺序〕：「他骨碌碌怪眼睜叉，迸定鼻凹，咬定鑿牙，則被你唬殺人那！」

《合汗衫》一〔混江龍〕白：「大風大雪裏，凍殺，餓殺，不干我事。」

《太平樂府》卷七、無名氏散套〔鬥鵪鶉・妓好睡〕：「啼殺流鶯，叫死晨雞。」

這裏的「殺」字，都與動詞相結合，分別用於動詞「害」、「打」、「藥」、「旱」、「唬」、「凍」、「餓」、「啼」之後成為它們的補語，明確表示動作的必然結果。故這裏的各「殺」字，都是「死」的意思。「打殺」即「打死」，「害殺」即「害死」，「藥殺」即「藥死」，等等，可類推。如沒有這個補充說明，各句的完整含義，就沒有交待清楚，讀者就不易理解。今遍觀元曲，凡屬這類作補語用的字眼，亦皆專用「殺」字，概不用其他。只有上溯到晉、唐，才發現以「煞」代「殺」的例子，如：《抱朴子》內篇《至理》：「所打煞者，乃有萬計。」《登涉》篇：「岩石無故而自墮落，打擊煞人。」敦煌變文《舜子變》：「三具火燒不敆（煞）。」《太子成道經一卷》：「其新婦推入火坑，並燒不煞。」顯然，這裏的各「煞」字，也就是「死」的意思。但這種情況，究竟佔少數，當時還是以用「殺」字作補語的居多，例如：南北朝樂府民歌《讀曲歌》：「打殺長鳴鳴，彈去烏臼鳥，願得連冥不復曙，一年都一曉。」《舜子變》：「像兒！與阿耶三條荊杖來，與打殺前家歌（哥）子。」《歸唐書・白居易傳》：「又奏韓皋使將軍封杖打殺縣令。」等等，勿庸列舉。

三、

《漢宮秋》一〔醉扶歸〕：「（旦云：）陛下，妾父母在成都，見奈民籍，望陛下恩典寬免，量與些恩榮咱，（駕云：）這個煞容易。」

《柳毅傳書》楔子、白：「但見了他影兒，煞是不快活。」

《對玉梳》三〔醉春風〕白：「姐姐，你看這派秋景，煞是傷感人也！」

《拜月亭》四〔駐馬聽〕：「（小旦云了）可知瞅是也。」

《射柳捶丸》三、白：「八九層甲儍重的，可怎麼披？」

這裏「煞」，一作「唦」，又作「儍」，均置於動詞或形容詞之前，有很、甚、極等義。「煞容易」即極容易，「煞是」、「唦是」即甚是，「儍重」即很重。這是以「煞」、「唦」等字用作甚辭的表達形式之一。元曲中更多的是把它置於形容詞或動詞之後，成為甚辭的另一表達形式，例如：

《謝天香》三〔滾繡球〕：「強何郎猗旎煞難搽粉。」

《太平樂府》卷五、貫酸齋小令〔清江引‧惜別〕：「窗前月娥風韻煞，良夜千金價。」

《西廂記》五本二折〔滿庭芳〕：「想當初做時，用煞那小心兒。」

《竹塢聽琴》二〔上小樓〕：「枉將你那機謀用煞。」

《誤入桃源》一〔那吒令〕：「朝廷內怨煞，薦賢的叔牙；林泉下傲煞，操琴的伯牙；磻溪上老煞，釣魚的子牙。」

《曲江池》一〔鵲踏枝〕：「忙殺游蜂，恨殺啼鵑，沒亂殺鳴珂蒼亞仙。」

在這些例證中，「煞」又作「殺」，音義並同。例一「猗旎煞」，謂柔美得很；例二「風韻煞」，謂風韻得很；例三「用煞那小心兒」，例四「機謀用煞，都是費盡心機之意。例五「怨煞」、「傲煞」、「老煞」，也都是極力形容抱怨、驕傲、老邁之表現程度的。例六「忙殺」即非常忙，「恨殺」即非常恨，「沒亂殺」即「亂殺」，謂煩惱極甚也。冠以「沒」字是以反語見意，起更加強調的作用。

從以上兩組例子來看，在元曲中用作甚辭的「煞」、「殺」、「唦」、「儍」字等，雖以「煞」字為主，但在當時都是並行的。到今天「煞」字在口語中仍經常使用，如「煞費苦心」、「煞有介事」，云云，而「殺」、「唦」、「儍」等字則確乎銷聲匿跡了。

但最早用作甚辭的，是「殺」而不是「煞」。漢樂府《古歌》：「秋風蕭蕭愁殺人。」南朝樂府民歌《紫馬歌》：「童男娶寡婦，壯士笑殺人。」在隋唐詩文中也普遍用「殺」，如隋煬帝《幸江都作》：「烏聲爭勸酒，梅花笑殺人。」唐‧張說《鄴都行》：「惟有秋風愁殺人。」李白《陪侍郎叔遊洞庭醉後》三首之一：「巴陵無限酒，醉殺洞庭秋。」杜甫《清明》：「白蘋愁殺白頭翁。」又《奉陪鄭附馬韋曲》二首之一：「家家惱殺人。」白居易《玩半開花》：「西日憑輕照，東風莫殺吹。」其下自注云：「殺，去聲。」馮著《洛陽道》：「洛

陽道上愁殺人。」李賀《三月》「花城柳暗愁殺人。」等等，不勝列舉。開始
用「煞」作甚辭，是在晚唐，如羅鄴《嘉陵江》詩：「江似秋嵐不煞流」，「不
煞流」，不甚流也。當時用的比較多的是在通俗文學敦煌變文中，如：《妙法
蓮花經變文》：「獸王見。甚歡忻，勸君從此煞殷勤。」《大漢三年楚將季布罵
陣漢王羞恥群臣撥馬收軍詞變文》：「說著來由愁煞人。」這時「瞬」字也從變
文中應運而起，如《維摩詰經菩薩品變文甲》：「舍利弗林間晏座，瞬被輕呵。」
又云：初出塞，絕離染，習種性根瞬浮淺。》均可證。但「殺」字在變文中也
一併使用，如《張良楚歌卻楚軍變文》：「世上若夜無此物，三分愁殺二分人。」
從宋到金也仍用「殺」或「瞬」字，如蘇軾《題雙竹堂壁》詩：「山僧樓上
望江上，遙指檣竿笑殺依。」辛棄疾〔生查子〕詞：「莫作路旁花，長教人
看殺。」《劉知遠諸宮調》一〔商調·回戈樂引子〕：「五代飢饉瞬艱難。」
同書一〔商調·尾〕：「老漢在莊中田土甚廣，客戶瞬少。」皆其例。明·張
自烈《正字通》云：「今謂太甚曰煞，程朱語錄，容齋隨筆皆用之。」明·楊
慎《丹鉛總錄·詩話類》云：「俗語太甚曰殺。(容齋隨筆·序)：『殺有好處』。
元人傳奇：『忒風流，忒，殺意。』今京師語猶然。曰『殺大高』，曰『殺高』，
此假借儍字。」在《俗言》中又說：「俗書作儍。」由此看來，元曲中「殺」
「煞」、「瞬」等字並用為甚辭，實由前代繼承而來。只有「儍」字是後起的。
但它並未得到發展和格得主導地位。經過元朝到明朝。仍以「煞」字為主。
煞、殺等同時並用。例如：明·吳中情奴《相思譜》二〔山坡羊〕白：「他知
道如此，豈不痛煞！」湯顯祖傳奇《牡丹亭·勸農》：「把農夫們俊煞。」同
劇《耽試》：「小朝廷羞殺江南。」清·孔尚任傳奇《桃花扇·闖丁》：「咱們
南京國子監鋪排戶，苦煞六個月。」等皆是。近人章太炎《新方言·釋詞》
云：「今遼東謂富有曰有得肆。肆、殺入聲相轉。《夏小征》：『貍子肇肆。』傳：
『肆，殺也。』古以肆為殺。今以殺為肆。宋人言甚好曰殺好，猶肆好也。」
又《詩·大雅·崧高》「其風肆好。」「肆好」，亦煞好意也。據此知「肆」字是
「殺」字之祖。到了近代，此語仍活在人民的口頭上。如陳嘉藹《新》云：「今
天冷得很。火爐熱得肆」(見《新潮》卷一之一)。「熱得肆」即熱得很。亦其例。

四、

《單鞭奪槊》四〔出隊子〕白：「若非真武臨凡世，便應黑煞下
天台。」

《西遊記》六本二十三出〔么〕：「護法金剛，黑煞天王，沙場之上，展土開疆。」

《趙氏孤兒》一〔混江龍〕：「多啥是人間惡煞，可什麼閫外將軍？」

《桃花女》四、彭大白：「我想他揀的日辰都是凶神惡殺，尚且沒奈他何。」

《衣襖車》三〔醋葫蘆〕：「一個在河道東，一個在臨路西，都不曾答話便相持，卻便似黑殺神撞著個霹靂鬼。」

以上「煞」「殺」均指凶神，讀去聲。《桃花女》例「凶神」、「惡殺」連文，《衣襖車》例「黑煞神」、「霹靂鬼」對應，意猶明顯。按：「殺」本「煞」之本字，「煞」乃「殺」之俗體，用它們指神鬼。自南北朝以來，二字即併用不廢，如北齊・顏之推宋本《顏氏家訓》卷上《風操》云：「偏傍之書，死有歸殺，子孫逃竄，莫肯在家，畫瓦書符，作諸猒（yā）勝。」但今傳《漢魏叢書・顏氏家訓》本「殺」卻作「煞」，謂「偏傍之書，死有歸煞。」所謂「歸煞」，即指人死後歸來的鬼魂。唐・張讀《宣室志・補遺》：「俗傳人之死，凡數日，當有禽自柩中而出者曰煞。」變文中亦多用「煞」，如：《太子成道經一卷》：「煞鬼不怕你兄弟多。」《八相文》：「國王之位大尊高，煞鬼臨終無處逃。」宋・周密《齊東野語》言陰陽家有辨八煞能說。清・盧文弨給《顏氏家訓》作補注曰：「偏傍之書，謂非正書。俗本殺作煞，道家多用之。」皆可證。

五、

《兩世姻緣》一〔混江龍〕：「我不比等間行院，煞教我占場兒住老麗春園……這家風願天下有眼的休相見。我想來但得個夫妻美滿，煞強如旦末雙全。」

《樂府新聲》上、無名氏散套〔新水令・聽樓頭畫鼓打三更〕：「一封書與你牢拴定……疾回疾轉莫留停。山遙水遠煞勞程，雁兒！天色兒未明，休等間尋伴宿沙行。」

《太平樂府》卷八、無名氏散套〔粉蝶兒・閱世〕：「花花草煞曾經，不戀他薄利虛名。則不如蓋三間茅舍埋頭住。買數畝荒田親自耕。」

《陽春白雪》後集五，無名氏散套〔新水令〕：「寨兒中風月煞
經諳，收心也合搠淨。」

《漁樵記》四〔雙調新水令〕：「往常我破細衫粗布襖煞曾穿，
今日個紫羅襴惹咱生面。」

在上舉各例中，「煞」字均用在開合呼應句中作關聯詞「雖」字解釋，它和下
文的「休」字（如例一、二）。「則」事（如例三）、「也」字（如例四）、「惹」
字（如例五）相呼應。

按此種用法不始自元。在宋金已習見了。如宋·朱熹《朱子語類》四十
七：「如本朝趙韓王，若論他自身，煞有不是，只輔佐太祖，區處天下，收許
多藩鎮之權。立國二百年之安，豈不是仁者之功！此「煞」字與「只」字相
應。「煞有不是」，謂雖有不是也，接著用「只」字作一轉語，點出正意。再
如《董西廂》卷一〔般涉調·哨遍纏令〕：「相國夫人煞年老，虔心豈避辭勞！」
此「煞」與「豈」字相應，「煞年老」，謂雖年老也，接著用「豈」字作一轉
語，點出正意。皆可證。亦作「瞁」，如《董西廂》卷三〔雙調御街行〕：「這
書房裏往日瞁曾來。不曾見這般物事。」「煞曾來」，謂雖曾來過也。與下文「不」
字相應，強調的也是後者。

六、

《存孝打虎》三〔么〕：「我從來劣性難拿，正惱犯如何收煞。」

《太平樂府》卷二、盧疏齋小令〔沉醉東風·對酒〕：「煉成腹
內丹，潑煞心頭火，葫蘆提醉中閒過。」

同書卷九，楊立齋散套〔哨遍〕：「須不教一句兒訛，半字兒差，
唱一本多愁多緒多情話，教您聽一遍風流浪子煞。」

《樂府群玉》卷二、喬夢符小令〔折桂令〕：「溺盆兒刷煞終燥。」

《雍熙樂府》卷十二、蘇彥文散套〔越調鬥鵪鶉·冬景〕：「天
那！挨得雞兒叫，更兒盡，點兒煞？」

《梨園樂府》中、無名氏小令〔慶東原〕：「難收救，怎結煞？」

《盆兒鬼》一〔賺煞〕白：「舀將水來，殺了火。」

以上「煞」、「殺」各字皆讀平聲，義同，有結束、止住、完畢等義。例一「收
煞」謂收場、結束，例二「潑煞」謂澆滅，例三「風流浪子煞」謂風流浪子

的下場，例四「刷煞」謂刷洗完了，例五「點兒煞」與「更兒盡」互文見意，例六「結煞」義同「收煞」，例七「殺了火」謂熄滅了火。總之，具體運用雖各不相同，但意思都很相近。元雜劇收場時稱「煞」，稱「尾」或「煞尾」，或曰「一煞」、「二煞」、「三煞」等，也都是結束、止住的意思。考此用法，亦不始自元，唐宋以來即有之，如白居易《除夜言懷兼贈張常侍》詩：「加添雪興憑氊帳，消殺春愁付酒杯。」「消殺」，謂消盡也。朱熹《朱子全書》：「做來做去，沒收殺。」周密《齊東野語》卷十六《降仙》云：「年年此際一相逢，未審是甚時結煞」《劉知遠諸宮調》二〔商角·尾〕：「雨濕煞火，知遠驚覺。」皆其例。《董西廂》又作「晙」如該書卷七〔道宮·賺〕：「誰知道倒爲冤家贏得段相思債。相思債！是前生負償他，還著後晙。」此「晙」字猶「了」，猶「畢」。「還著後晙。」，意謂還了相思債！才算了結。凌景延同志注董詞，把「晙」解作甚辭，謂「很多」，費解。此用法今日仍有之，如有的文章說：「把結婚弄成解決矛盾的鎖鑰，婚禮變爲諸種矛盾的收煞。」（見 1983 年 10 月 13 號上海《文學報》：車平《我要結婚》）。今北語謂散戲爲「煞戲」或「煞台」，把文章最後的結束語叫「煞筆」，皆此意也。目前也有以「刹」代「煞」的，如云：「這歪風是可以刹住的」（見 1983 年 10 月 13 日上海《文學報》），「我市狠刹賭博風收獲大」（見 1986 年 1 月 22 日天津《今晚報》）。按以「刹」代「煞」，是近年來作這種講法的用字新演變。

七、

《調風月》一〔上馬嬌〕：「我煞！待嗔。我便惡相聞」

《漢宮秋》三〔鴛鴦煞〕：「我煞！大臣行說一個推辭說，又則怕筆尖兒那火編修講。」

《三奪槊》四〔滾繡球〕：「我煞！不待言，不近前。」

《金元散曲》下、湯式小令〔謁金令·聞嘲〕：「你放會頑，我煞撒會耍。」

《鐵拐李》二〔滾繡球〕：「你便守煞呵，剛挨到服滿三年，你嫁個知心可意新家長。」

上舉各例中的「煞」字，均讀平聲，用作語助詞，無實義。前四例「煞」字用於人稱代詞下，猶現代漢語中的「呵」、「哦」等字。例五「煞」字用

在動詞下面，猶「著」，「守煞呵」，猶云「守著呵」。此用法已見唐代，如敦煌變文《廬山遠公話》：「我等各自帶煞。」「帶煞」即「帶著」也。亦有用「殺」字者，如《村樂堂》三〔么篇〕：「則這金晃的我的眼睛花臘撢，唬的我這手腳兒軟剌答，可若是官司知道怎割殺？」此「殺」字猶現代漢語中之「呢」，「怎割殺」謂怎能丟下不過問呢？」亦屬助詞。但「煞」「殺」是否用爲助詞，應當根據曲文內容加以明辨，否則便容易發生誤解，如《董西廂》卷二〔般涉調・尾〕：「你要截了手打破腦，雙割了耳朵縛了腳，倒吊著山門㬠到老。」凌景埏先生注「㬠」字云：「語助詞……一說，這裏同曬字。」從上下文來看，我看這個參考注倒還可取，因爲在董詞中，「㬠」和上兩個分句中的動詞「打」、「縛」相對應，「㬠」自然也應屬動詞性質，謂爲「語助詞」實爲不當。明・張自烈《正字通》：云「㬠，俗曬字。」曬即晒之繁體。白居易《閒坐》詩：「漚麻池水裏，曬棗日陽中。」宋・杜安世〔玉樓春〕詞：「不奈風吹兼日㬠，國貌天香無物賽。」與此同例，均可參證。

八、

《百花亭》一〔賺煞〕白：「只有那殺風景的哨廝每排捏啊！」

《看錢奴》一〔混江龍〕：「這等人動則是忘人恩、背人義、昧人心，管什麼敗風俗，殺風景、傷風化！」

這裏的「殺」字，用作動詞，意謂削減。《周禮・廩人》：「詔王殺邦用。」「殺邦用」，即壓縮（削減）國家開支也。若廣爲引申之，故凡敗壞、損傷、消滅，均可謂之「殺」。「殺風景」，就是有損景物之美，敗人興緻的意思。唐・李商隱《雜纂》中曾列舉「清泉濯足」、「花上曬褲」、「石筍繫馬」、「苔上鋪席」、「背山起樓」、「花架下養雞鴨」等事爲「殺風景」。宋・蘇軾《次韻林子中春日新堤書事見寄》詩：「爲報年來殺風景，連江夢雨不知春。」自此「殺風景」一語，便著於世。今人亦習將俗而傷雅，或在高興場合使人掃興的事，稱之爲「殺風景」或「大殺風景」。作此解的「殺」字，元以前亦借作「煞」，如宋・樓鑰《攻愧集》一《次韻沈使君懷孚岡梅花》詩：「毋庸高牙煞風景，爲著佳句增孤妍。」是其例。

九、

　　《雍熙樂府》卷十、關漢卿散套〔南呂一枝花‧不伏老〕：「憑
　　著我折柳攀花手、直煞得花殘柳敗休。」
此「煞」字乃「熬」字的形誤。故隋本《全元散曲》引《雍熙》此曲，「直煞
得」正作「直熬得」。《太平樂府》卷六、喬吉散套〔雙調喬牌兒‧別情〕：「淚
雙垂業眼，淚眼與愁腸，直然得燭滅香殘」。又云：更拼得不茶不飯，直熬得
海枯石爛。」兩例均正作「熬」，而不作「煞」，並可證。

十、

　　除以上各解外，還有，如：《調風月》四〔殿前歡〕白：「煞曾勘婚來？」
此「煞」字應解作「確」，「煞曾勘婚」，謂確曾勘婚。《㑇梅香》二〔六國朝〕
白：「我且不問你別的，這香來囊上繡著兩個交頸鴛鴦兒。煞主何意思也？此
「煞」字猶「是」，「煞主何意思」，意謂：是安的什麼心那？《西遊記》五本
十九齣〔正宮端正好〕：「我在異宮裏居，離宮裏過，我直滾沙石撼動娑婆。
天長地久，誰煞得我，把世界都參破。」此「煞」字猶「比」，「誰煞得我」，
謂誰能比得上我呵？《全元散曲》下、湯式小令〔對玉環帶清江引‧閨怨〕：
「歡娛往日多，煩惱今番煞。」此「煞」字與「多」互文為意。《相府院曹公
勘吉平》三〔雙調鎮江回〕：「覷不的我這怯怯喬喬慌張勢，煞大身子不查梨，
你什麼腳踏實地！」此「煞」字獨「偌」，「煞大身子」，謂這麼大的身子，總
之，隨文生訓，準確的詞義，必須於具體語言環境中得之。

（原載於《河北師院學報》1986 年第 2 期）

《救風塵》中幾個詞語注釋的商榷

王學奇

　　《救風塵》是關漢卿的代表作之一。解放後不少元雜劇選本，或整本，或單折，都選收和注釋了。其中影響較大的，有《元人雜劇選》（以下簡稱《雜劇選》）、《關漢卿戲曲選》（以下簡稱《戲曲選》）、《大戲劇家關漢卿傑作集》（以下簡稱《傑作集》）、《元雜劇選注》（以下簡稱《選注》）等選本。〔註 1〕這些選本，雖詳略、取捨各有不同，但都起到幫助讀者理解作品、欣賞作品、推動關學普及的作用。這一點是應該首先肯定的。

　　但書無完書，其中有些注釋，還值得商榷。茲擇要舉例如下：

　　（1）兀那賤人，我手裏有打殺的，無有買休賣休的。（第二折、白）

《戲曲選》注云：「買休賣休，即買絕賣絕：買賣雙方訂立契約，成交之後，賣方不得用錢贖回，買方也不能因故退掉。」《雜劇選》的補注，與此無大出入。但這類注釋，沒有具體針對男女婚姻問題，頗令人有不知所云的感覺。《傑作集》注云：「買休賣休：男人和女人的共同生活關係（夫妻，或妾）不再維持下去，由女方主動，付男方以一定數目的錢物而離異的叫做『買休』；相反的由男方主動，將女方轉移給別人而得到一定數目的錢物叫做『賣休』。」我看，這個解釋，是比較明確的，但美中不足處，它沒有進一步指出這種買賣方式是違法的，歷代都有禁令：《元史・刑法志二》：「諸夫婦不睦，買休賣休者，禁之。和離者不坐。」《通制條格》卷四《戶令》「嫁賣妻妾」條：「至元

〔註 1〕《元人雜劇選》，顧肇倉選注，1956 年人民文學出版社初版，補注本 1979 年
　　　　再版本；《關漢卿戲曲選》，人民文學出版社編輯部選注，1958 年人民文學出
　　　　版社出版；《大戲劇事關漢卿傑作集》，吳曉鈴等選注，1958 年中國戲劇出版
　　　　社出版；《元雜劇選注》，王季思等選注，1980 年北京出版社出版。

三十一年十二月，中書省御史台呈：山東廉訪司審，去歲災傷，百姓飢荒，以致父子兄弟離散，質妻鬻女，不能禁止。又有指稱買休，明受其價，將妻嫁賣。禮部議得：父子夫婦，人倫至重，比年缺食，往往嫁賣，俱係違法，擬合禁約。都省准呈。」《明律・犯奸・縱容妻妾犯奸》：「若用財買休賣休，和娶人妻者，本夫本婦及買休人，各杖一百，婦人離異歸宗。」

（2）一個個眼張狂似漏了網的游魚，一個個嘴盧都似跌了彈的斑鳩。

（同上折〔商調・集賢賓〕）

所謂「跌了彈」，《選注》說是「中彈跌落」。「跌了彈的斑鳩」，《雜記選》說是「像中了彈的斑鳩一樣」。《戲曲選》說是「中了彈，受了傷的斑鳩」。總之，都把「彈」誤解作「槍彈」之「彈」。其中《雜劇選》還附以如下的參考注：「一說：彈，是蛋之訛字。」其實，恰恰相的法，宋元諸書，卵的俗稱，一般都作「彈」，而不作「蛋」。例如宋・吳自牧《夢梁錄》卷十六「葷素從食店」條和周密《武林舊事》卷六「蒸作從食」條，所記南宋臨安市的點心，其中有「鵝彈」一色。這是以「鵝蛋」作「鵝彈」。又周密《齊東野語》卷十六《文莊公滑稽》云：「其法乃以鳬彈，黃白各聚一器。」這是以「鴨蛋」作「鳬彈」。元・查德卿小令〔寄生草〕《間別》云：「繞池塘摔碎鴛鴦彈。」這是以「鴛鴦蛋」作「鴛鴦彈」。明・闕名《石榴園》一、白：「每一椀裏安上一個雞彈。」這是以「雞蛋」作「雞彈」。元雜劇中除《救風塵》例以外，關漢卿《緋衣夢》二〔梁州〕、《陳母教子》二〔絮蝦蟆〕、《金線池》二〔三煞〕、鄭德輝的《三戰呂布》二〔夜行船〕、明人雜劇《破風詩》二〔梁州〕等，曲文中皆有「跌彈的斑鳩」字句。看來，在宋元時代，把禽卵寫作「彈」，而不寫作「蛋」，是普遍存在的事實。甚至凡是圓形的東西，也都寫作「彈」，例如：《張協狀元》二、白：「築球打彈謾徒勞。」《岳陽樓》二〔菩薩梁州〕白：「什麼靈丹」都是些羊屎彈子。」明・無名氏雜劇《女姑姑》四〔紅繡鞋〕白：「我如今脫殼化金蟬，肯學蜣蜋推糞彈？」明人小說《金瓶梅》第六十八回：「麻著七八個臉彈子。」這又是以「打球」作「打彈」，以「羊屎蛋」作「羊屎彈」，以「糞強」作「糞彈」，以「臉蛋」作「臉彈」。從這些例子看來，到了明代仍習用「彈」字，「蛋」字尚未通行。故明・李實《蜀語》曰：「禽卵曰彈。彈字見《大明會典》：『上林苑雞、鵝、鴨彈若干。』皆用彈字，言卵形之圓如彈也，俗用蛋字，非。」而今人注元曲，未能注意古今習用字之不同，反以古人習用之「彈」字，說是「蛋」之訛字，豈不誣哉！

（3）我當初作念你的言詞，今日都應口。（同上折〔金菊香〕）

這是趙盼兒的唱詞。「我」，指趙盼兒。「你」，指宋引章。趙盼兒當初向宋引章說了些什麼呢？請看第一折以下兩曲：

你道這子弟情腸甜似蜜，但娶到他家裏，多無半載周年相棄擲，早努牙突嘴，拳椎腳踢，打的你哭啼啼。（〔勝葫蘆〕）

恁時節船到江心補漏遲，煩惱怨他誰？事要三思免後悔。我也勸你不得。有朝一日，準備著搭救你塊望夫石。（〔么篇〕）

事態的發展，不正是像宋引章所説：「不信好人言，必有恓惶事。當初趙家姐姐勸我不聽，果然進的門來，打了我五十殺威棒，朝打暮罵，怕不死在他手裏」嗎？因此只好「我寫一封書捎將去，著俺母親和趙家姐姐來救我」（俱見第二折·白）

依照上述情節，「作念」只宜解作「勸告、囑咐」，像《戲曲選》注釋的那樣。若照《雜劇選》注為「念叨、念記」，或《選注》本類似的注釋：「叨念、惦記」，就欠妥當了。因為「念叨」、「念記」、「惦記」這類措詞，是人們分別後互相關懷、放心不下的一種表現，而這裏的「作念」是趙盼兒回憶以前當面對宋引章的勸告和囑咐。在上面所引本劇的曲白中，趙盼兒自己不也是說「我也勸你不得」，宋引章自己不也是說「當初趙家姐姐勸我不聽」嗎？當年的當事人都異口同聲說是「勸」，為什麼事隔七百多年之後的今天，我們倒把這裏的「作念」，解為「念叨」、「念記」和「惦記」呢？至於《傑作集》把「作念」解為「揣度」，就更值得商榷了。

（4）他道是殘生早晚喪荒丘，做了個遊街野巷村務酒。（同上折〔么篇〕）

《傑作集》把「遊街野巷村務酒」釋為「偏僻的街巷、農村裏的酒店所賣的酒，劣酒。」依照這個解釋，難以串通上下文。因為「做了個遊街野巷村務酒」，是誰「做了個……」呢？顯然是指宋引章，而宋引章是活生生的人，不是造酒的原料，她怎麼能造成酒，甚或做成劣酒呢？《選注》先是說「這句語意難明」。繼而又解釋道：「元代有種酷刑，叫遊街拷掠，即把犯人綁在馬背上，一路遊街拷打，活活把人打死。『遊街野巷』疑即指此，是承上文『殘生早晚喪荒丘』說的。『村務酒』疑是犯人赴死前的永別酒。村務，是鄉村裏的酒店。」這個解釋，雖較前詳細具體，細玩之，也難以令讀者滿意。筆者認為：「他道是殘生早晚喪荒丘，做了個遊街野巷村務酒」和下文「你道是百

年之後，立一個婦名兒，作鬼也風流」的這幾句曲文，都是趙盼兒追述宋引章過去對她講過的話（見第一折）。「他道」，是指周舍說。「殘生」兩句，是周舍警告宋引章的話，意思是說：「你（宋引章）如不嫁給我，立個婦名，死無葬身之處，只能埋在亂葬崗子（即所謂荒丘），算是個野鬼。野鬼無人祭奠，只能遊街串巷，到荒村酒店討酒吃。只有這樣理解，才能和下文宋引章表示過的願做「張郎婦、李郎妻」的旨意合拍。如照《選注》的解釋，下文宋引章的表示，便成了無源之水、無根之木，與上文的意思就不承接了。況且「村務酒」即「村酒務」，是爲叶韻而倒用，意爲村中酒店，解爲「永別酒」，不但從訓詁上講，有失確切；從宋引章的具體情況來看，也不會如此。難道宋引章能因爲堅意不肯嫁周舍，就會遭到被「遊街拷掠」而致死的下場嗎？

（5）那廝愛女娘的心，見的便似驢共狗，賣弄他玲瓏剔透。（同上
　　　折〔浪裏來煞〕）

按：《雜劇選》本、《傑作集》本以及其他名本，均作如上斷句，把「心」、「見」二字分屬於上下兩個分句，只有《選注》本與眾不同，把「心」、「見」二字斷在一起，如：「那廝愛女娘的心見的便似驢共狗，賣弄他玲瓏剔透。」並釋「心見」爲「心思見識」。對這個斷句和解釋，我反覆思考，不詳何所根據。我總以爲，如照這樣斷句和解釋，橫在「心見」二字之下的「的」字，不管把它看做什麼詞性，都很難通過它把前後的曲意串連起來。所以我的意見，同多數人一樣，認爲還是把「心」、「見」二字斷開，分屬於上下兩個分句爲宜。只有這樣，前後的曲意才能貫通，無須費解。如爲一般讀者著想，注釋一下「見的」，也未嘗不可，但要求準確，態切實幫助讀者。如果像陳俊山同志把「見的」解爲「現的，露的」，〔註2〕就不易達到上述的目的。我看，如解爲「表現的」，就比較貼切了。

（6）我這裏微微的把氣噴，輸個姓因，怎不教那廝背槽拋糞！（第
　　　三折〔滾繡球〕）

「輸個姓因」，作何解呢？《雜劇選》無注，是個大缺憾。《選注》釋云：「疑爲『輸個婚姻』之訛。」同一作者在另一注本，接著上文又補注道：「趙盼兒曾要宋引章嫁給安秀實，引章不聽，故說輸個姓因。」〔註3〕但這種說法，很難和上文的「噴」字和下文的「教那廝背槽拋糞」的意思一致起來。《傑作集》

〔註2〕見陳俊山《元代雜劇賞析》，1983年天津人民出版社出版。
〔註3〕見王季思等《中國戲曲選》上冊，1985年人民文學出版社出版。

注「輸個姓因」，說是「連自己姓什麼都不知道了」，就更難理解了。比較起來，還是《戲曲選》注的略勝一籌，它說：「『輸』，給、送。『姓因』疑是『信音』的借字。『輸個姓因』，給一個消息。」不過，這個「消息」，到底是指什麼樣的消息呢？它能「教那廝背槽拋糞」嗎？看來，仍難自圓其說。筆者認為：「輸、給、送。『姓因』和『情』字的急讀音很相近。按《東坡夢》劇第四折〔風入松〕曲有『輸情願改嫁這山和尚』句。『輸個姓因』，相當於『輸情』二字，即給點春情的意思。」〔註4〕這樣解釋，不僅能貫通上下句的曲意，和整個劇情的發展也很契合。因為趙盼兒前來搭救宋引章要以色相和甜言蜜語來衝動和哄騙周舍，向他表示愛情，以達到周舍和宋引章決裂，騙取休書的目的。我還認為：「輸個姓因」，也可作「輸個相應」解釋。「輸個」，給個，送給點。「相應」，意謂便宜、好處、甜頭。今北語方言中仍有這樣說話（可參見社科院語言所編《現代漢語詞典》），如說：「他可佔相應了」，意即「他可佔便宜了」。「相應」寫作「姓因」，或許是作者以音近借用，或許是書商誤刻，或許在當時「相應」、「姓因」通用。據此，則「輸個姓因」，即給他（周舍）點甜頭、便宜，使之上鈎的意思。照此串講，上下句亦通。

　　（7）我假意兒瞞，虛科兒噴，著這廝有家難奔。妹子也！試看我風
　　　　月救風塵。（同上折〔么篇〕）

劇中「虛科兒噴」這句話，特別是「噴」字，應予注釋，但「雜劇選」俱無注。《選注》把「虛科兒」解作「虛假的手段」，對「噴」字亦無注。按「科」字在元曲中多指劇中人物表現於外的舉止、動作，這裏解作「手段」，恐非是。因為「手段」的含意，一般是指為達到某種目的而採取的策略或方法，它不一定表現於外。兩個詞的概念不同，不容混淆。《傑作集》也沒注「噴」字，只注了「虛科兒」，說它的意思是「謊言，假樣子」。解作「假樣子」是可以的；又解作「謊言」，是從何談起呢？令人不可思議。《戲曲選》注云：「虛科兒噴：『噴』，說出，透露出。『虛科兒噴』，假意說出自己的意願的意思。」這裏把「噴」字是注出來了，但仍感有些問題。一是「科」字注的不明確，二是「噴」字注的欠火候。筆者認為：「虛科兒噴」，應釋為「裝模作樣地哄騙、挑逗」。「裝模作樣」就指的是「虛科兒」。「哄騙、挑逗」就是「噴」的含意。只有這樣理解，才能使周舍「有家難奔」（即神魂顛倒，戀新忘舊），達到「風月救風塵」的目的。如果說，僅僅是一般地對周舍「假意說出自己

〔註4〕見王學奇等《關漢卿全集校注》，1988年河北教育出版社出版。

的意願」，恐怕不是狡猾的周舍的對手。因此把「噴」字解爲「說出，透露出」，火候顯然是不夠的。

（8）你若休了媳婦，我不嫁你呵，我著堂子裏馬踏殺，燈草打折臁兒骨。（同上折〔么篇〕白）

這兩句話必須注，《雜劇選》俱無解，是個大漏洞。《戲曲選》說這兩句話，「是趙盼兒故意用兩種不可能的事發誓騙周舍，也就戲劇中故意打諢取笑的話」。解釋雖全面，但失之籠統。它沒有把「堂子」和「臁兒骨」作具體說明，讀者無從了解這是用兩種不可能的事發誓，因而也就不易體會它打諢取笑的作用。《傑作集》把這兩句話分別作了注釋，注「堂子裏馬踏殺」，說「是被臥房裏馬踩死的意思」，並且說，這是「趙盼兒所發的誓，是不可能的事情」。注「燈草打折臁兒骨」，說「『燈草』是古代點油燈的燈捻，是植物的纖維，細小而又脆弱。『臁兒骨』有兩種解釋：一是小腿下髁骨，一是腰部下的胯骨。」這個解釋，補充了《戲曲選》的不足，但對「堂子」及「臁兒骨」的解釋，還不夠確當。究竟「堂子」是否如上所說是「臥房」呢？據古名家本《羅李郎》雜劇第一折〔金盞兒〕曲湯哥的誓詞：「你孩兒再吃酒，塘子裏洗澡馬踏死，燈草打折臁兒骨。」又《瀟湘雨》雜劇第二折〔醉太平〕曲：「弄的來身兒上精赤條條的，……我去那堂子裏把個澡洗。」可見堂子、塘子，異寫同音同義，均指浴池，不能理解爲「臥房」。關於「臁兒骨」的解釋，說是「小腿下的髁骨」，恐怕「髁」字是「踝」字之誤。「踝（huái 懷）」，讀音化（huà），它才是小腿與足的交接部分，即由脛骨、腓骨（小腿骨）與跗骨（足骨）連結而成。「髁（kē棵）」，讀音跨（kuà），是大腿骨。《說文·骨部》：「髁，髀骨也。」段玉裁注：「髀骨，猶言股骨也。」按「髁」，係髀骨與髖（胯）骨相接處，人之所以能立、能行、能有支撐力者，悉在於此。故筆者認爲「臁兒骨」，即指髀骨。說是「腰部下的胯骨」，意亦相近。《選注》云：「臁（qiǎn 遣）：肋骨和胯骨之間的部分。」同一作者另一注本說：「臁兒骨，即脛骨、小腿骨。」〔註5〕皆非是。

（9）「拚著十米九糠，「問什麼兩婦三妻！」（同上折〔二煞〕）

「十米九糠」，《雜劇選》無注。《選注》云：「拚著十米九糠：此句意難明，十米九糠，意即彼此不相稱。」陸澹安舉此例注云：「十米九糠，窮苦。（十分飯米中有九分是糠，形容十分窮苦的情況。）」〔註6〕這兩種解釋，皆去曲

〔註5〕見王季思等《中國戲曲選》上冊，1985年人民文學出版社出版。
〔註6〕見陸澹安《戲曲辭語匯釋》，1981年上海古籍出版社出版。

意較遠，未搔到癢處。《戲曲選》注云：「十米九糠，比喻好的少，壞的多。『拚著十米九糠』，就是不計貧富、不管好壞的意思。」這樣注解，比前者雖接近曲意，但「不計貧富，不管好壞」，要怎麼樣呢？注者沒進一步點明。《傑作集》倒替它作了補充：「這裏趙盼兒是說：『我豁出去選擇周舍作丈夫，不管是好還是壞啦。』」總之，我認爲：十米九糠，實即一成米九成糠之意，比喻嫖客好的少、壞的多。「拚著十米九糠」，意即不怕倒霉，豁出去嫁個壞丈夫。

對以上幾個詞語注釋的意見，不一定準確，請各書的注者及廣大讀者給予指正。

（原載於《關漢卿研究新論》，1989 年第 8 月，花山文藝出版社出版）

釋「臉」——兼評王力先生對「臉」字的誤解

王學奇

王力先生《漢語史稿》第五十九節談到「臉」字時寫道：

「《說文》沒有『臉』字。《集韻》：『臉，頰也。』《韻會》：『臉，目下頰上也。』實際上，『臉』是面上搽胭脂的地方，所以古人稱『臉』限於婦女。大約在第六世紀以後，才有『臉』字出現（胭脂在漢代已經有了）。例如：

> 回羞出曼臉，送態表蟬蛾。（劉孝綽詩）
>
> 玉貌歇紅臉，長顰串翠眉。（梁・簡文帝《妾薄命樂府》）
>
> 紅臉桃花色，客別重羞眉。（陳後主《紫騮馬樂府》）
>
> 落花同淚臉，雙月似愁眉。（陳後主《有所思樂府》）
>
> 翠眉未畫自生愁，玉臉含啼還似笑。（江總詩）
>
> 滿面湖沙滿面風，眉消殘黛臉消紅。（白居易《昭君怨》）
>
> 淚痕裛損胭脂臉，剪刀裁破紅綃巾。（白居易詩）
>
> 芳蓮九蕊開新艷，輕紅淡白勻雙臉。（晏殊詞）
>
> 輕勻兩臉花，淡掃雙眉柳。（晏幾道詞）

所謂『紅臉』、「臉消紅」、『胭脂臉』，可見『臉』是搽胭脂的地方；所謂『雙臉』、『兩臉』可見當時一個人有兩個臉，不像現代一個人只有一個臉。由『頰』的意義引申到『面』的意義，這是詞義擴大的典型例子。」

我仔細研讀了王先生這段文章，對照我掌握的材料，覺得有些問題頗有出入，願在這裏提出來，向同道們請教：

一、「臉」字究竟產生於何時？

王先生說：「《說文》沒有『臉』字。」這是對的。又說：「大約在第六世紀以後，才有『臉』字出現。」這就未必了。晉・葛洪《西京雜記》卷二云：

文君姣好，眉色如望遠山，臉際常若芙蓉，肌膚柔滑如脂，十七而寡。

按：所謂「第六世紀」，約相當於南朝齊（479～502）、梁（502～557）、陳（557～589）和隋初。看來，說「臉」字出現在第六世紀以後，自然是出現在隋朝以後了。而葛洪則生在公元 284 到 364 年之間。兩相較之，相差二百多年。

又「臉」字在字書上的出現，王先生謂始於《集韻》和《韻會》。《集韻》係趙宋・丁度等奉詔修定。《韻會》，即《古今韻會舉要》，爲元初熊忠所著。而不知南朝梁、陳之間顧野王的《玉篇》已收有「臉」字，如《宋本玉篇・肉部第八十》云：「臉，七廉切臉瞼，又力減切臉臘。」這兩者之間，又相差三、四百年。

二、古人稱「臉」是否只限於婦女？「臉」是否都是搽胭脂的地方？

王先生說：「古人稱『臉』限於婦女。」他所舉的九個例證，亦確屬如此。並且，我還可以給他補充，例如：

長眉橫玉臉。（南朝梁《答徐侍中爲人贈婦》詩）

紅臉桃花色。（陳後主《雨雪曲》詩）

鬢輕雙臉長。（溫庭筠《菩薩蠻》詞）

膩臉懸雙玉。（閻選（河傳）詞）

笑從雙臉生。（晏殊《破陣子》詞）

………………………………

但語言使用的現象是複雜的，如果把眼界所涉及的範圍再放大一些，我們就可以發現：「臉」字並不只限用於婦女，男人亦可通用。例如：

兀那老子，若近前來，我抓了你那臉。（《玉鏡台》三〔迎仙客〕白）

爺爺，那官人好個冷臉子也！（《謝天香》一〔天下樂〕白）

大師也難學，把一個發慈悲臉兒來朦著。(《西廂記》一本四折〔折桂令〕)

他是無飢無飽吃酒肉，嘻著賊臉前後瞧，若還看見柳眉姐，哭得他眼淚似尿澆。(《金錢記》三、白)

可知道秀才雙臉冷，宰相五更寒。(《風光好》一〔金盞兒〕白)

我妝一個喜臉兒將他來搵。(《燕青博魚》二〔醉扶歸〕)

以上各「臉」字：例一用於溫嶠，例二用於錢大尹，例三用於法師，例四用於韓飛卿，例五用於陶谷，例六用於燕青，凡此皆男人，怎麼能說古人稱「臉」限於婦女呢？

既然「臉」字，也通用於男人，不言而喻，王先生摘取所謂「紅臉」、「臉消紅」、「胭脂臉」幾個例子，從而斷言「臉是面上搽胭脂的地方」，這種結論，也未免太偏頗了。難道當時的男人也都搽胭脂嗎？

三、「臉」字由「頰」引申到「面」的意義究竟起於何時？

王先生根據宋詞中「雙臉」、「兩臉」之說，論述「臉」字從「頰」引申到「面」的意義時寫道：「可見當時一個人有兩個臉，不像現代一個人只有一個臉。」這裏說的「當時」，沒有具體指明，根據王先生舉的例證，當是指北宋以前。那就是說：「北宋以前一個人有兩個臉，現代一個人只有一個臉，由「兩個臉」變成「一個臉」，即「臉」字由「頰」引申到「面」的意義，成為詞義擴大的典型例子之一。茲根據實際資料，細加推敲，恐怕也不像王先生論斷的那樣簡單吧。例如：

向人長曼臉，由來薄面皮。(北周·庾信《奉和趙王春日》詩)

按此例「臉」、「面」互文為意。再如：

早是那臉兒上撲堆著可憎。(《西廂記》一本三折〔禿廝兒〕)

滿面兒撲堆著俏。(《西廂記》一本四折〔得勝令〕)

這兩例的語法、句意皆同，一說「臉兒」，一說「面兒」，難道不是一樣嗎？就是前引《西京雜記》上所說：「臉際常若芙蓉」，這和白居易的《長恨歌》：「芙蓉如面柳如眉」、白樸的《梧桐雨》：「見芙蓉懷媚臉」，又有什麼不同呢？據此可證，「臉」字從一開始就具有「面」的意義，不待後來引申而然。

當然，王先生的這種推論，也是有根據的。如引《集韻》云：「臉，目下頰上也。」又有「雙臉」、「兩臉」等實例作證。其實，這種根據是很不充分的。因爲《集韻》、《韻會》這類理論書，雖然也是來自實踐，從實踐中歸納而成的，但它無論如何也比不上現實中語言實踐的豐富多彩，無論如何也概括不進去這些無可估量的內容。誠如孟子所說：「盡信書，則不如無書」。(《孟子・盡心下》) 故我們治學，必須從實際出發，掌握大量第一手資料，不斷補充、糾正已往的理論，才能有所突破，有所前進。若僅僅從已往的理論出發，先給自己的研究帶上框框，忽視實踐，或從實踐的汪洋大海中各取所需，其結論必將導致破綻百出，禁不住推敲了。

四、「臉」字在元曲中的具體運用

「臉」字在元曲中具體運用表現的意義，根據現在掌握的資料，可以歸納如下，例如：

> 傍闌干又羞，雙臉烘霞。(《太平樂府》卷七・喬吉散套〔新水令〕《閨麗》)

> 漸消磨雙臉春，已凋颼兩鬢秋。(《輟耕錄》卷十七・散套〔哨遍〕)

像這兩個例子和前面所舉的《風光好》雜劇的例子，「臉」字皆與「頰」同義，小於「面」的意義，正如《集韻》所云：「臉，頰也。」故「雙臉」亦可謂之「雙頰。」今查詩文中用「雙臉」者，上至唐、五代，下迄明朝均有之，不僅如王先生所舉，僅限於趙宋也，例如：唐・元稹《會眞記》：「(鶯鶯) 常服悴容，不加新飾，垂鬟接黛，雙臉斷紅而已。」五代・徐鉉《夢遊》記：「南國佳人字玉兒，芙蓉雙臉遠山眉。」明・黃元吉雜劇《流星馬》三〔紫花兒序〕：「馬踏開一川莎草，風篩破雙臉芙蓉」，等皆是。

但「臉」的意義小於「面」的意義，只限於「雙臉」、「兩臉」這類詞語，它不能概括一切。更多的則是「臉」和「面」的同意相同，此已詳見前文 (三)，這裏從略。而且「臉」、「頰」同義，和「臉」「面」同義，這兩種用法，在唐以來的創作實踐中並存著。只是《集韻》、《韻會》兩書，皆未能總結進去罷了。再如：

> (搽旦云：) 我那乾家做活的姐姐好也！他原來不曾死，你怎麼說謊？好不賢惠的臉！(《酷寒亭》・〔金盞兒〕白)

這個「臉」字怎麼解呢？《荊釵記》四十八〔紫蘇丸〕曲中有一段賓白：「我問那門子，那些人為何啼哭？那門子說沒有了個臉。我說打官話說來。他說道沒有了個兒子，在那裏啼哭。我才曉得臉是兒子。」例中「好不賢惠的臉，意思就是「好不賢惠的兒子」。說「兒子」是打官話，說「臉」自然就是方言了。「臉」的方言說法很多：南宋陳元靚《事林廣記續集》卷八「身體門」：「臉，桃花。」明・無名氏《墨娥小錄》卷十四「身體」條：「臉，博浪。」明・風月友《金陵六院市語》：「『鎗』者，臉也。」再如：

> 熱表兼，鏝底苫，一千層樺皮鞔做臉。（《盛世新聲》小令〔寨
> 兒令〕）

此「臉」字即指舊式布鞋臉兒正中間用窄皮條沿起的圓梗，或一條，或兩條，今謂之「皮臉兒」。「鞔」，音蠻，就是把皮子蒙在鞋臉兒正中間，使之成為圓梗的一種技藝。此技藝很早就有。《呂氏春秋》所謂「宋子罕之鄰為鞔工」是也。「鞔」字亦藉為「瞞」，如明・馮惟敏雜劇《僧尼共犯》四〔沉醉東風〕：「新偏衫瞞成鞋底。」

（原載於《天津教育學院學報》1989 年第 3 期）

釋「賽娘」、「僧住」——兼談元劇中人物的用名問題

王學奇

在元劇中用「賽娘」、「僧住」作兒女名字的，有如下一些例子：

這鄭孔目拿定了蕭娥胡做，知他那裏去了賽娘、僧住？（《魯齋郎》三【么篇】）

則問你賽娘、僧住爲何的？他可也有什麼閒炒刺？（《酷寒亭》二【小桃紅】）

這孩兒叫做僧住，女兒叫做賽娘。（《還牢末》一、白）

僧住、賽娘兒呵！知他是有也？沒也？（同劇二【中呂普天樂】）

究竟爲什麼用「賽娘」、「僧住」作兒女的名字？說法不一。

清·焦循《劇說》卷四云：「按：元人曲中，如良吏必包拯，公人用董超、薛霸，惡人用柳隆卿、胡子傳，伎女用王臘梅，兒女用賽娘、僧住，蓋必實有其人。」這種說法，固不可一筆抹煞，但也並不盡然。就以良吏而言，《竇娥冤》劇中的良吏是竇天章，《魔合羅》劇中的良吏是張鼎，《延安府》劇中的良吏是李圭，《望江亭》劇中的良吏是李秉忠，《馮玉蘭》劇中的良吏是金圭，怎能一口咬定良吏必包拯？公人用董超、薛霸，可以舉《灰闌記》爲例，它如《冤家債主》、《紅梨花》、《風光好》、《後庭花》、《凍蘇秦》等劇中的公人則是張千，《蝴蝶夢》、《救孝子》、《碧桃花》等劇中的公人，除了張千，還有李萬。惡人柳隆卿、胡子傳的名字，確實見於元雜劇《殺狗勸夫》和《東堂老》，但像葛彪（見《蝴蝶夢》）、魯齋郎（見《魯齋郎》）、龐衙門《見《生金閣》》、白衙內（見《黑旋風》）、楊衙內（見《望江亭》）這類嫌官小不做，

嫌馬瘦不騎，搶男霸女，無惡不做，打死人不償命的權豪勢要，不比柳、胡更凶惡十分嗎？怎能單提惡人用柳隆卿、胡子傳呢？妓女也不是一律用王臘梅，例如《陳州糶米》劇中的妓女就名王粉蓮，《酷寒亭》劇中的妓女就名蕭娥，《貨郎旦》中的妓女就名張玉娥，等等。反過來說，劇中用臘梅之名，也不見得都是妓女，例如《桃花女》劇中周家的小姑娘就名喚臘梅，但她年僅十三，尚未涉世，又無男女風情之事，怎麼能說她是妓女呢？更何況劇中兒女用名也不僅限於賽娘、僧住，例如：《魯齋郎》劇中六案都孔目張珪的一雙兒女，一叫喜童，一名嬌兒；《兒女團圓》劇中李氏的兩個孩兒，一呼福童，一稱安童；《鐵拐李》劇中把小廝亦呼爲福童：所有這些都充分證明焦氏所謂元曲中「良吏必包拯」，兒女用賽娘、僧住，遺「必實有其人」等說法，實屬主觀片面，想當然耳，缺乏根據。

近人朱居易《元劇俗語方言釋例》云：「賽娘、僧住，本爲《酷寒亭》劇中鄭孔目的兒女，借用爲無人照顧的兒童。」這種說法，也難以令人置信。按《酷寒亭》（全名爲《鄭孔目風雪酷寒亭》）雜劇，元人有楊顯之的一本，收在臧晉叔的《元曲選》內，宋元戲文中還有未著錄作者姓名、但題目全同的另一本，原載《永樂大典》卷一三九八八戲文二十四，今收在錢南揚編《宋元戲文輯佚》中。不知朱先生所說的《酷寒亭》究竟指的是哪一本？如果說是指的元雜劇《酷寒亭》，根據元人鍾嗣成《錄鬼簿》卷上「楊顯之」名下所注：「關漢卿莫逆之交，凡有文辭，與公較之，號楊補丁」這句話，證明關、楊是同時代人，楊作較早，爲同時代人或後人所借用，倒是有可能的；如果說是指的戲文《酷寒亭》，但此戲文只剩幾支殘曲，不見賽娘、僧住之名，所謂借用，何所根據呢？就讓戲文《酷寒亭》在當時曲、白俱備，兩本《酷寒亭》究竟誰先誰後，誰借用誰呢？再進一步說，那賽娘、僧住之名，究竟是作家編造的呢？還是如焦循所說「必實有其人」呢？這一連串的問題，朱先生均未作交待，因此他在釋例中的解釋，也是難以令人置信的。

對這個問題，筆者願提出一些不成熟的看法，供讀者考慮：

（一）劇作中的人物，「實有其人」，在一部分歷史劇中，如關漢卿的《單刀會》、《雙赴夢》，《哭存孝》、白樸的《梧桐雨》、馬致遠的《漢宮秋》、紀君祥的《趙氏孤兒》、康進之的《李逵負荊》，無名氏的《賺蒯通》等，確是如此。但不能像焦循那樣以偏概全，把一切劇作中的人物，都說是「必實有其人」。許多反映現實的非歷史 劇的人物同名，一般都是作家根據劇作中人物

的思想性格、外貌特徵、職業特點、生活習慣或生理缺陷等編造出來的。就是故事梗概有所根據的劇本，爲了對現實高度地概括，也盡力避免用眞人的名字。例如：《竇娥冤》的題材，就是從我國長期流傳的「東海孝婦」的故事（最早見於西漢·劉向的《說苑》）演化出來的。湯顯祖《牡丹亭》的故事也有所本，據《作者題詞》云：「傳杜太守事者，彷彿晉武過都守李仲文，廣州守馮孝將兒女之事。予稍爲更而演之。至於杜守收拷柳生，亦如漢睢陽王收拷談生也。」可見這兩個劇本，都是利用歷史故事的外殼，概括了很多現實的東西，揭示出當時社會的尖銳矛盾，成爲反映現實生活的傑作。如局限於眞人眞事，題材就要受到限制，主題因而也不易展開，其結果必將影響作品的普遍意義。退一步說，就是完全可以劃爲歷史劇，它不能完全照抄歷史。情節的安排和人物的處理，根據需要被作者張冠李戴的情況是常有的，例如《桃花扇》寫阮大鋮想通過別人結交侯朝宗以取悅復社的故事，據《李姬傳》記載，通過的人物是王將軍，而《卻奩》一齣，寫的卻是楊龍友。楊龍友在劇中是複雜人物：一方面是失勢的閹黨分子阮大鋮的盟友，另一方面又憑藉才藝，附庸風雅，和進步的知識份子侯朝宗和秦淮名妓李香君有所過從。在侯朝宗渴望梳攏香君，而又苦於「客囊羞澀」（其實，據清·江有典《吳附榜傳》說侯生當時「雄才灝氣，挾萬金結客」）的關鍵時刻，由楊龍友出面，以重金爲阮大鋮收買侯朝宗，就比他所代替的王將軍更爲合情入理，而且把正、邪衝突推到更加尖銳的程度，從而深刻地突出主題並進一步豐滿了李香君的鬥爭性格。

（二）社會經驗證明：各人的品質不管如何，都願意給自己的兒女起個體面、吉利的名字。但有些人獲得某種「綽號」並不是根據他們自己的意願，卻都是群眾根據他們的生理、職業、缺點或突出劣跡奉送的。這種情況，反映在作品中，基本也一樣。例如：梁山泊好漢李逵，人見他生得黑，便起個綽號，叫做「黑旋風」（見《李逵負荊》劇）；梁山好漢燕順，「只因性子粗糙，眾人起他一個混名，叫做捲毛虎」（《見燕青博魚》劇）；隱士王魯「日以採薪爲業，因此號爲『伐柯叟』」、李彥「以牧放牛羊爲業，故此號爲「鞭打把頭」（《見漁樵話興亡》劇）；惡霸董達橫行鄉里，據他自供：「俺這當村裏，有一道河，我蓋了一座土橋，但是做買做賣、推車打擔的人過，我要一文橋錢，便放他過去；若不留下橋錢，不放他過去，因此上喚我做護橋龍董達」（見《打董達》劇）；斷人命官司的外郎說：「自家姓宋」（諧音送）名了人，表字髒皮

（見《神奴兒》劇）。在現代小說作品中，人物綽號得來也是如此。例如魯迅《故鄉》中的楊二嫂，因她家是開豆腐店的，她臉上常搽白粉，又處於妙齡，終日坐在豆腐店裏，故人稱她爲「豆腐西施」；又因她的兩腳，「正像畫圖儀器裏的細腳伶仃的圓規」，魯迅就把她呼爲「圓規」。以上都是根據作品中人物各不相同的生理、職業或突出劣跡而得此綽號的明證。在這裏，那些有嚴重缺點或劣跡昭彰的人，企圖在作品中得到美化，以掩蓋他們的醜惡，是現實主義作家所不允許的。作家不但在寫眞人故事的作品中，有權力根據事實，品評人物，給予恰當的稱號，並完全有自由根據作品的需要創造人物，斟酌名字。王實甫的《西廂記》，最初是根據唐人元稹的《會眞記》演化而來的。《會眞記》中原只有鶯鶯、紅娘、歡郎等名字，並不見張珙、鄭恒、法本、孫飛虎等名字，顯而易見，這些名字，都是後來作者根據作品的需要編造的，正如清‧黃文暘所說：《西廂》故事，是「據《會眞傳》『待月西廂』而來，乃元稹實事，而嫁名於張生也。……孫飛虎，當即《會眞》所謂丁文雅者。……法本、陸聰、惠明，皆因普救寺揣摩結撰名字。琴童則以生善琴，故謂其意曰琴童也。鄭恒據恒墓志」。至於這些名字具體編造於何時已不可考，但大致可推測是出自宋、金時代的說話人。王季思先生說《西廂》中的「張珙、鄭恒、法本等名字，初亦宋、金評話說唱家任意添出。流傳既久，逐成定名。」這話是很有道理的。

（三）元劇這兩個孤苦無依的小孩，取名賽娘、僧住，我看也是作者編造的。即便是後來的作家，借用前人現成的名字，而在最初，總還是作家頭腦中的產物。賽娘、僧住究竟何所取義呢？筆者認爲：「賽」，有「好」、「勝過」、「比得上」等義。今徐州人說「這人的字眞賽」！「眞賽」的意思就是「眞好」。又說「你看他畫得賽不賽」，「賽不賽」的意思就是「好不好」。按天津的方言說，「賽」就是「沒比」的意思。「娘」乃古時少女的通稱，《子夜歌》云：「見娘喜容媚，願得結金蘭」，是也。故賽娘即美娘、好姑娘之意。或曰：「賽」乃蒙語〔sain〕（賽因）簡化而成。據《元史‧世祖本紀》記載：「世祖大喜，語諸王大臣曰：『昔太祖常有志於此，今拖雷能言之，眞賽因也。』賽因，猶華言大好」。這樣，無論從漢語固有的訓詁或借用蒙語來解釋，達到的結論都是一致的。況且在元蒙入主中國的特殊歷史條件下，當時北中國漢蒙雜居，漢蒙語言互相滲透、互相結合的現象是普遍存在的。正如明人所說：「人煙多戍卒，市語雜番聲」。甚至「大江南北，漸染胡語，時時採入」。因

此釋「賽娘」為美娘、好姑娘是毫無疑義的。至於僧住之名，我以為是與漢族奉佛教之「佛」、「法」「僧」為「三寶」的傳統思想分不開的。「三寶」之名，見《翻譯名義集》卷一《十種通號》。無名氏雜劇《那叱三變》第四折也說道：「夫佛門者，有三寶、四思、五戒之論。三寶者：一曰佛寶，二曰法寶，三曰僧寶。」故在元劇中以「佛」、「僧」等字取名的，頗不乏例，如：《忍字記》楔、白：「所生一兒一女，小廝喚做佛留，女孩兒喚做僧奴。」《魔合羅》二：「（高山云：）這小的敢是佛留？（旦云：）正是。」《冤家債主》一、白：「婆婆當年得了大的個孩兒，喚做乞僧，年三十歲也，以後又添的這廝，是這第二個，喚做福僧，年二十五歲也。」古典小說也一樣，如《警世通言·萬秀娘仇報山亭兒》：「這陶鐵僧沒經紀，無討飯吃處。」還有周榮祖的孩兒喚作長壽（《看錢奴》劇），李德仁的孩兒喚作神奴兒（見《神奴兒》劇）、劉天瑞的孩兒喚作安住（《合同文字》劇）、石婆婆的兒子喚作石留住（見《桃花女》劇）、老漢王榮的孩兒喚做福住（見《怒斬關平》劇）、李仲義的侄兒喚做福童（見《勘金環》劇），總之，給孩子起名字都是以美貌或吉利為宗旨的。故賽娘、僧住皆為美稱殆無疑義。作家之所以美其名，表明作家的同情是在受損害的這些善良的孩子方面。其用意，顯然是通過揭露蕭娥之類的壞人，來反映社會罪惡的一個側面，以喚醒人們的警惕性。

（原載於《河北師院學報》1990 年第 2 期）

釋「去」

王學奇

摘　要

　　「去」字是個多義詞，在一些綜合大字典和大詞典中都列有多種義項，但該詞在戲曲中的一些特殊用法，如表空間的用法等則不見涉及。借助戲曲語詞資料，特對「去」字的表空間、表時間、表行爲的趨向或持續及用作語助詞、介詞等多種用法和義項作了系統的補釋。

　　關鍵詞：去　多義詞　補釋
　　分類號：H039

　　「去」字是個多義詞，在近年出版的綜合大字典和大詞典中都列有很多義項，但在近代戲曲中的一些特殊用法，如表空間的用法等皆不見涉及。表時間的用法，《漢語大詞典》收了，卻不見表空間的用法和助詞的用法。張相在《詩詞曲語辭匯釋》（以下簡稱《匯釋》）中，對上述用法有所論述，但《匯釋》這部專著，兼收詩、詞、曲，涉及的面較寬，並非專治典詞之書。故戲曲中的許多例證，不免顧此失彼。《匯釋》卷三說：「去，語助辭，猶來也；啊也；著也；了也。」但卻漏掉相當於現代語助詞之「吧」字。同書同卷又云：「去，猶後也，指示時間之詞。」此乃特指以後、將來，沒提到泛指。還有用作襯字、量詞以及應該訂正的訛字等，皆不見《匯釋》，亦不見其他辭書。因此我願藉助戲曲語詞資料，對「去」字上述用法，連同其他幾個義項，一併作個系統的補釋，供同道參考。

一、

　　　　宋・無名氏《張協狀元》四十一【步步嬌】白：「被著張小娘子來叫，廝伴去採茶，且不知它在那裏去！」

　　　　宋・無名氏《宦門子弟錯立身》六白：「我要性命何用？不如尋個死去！」

　　　　金・董解元《西廂記諸宮調》卷四【般涉調・尾】：「不走了，廝覷著，神天報應無虛設。休、休、休！負德辜恩的見去也。」

　　　　元・張彥文散套【一枝花】「你個聰明的小姐寧心兒記者！咱這說下的盟言應去也。」

　　　　元・劉時中小令【清江引】：「風雨兩無情，庭院三更夜，明日落紅多去也。」

　　　　元・吳昌齡《張天師》一白：「（陳世英云：）您孩兒依著叔父，住幾日去。」

　　　　□・無名氏小令【朝天子】：「志高伯夷，才超仲舒，說的去，行不去。」（見明・郭勳輯《雍熙樂府》卷十八）

　　　　清・岳端《揚州夢傳奇》二十二【風馬兒】：「老去常悲《薤露》歌，來時短，去時多。」

以上各例，「去」字皆用作語助詞，猶如現代漢語中的「呵」（如例一、二）、

「著」（如例三、四）、「了」（如例五）、「吧」（如例六）、「來」（如例七、八）。例一「不知它在那裏去」，言不知他在那裏呵。例二「不如尋個死去」，言不如尋個死呵。例三「見去」，猶言見得著、看得著。例四「盟言應去」，猶言盟言應驗著。例五「落紅多去也」，言落花多了也。例六「住幾日去」，猶言住幾日吧。例七「說的去，行不去」，意謂說的來，行不來。例八「老去」意謂老來。這些用法，多見於唐宋。唐·王維《觀別者》詩：「愛子遊燕趙，高堂有遠親，不行無可養，行去（呵）百憂新」。唐·皮日休《寄潤卿博士》詩：「若使華陽終臥去（著），漢家封禪有誰文？」唐·杜牧《杏園》詩：「莫怪杏園顦顇去（了），滿城多少插花人。」唐·李群玉《送于少監自廣州還紫邏》詩：「宦情薄去（來）詩千首，世事閒來酒一樽。」「去」、「來」互文為義。宋·歐陽修【蝶戀花】詞：「老去（來）風情應不到，憑君剩把芳尊倒。」宋·黃庭堅【鵲橋仙】《次東坡七夕韻》詞：「野麋豐草，江鷗遠水，老去（來）惟便疏放。」凡云「老去」，皆「老來」之意也。

二、

元·馮海粟小令【鸚鵡曲】《憶西湖》：「草萋萋一道裙腰，軟綠斷橋斜去。」

元·馮海粟小令【鸚鵡曲】《至上京》：「李陵臺往事休休，萬里漢長城去。」

元·馬九皋小令【塞鴻秋】《凌歊臺懷古》：「凌歊臺畔黃山鋪，是三千歌舞亡家處；望夫山下烏江渡，是八千子弟思鄉去。」

元·張可久小令【塞鴻秋】《湖上即事》：「蹇驢破帽登山去，夕陽古寺題詩處。」

元·秦簡夫《東堂老》四【喬牌兒】白：「（揚州奴云：）哥也，我如今回了心，再不敢惹你了，你別去尋個人罷。」

明·王世貞《鳴鳳記》三十八【月雲高】：「看此去風播，俾黎庶咸沾惠。五褲謠言不虛，數卷圖書帶篋歸。」

以上各例，「去」猶云所在、地方，為表空間之詞。例一「斷橋斜去」，謂斷橋斜處，言在斷橋斜處，有一道萋萋芳草也。例二「漢長城去」，謂漢家長城處也，言當年漢將李陵在萬里長城這塊地方曾與匈奴血戰的往事，已一去不

復返了。例三「八千子弟思鄉去」，是說楚霸王帶領的八千子弟思鄉的地方。例四「去」、「處」互文為義。例五「別去」猶云「別處」。例六「此去」猶云「此處」。「去」作為表空間之詞，亦始自唐宋。唐・孟浩然《送王七尉松滋得陽台雲》詩：「愁君此去為仙尉，便逐行雲去不回。」「此去」之「去」，《全唐詩》注：「一作處」。宋・蘇軾《與郭生遊寒溪，主簿吳亮置酒，郭生喜作挽歌，酒酣發聲，坐為淒然。郭生言吾懷無佳詞。因為略改樂天（寒食）詩歌之，坐客有泣者》詩：「棠梨花映白楊路，盡是先生離別處。冥漠重泉哭不聞，蕭蕭暮雨人歸去。」「去」、「處」亦互文為義。《絕妙好詞》卷二（宋）史達祖【綺羅香】詞：「臨斷岸新綠生時，是落紅帶愁流去」。汲古閣本及四印齋本【梅溪詞】均作「流處」。「流去」，即流處也。又小說如《醒世恒世・李汧公窮邸遇俠客》：「秀才不消細問，同在下去，自有好處。」「下去」，即下處也。以上並可證。

三、

　　元・鄭光祖《周公攝政》一【寄生草】白：「嗨！不想貪荒將先天祝冊，錯放在金縢中；待取去，爭奈宣喚緊，日去再取也不妨。」

　　元・高明《元本琵琶記》十【劉潑帽・前腔】：「但願公婆從此去，相和美。」同劇二十二【羅帳里坐・前腔】白：「員外且將息，去後自有商量。」

　　元・劉庭信小令【折桂令】《憶別》：「事到如今，休言去後，且問歸期。」（見《詞林摘艷》卷一）

　　明・朱權《荊釵記》五【荷葉魚兒・前腔】白：「昨聞故人王景春之子，堂試魁名，去後必有好處。」

　　明・陸采《懷香記》二十七【破陣子】白：「如此往來，目下雖好，但不知去後如何。」

以上各例，「去」為表時間之詞，猶言以後、將來。例一「日去」之「去」，鄭騫《校訂元刊雜劇三十種》、徐沁君《新校元刊雜劇三十種》皆改「去」為「後」，便是證明。例三以下各例，「去後」用義連文，意思更顯然可見。「去」字這種用法，較之前兩個義項還要早些，可以上推到魏晉。《三國志・吳書・呂岱傳》：「自今已去，國家永無南顧之虞。」「已去」，謂以後也。晉・陶潛

《遊斜川》詩：「未知從今去，當復如此不？」「從今去」，謂從今以後也。唐・賈島《送人南歸》詩：「炎方饒勝事，此去莫蹉跎。」「此去」，謂此後也。宋・蘇軾《……下天竺惠淨師以丑石贈行，作三絕句》之二：「出處依稀似樂天，敢將衰朽較前賢。便從洛社休官去，猶有閒居二十年。」此言樂天自洛社休官以後，猶有二十年閒居也。宋・劉克莊【水龍吟】詞：「待從今向去，年年強健，插花高會。」「向去」，亦猶今後、以後也。亦見之近代小說：《醒世恒言・李玉英獄中訟冤》：「淪落到恁樣地位，眞個草菅不如！尚不如去後，還是怎地結果？」《警世通言・老門生三世報恩》：「世人只知眼前貴賤，那知去後的日長日短。」皆其例。

四、

> 元・張可久小令【折桂令】《秋日海棠》：「燕子來時，梧桐老去，錦樹花攢。」

> 清・洪昇《長生殿》二十一《字字雙》白：「只因喉嚨太響，歌時嘴邊起霹靂，身子又太狼忙，舞去沖翻了御筵卓席。」

以上「去」字，亦表時間之詞。兩例「去」與「時」皆互文爲義。但此乃係泛指，不像義項三特指以後、將來，這是同中見異的地方。

五、

> 元・王實甫《西廂記》三本四折【天淨沙】：「心不存學海文林，夢不離柳影花陰，則去那竊玉偷香上用心。」

以上「去」字，用作介詞「在」的意思。《清平山堂話本・風月瑞仙亭》：「先生去縣中安下不便，敢邀車馬於敝舍，何如？」《京本通俗小說・碾玉觀音》：「去那左廊下，一個婦女，搖搖擺擺，從府堂裏出來。」《武王伐紂平話》卷上：「有驛中女子，容儀端麗，去燈燭之下，夜至二更之後，半夜之時，忽有狂風起……。」《水滸傳》第三十六回：「行了半日，巴過嶺頭，早看見嶺腳邊有一個酒店，背靠顚崖，門臨怪樹，前後都是草房；去那樹蔭之下，挑出一個酒旆兒來。」《醒世恒言・十五貫戲言成巧禍》：「去那城中箭橋左側，有個官人姓劉名貴，字君薦，祖上原是有根基的人家。」以上並可證。

六、

　　宋‧無名氏《宦門子弟錯立身》四【紫蘇丸】白：「奴家今日身
己不快，懶去勾欄裏去。」

以上「去」字，由此及彼之意，猶「往」、猶「到」。「懶去勾欄裏去」，意即
懶待到勾欄裏去。唐‧李白《贈韋秘書子春》詩：「終與安社稷，功成去五湖。」
「去五湖」，往五湖或到五湖也。宋‧辛棄疾【摸魚兒】《淳熙己亥自湖北漕
移湖南同官王正之置酒小山亭爲賦》詞：「休去倚危樓，斜陽正在，煙柳斷腸
處。」「休去」，休往也。《東周列國志》第二十一回：「燕莊公曰：『此去東八
十里，國名無終。』」「此去東八十里」，言由此往東八十里也。這種用法，今
已相當普遍，如云：「去車站接人」，意即到車站接人；「從武漢去上海」，意
即從武漢到上海。但有些例子的用法，卻恰與之相反，如：《論語‧微子》：「枉
道而事人，何必去父母之邦？」《墨子‧親子》：「桓公去國而霸諸侯。」《孟
子‧公孫丑下》：「孟子去齊，宿於晝。」三「去」字，皆離開之意。

七、

　　元‧高明《元本琵琶記》十【憶秦娥‧前腔】：「難存濟，不思
前日，強救孩兒出去。」

　　明‧汪廷訥《獅吼記》十三【滾繡球】白：「私休不如官休，等
開衙門，我告你去。」

　　清‧楊朝觀《吟風閣雜劇‧魏徵破笏再朝天》【滿庭芳‧前腔換
頭】：「老成人去，誰與麟批！」

以上「去」字，在詞或詞結構後面，表示行爲的趨向或持續。《漢書‧溝洫
志》：「禹之行河水，本隨西下東流去。」北朝樂府民歌《木蘭辭》：「旦辭
爺娘去，暮宿黃河邊。」唐‧李賀《沙路曲》：「斷盡遺香翠煙，獨騎啼鳥
上天去。」宋‧蘇軾《海棠》詩：「只恐夜深花睡去，高燒銀燭照紅妝。」
《醒世恒言‧李玉英獄中訴冤》：「提空就走去說長問短，把幾句風話撩撥。」
《金瓶梅》第二十回：「月娘聽了詞曲，耽著心，使小玉房中瞧去。」艾青
《太陽的話》：「讓我進去，讓我進去，進到你們的小屋。」據此可知，此
用法已源遠流長了。

八、

　　　　明・陸采《懷香記》十五【亭前柳・前腔】白：「他不施法灸神
　　針，能消災瘴；不用散丸飲片，可去風魔。」

以上「去」字，謂消也、除也。《廣韻・語韻》：「去，除也。」《集韻・語韻》：
「去，徹也。」「徹」亦消除之意。例中言「可去風魔」，謂可消除風魔症也。
又「去」字與上文「消」字互文爲義，並可證。此用法亦甚古。《易・繫辭下》：
「小人以小善爲無益而弗爲也，以小惡爲無傷而弗去也。」「弗去」，即不去
掉之意。《漢書・霍去病傳》：「單于後得其眾，右王乃去單于之號。」「去單
于之號」，意即免除單于的封號。唐・杜牧《自貽》詩：「杜陵蕭次君，遷少
去官頻。」「去官」，亦免除官職之意。宋・戴埴《鼠璞・性善惡》：「孟子之
學，澄其清而滓自去。」「自去」，即自然消除也。總之，這裏「去」字都是
從有到無之意。

九、

　　　　明・湯顯祖《牡丹亭》二十七【太平令】白：「杜衙小姐去三年，
　　待與招魂上九天。」

以上「去」字是「死」的諱詞。敦煌寫本《禪數雜事》：「師謂弟子無生：『我
捨汝去！』去者謂絕命。」「絕命」即死也。漢樂府《孤兒行》：「父母已去，
兄嫂令我行賈。」又云：「居生不樂，不如早去從地下黃泉！」晉・陶潛《雜
詩》之三：「日月還復周，我去不再陽。」敦煌變文《無常經講經文》：「饒你
兒孫列滿行，去時只解空啼哭。」宋・王日休《龍舒增廣淨土文》卷一：「晝
必有夜，必爲夜備。暑必有寒，必爲寒備。存必有去，必爲去備。何謂夜備？
燈燭床蓐。何謂寒備？裘裘炭薪。何謂去備？福惠淨土。」「福慧淨土」，佛
教語，謂人死後歸於佛土也。今仍以「去」指「死」，如王統照《警鐘守》：「然
而沒有十天的工夫，母親也閉了眼睛去了。」按：「去」乃離開的引申義，如
今云「去世」，即謂離開人世而死。

十、

　　　　元・李致遠散套【粉蝶兒】《擬淵明》：「量這些來小去官職，枉
　　消磨了浩然之氣。」

此「去」字，用作句中襯字。「小去官職」，即小官職也。若省略「去」字，文通字順，於文意無損害。張相《詩詞曲語辭匯釋》卷三，釋「量這些來小去官職」，謂「猶云這些些小來官職」，費解。

十一、

清・楊潮觀《吟風閣雜劇・偷桃捉住東方朔》【普賢歌・前腔】
白：閒遊一去忘回，醉酒何曾醒可。」

此「去」字放在數詞之後，是個量詞，「一去」猶一遭也。

十二、

元・鄭光祖《周公攝政》三〔紫花兒序〕：「上不愧三廟威靈，下不欺九去黔黎。」

此「去」字，應作「區」，音近而訛。九區，即天下也。「下不欺九去黔黎」，意謂對下不欺騙天下的百姓。晉・陸機《皇太子宴玄圃宣猷堂有令賦詩》：「九區克咸，宴歌以詠。」明・劉東生散套〔醉花陰〕《玉宇金鳳送殘暑》：「見冰輪飛出雲衢，踢團圞碾破銀河路，放寒光照九區。」皆其證。

（原載於《河北師大學報》1999 年第 2 期）
（中國人民大學資料中心《語言文字學》1999 年第七期轉載）

釋「人家」

王學奇

摘　要

　　「人家」在元明清戲曲中使用頻率很高，用意多種多樣。本文從戲曲作品中選取例句，進行綜合研究，根據具體語言環境，確定其具體用意，並追本溯源，考究其在元明清以前的用意。

　　關鍵詞：「人家」　元明清戲曲　多義詞　用意

　　「人家」這個詞，在元明清戲曲作品中，使用相當廣泛，用意亦多種多樣，而且這個詞的多種用意，也不限於戲曲，使用的時代也不僅僅局限在元明清，有的可以追溯到久遠的古代。爲幫助讀者準確、系統地理解「人家」的詞義，辭書的編纂者，理應在有關辭書中有充分的反映，但翻檢各家的曲詞專書，均不見收錄。就是一般性的綜合大辭典，如《辭海》、《辭源》，亦不見收錄。近年出版的《漢語大詞典》雖有收錄，羅列一些義項，但仍有未備。已涉及者，有的亦論據不足，難以取信。今特加以補充，希望有補於將來編辭書者的參考，同時也希望得到專家的批評。

一、

　　（1）元・王實甫《西廂記》三本二折〔四邊靜〕：「怕人家調犯，『早共晚夫人見些破綻，你我何安？』」

　　（2）元・王仲文《救孝子》楔子【仙呂賞花時・么篇】白：「我是賽盧醫，行止十分低，常拐人家婦，冷鋪裏做夫妻。」

　　（3）元・秦簡夫《東堂老》三〔蔓青菜〕白：「若不叫呵，人家怎麼知道有賣菜的？」

　　（4）明・湯顯祖《牡丹亭》二十三〔鵲踏枝〕白：「敢便是花神假充秀才，迷誤人家女子？」

　　（5）明・無名氏《吐絨記》十三〔紅衲襖・前腔〕白：「收留人家迷失子女，律有明條，我既爲官留守，怎容得此事？」

　　（6）清・程鑣《蟾宮操》二十四〔針線箱〕白：「如今少年的公子，聽見人家有女兒送他，便扭捏出許身分來了。」

以上「人家」指別人、他人，是對第三人身之稱。明・王伯良注《西廂》云：「人家，指張生，猶他家、伊家之類。」其說是也。考其用法，源遠流長。《三國志・吳書・吳主傳》：「又人家治國，舟船城郭，何得不護？」是此語三國時已然。唐・白居易新樂府《井底引銀瓶》：「寄言痴小人家女，慎勿將身輕許人。」《清平山堂話本・五戒禪師私紅蓮記》：「你如今抱了回去，把些粥飯，畏（喂）養長大，把與人家，救他性命，勝做出家人。」《金瓶梅》第七十五回：「月娘坐著不動身，說道：『我說不要請他，平白教將人家漢子睜著活眼，把手捏腕的，不知做什麼。』」《紅樓夢》第八十一回：「他就使了個法兒，叫

人家的內人便得了邪病，家翻宅亂起來。」又云：「他又向人家內眷們要了十幾兩銀子。」以上皆其例。

二、

（7）元・關漢卿《五侯宴》一〔尾聲〕：「恁時節老人家暮古，與人家重生活難做，哎，兒也！你尋些個口銜錢，贖買您娘那一紙放良書。」

（8）元・鄭光祖散套〔鬥鵪鶉〕《人去陽台》：「暢好是直伯牙，我做了沒出豁的人家。」（《詞林摘艷》卷十）

（9）明・湯顯祖《牡丹亭》四十七〔一封書〕白：「近時人家首飾渾脫，就一個盔兒。」

（10）明・湯顯祖《紫釵記》三十九〔泣顏回〕白：「（老旦上：）……原來鮑四娘在此。這個軍兒何處來？爲甚小姐悲啼不止？
（鮑：）這是前度寄屛的王哨兒，報李郎議親盧府，因此傷心。
（老：）那個盧府？李郎好不小覷了人家哩！」

以上「人家」是對人稱自己，爲第一人身之稱。例（7）爲王嫂（即王阿三——李從珂之母）對兒子的自稱。例（8）爲張倩女自稱，前云「我」，後云「人家」可證。例（9）爲溜金王李金之妻自指。「人家首飾渾脫，就一個盔兒。」意謂我什麼首飾都不戴，只戴一個盔兒。例（10）表多數，爲「我們」之意。劇寫李益經鮑四娘撮合，與霍小玉成婚，旋參軍遠去，久無消息。後得報，才知他又議親盧府，小玉之母遂責備李益說：「李郎眞是小看我們！」對人稱自己爲人家，已見於唐，如張鷟《遊仙窟》詩：「人家杯中物，漸漸逼他來。」此亦見之小說，如《西遊記》第三十一回：「你這潑猴，其實憊賴！怎麼上門子欺負人家！」今語猶然，如說：「人家不喜歡這頂帽子，偏讓我戴！」

三、

（11）元・無名氏《鴛鴦被》一〔天下樂〕白：「（道姑云）：『小姐，我想你這年紀小小的，趁如今與人家尋一個穿衣吃飯的才是。』」

此處「人家」，指的是你，爲第二人身之稱。劇寫李府尹被人彈劾，赴京聽勘，因無路費，通過道姑向本地劉員外借貸，留下小女李玉英在家。經過一年多，

府尹未歸，本利皆無，劉員外便圖謀李府尹之女，藉以抵債。以上所舉述的，就是道姑勸李玉英小姐嫁人的一個情節。「與人家尋一個穿衣吃飯的才是」，意即「給你（李玉英）自己找個穿衣吃飯的才是。」

四、

  （12）金・董解元《西廂記諸宮調》卷八〔大石調・伊州袞〕：「待別
    娶一個人家，覷了我行爲肯嫁的少。」

此處「人家」指妻室。「娶個人家」，意即娶個老婆。

五、

  （13）元・無名氏《隔江鬥智》一〔油葫蘆〕白：「（夫人云：）孩也，
    你哥哥將你許了人家也。（梅香云：）就與我也尋一門親波。」

  （14）明・湯顯祖《牡丹亭》十六〔駐馬聽・前腔〕白：「（老旦：）
    看甚脈息，若早有了人家，敢沒這病。（外：）咳，古者男子
    三十而娶，女子二十而嫁。女兒點點年紀，知道個什麼呢？」

  （15）明・湯顯祖《牡丹亭》十七〔風入松〕白：「許了個大鼻子女
    婿……則見不多時，那人家下定了。」

  （16）明・湯顯祖《牡丹亭》三十〔瑣窗寒〕白：「（生：）姐姐費心。
    因何錯愛小生至此？（旦：）愛你的一品人才。（生：）姐姐
    敢定了人家？」

  （17）清・李漁《蜃中樓》三《玉芙蓉》白：「她今年一十六歲，也
    不小了，早些尋一分人家，與她諧了伉儷，也放下我們的肚腸。」

以上「人家」，指女子未嫁前的夫家、婆家，實際即指的未婚夫。例（14）「若早有了人家，敢沒這病」，意謂「若早定了親（未婚夫），恐怕沒這病。」例（17）「早些尋一分人家，與她諧了伉儷」，意謂「早點找個未婚夫，給她成了婚。」皆明言這裏所謂「人家」，即指的未婚夫。《金瓶梅》第八十六回：「六姐，奴與人離多會少了！你看個好人家往前進了罷！自古道：『千里長篷，也沒個不散的筵席』！你若有了人家，使人來對奴說聲。奴到那裏去，順便到你那裏看你去，也是姊妹情腸！」《初刻拍案驚奇》卷二十四：「他曉得吾家擇婿太嚴，未有聘定，故此奚落我。你們如今留心，快與我尋尋，人家差不

多的也罷了。」《兒女英雄傳》第二十三回：「也只因爲姑娘有紀府提親那件傷心的事，不願人提起，恐怕舅太太不知，囑咐他見了姑娘千萬莫問他『有人家沒人家』這句話，是一個『入門問諱』的意思。」以上義並同。

六、

（18）元‧馬致遠《漢宮秋》一，白：「爭奈他本是農莊人家，無大錢財。」

（19）清‧李漁《意中緣》三〔皂角兒〕白：「貧僧聞得令愛小姐也長成了，何不尋個門當戶對的人家送出閣？」

以上「人家」，意指家庭。例（18）言王昭君本是莊農家庭出身，沒錢賄賂給毛延壽。例（19）意指門當戶對的家庭。這種用意，唐宋已見。唐‧白居易新樂府《古冢狐》：「何況褒、姐之色能蠱惑，能喪人家覆人國。」此言褒姒、姐己的美色，能蠱惑人心，敗壞家庭，傾覆國家。《清平山堂話本‧快嘴李翠蓮記》：「再說張虎在家叫道：『成甚人家？當初只說娶個良善女子，不想討了個五量店中過賣來家，終朝四言八句，弄嘴弄舌，成何以看！」「成甚人家？」謂成了什麼家庭。《醒世恒言‧十五貫戲言成巧禍》：「有個官人姓劉名貴，字君薦，祖上原是有根基的人家。」《初刻拍案驚奇》卷十二：「知是什麼人家，便去敲門打戶！」《紅樓夢》第八十七回：「可憐我生在這種人家不便出家。」又第九十七回：「咱們這種人家，別的事自然沒有的，這心病也斷斷有不得的。」以上義並同。

七、

（20）元‧秦簡夫《剪髮待賓》二〔滾繡球〕白：「姐姐，咱這婦道人家，有這個信字呵！（唱：）則被這親男兒敬重做賢達婦。」

（21）元‧無名氏《百花亭》二，白：「俺這門戶人家，單靠那妮子吃飯，一日不接客，就一日不賺錢。」

（22）元‧無名氏《雲窗夢》一，白：「俺這門戶人家，一日無錢也過不的。」

（23）明‧阮大鋮《燕子箋》二十二〔宜春令‧前腔〕白：「你們門戶人家，棄舊近新，呼張抱李，原有舊規的，何必如此拘執？」

（24）清・石龐南北合套〔中呂石榴花〕《廣陵端午》：「有幾處紅樓
　　　涼榻，有畫屋朱扉，繡閣紗屏，都是些門戶人家。」

以上「人家」與名詞連用，表示身分。例（20）「婦道人家」，即指婦女。例（21）以下「門戶人家」，均指娼家、妓女。《初刻拍案驚奇》卷十三：「過了半年三個月，忽又有人家來議親，卻是一家官宦人家。」「官宦人家」，即指做官的人。《二刻拍案驚奇》卷十七：「初因見父親是個武出身，受那外人指目，只說是個武弁人家。」「武弁人家」即指武官。《儒林外史》第一回：「只因你父親亡後，我一個寡婦人家，只有出去的，沒有進來的。」「寡婦人家」，即指喪夫的孀婦。

八、

（25）元・馬致遠小令〔天淨沙〕《秋興》：「枯藤老樹昏鴉，小橋流
　　　水人家，古道西風瘦馬。」

（26）明・湯顯祖《牡丹亭》八〔八聲甘州・前腔〕：「陽春有腳，經
　　　過百姓人家。」

（27）明・湯顯祖《南柯記》十五〔寶鼎現〕白：「祖宗朝的故事：
　　　漢乾封元年，曾在河內人家，千人萬馬，從朝至暮而往來。」

以上「人家」指住戶，亦即民家、民宅。《史記・六國年表序》：「《詩》《書》所以復見者，多藏人家，而史記獨藏周室，以故滅。」《後漢書・董卓傳》：「既到太陽，止於人家。」（李賢等注：「太陽，縣，屬河東郡。」）是知此用法兩漢已開其端，以後歷代皆沿用下來。《北齊書・文襄六王傳》：「延宗戰，力屈，走至城北，於人家見禽（擒）。」唐・劉長卿《尋張逸人山居》詩：「危石才通鳥道，空山更有人家。」又《上巳日越中與鮑侍郎泛舟耶溪》詩：「舊浦滿來移渡口，垂楊深處有人家。」宋・楊萬里《過臨平蓮蕩》詩：「人家星散水中央，十里芹羹菰飯香。」《清平山堂話本・錯認屍》：「那時新橋下無甚人家住，每日只有船隻來住。」同書《洛陽三怪記》：「年年三月憑高望，不見人家只見花。」明・劉基《憶昔》詩：「憶昔揚州看月華，滿城弦管滿人家。」《初刻拍案驚奇》卷十二：「一路是些青畦綠畝，不見一個人家。」以上皆其例。

九、

  （28）元·楊顯之《瀟湘雨》四〔笑和尚〕白：「只管里棍棒臨身，
     倒不如湯著風，冒著雨，離店道，別尋個人家宵宿。」
此處「人家」指客店。前文有「館驛裏好借安存」，後文有「另覓個野店村莊」，
並可證。

十、

  （29）元·王仲文《救孝子》一，白：「辛苦的做下人家，非容易也
     呵！」

  （30）元·秦簡夫《東堂老》二〔正宮端正好〕白：「老的，你把那
     少年時掙人家的道路，也說與孩兒知道咱。」

  （31）清·李漁《奈何天》四〔會河陽〕：「小姐，耐煩些，不要哭罷！
     你丈夫的容貌不濟些是真，人家其實看的過。你譬如嫁著一個
     窮人，縱然面貌齊整，也當不得飯吃。勸你將就些罷！美夫看
     不得妻兒飽，有財也當得容顏好。」

  （32）清·李漁《意中緣》五〔獅子序〕白：「杭州和尚真奇怪，懶
     得看經做買賣：趁錢不見做人家，個個欠些嫖賭債。」
以上「人家」指家業、財產。此用法早見於南北朝，如《北史·僭偽附庸傳·
慕容垂》：「垂字道明，晃第五子也。甚見寵愛。嘗自謂諸弟子曰：『此兒闊達
好奇，終能破人家，或能成人家。』」所謂「破人家」，即謂破敗家業；所謂
「成人家」，即謂發家致富。亦多見後來的話本小說，《醒世恒言·張孝基陳
留認舅》：「朱信道：『可憐他日夜只想做人家，何曾捨得使一文屈錢！』孝基
道：『你且說怎地樣做人家？』朱信扳指頭一歲起運，細說『怎地勤勞，如何
辛苦，方掙得這等家事。』」《初刻拍案驚奇》卷十三：「我做了一世人家，生
這樣逆子，蕩了家私，又幾乎害我性命。」兩「做人家」，均即掙人家（家業）。
《二刻拍案驚奇》卷十：「與他奪了人家」，意即被他搶奪了財產。

十一、

  （33）元·劉庭信小令〔折桂令〕《憶別》：「七件兒全無，做什麼人
     家？」（《詞林摘艷》卷一）（七件兒，指柴、米、油、鹽、醬、
     醋、茶）

（34）清·許廷錄《五鹿塊》十六〔水紅花〕白：「官人南來北往奔
　　　波煞，弗如我安居樂業做人家。」

以上「人家」指生活。「做人家」，意即過日子。

　　除以上十一種義項，在唐宋以來詩詞小說中，還可以舉出一些，如：唐·
王建《涼州行》詩：「萬里人家皆已沒，年年旌節發西京。」《全唐詩》在「人
家」下面注云：「一作征人。」「萬里人家皆已沒」，顯然是指萬里征人皆已戰
死。宋·王沂孫（高陽台）《和周草窗寄越中諸友韻》詞：「小帖金泥，不知
春是人家。」此爲疑問句，「不知春是人家」，謂不知春在誰家。唐圭璋《全
宋詞》此句作「不知春在誰家」，是其證。《清平山堂話本·快嘴李翠蓮記》：
「婆婆又兜答，人家又大，伯伯，姆姆，手下許多人，如何是好？」「人家又
大」，謂人口又多。元·張翥〔六州歌頭〕《孤山尋梅》詞：「好約尋芳客，向
前度，那人家。重呼酒，摘瓊朵，插鬢鴉。」「那人家」，意即「那人」，「家」
爲語助詞，無義。

　　總觀以上的例證，可以證明一個事實，即多義詞「在句有義，離句無義」，
正如語法大師黎錦熙先生早年提出的詞性「在句有品，離句無品」，這是不容
否定的。

　　　　　　　　　　　　　　（原載於《唐山師專學報》1999 年第 4 期）

釋「巴」

王學奇

摘　要

　　「巴」字在元明清戲曲中應用很廣,具有搖動、攀附、盼、看、牟利、貼近、奔赴等 17 餘種義項,《漢語大詞典》等辭書所收多有誤解和漏解。

　　關鍵詞:巴;義項;釋

「巴」字在古籍中應用極廣，各主要辭書均有收錄，比較而言，以《漢語大詞典》（以下簡稱《大詞典》）所收最多，計列有 15 個義項。但若除掉「巴」字作爲古族名、國名、地名、蛇名、姓氏以及音譯詞「bar（英）」等比較固定的詞義以外，所剩不過 11 項。在這 11 個義項中，有的誤解，有的漏解，有的取證少，難以說服讀者，特別是還有些義項，如本文所列義項（二）、（十）至（十七），都沒有收錄進去。筆者不揣鄙陋，特根據平素從元明清戲曲作品中所輯資料，予以糾正、補充，系統地草成此文，供撰寫辭書者參考，並希望讀者指正。

一、

　　振乾坤雷鼓鳴，走金蛇電影開，他那裏撼嶺巴山，攪海翻江，

倒樹摧崖。（元・馬致遠《薦福碑》三〔上小樓・么篇〕）

《大詞典》引此例釋「巴」爲「刨」、爲「挖」，非也。按：曲文「嶺」與「山」，「撼」與「巴」皆對應爲文，從修辭角度看，「巴」與「撼」顯然都是搖動的意思。《玉篇・手部》：「撼，胡感切，搖也。」《廣雅・釋詁一》：「撼，動也。」唐・韓愈《調張籍》詩：「蚍蜉撼大樹，可笑不自量。」「撼大樹」，謂搖動大樹也，絕不應理解爲「刨大樹」或「挖大樹」。若從曲文內容看，也得不出「刨」或「挖」的意思，因爲窮書生張鎬在古廟題詩得罪了雷神，雷神大怒，才將張鎬窮追不捨。最後轟雷閃電，來勢洶洶，在長老行將給張鎬打法帖時，便擊碎了薦福碑。請看：「振乾坤雷鼓鳴，走金蛇電影開」，何等聲勢！「刨」或「挖」這種舉動，如何能奈何得了大山呢？

二、

　　我若是醉時節，笑引著兒孫和。醉時節麥場上閃獨臥，醉時節

六軸上喬衙坐，醉時節巴棚下和衣臥。（元・馬九皋散套〔端正好〕

《高隱》，見《詞林摘豔》卷六）

此「巴」字用同「笆」。如元・周仲彬小令〔時新令〕：「迓鼓童童笆篷下，數個神翁年高大。」（《樂府群玉》卷三）亦用同「芭」。如：元・紀君祥《趙氏孤兒》二〔梁州第七〕白：「就在這芭棚下放下藥箱。」元・康進之《李逵負荊》三〔後庭花〕：「惱的我怒難消，踹匾了盛漿鐵落，轆轤上截井索，芭棚下瀽副槽。」元・無名氏小令〔朝天子〕：「芭棚下飯飽，麥場上醉倒，快活

煞（村田樂）。」（見《梨園樂府》卷中）按：巴棚，即用竹葦或茅草等物搭蓋的棚子，用來避日曬或風雨的。「巴」是同音假借字。棚、蓬音義並同。

三、

　　　　咱拽著尾巴歸去來。（元・王實甫《破窰記》一〔金字經〕）

　　　　我揣巴些殘湯剩水，打疊起浪酒閒茶。（元・李文蔚《燕青博魚》
　　一〔大石調六國朝〕）

　　　　我則見連天的大廈、大廈，聲刺刺被巡軍拽塌……難鎮難壓，
　　空急空巴，總是天折罰。（元・張國賓《合汗衫》二〔青山口〕）

以上「巴」字均用作語尾助詞：例一用作名詞語尾；例二用作動詞語尾；例三用作形容詞語尾。這種用法，亦多見之於明清以來的小說，例如：《二刻拍案驚奇》卷四：「撞著有志氣肩巴硬的，拚得個不奉承他，不求告他，也無奈我何。」《兒女英雄傳》第十五回：「那鄧九公聽了，把眉一擰，眼睛一窄巴。」《醒世姻緣傳》第九回：「咱也還有閨女在人家裏，不己個樣子，都叫人掐巴殺丁罷。」韓旭《擴社的時候》：「我這一氣，手頭緊巴。」按：此數例，也是分別把「巴」字分別綴於名詞（如《二刻拍案驚奇》）、動詞（如《兒女英雄傳》和《醒世姻緣傳》）或形容詞（如《擴社的時候》）之後。看來，「巴」字作為語尾助詞應用如此之廣、如此多樣化，而《大詞典》僅籠統地把「巴」歸結為語助詞，未作進一步的全面分析，僅舉年「試巴試巴」的例子，未免失之簡單化了。

四、

　　　　人似巴山越嶺彪，馬跨翻江混海獸。（元・關漢卿《單刀會》二
　　〔尾聲〕）

《大詞典》引《水滸傳》第三十六回：「（宋江等三人）行了半日，巴過山嶺頭，早看見嶺腳邊一個酒店」為例，釋為「爬、攀登」，錯是不錯，但例孤似難取信。其實「巴」作此解，元以前唐代就有。如唐・雍陶《到蜀後記途中經歷》詩：「蜀門去國三千里，巴路登山八十盤。」「巴」、「登」互文，其義已見。又，元明間無名氏雜劇，「巴」多作「爬」，例如：《陳倉路》二〔鮑老兒〕：「我是個越嶺爬山錦尾彪，倒把我這山猿誘。」《活拿蕭太后》三〔越調

鬥鵪鶉〕：「我這裏將勇兵強，眞乃是爬山越嶺，一個個掛劍懸鞭，都待要安邊定境。」《八仙過海》三白：「任吾來往自縱橫，爬山過嶺施英勇。」《鎖白猿》楔子〔賞花時・么篇〕白：「爬山過嶺施英勇，翻江倒海顯神通。」以上並可證。引申上義，猶攀附、攀高，比喻投靠權豪勢要抬高自己，如說「巴高枝兒」（語見《兒女英雄傳》第三十二回），意即攀高枝兒；說「巴高望上」（語見《紅樓夢》第四十六回），意即向上爬，爭取出入頭地。

五、

我巴到你黃昏盼到你明。思舊約，想歸程，可著我久等。（元・石子章《竹塢聽琴》三〔倘秀才〕）

盼清明・巴上巳，過寒食。（無名氏小令〔南呂小令〕《春閨思》，見《樂府群珠》卷一）

盼郵亭，巴堠子，一步捱一步。（明・賈仲明《對玉梳》三〔中呂粉蝶兒〕）

說不盡孤寒寸進似梯天，剛巴到三年利見，只憑他走馬看花眼，把一路芳蘭作踐，可憐那終身不遇的，嘆一領青衫九泉，這冤苦怎生言！（清・楊潮觀《吟風閣雜劇・開金榜朱衣點頭》〔風入松〕）

以上各例，「巴」即「盼」的意思。一至三例，「巴」、「盼」互文爲義，是其證。此用意亦多見之於明清小說，例如：《醒世恒言・李汧公窮邸遇俠客》：「房德道：『我乃讀書之人，還要巴個出身日子，怎肯幹這等犯法的勾當？』」《鏡花緣》第六十三回：「好容易吃了辛苦，巴到此地，卻將文書平白給人！請問妹妹好端端爲何不要赴試？」《快心編》；「朝巴夜望，巴到初四日絕早，即便梳裝打扮。」以上皆其證。其實，「巴」用作「盼」意，不始自元，宋人已有此語，如吳潛〔水調歌頭〕《出郊玩水》詞：「巴得西風起，吾亦問前程。」又，劉克莊〔最高樓〕《乙卯生日》詞：「幾曾三宿爲歸計，更巴一歲是希年。」

六、

爲巴錢毒計多，被天公生折磨。（元・石君寶《曲江池》四〔梅花酒〕）

俺這個狠精靈，他那生時節決定，犯著甚愛錢巴鏝的星。（元·石君寶《紫雲亭》一〔後庭花〕）

成不成虛交（教）人指點，是不是先巴鏝傷廉。（元·無名氏小令〔滿庭芳〕，見《樂府新聲》中）

他死的名全，將您這巴鏝的虔婆勸。（明·朱有燉《香囊怨》四〔得勝令〕）

以上「巴」字，意謂牟利、營求。清·錢大昕《恒言錄二·單字類》：「不足而營之曰巴。」巴錢，即營求金錢之意，巴鏝，義同「巴錢」。連類而及，《大詞典》似也應舉出「巴鏝」，內容才涵蓋的廣，但它忽略了，是其不足。按：在宋元時代，用錢作賭博工具，即用「錢」的兩面，「字」（錢的正面）及「冪」（錢的反面）以定輸贏。「冪」訛為「鏝」，故「巴鏝」，亦即營求金錢之意。又，例中「巴鏝」或與「愛錢」連文，或與「傷廉」連文，皆可為證。「冪」又訛為「謾」，《宣和遺事》前集：「一片心只為求食巴謾。」亦其例也。

七、

爭奈天色已晚，又遇著風雨，前不巴村，後不著店，怎生是好？（元·王曄《桃花女》楔子〔仙呂端正好〕）

一陣狂風驟雨來了，如何是好！前不巴村，後不著店，只得冒雨走。（明·無名氏《霞箋記》十七〔北沽美酒〕）

如今前不巴村，後不巴巷，如何是好？（清·楊潮觀《吟風閣雜劇·感天后神女露筋》〔南正宮·梁州令〕白）

以上「巴」字，與「著」對應，「巴」猶「著」也，即貼近、靠近之意。明·無名氏《拔宅飛升》二〔酷葫蘆〕白：「來到這半路途中，前不著村，後不著店。」明·江楫《芙蓉記》十一〔山坡羊·前腔〕：「過一村，又一灣，蹊嶇險道，前不著村，後不著店。」《水滸傳》第二回：「來到這裏，前不巴村，後不巴店。」兩相對照，同樣語意，一作「巴」，一作「著」，皆其確證。

八、

安著個破沙鍋，常煮著鍋巴吃。（元·無名氏《劉弘嫁婢》一〔寄生草〕白）

凡乾燥或粘結斂合之物皆曰「巴」，如鍋巴、泥巴、鹽巴。明・李實《蜀語》：「乾肉及餅曰巴。牛肉曰牛乾巴，蕎餅曰蕎巴，鹽塊曰鹽巴，土塊曰土巴之類。」清・錢大昕《恒言錄二・單字類》：「日曬肉曰巴，凡物之乾而膩者皆曰巴。」《西遊記》第五十七回：「將些剩飯鍋巴，滿滿的與了一鉢。」周而復《上海的早晨》第一部七：「啪，右邊牆上的一塊泥巴掉了下來。」《紅色歌謠・紅軍在苗家心裏生了根》：「分得鹽巴和布匹，永遠跟著共產黨。」以上皆其例。稱乾物曰巴，宋代已然。宋・洪邁《夷堅支志景》卷四：「無處容他，只好炎天曬作巴。」又《南史・潘綜傳》：「宋初吳郡人陳遺，少為郡吏，母好食鍋底飯。遺在役，恒帶一囊，每煮食輒錄其焦以貽母。」「鍋底飯」，即指「鍋巴」，證明南北朝時已把它視為美食矣。

九、

> 哎喲，好大口也！吊了下吧（巴）。（元・馬致遠《岳陽樓》二〔賀新郎〕白）

> 今日眾人才得手，抬著金牌一齊走，若還一個走的慢，放心也二十嘴巴也不賞酒。（明・無名氏《五龍朝聖》楔子白）

下吧，即下巴頦，指口輔；嘴巴，即嘴巴子，指面頰。近人章太炎《新方言・釋形體》：「今揚州、安慶，皆謂頰為輔，音如巴。直隸、山東、浙江、江南、江西、湖北、湖南，皆謂口圍為柴輔，音如巴。」其實，不只以上各地，今北方廣大地區也普遍以此為通稱。明清小說亦多見之，例如：《金瓶梅》第七十三回：「（潘金蓮）教春梅：『你與我把奴才一邊臉上打與他十個嘴巴。』」《紅樓夢》第五十四回：「別叫他謅掉下巴胳子罷！」又第六十七回：「那興兒真個自己左右開弓，打丁自己十幾個嘴巴。」《兒女英雄傳》第五回：「一嘴巴子硬觸觸的胡子楂兒。」

十、

> 怎當他官不威牙爪威，也不問誰有罪誰無罪；小則公堂上有對頭，更夾著祗候人無巴壁。（元・李行道〔灰闌記〕四〔雁兒落〕）

> 這般說謊無巴臂。（元・高明《元本琵琶記》十三〔雙鸂鶒・前腔換頭〕）

這鏡兒，還有會合時。我如今空手無巴臂，半日倉皇，一天憔悴。（明·張鳳翼《紅拂記》十九〔山坡羊·前腔〕）

（卓）文君再把香車駕，只恐琴心調弄差，反與相如作話巴。（明·陳大聲散套〔粉蝶兒〕《閨情》，見《詞林摘艷》卷三）

以上「巴」字，皆「把」字的假藉。巴壁、巴臂，皆「把鼻」的異寫，意猶把柄、根據也。話巴，乃「話把」的異寫，意猶話柄，即指被他人作談笑資料的憑據，取義亦與把柄、根據相近。按：巴，通作「把」，已見宋人作品。宋·陳師道《後山詩話》：「熙寧初，有人自常調上書，迎合宰相意，遂丞御史。蘇長公戲之曰：『有甚意頭求富貴，沒些巴鼻便奸邪。』」宋·吳潛〔望江南〕詞：「著甚來由爲皎皎，好無巴鼻弄醒醒。」《朱子語類輯略》：「若是如此讀書，如此聽人說話，全不自做工夫，全無巴鼻。」宋元話本《京本通俗小說·錯斬崔寧》：「這十五貫錢分明是丈人與女婿的，你卻說是典你的身價，眼見的沒巴臂的說話了。」以上皆其證。明人小說亦多見之，例如：《水滸傳》第四十五回：「這廝倒來我面前又說海闍黎許多事，說得個沒巴鼻。」《古今小說·裴晉公義還原配》：「那吏部官道是告敕，文薄盡空，毫無巴鼻，難辨眞僞。」明·田汝成《委巷叢談》說：「杭人語，言人作事無據者曰沒巴鼻。」今人仍有把「把鼻」寫作「巴鼻」的，如周立波《掃盲志異》：「人家疑心不是沒有一點巴鼻的。」

十一、

我濕淋淋只待要巴前路，哎！行不動我這打損的身軀。（元·楊顯之《瀟湘雨》三〔刮地風〕）

一路願平安，打中肩，穆殿山，慌慌急急忙巴站。（清·胡粹亭小令〔南山調黃鶯兒〕《傷館師》）

以上「巴字」意謂奔赴。例一「巴前路」，謂奔赴前路也。例二「忙巴站」，謂急忙奔赴站上也。《水滸傳》第十六回：「老都管道：『你們不要怨悵，巴到東京時，我自賞你。』」又云：「只見兩個虞侯和老都管氣喘急急，也巴到岡子上松樹下坐了喘氣。」義並同上。

十二、

　　　　我說的丁一確二，你說的巴三覽四，使不著你癲骨頑皮，逞的
　　精神，說的強調。(元・蕭德祥《殺狗勸夫》四〔上小樓〕)

以上「巴」、「覽」互文爲義，皆看的意思。「巴三覽四」，是比喻說話東拉西
扯，強詞奪理。

十三、

　　　　飢時節選著那六局全食店裏添些個氣，渴時節揀那百尺高樓上
　　咽數盞兒巴。(元・楊立齋散套〔般涉調・哨遍〕)

此處「巴」字，當係一種飲料，具體所指，有待進一步考證。

十四、

　　　　巴的頓開金鳳凰。(陳乃乾輯《元人小令集》張可久《閨怨》三
　　首之一)

此「巴」字，用作像聲詞，「的」爲語尾，無義，一作「八的」(見《太平樂
府》卷三張小山小令〔柳營曲〕《閨怨》)。又作「吧的」，如《兒女英雄傳》
第十五回：「(鄧九公)早把手裏的酒杯，吧的往桌子上一放，說：『老弟，
你是怎麼曉得這個人？』」按：巴、八、吧皆同音異寫字也。

十五、

　　　　一領破袈裟，香山嶴裏巴。多生多寶多菩薩，多多照證光光乍。
　　小僧廣州香山嶴多寶寺一個住持。(明・湯顯祖《牡丹亭》二十一〔光
　　光乍〕)

此例前云「巴」，後云「寺」，可證「巴」即指寺廟。徐朔方注云：「巴，指寺
廟。明代澳門耶穌會教堂San paolo譯爲三巴寺。」其說是也。

十六、

　　　　(末背嘴介：)婦人罵老公公哩。罵你巴，又罵你羯狗，好發
　　作了！(丑惱介：)呀！偏我巴，你不巴！我羯，你不羯！(明・
　　湯顯祖《邯鄲記》二十三〔普天樂犯〕白)

此「巴」字，是罵人話，穢語。

十七、

　　俺卜大郎靠些穀子，積百巴千。（清・孫源文《餓方朔》二白）

此例「積」、「巴」互文，顯然「巴」也是積攢的意思。

　　除以上從戲曲作品中取例的 17 個義項，從明清以來的小說中還可以舉出一些，如《金瓶梅》第九十回：「這來旺得了此言，回來家，巴不到晚，趕到來昭屋裏。」「巴不到晚」，謂等不到晚也。《二刻拍案驚奇》卷十九：「勞生擾擾，巴前算後，每懷不足之心。」「巴」、「算」互文，「巴」亦算計之意也。《兒女英雄傳》第三十一回：「那一個藏不住，巴了巴頭兒，見一院子的人。」「巴了巴頭兒」，謂伸了伸頭也。常言「巴頭探腦」，意即伸頭探腦。張天翼《貝胡子》：「貝胡子就覺得自己的臉皮肉全巴了起來，好像抹滿漿糊給曬乾了似的。」此「巴」字，意謂乾裂。「全巴丁起來」，是說臉皮肉全乾裂了。今俗語「舔嘴巴舌」，則是品味的意思。

（原載於《河北師範大學學報》2000 年第 4 期）

（中國人民大學資料中心《語言文字學》2001 年第 1 期轉載）

釋「能」

王學奇

摘　要

　　研究元明清戲曲作品中的詞語，發現「能」有諸多義項，如「才幹」、「能夠」「如此」、「認同」、「很」等等，其中有 20 餘項在目前所有辭書中均未見收錄。

　　關鍵詞：能；義項；元明清戲曲

　　「能」字是多音字，除讀 néng 外，還有的讀 nái（《廣韻‧咍韻》：「奴來切。」）、讀 nài（耐）、讀 tái（台）、讀 tāi（胎）、讀 tài（態）、讀 zhi（治）、讀 xióng（熊），這在一些綜合性大字典、大詞典裏，都舉有一些具體例證和明確的解釋，不易發生歧義和誤會，爲節省篇幅，這裏不擬重複。有關哲學、物理學範疇以內的術語，也不在討論之列。本文所著重研究的是能（néng）字在戲曲中的若干一般用法。通過分析、比較元明清戲曲作路中使用的詞語，我初步總結有 27 個義項。其中 7 個義項（一至四、六、十四、二十四）是補充、完善傳統的講法，其餘 20 項是新發現的詞義，過去所出各辭書均未收錄過。文後附帶所列 11 個義項，也有 6 項爲他書所未載。

一、

　　　　大人，非某之能，託賴尊君洪福，並二位將軍之能也。（元‧鄭光祖《老君堂》四（雙調新水令）白）

　　　　盡前身逞盡能，悶殺也那來生。（明‧釋湛然《魚兒佛》三〔天下樂〕）

　　　　更記甚磣磕磕海誓山盟，妙舞清歌絕世能。（明‧孟稱舜《眼兒媚》一〔沉醉東風〕）

以上「能」字，用作名詞，意謂本事、才幹、能力。《易‧繫辭上》：「乾知大始，坤作成物；乾以易知，坤以簡能。」孔穎達疏：「坤以簡能者，簡謂簡省凝靜，不須繁勞。以此爲能，故申坤以簡能也。」《書‧大禹謨》：「汝惟不矜，天下莫與汝爭能。」《論語‧泰伯》：「以能問於不能，以多問於寡。」先秦詩《成相推辭》：「堯授能，舜遇時。」三國蜀‧諸葛亮《前出師表》：「將軍向寵，性行淑均，曉暢軍事，試用於昔日，先帝稱之曰能。」唐‧寒山《詩》一三九：「惟知打大臠，除此百無能。」以上諸「能」字，皆指才幹、本事、技能言。《玉篇‧能部》：「能，多技藝也。」《廣韻‧代韻》：「能，技能。」亦指有技藝之人。如《禮記‧禮運》：「大道之行也，天下爲公，選賢與能，講信修睦。」孔穎達疏：「能者，有道藝者。」

二、

　　　　此人猾黠，能奉承人意，又能胡旋舞。（元‧白樸《梧桐雨》一、白）

能商謎，慣緒麻，知音兩意難拋下。（明・朱有燉〔點絳唇〕《嬌豔名娃》，見《詞林摘豔》卷四）

雖則是內性聰明，所事多能，干向花柳，內顯名姓。（明・孟稱舜《眼兒媚》一〔雙調新水令〕）

去衝鋒只等的更兒靜也，煞強如束手重圍併命傾，是那個能將命？（清・楊潮觀《吟風閣雜劇・荀灌娘圍城救父》〔山桃紅・前腔〕

以上「能」字，意謂能夠、勝任、擅長。《書・西伯戡黎》：「乃（汝）罪多參在上，乃能責命於天？」《孟子・梁惠王上》：「爲長者折枝，語人曰：『我不能』，是不爲也，非不能也。」《史記・國敬仲完世家》：「不救寡人，寡人弗能拔。」司馬貞索隱：「能，猶勝也。」《漢書・敘傳下》：「柔遠能邇，燀耀威靈。」顏師古注：「《虞書・舜典》曰：『柔遠能邇。』柔，安也。能，善也。」《荀子・勸學》：「假舟楫者，非能水也，而絕江河。」楊倞注：「能，善。」三國魏・張揖《廣雅・釋詁二》：「能，任也。」敦煌變文《廬山遠公話》：「夜臥床枕，千轉萬回，是時不能世間之事，如由夢裡。」宋・廖世英〔燭影搖紅〕《題安陸浮雲樓》詞：「紫薇登覽最關情，絕妙誇能賦。」元・趙孟頫《題耕織圖》詩之十八：「婦人能蠶桑，家道當不窮。」《金瓶梅》第七十一回：「能用兵，善爲將，有心機有膽量。」義並如上。

三、

疏眉更目秀，鼻直齒能粗。（金・董解元《西廂記諸宮調》卷二〔黃鐘宮・快活爾纏令〕）

酒添的神氣能榮旺，飯裝的皮袋偏肥胖，衣穿的寒暑難侵傍。（元・宮大用《七里灘》一〔寄生草〕）

姑娘，今日是你哥哥誕日，爲何來得能遲？（明・朱權《荊釵記》三〔臘梅花・前腔〕白）

他重價高懸下，那市舶能奸詐，嗟，浪把寶船撜。（明・湯顯祖《牡丹亭》二十一〔駐雲飛・前腔〕白）

祖公公，只嘆你做官依舊能潦倒，一生何日開懷抱？（清・楊潮觀《吟風閣雜劇・韓文公雪擁藍關》）（三段子）

可愛的能紅能白桃與李，相間看持節持貞竹與梅。(清・黃圖珌
小令〔南越調山花紅又嬌〕《情》)

以上「能」字，意同「偌」、同「恁」，是如此、這樣或那樣的意思，用爲指示形容詞。唐・張九齡《庭梅》詩：「芳意何能早，孤榮亦自危。」「何能早」，謂何以這樣早也。唐・杜甫《茅屋爲秋風所破歌》：「南村群童欺我老無力，忍能對面爲盜賊？」「忍能」，謂忍得這樣也。宋・蘇軾《成都進士杜暹伯升出家》詩：「若教俯首隨韁鎖，料得如今似我能。」「似我能」，謂如我這樣也。宋・方岳〔喜遷鶯〕《和余義夫行邊聞捷》詞：「怎乾坤許大，英雄能少？」此謂乾坤這樣大，怎麼英雄如此少也。宋・文天祥〔酹江月〕《和》詞：「乾坤能大，算蛟龍原不是池中物。」「能大」，謂如此之大也。宋・吳文英〔三姝媚〕《過都城舊居有感》詞：「春夢人間須斷，但怪得當年，夢緣能短。」「能短」，謂那樣短也。清・王闓運《人日立春對新月憶故情》詩：「園中柳枝已能綠，汀州草色暗生塵。」「能綠」，謂如此綠也。

四、

我要將這孩兒與了人來呵，可不絕了王家後代？罷、罷、罷！能苦我一身罷，我情願典與太公。(元・關漢卿《五侯宴》楔子・白)

俗說：「能化一羅剎，莫度十乜斜。」(元・馬致遠《任風子》二、白)

休將軍國咨臣下，能把文章教你曹。(元・鄭光祖《周公攝政》二〔耍孩兒・么〕)

以上「能」字，猶「寧」。有些方言，讀「寧」爲「能」。蓋「能」、「寧」爲雙聲疊韻字也。意爲寧可、寧願。宋・蘇軾《六和寺沖師閘山溪爲水軒》詩：「出山定被江潮浼，能爲山僧更少留。」此言寧願留在山裏，也願出山爲江潮所污染也。宋・吳文英〔過秦樓〕《詠芙蓉》詞：「能西風老盡，羞趁東風嫁與。」自注：「能，去聲。」全句是說：寧願老死在西風中，也以追隨桃李去嫁給東風爲羞恥也。《三國志平話》卷中：「若不依，能死戰。」「能死戰」，謂寧可戰死也。

五、

　　　　（劉末云：）但得個大小官職也罷。（正末唱：）但得個知州，
也是我不待屈不能勾。（元·鄭光祖《三戰呂布》二〔得勝令〕）

以上「能」字，猶「願」，表示認同、同意。劇中劉備表示，只要得個官職也
就罷了。張飛則表示，就是得個知州的官，我也不願屈就。此用法已見於南
北朝，如《北齊書·祖珽傳》：「神武宴僚屬，於座上失巨羅，竇泰令飲酒者
皆脫帽，於珽髻上得之，神武不能罪也。」「不能罪」，不願加罪也。

六、

　　　　（詩云：）雖然故友情能密，爭似新歡興更濃。（元·關漢卿《金
線池》楔子〔仙呂端正好·么篇〕白）

　　　　　你道是可惜他落風塵、繫紅裙，端的個十分體態能聰俊。（元·
吳昌齡《東坡夢》一〔金盞兒〕）

　　　　　（搽旦上，詩云：）我這嘴臉實是欠，人人讚我能嬌艷。（元·
李行道（灰闌記）一、白）

以上「能」字，用作甚詞，表示程度，有很、甚、極、最、十分、何其等義。
例一「情能密」，與下句「興更濃」相應，則「能」之「最」意顯然可見。例
二「十分體態能聰俊」，此「能」與「十分」互文，猶云十分聰俊也。例三中
「能」字，可解作「很」，「能嬌艷」，很嬌艷也。此用法，唐宋語已然，例如：
唐·王維《達奚侍郎夫人挽歌》詩：「秋日光能澹，寒川波自翻。」「秋日光
能澹」，言秋光甚為暗淡也。唐·杜甫《贈裴南部》詩：「獨醉時所嫉，群小
謗能深！」「謗能深」，言誹謗何其深也！唐·白居易《生離別》詩：「食蘖不
易食梅難，蘖能苦兮梅能酸。意言吃蘖何其苦吃梅何其酸也。唐·韓愈《杏
花》詩：「居鄰北國古寺空，杏花兩株能白紅。」此言何其紅白相間而熱鬧也，
藉以反襯古寺之荒涼。宋·向滈〔阮郎歸〕：「角聲驚夢月橫窗，此時能斷腸。」
「能斷腸」，最斷腸也。宋·石孝友〔愁知闌〕（又名〔春光好〕）詞：「人好
遠，路能長，奈思量。」此「能」字與「好」字互文。「路能長」，猶云「路
好長」也。「好」在這裏，亦用作甚詞。《金瓶梅》第三十回：「我做老娘姓蔡，
兩只腳兒能快。」「能快」，謂最快也。

七、

　　你本是滄江上煙波侶，能念我蘆葦中飢餓夫？（元・李壽卿《伍員吹簫》二〔哭皇天〕）

　　能聽我說就里？唬得他戰兢兢魂魄飛。（明・姚茂良《精忠記》二十八〔川撥棹〕）

以上「能」字，猶「怎」，表疑問。例一「能念我」，怎念我也。例二「能聽我」，怎聽我也。宋語已然，如楊萬里《曉晴發蕪湖吳波亭》詩：「老夫強項誰能那，雨止風休伎自窮。」能，亦「怎」意，「誰能那」，意謂誰怎麼樣（我）也。言外之意即謂誰也奈何不的我。

八、

　　偏能軟纏，只不披著甲冑。（金・董解元《西廂記諸宮調》卷二〔雙調・文如錦〕）

以上「能」字，意猶「穿衣」之「穿」，與「披」互文爲義。「偏能」，意謂斜披在身上，「披」亦穿著意也。

九、

　　（彭大驚云：）嗐，真個好能也！你也忒心多，我不砍什麼桃樹，我自要劈些柴兒來燒。（元・王曄《桃花女》四、白）

　　嗐，蔡學士，你好能也！兀的不是連環計，卻在這妮子身上？（元・無名氏《連環計》二〔採花歌〕白）

以上「能」字，謂足智多謀。「好能也」，意謂好足智多謀呵！「好」在這裏是表示程度之詞，略同於「很」、「甚」、「多麼」。

十、

　　武藝精熟智量能，排兵布陣顯威風。（元・鄭光祖《三戰呂布》三、白）

　　他叫做楊令公手段能。（元・朱凱《昊天塔》四〔雁兒落〕）

以上「能」字，謂敏銳、高強，皆勝過別人之意。例一「智量能」，謂智慧銳敏也。例二「手段能」，謂手段（武藝）高強也。此皆義項（一）之引申。

十一、

　　　　則因月底聯詩句，成就了怨女曠夫。顯得有志的狀元能，無情
的鄭恒苦。（元・王實甫《西廂記》五本四折〔隨尾〕）

以上「能」字，與下文「苦」反襯為義，當是幸運、幸福的意思。

十二、

　　　　詔令官軍以拒秦，誰能敢去立功勳。（元・李文蔚《蔣神靈應》
　二、白）

以上「能」字，用作襯字，無義。若省略它，於曲意毫無損害，便是證明。

十三、

　　　　劫財物，奪妻女，不能掙揣。（金・董解元《西廂記諸宮調》卷
　二〔正宮・文序子纏〕）

　　　　不是久後來，也不能表白。（清・楊潮觀《吟風閣雜劇・魏徵破
　笏再朝天》〔仙呂調甘州歌・前腔換頭〕白）

以上「能」字，意猶「敢」。「不能」，不敢也。例一言「不能掙揣」，謂不敢
抗拒也。例二言「不能表白」，謂不敢表白也。《漢書・匈奴傳》：「是時匈奴
不能為邊寇，於是漢罷外城，以休百姓。」「不能為邊寇」，不敢做邊寇也。
小說如《三國志平話》卷上：「呂布如無相顧，眾將不能動。」「不能動」，亦
不敢動之意也。

十四、

　　　　謾說書中能富貴，顏如玉，黃金那裏？（明・湯顯祖《牡丹亭》
　二〔真珠簾〕）

　　　　許多心事向誰論？正是：相識滿天下，知心能幾人？（明・無
　名氏《白兔記》二〔絳都春・前腔〕白）

以上諸「能」字，皆「有」或「會有」的意思。例一言：不要說書中有富貴，
試問美人、黃金在哪裏呢？例二是說相識的人到處都是，知心朋友卻沒有幾
個。此用法唐宋已然，例如：唐・韓偓《秋霖夜憶家》詩：「不知短髮能多少？
一滴秋霖白一莖。」唐・皮日休《魯望以花翁之什見招因次韻賦之》：「不知

家道能多少？只在勾芒一夜風。」宋・張炎〔高陽台〕《西湖春感》詞：「能
幾番游？看花又是明年。」

十五、

有一日受法餐刀正典刑，恁時節，錢財使罄，人亡家破，方悔
道不廉能。（元・無名氏《陳州糶米》一〔勝葫蘆〕）

以上「能」字，意猶「害」、猶「禍」。「不廉能」，言不廉（貪污）便招來禍
害也。

十六、

他家忒煞賣弄，打的屁股能重。（元・無名氏《舉案齊眉》四〔得
勝令〕白）

以上「能」字，為「膿」的假藉字，河北省某些縣區，仍讀「膿」為「能」。
「能重」，即膿腫（重的諧音借字）也。「打的屁股能重」，古名家本作「打的
皮膚忒重」，曲文有出入，自當作別解。

十七、

怎做的閻羅神有向順，擺列著惡鬼能神。（元・鄭廷玉《冤家債
主》四〔水仙子〕）

我看他性命催，擺列著劍戟槍刀，有他這能神惡鬼。（明・無名
氏《斬健蛟》三〔越調鬥鵪鶉〕）

以上「能」字，意猶「獰」，與「惡」互文為義。元・孔文卿《東窗事犯》四
〔滾繡球〕：「監押都是惡鬼獰神。」明・無名氏《齊天大聖》二〔堯民歌〕：
「獰神惡鬼逞粗豪。」並可證。「惡鬼能神」，極言神鬼之凶惡，此處借用為
詈詞。

十八、

他道是日遊神為禍祟，我桃花女受災危，怎知有千隻眼先驅能
辟鬼。（元・王曄《桃花女》三〔迎仙客〕）

以上「能」字，意猶「邪」，「驅能辟鬼」，猶云「驅邪辟鬼」。

十九、

　　　看你那能牙利齒，說我甚過犯公私？（元・楊顯之《瀟湘雨》
二〔烏夜啼〕）

　　　潑賤才，堪人罵，再休來利齒能牙。（元・張壽卿《紅梨花》一
〔那吒令〕）

以上「能」字，意猶「伶」，與「利」互文爲義。元・張國賓《合汗衫》二〔紫
花序兒〕：「你休聽那廝說短論長，那般的利齒伶牙。」元・李行道《灰闌記》
三〔古寨兒令〕：「他便逞俐齒，弄伶牙，對面說三般話。」明・陳大聲散套
〔粉蝶兒〕《三弄梅花》：「奸猾，心性最難拿，瞞人利齒伶牙。」《鏡花緣》
第五十二回：「他那伶牙俐齒，若談起文來，此那三頭六臂還覺利害。」以上
並可證。按：能牙利齒，比喻口齒伶便，能說善辯。

二十、

　　　誰承望顛倒英雄在絳紗，無財帛單槍入馬。能粗細，知高下，
　　你穩著心兒把。（明・湯顯祖《邯鄲記》四〔賀新郎・前腔〕）

以上「能」字，與「知」互文爲義。劇寫盧生於夢中與崔氏女成婚入洞房的
情景，故「能粗細，知高下」，是描寫盧生知趣識相的意思。「能」作「知」
解，唐語已然，如李白《江夏行》：「未知行李游何方，作個音書能斷絕。」「知」、
「能」互文爲義。

二十一、

　　　能鑿壁，會懸梁，偷天妙手繡文章。（明・湯顯祖《牡丹亭》二
〔眞珠簾〕白）

以上「能」字，與下句「會」字互文爲義。

二十二、

　　　（旦、貼扮女樂上：）壯士軍前半死生，美人帳下能歌舞。（明・
湯顯祖《牡丹亭》五十〔梁州序・前腔〕）

以上「能」字，用作副詞，意猶「猶」、「仍」、「還」，表示動作繼續進行。《全
唐詩》卷十九高適《燕歌行》原句云：「戰士軍前半死生，美人帳下猶歌舞。」

一作「能」，一作「猶」。又高適《別耿都尉》詩：「四十能學劍，時人無此心。」
「能學劍」，仍舊學劍也。皆其證。

二十三、

> 秋影掛銀河，展天身，自在波。諸般好相能停妥。（明・湯顯祖
> 《牡丹亭》二十六〔黃鶯兒〕）

以上「能」字，用作副詞，意猶「皆」、「咸」、「全」、「俱」，表示總括，上應
「諸」字，可證。又劇言「好相」，是佛家所指應身佛肉體上有三十二妙相，
如手指纖長、身金色……等等（見《大智度論》），亦與所下「諸」字相合。

二十四、

> （小旦背介：）雖親舊到此羞稱，縱仇敵也暫相能。（清・李漁
> 《意中緣》十五〔普天樂〕）

以上「能」字，意謂和睦、親善。「相能」，謂相親善也。《荀子・正名》：「能
有所合謂之能。」《左傳・襄公二十一年》：「范鞅以其亡也，怨欒氏，故與欒
盈爲公族大夫而不相能。」《史記・蕭相國世家》：「（蕭）何素不與曹參相能。」
《西京雜記》卷二：「五侯不相能，賓客不得往來。」《聊齋志異・曾友于》：
「家中兄弟益不相能。」《十二樓・合影樓》第二回：「敝連襟與小弟素不相
能。」各「不相能」，皆謂不相睦、不相親也。

二十五、

> 主上沖齡嗣位，尚在血氣未定之時。喜習畋游，不親政務，邪
> 佞多而正人少，暴不勝寒；根本弱而枝葉強，家能侶國，種種俱是
> 朝廷的隱患。（清・李漁《玉搔頭》三〔似娘兒〕白）

以上「能」字，意猶「強」，謂強大、強盛也。「家能侶國」，即指邪佞之臣力
量強大，可以和朝廷分庭抗禮，不服約束。這裏「家」指佞臣，「國」指朝廷。
「侶」者，指結爲伴侶。《抱朴子・外篇・安貧》：「黨援多者，偕驚飆以凌雲；
交結狹者，侶跂鼈以沉泳。」這裏引申爲對抗。

二十六、

　　荊妻宵氏，勤謹能家，命犯孤星，子息尚缺。(清‧無名氏《金
蘭誼》四〔鵲橋仙〕白)

以上「能」字，意猶「持」。「勤謹能家」，謂勤謹持家也。《初刻拍案驚奇》
卷十一：「那劉氏勤儉持家，甚是賢惠，夫妻彼此相安。」

二十七、

　　有時侍經筵，正心誠意篇；有時知制誥，分職設官能；有時注
起居，右事左言間；有時預纂修，治國齊家並。(清‧查繼佐《續西
廂》二〔四煞〕)

以上「能」字，意猶「級」，即級別也。「設官能」，謂擬定官職之級別也。

　　以上 27 個義項，是就元明清戲曲例句所作的闡釋。但「能」之爲義，遠
不止此，連類而及，再舉述如下：

　　能，意謂替代。如《荀子‧天論》：「耳目鼻口形，能各有接而不相能也。」
此「不相能」，謂不能互相替代也。與前第二十四義項別。

　　能，用作副詞，表示動態，意義相當於「乃」。如《史記‧淮陰侯列傳》：
「今韓信兵號數萬，其實不過數千，能千里而襲我。亦以罷極。」王念孫釋
曰：「此能非才能之能，能猶乃也。言信兵不過數千，乃千里而襲我，亦已罷
極矣。」又云：「乃與能古聲相近，故義亦相通。」(見《讀書雜誌三‧史記
第五》)

　　能，用作連詞，表轉折或相承，意義相當於「而」。如漢‧崔駰《大理
箴》：「或有忠能被害，或有孝而見殘。」「能」、「而」互文見義。王引之《經
傳釋詞》卷六：「能，當讀爲而。」又云：「能，猶而也；能與而古聲相近，
說見《唐韻正》。故義亦相通。《詩‧芄蘭》：『雖則佩觿，能不我知』。能，
當讀爲而。雖則之文，正與而字相應。言童子雖則佩觿，而實不與我相知之
也。」

　　能，用作介詞，表示時間，意猶「及」、猶「到」、猶「夠」。如《史記‧
扁鵲倉公列傳》：「其死未能半日也。」此言其死不到半天。《漢書‧匈奴傳》：
「會天大雨雪，一日深丈餘，人民畜產凍死，還者不能什一。」此言人民畜
產，回來的不到十分之一。三國魏‧曹植《名都篇》：「鬥雞東郊道，走馬長
楸間。馳驅未能半，雙兔過我前。」「未能半」，意謂不夠路程一半也。

能，用作副詞，表示範圍，意猶「只」、猶「僅」。唐・杜甫《月》詩：「只益丹心苦，能添白髮明。」「只」、「能」互文爲義。宋・蘇軾《舟中夜起》詩：「此生忽忽憂患裏，清境過眼能須臾。」「能須臾」，只須臾也，此言時間之短。

能，用作副詞，意爲「只管」、「盡管」，表示沒有條件限制。如唐・韓愈《贈崔立之評事》詩：「高士例須憐曲蘗，丈夫終莫生畦畛。能來取醉任喧呼，死後賢愚俱泯滅。」「能來」，只管（或盡管）來也。

能，用作副詞，意義相當於「豈」，表示反問。如唐・白居易〔憶江南〕詞：日出江花紅勝火，春來江水綠如藍，能不憶江南？」「能不」，豈不也。

能，意猶「精」。《廣韻・清韻》：「精，善也，好也。」《說文解字注・米部》：「精，引申爲凡取好之偁。」唐・朱景玄《唐朝名畫錄・能品上》：「其畫並居能品。」明・祁彪佳《遠山堂明曲品劇品》中皆列有「能品」，呂天成《曲品》亦列有「能品」。能品者，精品也，多指書畫詩詞戲曲等藝術品之精者。古多曰「能品」，猶今云「精品」。

能，意猶「得」，表示必要。如：唐・李白《上李邕》詩：「宣父猶能畏後生，丈夫未可輕年少。」「猶能」，猶得也。宋・梅堯臣《和劉原甫〈復雨〉寄永叔》詩：「渾身酸削懶能出，莫怪與公還往稀。」「懶能出」，懶得出門也。清・劉淇《助字辨略》卷二云：「能，得也。凡言能乎者，猶言豈可得乎，省文也。」

能，意猶「怕」。如五代前蜀・韋莊〔思帝鄉〕詞之二：「陌上誰家年少，足風流。妾擬將身嫁與，一生休。縱被無情棄，不能羞。」「不能羞」，不怕羞也。

能，明清時方言，猶「似」，猶「像」，即謂像某物或像某物動作的樣子，如《天雨花》第二回：「學仁越罵心越氣，巴掌拳頭雨點能。」意即巴掌拳頭就像雨點似的打來。

（原載於《河北師範大學學報》2001 年第 4 期）

釋「許」

王學奇

摘　要

　　「從古到今，「許」字身兼多義，有些義項尚無確詁，即使是大型工具書，所引書證亦有溯源不盡之處，故予以補充、疏解。

　　關鍵詞：「許」；釋義；書證

　　「許」字涵蓋的意義，本文分前後兩部分，共收 20 條。其中一半，是筆者的新發掘，不見於已出各大辭書。其餘是選自己出辭書中一部分比較常見的義項。像作爲地名、國名、姓氏等專用名詞，概不予收錄。對收錄的這一部分，或因語焉不詳，或因溯源不到位，或因釋義含混不清，或因誤解而張冠李戴，筆者都作了相應的補充或糾正，務求有個新的面貌或新的解釋，以爲訓詁學研究或編寫辭書的參考。所見不當之處，歡迎專家指正。

一、

　　　　土軍營內覓個婆娘，交奶到如今許大身材，眉目秀，腮紅耳大。（金・無名氏《劉知遠諸宮調》十一〔南呂宮・瑤台月〕）

　　　　許來大官員，恁來大職位。（元・關漢卿《謝天香》三〔煞尾〕）

　　　　俺家裏偌大的房屋，許富的家私。（元・無名氏《神奴兒》三〔上小樓〕）

　　　　這樓襟三江，帶五湖，更對著君山千仞青如許，咱這裏不飲待如何？（明・谷子敬《城南柳》一〔油葫蘆〕）

　　　　見他沉沉不語愁如許，待相逢幾時？待相逢幾時？（清・徐旭旦散套〔南北雙調合套・新水令北〕《贈別》）

以上「許」字，意爲如此、這般，猶「恁」，猶「偌」。例二「許」、「恁」互文，例三「許」、「偌」互文，皆是顯證。作此解法的，可以上推到晉，例如晉樂府《子夜歌》云：「重簾持自障（鄣），誰知許厚薄？」「許厚薄」，謂如此厚也。厚薄，反義詞偏用。這種用法，以後在史書、詩詞、小說戲曲中廣爲使用。例如：《南史・卞彬傳》：「書鼓云：『徒有八尺圍，腹無一寸腸，面皮如許厚，受打未屈央。』」「如許厚」，謂如此厚也。唐・杜荀鶴《自江西歸九華》詩：「許大乾坤吟未了，揮鞭回首出陵陽。」「許大」，謂如此大也。宋・劉克莊〔沁園春〕《夢中作梅》詞：「天造梅花，有許孤高，有許芬芳。」《清平山堂語本・花燈轎蓮女成佛記》：「這和尚許大年紀，說這等的話？」兩例各「許」字，義並用上。《漢語大詞典》在這個義項裏，還舉杜甫《野人送朱櫻》詩做例子，詩云：「數回細寫愁仍破，萬顆勻圓訝許同。」「訝許同」之「許」，究屬何義，再三玩索，終覺不類。按：此詩「仍」、「許」互文，「仍」對「數回」而言，「仍」猶「頻」也。「許」對「萬顆」而言，則「許」猶「多」，

應無疑義，可證「許」乃不確定之估量詞也。「訝許同」，意即驚訝萬顆櫻桃多勻圓而相同也。

二、

　　憶自伊家赴上都日許多時，夜夜魂夢勞役。（金・董解元《董解元西廂記》卷八〔中呂調・安公子賺〕）

　　自音容去後，不覺許時，仰敬之心，未嘗少怠。（元・王實甫《西廂記》五本二折〔迎仙客〕白）

　　老將軍，不值許多價錢。（元・無名氏《衣襖車》一〔天下樂〕白）

　　俺和你圍了淮安許時，只是不下。（明・湯顯祖《牡丹亭》四十五〔普賢歌〕）

　　雖則保奏他仙班再居，他卻還有痴情幾許。（清・洪昇《長生殿》三十三〔絡絲娘〕）

以上「許」字，用作估量詞，是對數量的約略估計，不能十分確定。這種用法最早的例子，《漢語大詞典》舉的是《後漢書・任魴傳》，《漢語大詞典》舉的是《後漢書・皇甫嵩傳》，總之，都認為源於東漢。其實比這還要早，當推《古詩十九首》之十：「河漢清且淺，相去復幾許。」雖然有些學者認為它也是東漢以來的作品，不認為出自西漢人之手，否認西漢有五言詩，但這種觀點是站不住腳的。事實證明：五言詩早在《詩經》裏就已萌芽。項羽兵敗烏江，虞姬答項羽之歌云：「漢兵已略地，四方楚歌聲。大王意氣盡，賤妾何聊生？」（見《楚漢春秋》）漢樂府中如《陌上桑》等，都是完整的五言之作，怎能說西漢無五言詩呢？退一步講，即便是東漢人所作，也早於范曄寫的《後漢書》。范曄生於晉安帝隆安二年（398 年），死於南朝宋元嘉二十二年（445年）。可見范的生活時代主要是在南朝宋，此時距東漢滅亡已 200 多年，范曄撰《後漢書》，遣詞造句，很難避免時代的烙印。因之可以斷言兩大辭書溯源皆不到位。根據大量材料，作為估量詞使用的「許」字，可謂源遠流長，自西漢以後，歷代皆見，例如・陶潛《雜詩》：「前途當幾許，未知止泊處。」唐・劉餗《隋唐嘉話》中：「李義府始召見，太宗令詠烏，其末句云：『上林多許樹，不借一枝棲。』帝曰：『吾將全樹借汝，豈惟一枝。』」唐・李白《陳

情贈友人》詩：「三尺長頸閣瘦軀，俯啄少許但有餘。」宋·李清照〔永遇樂〕詞：「染柳煙濃，吹梅笛怨，相去復幾許？」以上「幾許」、「多許」、「少許」皆爲不確定的估量詞。

三、

怕曲兒捻到風流處，教普天下顛不刺的浪兒每許。（金·董解元《董解元西廂記》卷一〔般涉調·尾〕）

高山流水知音許，古木蒼煙入畫圖。（元·馬致遠《任風子》二〔二煞〕）

我則待扶明主晉靈公，助賢臣屠岸賈，憑著我能文善武萬人敵，俺父親將我來許、許。（元·紀君祥《趙氏孤兒》四〔醉春風〕）

以上「許」字，意爲「讚許、佩服」。《詩詞曲語辭匯釋》卷三：「許，猶服也，心服之服。」但未指明始於何時。今溯其源，知此用法，早見於漢唐，例如：《後漢書·鄭玄傳》：「紹（袁紹）客多豪俊，並有才說，見玄儒者，未以通人許之。」「未以通人許之」，言對鄭玄未以學問淵博的人來稱許他。唐·杜甫《戲贈閬鄉秦少公短歌》：「同心不減骨肉親，每語見許文章伯。」「每語見許文章伯」，意言每句話都被文章大家所讚許。唐·元稹《會眞記》：「時人多許張爲善補過者。」「許張爲善補過者」，謂讚許張某人是個善於補救過失的人。宋·吳處厚《青箱雜記》卷二：「穎自負文學，少許人。」「少許人」，謂很少稱讚人。以上皆其證。

四、

莫說自己許了他，連你也許了他。（元·關漢卿《竇娥冤》一〔一半兒〕白）

以此將我大的女孩兒，許了張道南爲妻。（元·無名氏《碧桃花》楔子、白）

我有一女，年方一十九歲，尚未許人。（明·王玉峰《焚香記》十七〔醉太平〕白）

女子既已許字，那有另擇他人之理？（清·汪光被《芙蓉樓》七〔宜春樂〕白）

以上「許」字，特指許婚、許配。「許」字在實質上是「給」或「與」的意思。許婚、許配，應該說是它的引申義。作此解的最早例子，《漢語大詞典》、《漢語大字典》舉的同是《史記・高祖本紀》，而不知戰國時代已有這種用法。宋玉《登徒子好色賦》云：「臣里之美者，莫若臣東家之子……然此女登牆窺臣三年，至今未許也。」「至今未許」，言到現在還未許婚也。此後這種用法便沿襲下來，例如：漢樂府《孔雀東南飛》：「幸可廣問訊，不得便相許。」「不得便相許」，謂（當事人自己）不能互相許婚也。唐・杜甫《送大理封主簿五郎序》：「鄭氏伯父京書至，女子已許他族，新事遂停。」「已許他族」，謂已許婚別的家族也。宋・賀鑄〔薄幸〕詞：「便認得琴心相許，與寫宜男雙帶。」「琴心先許」，意言通過琴聲早就表示許婚也。宋・葉適《姚君墓志銘》：「二女，長嫁王某，次許嫁黃某。」「許嫁」，意即許婚嫁人也。《二刻拍案驚奇》卷十一：「也是大郎有心把女兒許他，故留他在家裏，住這幾時。」「許他」，許婚於他也。

五、

> 小生學成滿腹文章，未曾進取功名，爭奈許了泰安神州燒香三年。（元・無名氏《黃花峪》一、白）

> 我許下東嶽泰安神州燒香去，與俺父親說知，多將些錢鈔，等我去還願。（元・鄭廷玉《看錢奴》三、白）

> 現如今擁雙旌做宰臣，許下我五花誥為縣君。（元・無名氏《碧桃花》一〔後庭花〕）

以上「許」字，意為許願，即預先答應給予神（如前兩例）或人（如例三）以某種好處之謂也。《晉書・藝術傳・戴洋》，「昔蘇峻時，公於白石祠中祈福，許賽其牛，至今未解。」唐・張九齡《雜詩》五首之一：「神物亦豈孤，佳期竟何許！」《西遊記》第九十六回：「老員外大家鉅富，許下這等齋僧之願，今已圓滿。」《鏡花緣》第十二回：「凡父母一經得有子女，或西廟燒香，或東庵許願，莫不望其無災無病，福壽綿長。」這種用法，現在口語中還有，如說：「爹爹去年許下一本書，今年才給我買來。」值得注意的是：「許」也有一般答應的意思，但又有區別：上舉各例，均指在事前答應；下列二例均指事後答應，如：《左傳・隱公元年》：「愛共叔段，欲立之。亟請於武公，公

弗許。」「弗許」，意即不答應把共叔段立爲太子。顯然是「請立」在前，「弗許」在後。《漢書·文三王傳》：「事下丞相、御史，請許。奏可。」「請許」，意即請答應太傅的奏本，也是「奏」在前，准（答應）奏在後。

六、

> 地理又遠關山阻，無計奈，謾登樓，空目斷，故人何許！（金·董解元《董解元西廂記》卷七〔越調·看花回〕）

以上「許」字，表處所，「何許」，謂何處也。《後漢書·陳留老夫傳》：「陳留老夫者，不知何許人也。」三國魏·阮籍《詠懷》詩：「良後在何許，凝霜沾衣襟。」晉·陶潛《五柳先生傳》：「先生不知何許人也。」唐·李白《楊叛兒》詩：「何許最關人？鳥啼白門柳。」宋·周邦彥〔浪淘沙慢〕詞：「念漢浦，離鴻去何許？經時信音絕。」金·龐鑄《題楊秘監雪谷曉裝圖》詩：「詩翁瘦馬之何許？忍痛吟詩太清古。」以上各「許」字，義並同。通過以上的引證，知歷代都有這樣用法。若再細心追蹤，還可以從戰國時代找到類似的用例。《墨子·非樂上》：「吾將惡許用之？」何謂「惡許」？孫詒讓《間詁》云：「畢云：『惡許，猶言何許。』王引之云：『言吾將何所用之也。』」

七、

> 記一對兒守教三十許，盟和誓看成虛。（明·湯顯祖《紫釵記》二十五〔解三酲·前腔〕）

> 還裏離城四十里許，有個柏谷，又名義桑，可暫棲止。（清·許廷錄《五鹿塊》八〔降黃龍·前腔〕白）

以上「許」字，表示大約接近某個數目，意猶「左右」或「上下」。《後漢書·何敞傳》：「其出居者，皆歸養其父母，追行喪服，推財相讓者二百許人。」宋·朱熹《答李濱老呂書》：「熹少好讀程氏書，年二十許時，始得西山先生，所著論孟諸說讀之。」明·蔣一葵《長安客話》卷三「極樂寺」條：「松身鮮翠嫩黃，斑剝若魚鱗，大可七八圍許，蓋奇物也。」《花月痕》第八回：「下面是百折淡紅縐裙，微露出二寸許窄窄的小弓彎。」以上皆其例。

八、

　　　　大姐，老爺説大夫人不許你，著你做個小夫人。（元・關漢卿《謝
　　天香》二〔賀新郎〕白）

以上「許」字，用作動詞，猶「給」、猶「與」。凡使對方得到某些物質利益
或名位榮譽等，均謂之「給」或「與」。《增韻・語韻》：「許，約與之也。」
本劇前文有云：「大夫人不與你，與你做個小夫人。」兩相對照，對云「不與
你」，後云「不許你」，語意正同，則「許」猶「與」，昭然可見矣。

九、

　　　　天那！一霎兒把世間愁都撮在我眉尖上，這場愁不許堤防。
　　（元・關漢卿《拜月亭》三〔烏夜啼〕）

　　　　這爺爺無輕放，怎當那橫枝羅惹不許堤防。（同前劇二〔梁州第七〕）

　　　　愁山悶海不許當敵，好著我無個列劃。（關漢卿散套〔中呂・古
　　調石榴花〕《怨別》）

　　　　嫦娥自是貪年少，何怕蟾宮不許攀？（元・楊顯之《瀟湘雨》
　　一〔賺煞〕白）

　　　　抖搜著黑精神，扎煞開黃髭鬚，則今番不許收拾。（元・康進之
　　《李逵負荊》二〔正官　端正好〕）

　　　　來、來、來，我和你做一個頭敵，則我這性子不許收拾。（元・
　　無名氏《黃鶴樓》四〔梁州〕）

以上「許」字，是「能」或「能夠」的意思，和動詞結合在一起，表示具備
某種能力或達到某種效率。「不許堤防」，謂不能夠堤防也。「不許收拾」，謂
不能夠約束或控制也。此用法在戲曲作品中頗有一些，但《漢語大詞典》和
《漢語大字典》卻隻字未涉。

十、

　　　　那尉遲公在先時許他來，如今老了，那裏數他？（元・無名氏
　　《小尉遲》二、白）

此例「許」、「數（shǔ）」互文，「許」即「數（shǔ）」的意思。「數（shǔ）」者，
謂一個一個地計算。引申其義，即此較起來是最突出的一個。宋・灌圃耐得

翁《都城紀勝・四司六局》：「凡四司六局人祇應慣熟，便省賓主一半力，故常諺曰：燒香點茶，掛畫插花，四般閒事，不許戾家。」「不許戾家」，謂數不上戾家（外行）也，意即外行人幹不了這差事。可知宋語已然。今仍習用此義，只是直接用「數（shǔ）」字，不用「許」了。如：「在消息（活提薩達姆）證實後，世上最激動的人，恐怕要數（shǔ）布什了」（《今晚報》2003 年 12 月 15 日第 8 版）。兩大詞典也未見收。

十一、

　　小生姓張，雙名建封，表字本立，南陽人也。幼喜文章，頗能辯論，說劍談兵，自許以功名顯。（明・沈自徵《鞭歌姬》白）

以上「自許」猶「自詡（xù 敘）」。「詡」者，誇耀也。自詡，意即自誇、自吹、說大話。「自許以功名顯」，意即自己誇耀是以功名顯達。唐・杜甫《自京赴奉先縣詠懷五百字》詩：「許身一何愚，竊比稷與契。」清・黃驚來《後圃講堂歌為蒼岑賦》：「許身稷契嗤為愚，致君堯舜何補？」兩「許身」皆「自許」之意。詩的內容都是用愚蠢嘲諷那自吹自擂、比做古代賢達的狂妄之徒。

十二、

　　指望咱弟兄情，如陳雷膠漆有許學，登時間瓦解冰消。（元・無名氏《鯁直張千替殺妻》三〔耍孩兒〕）

以上「許」字，疑是「誰」字，以形物而誤刻。鄭騫《校訂元刊雜劇三十種》、徐沁君《新校元刊雜劇三十種》，旨已校改為「誰」。徐校本並作校記云：「『誰』原作『許』，今改。」除以上 12 種對「許」字的詮釋之外，在戲曲作品以外的古今文籍中，還可以舉出一些不同的用法，附錄如下：

　　（一）《史記・刺客列傳》：「老母在，政（聶政）未敢與許人也。」司馬貞索隱：「《禮記》曰：『父母存，不許友以死。』」《晉書・陸玩傳》：「誠以身許國，義；忘曲讓。」唐・李白《結襪子》詩：「感君恩重許君命，太山一擲鴻毛輕。」唐・杜甫《前出塞》詩之三：「丈夫誓許國，憤惋復何有？」宋・陸游《觀長安城圖》詩：「許國雖堅鬢已斑，山南經歲望南山。」觀以上各例，「許國」是為國捐軀的意思。「許人」、「許君」是「士為知己者死」的意思。總之，各「許」字都是指獻出自己的生命，也是前文義項（八）「給」或「與」的引申義。

（二）南朝齊‧謝朓《晚登三山還望京邑》詩：「佳期悵何許，淚下如流霰。」又《在郡臥病呈沈尙書》詩：「良辰竟何許？夙昔夢佳期。」南朝梁‧蕭綱《照流看落淚釵》詩：「佳期在何許？徒傷心不開。」宋‧姜夔〔點絳脣〕《丁未冬過吳松作》詞：「今何許？憑欄懷占，殘柳參差舞。」以上各「許」字，皆表時間之詞。「何許」，何時也。

（三）南朝梁‧蕭紀《明君詞》：「誰堪攬明鏡，持許照紅妝。」南朝梁‧沈約《團扇歌》：「團扇復團扇，持許自障面。」南朝樂府民歌《丁都護歌》：「督護初征時，儂亦惡聞許。」唐‧沈佺期《雜詩》：「爲許長相憶，闌干玉筯齊。」宋‧楊萬里《夜雨不寐》詩：已是不成眠，如何更遭許？」以上各「許」字，皆爲近指代詞「此」也，與「彼」相對。例一「持許」，「許」指明鏡。例二「持許」；「許」指團扇。例三「惡聞許」，「許」指初征。例四「爲許」，爲此也。例五「遭許」，遭此也。「許」作「此」用，表示近指代詞，與彼相對。它與「許」作「這樣、這般」用，雖有相近之處，但不盡同。如「團扇復團扇，持許自障面」，此（『許』字只能依上文解作「此」，如解作「持這樣」或「持這般」，便覺文理不順。《大字典》在「這樣、這般」義項下，還舉唐陳子良《於塞北春日思歸》詩：「我家吳會青山遠，他鄉關塞白雲深。爲許羈愁長下淚，那堪春色更傷心。」這個「爲許」之「許」，也以解作「此」簡明準確，若解作「爲這樣」或「爲這般」，便不明確了。

（四）唐‧杜審言《贈蘇綰書記》詩：「知君書記本翩翩，爲許從戎赴朔邊？」宋‧楊萬里《舟中不寐》詩：「意中爲許無佳況，夢裏分明到故鄉。」此處兩「許」字皆用作副詞，表示疑問，意義相當於「何」、「什麼」。「爲許從戎到朔邊」，言爲什麼從軍到北疆呢？「意中爲許無佳況」，言意中爲什麼沒有好情況呢？

（五）宋‧陳鵠《耆舊續聞》卷七：「與君相從許久，苦留不住。」此「許」字用作程度副詞，猶「很」，猶「甚」。「許久」，意即很久、甚久，表時間之長。現在仍普遍使用之，如沈從文《從文自傳‧辛亥革命的一課》：「家中人既走了不少，忽然顯得空闊許多。」此「許多」，亦很多之意，表空間之大。

（六）南朝樂府民歌《懊儂歌》二：「江中白布帆，鳥布禮中帷，撢如陌上鼓，許是儂歡歸。」此「許」字爲或然之詞。「許是」猶「或是」、「或許是」、「可能是」，表示一種委婉或猜測的口氣。「許是儂歡歸」，意言或許是我所愛的人回來了，這種用意，現在還很普遍，如說：「他今天沒來開會，許是不知道。」

（七）南朝樂府民歌《華山畿》：「奈何許！天下人何限，慊慊只爲汝。」
又「奈何許！所歡不在家，嬌笑向誰緒？」《讀曲歌》：「奈何許！石闕生口中，
銜碑不得語。」《懊腦歌》：「懊腦奈何許，夜聞家中論，不得儂與汝。」以上
各於「許」字，皆用爲助詞，表示感嘆。明・胡震亨《唐音癸籤》卷二十四：
「戴叔倫：『秋風裏許杏花開。』許，裏之助辭。」按：戴叔倫，唐人，是知
在唐代，亦有此例也。

（八）《醒世姻緣傳》第十四回：「次日來了許些任上的食物。」又第十
七回：「拿出這銀子來，上下打點，一定也還使不盡，還好剩下許些。」以上
兩「許」字，皆「少」的意思。「許些」，意即少許，一些。

（原載於《唐山師範學院學報》2004 年第 6 期）

釋「與」——兼評《詩詞曲語辭匯釋》

王學奇

編者按

　　本文爲年逾八旬的王學奇先生爲其鉅著《詩詞曲語辭匯釋》「與」字條的補苴之作。王先生鑽仰彌深、精益求精的精神足爲後生楷模。

　　關鍵詞：「與」；詞義；《詩詞曲語辭匯釋》

　　本文通過《釋「與」》對《詩詞曲語辭匯釋》（以下簡稱《匯釋》略作評價和補充。「與」是多義詞，作者在《匯釋》中，共羅列 11 個義項。它的成功和精彩之處，在於引證了大量的唐詩宋詞的例子，並有不少精闢恰當的解釋。但也存在缺憾。其一，詩詞曲語辭，既爲《匯釋》的疏解對象，舉例時就應照顧全面，不宜詳詩詞而略戲曲，但在列舉的 11 個義項中，有 8 個義項，均未列戲曲例證，不能不說是個缺憾。其二，既爲多義詞，而義項卻不多，這說明舉例不廣，挖掘不深。拙文《釋「與」》僅就戲曲語詞，共列有 17 個義項。其中 6 個義項爲《匯釋》所無。這個比差，不能說不大。且這種情況在《匯釋》中也普遍存在。其三，詩詞曲語匯作爲被解讀的整體，在《匯釋》「與」字條 11 項中，均不見溯本追源的文字。實際很多近代語匯，特別是虛詞，它們的根，一直可以追溯到遠古。如果補上這一課，詞義的沿襲或推陳出新，便可以看得一清二楚。從歷史發展中掌握詞義，是訓詁學研究不可少的一環。筆者不揣鄙陋，上下求索，寫成《釋「與」》，希望同道指教。

一、

　　（1）金‧董解元《西廂記諸宮調》卷一〔越調‧雪青裏梅〕：「諸僧與看人驚晃，瞥見一齊都望：住了念經，罷了隨喜，忘了上香。」

　　（2）元‧金仁杰《追韓信》一〔仙呂‧點絳唇〕：「想著我獨步才超，性與天道，凌雲浩。世事皆濁，則我這美玉難雕琢。」

　　（3）明‧湯顯祖《紫釵記》二〔珍珠簾〕：「獻賦與論文，堪咳唾風雲。」

　　（4）清‧陸世廉《西台記》四〔南鎖南枝‧前腔〕白：「丞相已死，我與爾心亦慰矣。」

以上「與」字，用作連詞，表並列關係。《經傳釋詞》引鄭注《禮記‧檀弓》曰；「與，及也。」相當於現代漢語中的「和」字。

　　此用法早見於周，以後沿用不斷，可謂源遠流長矣。例如：《詩‧小雅‧谷風》：「習習谷風，維風及雨。將恐將懼；維予與女（汝）。」「與」、「及」互文爲義。《論語‧公冶長》；「夫子之文章，可得而聞也；夫子之言性與天道，不可得而聞也。」《正義》曰：「與，及也。」「性與天道」，謂性命和天道也。《史記‧宋微子世家》；「襄公與楚成王戰於泓」，《左傳‧僖公二十二年》作

「宋公及楚人戰於泓」。又《史記·齊太公世家》：「（齊）乃與屈完盟而去」，《左傳·僖公四年》作「屈完及諸侯盟」。以上兩例，敘述同一事件，一作「與」，一作「及」，皆可證「與」猶「及」也。漢樂府《孤兒行》：「南到九江，東到齊與魯。」又《小麥謠》：「小麥青青大麥枯，誰當獲者婦與姑。」晉·傅玄《豫章行苦相篇》：「昔爲形與影，今爲胡與琴。」晉·陶潛《擬古》詩之八：「路邊兩高墳，伯牙與莊周。」南朝齊·陸厥《奉答內兄希叔》詩：「春華與秋實，庶子及家臣。」唐·杜牧《長安秋望》詩：「南山與秋色，氣勢兩相高。」以上皆其例。

二、

　　（5）元·馬致遠《漢宮秋》一、白：「不想使臣毛延壽，問妾索要金銀，不曾與他，將妾影圖點破，不曾得見君王。」

　　（6）明·湯顯祖《牡丹亭》十四〔山桃犯〕白：「也有美人自家寫照，寄與情人。」

　　（7）清·尤侗《讀離騷》一、白：「前王使我造爲憲令，屬草未成，他見而欲奪。因我不與，遂進讒言……」

　　（8）清·陸士廉《西台記》二〔錦纏道〕白：「奉國與人，是賣國之臣也。」

以上「與」字，用作動詞，「給」的意思，表示使對方得到某些東西，如錢、物、權或其他某種待遇等。例5「不曾與他」，謂不曾給他（金銀）。例二「寄與情人」，謂（將畫像）寄給情人。例7「因我不與」，謂因我不給他（起草文件權）。例8「奉國與人」，謂把國家政治出賣給他人。這種用法，上古亦早有之，例如：《老子·第六十三章》：「將欲奪之，必固與之。」《孟子·萬章上》：「天子不能以天下與人。」《韓非子·忠孝》：「此明君且常與，而賢臣且常取也。」「與」、「取」相應，有所「與」，故有所「取」也。晉·張華《情詩》：「佳人不在茲，取此欲誰與？」晉·劉琨《重贈盧諶》詩：「時哉不我與，去乎若雲浮。」兩例皆倒裝，把賓語提前了。「誰與」，與誰也。「不我與」，不與我也。宋·姜夔〔八歸〕《湘中送胡德華》詞：「最可惜，一片江山，總付與啼鴂。」「總代與」，總付給也。

三、

（9）金・董解元《西廂記諸宮調》卷一〔仙呂調・賞花時〕：「西有黃河東華嶽，乳口敵樓莫與高。彷彿來到雲霄。」

（10）□・無名氏散套〔鬥鵪鶉〕《香篆簾櫳》：「嬌嬌媚媚天下無，那妖嬈不與尋俗。」（明・張祿《詞林摘艷》卷十）

（11）明・臧晉叔《元曲選・序二》：「是惟優孟衣冠，然後可與於此。」

以上「與」字，意猶「比」，用來比較性狀和程度的差別。例9「莫與高」，謂無物與之（乳口敵樓）比高也。例10「不與尋俗」，謂妖嬈非尋常可比也。例11「可與於此」，謂只有優孟衣冠，可與此相比也。唐詩宋詞亦多見之。如：唐・韋應物《郡內閒居》詩：「腰懸竹使符，心與廬山緇。」是說身雖為郡吏，心卻比廬山還黑。唐・李商隱《送從翁從東川弘農尚書幕》詩：「甘心與陳阮，揮手謝松喬。」是說情願和陳琳、阮禹相比也。宋・陳師道〔西江月〕《詠榴花》詞：「憑將雙葉寄相思，與看釵頭何似？」「與看」是說比比看雙葉與釵頭何似也。實際，「與」作「比」解，遠在先秦時代，就有這種例子，如《墨子・經下》：「一法者之相與也盡類。」高亨校詮：「凡一法所出者，其相比也，皆類似。」又《耕柱》篇：「於墨子曰：『鬼神之明智於聖人，猶聰耳明日之與聾瞽也。』上句「於」字，下句「與」字，皆可訓為「比」。《太平御覽》卷七十八引《尸子》：「堯曰：『騰之比神農，猶且與昏也。』」「比」、「與」互文為義。筆者還發現有的例子，「與」解作「如」，也可以解作「比」，如《漢書・匈奴傳上》：「單于自度，戰不能與漢兵。」顏師古注曰：「與，猶如也。」又同書《高帝紀下》：「今某之所就，孰與仲多？」注曰：「與，亦如也。」若換「比」字解之：「戰不能與漢兵」，謂作戰比不上漢兵。「孰與仲多」，謂事業成就比管仲孰多。然細玩之，較之解為「如」字似更覺貼切。

四、

（12）元・關漢卿《竇娥冤》一、白：「因賽盧醫少我二十兩銀子，今日與他取討。」

（13）同劇二〔隔尾〕白：「我婆婆因為與賽盧醫索錢被他賺到郊外……」

（14）元・關漢卿《謝天香》楔子〔仙呂賞花時・么篇〕：「謝他新理任這官員，常好是與民方便，咱又得一夜並頭蓮。」

（15）元・關漢卿《裴度還帶》三〔小梁州〕白：「父親在此爲理，與人秋毫無犯。」

（16）清・無名氏《偷甲記》十三〔江兒水〕白：「行腳僧人，水雲不定，特與客官化齋。」

以上「與」字，用作介詞，意猶「向」、猶「對」，都表示趨向。例 12「與他取討」，例 13「與賽盧醫索錢」，都是向賽盧醫索要欠債的意思。例 14「與民方便」，例 15「與民秋毫無犯」，都是對老百姓方便、對老百姓秋毫無犯的意思。例 16「特與客官化齋」，意即向客官化齋飯也。此用法多見於唐宋，如：白居易《聽水部吳員外新詩》詩：「明朝說與詩人道，水部如今不姓何。」「說與」，說向也。「說與詩人道」，亦可解作對待人說也。宋・陳與義《雨中再賦海山樓》詩：「百尺欄杆橫海立，一生襟抱與山開。」「與山開」，謂向山開、或對山開也。此詩顯然是從杜甫《奉待嚴大大》詩：「一生襟的急抱向誰開」脫胎而來。彼口「向」，此曰「與」，是「與」猶「向」也。宋・蘇軾〔西江月〕《送別》詞：「舊官何物與新官，只有湖山公案。」「與」一作「對」，是「與」猶「對」也。此不僅詩詞爲然，明清小說中亦見之，如《醒世恒言・杜子春三入長安》：「我又不曾與他那求乞，他沒有銀子送我便罷了，說那譫話怎的？」「不曾與他」，不曾向他也。《紅樓夢》第四十七回；「（邢夫人）少不得進來，先與賈母請安，」「先與」，謂先向或先對也。細考這種用法，唐宋以來雖較普遍，它的根，在上古亦可尋見，如《孟子・公孫丑下》：「齊人以仁義與王言者，豈以仁義爲不美也？」「與王言」，謂向王言或對王言也。

五、

（17）元・關漢卿《裴度還帶》四〔永仙子〕：「這裴中立風榮貴，那韓瓊英守志貞，我怎肯與別人做了夫人！」

（18）元・關漢卿《謝天香》二〔賀新郎〕白：「你對謝天香說，大夫人不與你，與你做個小夫人。」又云：「老爺說大夫人不許你，著你做個小夫人。」

（19）明・周朝俊《紅梅記》十七〔烏夜啼〕：「伴艷艷朝霞，冉冉春
華。與他把天姿國色向人誇，怕的是風僝雨僽將香魂咤。」

（20）同劇二十三〔水底魚兒・前腔〕白：「老先，我見這些不降的
一個個砍下頭來，好不怕人！如今與你降了他，又有官作，何
等不妙？」

以上「與」字，用作使令詞，猶「著」、猶「教」，猶「讓」，猶「使」。例 17
「我怎肯與別人做了夫人」，意即我怎肯讓別人做了夫人。例 18 前云「與你
做個小夫人」，後云「著你做個小夫人」，「與」、「著」互文為義，其為使令詞，
昭然可證。例 19「與他」，謂讓他，例 20「與你」，謂教你，都明白易曉，無
須費解。值得注意的是，「與」作為使令詞，早在戰國時代，就有蹤跡可尋，
如《墨子・尚賢篇中》：「古者舜耕歷山、陶河濱、漁雷澤，堯得之服澤之陽，
舉以為天子，與接天下之政，治天下之民。……伊摯，有莘氏女之私臣，親
為庖人，湯得之，舉以為己相，與接天下之政，治天下之民。……傅說被褐
帶索，庸築乎傅岩，武丁得之，舉以為三公，與接天下之政，治天下之民。」
三「與」字，《尚賢篇》下皆作「使」。歷代沿襲，無世無之，唐宋之後，非
常普遍，例如：唐・寒山《詩》二八五：「世間一等流，誠堪與人笑。」「與
人笑」，使人笑也。唐・白居易《會昌二年春題池西小樓》詩：「雖貧眼下無
妨樂，縱病心中不與愁。」「不與愁」，不使愁也。宋・晏幾道〔浣溪沙〕詞：
「風意未應迷狹路，鐙痕猶白記高樓。露花煙葉與人愁。」「與人愁」，讓人
愁也。

六、

（21）宋・無名氏《張協狀元》三十六〔太師引〕：「唱名了故來尋覓，
都不道朱紫滿朝，還知後與阿誰？」

以上「與」字，猶「謂」，猶「語」，是「說」的意思。「與阿誰」。謂阿誰也。
「都不道朱紫滿朝，還知後與阿誰」，意思是說：如果滿朝大臣知道（閉門不
納貧女）了呵，說（我張協）是什麼呢？這種用法，自戰國以來就屢見不鮮。
如：《荀子・正論》：「將以為有益於人，則與無益於人也。」楊倞注：「宋本
與作謂。」「則與」，猶「則謂」也。《禮記・禮運》：「大道之行也，與三代之
英。」「與三代之英」，謂三代之英也。《大戴禮・夏小征傳》：「獺獸祭魚，其
必與之獸，何也？曰：非其類也。」「與之獸」。謂之獸也。《史記・高祖本記》；

「劉季乃書帛射城上，謂沛父老曰：『天下苦秦久矣。』」《漢書・高帝紀上》「謂」作「與」，可知「與」猶「謂」也。《樂府詩集》載漢相和歌古辭《艷歌行》二：「誰能刻鏤此？公輸與魯班。」《玉台新詠》載古詩八首，其第六首云；「誰能爲此器？公輸與魯班。」按：公輸、魯班實係一人，故「公輸與魯班」，意即公輸與謂魯班也。唐・李白《南陽送客》詩：「斗酒勿與薄，寸心貴不忘。」「勿與薄」。勿謂薄也。宋・方岳《雪後梅邊》詩；「莫與梅花筋力倦，且推一雪阻躋攀。」「莫與」，莫謂或莫語也。意言姑且推說被雪阻止攀登，不要對梅花說體力疲乏不支也。宋・高觀國〔喜遷鶯〕詞：「鬢華晚，念庾郎情在，風流誰與？」「誰與」，猶「誰語」，即語准也，意言把庾郎的風流蘊事告訴誰呢？

七、

（22）宋・無名氏《張協狀元》三十四〔青玉案〕白：「寒窗苦志知幾秋，忽登桂籍魁鰲頭。已表平生丈夫志，身名端與居金甌。」

（23）元・喬吉《金錢記》二〔滾繡球〕白：「我恰才見小姐入角門兒裏去了，我與你尋將去。」

以上「與」字，用作介詞，猶「將」，猶「把」，表示將對象進行處理。例22「身後端與居金甌」，意言以張協的聲譽名望應把他提爲宰相。「居金甌」，《新唐書・崔義玄傳・附崔琳》：「玄宗每命相，皆先書其名。一日書琳等名，覆以金甌。」後因用爲提名做宰相之典。例23「我與你」，我將你或把你也。你，指小姐。「我與你尋將去」，意言我務必跟蹤把你找到。此用法唐宋詩詞遭多見之，如：白居易《新制綾襖成感而有詠》詩：「爭得大裘長萬丈，與君都蓋洛陽城。」「與君」，將君也。「君」指大裘，言將大裘覆蓋洛陽城也。宋・莫侖〔水龍吟〕詞：「也擬與愁排遣、奈江山、遮攔不斷。」意言打算將（或把）悉排除掉，怎奈江山遮攔難如願也。又「與」、「把」二字既義相同，故常出現「與把」二字聯用的現象，如：宋・柳永〔過澗歇近〕詞：「展轉無眠，粲枕冰冷。香虯煙斷，是誰與把重裘整？」宋・吳則禮〔減字木蘭花〕《簡天牖》詞；「後夜江干，與把梅花子細看。」凡云「與把」，皆即「把」也。

八、

（24）金・董解元《西廂記諸宮調》卷三〔中呂調・尾〕白：「夫人曰：『杜將軍誠一時名將，咸令人伏。與君有舊，書至則必起雄師，立殘諸惡。」

（25）元・王實甫《西廂記》二本三折〔折桂令〕白：「（紅背與旦云：）姐姐，這煩惱怎生是了？」

（26）明・湯顯祖《牡丹亭》十〔山桃紅〕白：「心中自忖，素昧平生，不知名姓，何得輕與交言？」

（27）清・陸士廉《西台記》四〔收江南〕白：「（見介：）皋羽兄，你在此做什麼？（生：）我在此哭奠文丞相。（生：）弟亦久有此心，何不與我共之？」

以上「與」字，用作介詞，意猶「跟」，猶「同」，表示引進行爲的對象。例24「與君有舊」，謂跟（或同）君有老交情。例25「紅背與旦云」，謂紅娘私下鶯鶯說。例26「何得輕與交言」，謂怎能隨便跟素昧平生的人交談呢。例27「何不與我共之」。謂何不跟我一同哭奠文丞相。這種用法亦已久遠，歷代都能找到它的蹤跡。例如：《詩・邶風・擊鼓》：「執子之手，『與子偕老』。」「與子偕老」，謂同愛妻白頭偕老也。子，指愛妻。《史記・淮陰侯列傳》：「足下與項王有故，何不反漢與楚連和？」兩「與」字，都是「跟」或「同」的意思。《韓詩外傳》二：「子路與巫馬期曰」，謂子跟巫馬期說也。古詩《行行重行行》：「行行重行行，與君生別離。」晉・劉琨《重贈盧諶》詩；「中夜撫枕嘆，想與數子遊。」晉・陶潛《飲酒》詩之九：「壺漿遠見候，疑我與時乖。」晉・葛洪《西記雜記》卷二：「慶安世年十五，爲成帝侍郎。善鼓琴，能爲雙鳳離鸞之曲。趙后悅之……與后同居處，欲有子而終無胤嗣。」唐・李白《蜀道難》詩；「爾來四萬八千歲，不與秦塞通人煙。」宋・趙令寺〔蝶戀花〕詞；「惱亂橫波秋一寸，斜陽只與黃昏近。」《清平山堂話本・柳耆卿詩酒玩江樓記》：「師師媚容艷質，香香與我情多，冬冬與我煞脾和，獨自窩盤三個。」《紅樓夢》第一回：「想這一干人入世，其情痴色鬼，賢愚不肖者，悉與前人傳述不同矣。」以上皆其例。

九、

  （28）元・王實甫《西廂記》二本三折〔離亭宴帶歇指煞〕白：
    「（紅：）……你休慌，妾當與君謀之。」

  （29）元・馬致遠《漢宮秋》二〔隔尾〕白：「（駕云：）我養軍千日，
    用軍一時，空有滿朝文武，那一個與我退的番兵？」

  （30）元・白樸《牆頭馬上》一〔後庭花〕白：「（正旦云：）好姐姐，
    你與我走一遭去。」

以上「與」字，用作介詞，意猶「爲（wèi）」、猶「替」、猶「代」，表示行爲的對象。例28「與君謀之」，言爲張生謀劃婚事也。例29「與我退的番兵」，言爲我打退番兵也。例30「你與我走一遭去」，言爲我送情書跑一趟也。唐・秦係《山中贈張正則》詩；「流水閒過院，春風與閉門。」「與閉門」，替閉門也。又唐・李涉《竹里》詩；「閒眠盡日無人到，自有春風爲掃門。」觀兩詩句法相同，一作「與」，一作「爲」，「與」之猶「爲」，是鐵證也。宋・蘇軾〔行香子〕《丹陽寄述古》詞；「尋常行處，題詩千首，繡羅衣與拂紅塵。」此言平言題詩壁上，有人爲之拂拭塵埃也。諸如此類例子，在唐宋詩詞中，舉不勝舉。若覓跡尋蹤，這種用法可以追溯到漢晉，如《史記・陳涉世家》：「陳涉少時嘗與人耕傭。」言陳涉年少時曾爲人耕田作僕役。晉・葛洪《西京雜記》卷二：匡衡勤學，「邑人大姓文不識家富書多，衡乃與其傭作而不求償。」言匡衡貪圖讀書爲文不識家作傭工而不要報酬也。再往上追一追，遠在戰國時代也可以見到，如《孟子・離婁上》：「所欲，與之聚之」，言民之所欲，則爲民聚之也。《戰國策・楚策四》；「秦王聞之懼，令華戎告楚曰：『毋與齊東國，吾與子出兵矣。』」此言秦爲楚王出兵也。

十、

  （31）明・梅鼎祚《玉合記》九〔紅衲襖〕白：「李郎也只傾蓋相與，
    承他顧盼。」

  （32）清・李漁《蜃中樓》二十一〔出隊子〕白：「只求大王開恩，
    看數千年相與分上，留我一條血脈。」

  （33）清・無名氏《雙瑞記》七〔山坡羊〕白：「前日叫他出去，尋
    個好人相與、相與，學些好樣。」

同劇同出同曲，白：「我子細想將來，他卻如何尋得一個好人，就有好人，誰肯與他相與？」

以上「與」字，用作動詞，意謂交往。上舉各例中的「相與」，皆相交之意也。《韓非子‧奸劫弒臣》；「君臣之相與也，非有父子之親也。」《論衡‧雷虛》；「且天地相與，夫婦也，其即民父母也。」《宋史‧奸臣傳‧邢恕》；「自是相與如素交。」《紅樓夢》第十三回；「你知道咱們都是老相與。」《儒林外史》第四十九回：「秦中書叫管家去書房後面去看什麼人在吵嚷，管家來稟道；『是二老爺的相與與鳳四老爺。』」《老殘遊記》第七回：「但是大盜卻容易相與。」以上義並同，可見「與」作「交往」用，源遠面流長。但有時也作「相伴」解，如晉潛《癸卯歲始春懷古田舍》詩；「日入相與歸。」謂黃昏時和農民相伴而歸也。又《飲酒》詩之五；「山氣日夕佳，飛鳥相與還」，謂傍晚山色秀麗，同飛鳥相伴而回也。有時亦有「相互」意，如唐‧劉禹錫《平蔡州》詩之二：「路旁老人憶舊事，相與感激皆涕零。」按：相伴、相互，皆與「相交」意近，蓋均表雙方友善的關係。

十一、

（34）元‧關漢卿《竇娥冤》二〔黃鐘尾〕：「情願認藥殺公公，與了招罪。」

（35）元‧鄭廷玉《後庭花》四〔笑和尚〕：「休，休、休待推辭，來、來，來索請夫人敢與這招伏罪。」

（36）元‧孫仲章《勘頭巾》三〔醋葫蘆〕白：「（正末云：）可知不干你事哩！你別（只）與個不應的狀子。（張千云：）怎麼把我也問個不應？」

（37）明‧湯顯祖《牡丹亭》十二〔夜游宮〕白：「絮了小姐一會，要與春香一場。」

以上「與」字，猶坐罪之坐，即特指辦罪的因由。例34「與了招罪」和例35「與這招伏罪」，都是坐招伏罪的意思。例36「吁與」和下文「問」字相應，「問」即問罪也。例37「要與春香一場」，意即要坐春香一場罪名也。按法律上自古有連坐（一人犯法，連累家屬親友受罰）、反坐（對誣告者加罪）等規定。《漢書‧賈誼傳》；「古者大臣有坐不廉而廢者」，意謂大臣有因貪污而被

革職的。敦煌變文《舜子變》:「舜子與招伏罪過」,義同曲例(一)(二)。宋·陳師道《答李簿》詩:「與罪寧無說」,意謂欲加之罪,何患無辭呢?

十二、

> (38) 金·董解元《西廂記諸宮調》卷三〔商調·玉抱肚〕:「自心窨腹,鶯鶯指望同鴛侶,誰知道打脊老嫗不與。」

> (39) 元·王實甫《西廂記》二本三折〔離亭晏帶歇指煞〕白:「(末云:)既然夫人不與,小生何慕金帛之色?」

以上「與」字,意為應許、答應、同意。例38、例39「不與」,皆指老夫人不應許崔張的婚事。「與」作「應許」用,上古已然,歷代因之。如:《書·胤征》;「天吏逸德,烈於猛火,殲厥渠魁,脅從罔治。舊染污俗,咸與惟新。」孔傳:「言其餘人,久染污俗,本無惡心,皆與更新。」意言受惡習影響或犯罪的人都准改過自新也。《論語·述而》:「子曰:『與其進也,不與其退也。』」朱熹集注:「與,許也。」意言只許他前進,不許他後退也。《史記·五帝本紀》:「萬國和而鬼神山川封禪與為多焉。」司馬貞《索隱》:「與,猶許也。」《資治通鑑·漢武帝綏和元年》:「朝過夕改,君子與之。」胡三省注引師古曰:「與,許也。」《舊唐詩·玄宗紀下》:「老疾不堪釐務者皆與致仕。」意言官吏年老患病不能工作的應准予退休。《紅樓夢》第八十八回;「我這裏斷不與說神說鬼。」「斷不與」,絕對不應許也。

十三、

> (40) 元·關漢卿《拜月亭》二〔牧羊關〕白:「阿馬,你可怎生便與這般狠心?」

以上「與」字,用作動詞,意猶「發出」之「發」。例言「怎生便與這般狠心」,是說怎麼便發這樣狠心。晉、唐早有類似用例,如:晉·陶潛《諸人共遊周家墓柏下》詩,「今日天氣佳,清吹與鳴彈。」清吹,指簫樂器,如笙笛之類。鳴彈,指弦樂器,如琴瑟琵琶之類。「清吹與鳴彈」,意言清吹發自鳴。唐·李白《訪道安陵遇蓋寰》詩:「懸河與微言,澹論安可窮?」「與微言」,謂發微言也。「微」者,言其宏論精深微妙也。唐·杜甫《江雨有懷鄭典設》詩:「寵光蕙葉與多碧,點注桃花舒小紅。」言蕙葉得雨而發碧色也。「與」「舒」互文,亦其證。

十四、

（41）金·董解元《西廂記諸宮調》卷三〔仙呂調·賞花時〕:「與你
試一試，這一門親事，全在你成全。」

（42）元·關漢卿《救風塵》一、白:「有一宋引章，和小生作伴，
當初也要嫁我來，如今嫁了周舍。他有個八拜交的姐姐，是趙
盼兒，我去與他勸一勸，有何不可？」

以上「與」字，意猶「請」、猶「央」，客氣之辭。例41「與你試一試」，意即
請你試一試。例42「我去與他勸一勸」，意即我去請他勸一勸。此用法已見於
宋代，如張孝祥〔鵲橋仙〕《落梅》詞:「與君不用嘆飄零，待結子，成陰歸
去。」「與君」，請君也。這句話是說:請君不要嘆息自己飄泊流浪的遭遇。
景宋汲古閣本作「勸君」，亦通。

十五、

（43）清·無名氏《偷甲記》三十二〔水仙子〕白:「（外:）俺只是
不肯甘心與他。（末勸介:）將軍不必發怒，今既同堂相善，
怎生又起風波？」

以上「與」字，意猶「親」。「俺不甘心與他」，意即我不甘心親近他。「俺」
和「他」究指何人？劇寫北宋朝廷派大將呼延灼以連甲馬征討梁山，不料為
徐寧鈎槍所破，兵敗被擒。宋江曉以大義，相招入夥，當和梁山諸弟兄聚義
梁山泊時，見到破他連甲馬的徐寧時，便表示「俺只是不肯甘心與他」，顯然，
「俺」是呼延灼自指，「他」指的就是徐寧。「與」作「親」字用，早見於上
古。例如:《詩·小雅·小明》:「靖共爾位，正直是與。」意言敬奉汝職，親
近正直人。高亨注:「與，猶親也。」《管子·霸言》:「按強助弱，圉暴止貪……
此天下之所戴也，諸侯之所與也。」尹知章注:「與，親也。」又《管子·大
匡》:「公先與百姓而藏其兵。」郭沫若等集校引蘇與云:「與，親也。」《抱
朴子·外篇·安貧》:「時人憚焉，莫之或與。」意言時人怕他，沒人親近他。
《宋吏·司馬光傳》;「安石曰:『光外託劘（mó）上之名，內懷附下之實，所
言盡害政之事，所與盡害政之人。』」「所與」，謂所親。按此義項與（十）「相
與」之「與」，義頗相近，只程度之別，「親」比「交往」更近一層。

十六、

（44）明·湯顯祖《紫釵記》四十四〔薄幸〕：「愁凝詠，秦雲黯待成

飛絮，誰說與玉肌生粟？」

以上「與」字，讀上聲，爲句中助詞，無義。「誰說與玉肌生粟」，意言誰說因
寒冷而肌肉的毛孔聳起呢？可見「與」字只起音節和聲調作用，無實際意義。
此用法早見於先秦，如：《詩·小雅·車舝（xiá）》：「雖無德與女（汝），式歌
且舞。」高亨注：「與，助也。」「雖無德與女」，猶云「雖無德女」，意言雖未
施惠汝身也。省略「與」字，無害詩意。《左傳·襄公二十九年》：「是盟也，
其與幾何？」杜預注：「言不能久也。」《國語·晉語二》；「亡人苟入掃宗廟，
定社稷，亡人何國之與有？」韋昭注：「（亡人）但得守宗廟、社稷，不敢望國
土。」亡人，流亡在外之人也，指晉公子夷吾。兩「與」字亦皆句中助字。《漢
書》也有類似的例子，如《文帝紀》曰：「今乃幸天年得復供養於高廟，朕之
不明與嘉之，其奚哀念之有？」意占帝白謂得終天年，供養高廟，爲可嘉之事，
無所哀念也。王念孫曰：「『朕之不明與嘉之』，朕之不明嘉之也。」（見《讀書
雜志三·漢書第一》）可證此「與」字亦作助字用，略之無害文意。

十七、

（45）元·高文秀《誶范叔》一〔賺煞〕白：「我乃魏國中大夫，受

命爲保，倒不得與此宴。」

（46）明·陳汝元《金蓮記》四〔阮郎歸〕白：「既整尊□田，兼攜

笙歌。伏蒙光降，與有榮施。」

以上「與」字，讀去聲，意爲參預，參加。例 45「與此宴」，例 46「與有榮
施」，都是參加宴會的意思。「榮施」，喻人施惠之敬詞。此用法亦早見於上古，
例如：《易·繫辭上》；「非天下之至變，其孰能與於此？」孔穎達疏：「孰能
與於此者，言皆不能也。」「不能」，意即不能參加也。《論語·八佾》：「子曰：
『吾不與祭，如不祭。』」「不與祭」，不參加祭祀也。朱熹注；「與，去聲。」
《墨子·天志下》：「不與其勞獲其實。」此言不勞而獲。「不與」，不參預也。
《國語·晉語二》：「重耳身亡，父死不得與於哭泣之位，又何敢有他志以辱
君義？」「與於哭泣之位」，謂參加到哭泣的行列。

（原載於《唐山師範學院學報》2006 年第 1 期）

釋「學」——兼評現行各辭書

王學奇

（河北師範大學　文學院，河北　石家莊　050091）

摘　要

「學」除各大辭書所列諸解外，在戲曲作品中還可見「比較」、「轉述」、「陪伴」、「容易」、「施加」等義項，在詩文中亦有「作」、「思」、「成」等新解。

關鍵詞：學；義項；新解

中圖分類號：H139 文獻標識碼：A 文章編號：1000-5587（2009）02-0096-04

　　「學」在各大辭書中，都列有一些如學習、學校、學科、學派、學風、學說、學問、學潮等一般性習見的詞語，取義比較特殊一點的卻不多。經過翻檢，《詩詞曲語辭匯釋》（以下簡稱《匯釋》）只列有一條，謂「學」猶「說」也。《漢語大字典》（以下簡稱《大字典》）除列「學」有「說、講述」這一解外，還列有「模仿」一解。其他如《辭源》、《辭海》類此。《漢語大詞典》（以下簡稱《大詞典》）除以上兩解外，又增補了「繪畫、書寫」、「如、像」兩解。前後加在一起，共有 4 解。這是前輩學者不斷探索的結果，也是對辭書的重要貢獻。但細檢其內容，或因溯源不遠，或因詞義有誤，或因取證失據，仍有可以修補之處。同時依照科學發展觀，在前賢研究的基礎上，繼續深入挖掘，我從戲曲作品中，又得五解…一爲「比較」，二爲「轉述」，三爲「陪伴」，四爲「容易」五爲「施加」。本文就以上幾個義項，一併加以闡釋。不妥之處，請讀者指正。正文後面，還附有從詩文中所獲新解十則，以供研究者參考。

一、

　　　金・董解元《西廂記諸宮調》卷六〔越調・鬥鵪鶉〕：「若到帝里，帝里酒釀花穠，萬般景媚，休取次共別人，便學連理。」

　　　金・無名氏《劉知遠諸宮調》十一〔般涉調・麻婆子〕：「有多少蹺蹊事，不忍對你學。」

　　　元・王修甫散套〔仙呂・八聲甘州〕：「春閨夢好，奈覺來心情，向人難學。」

　　　明・無名氏《南牢記》二〔出隊子・么〕：「這苦向誰行申告，今日個一椿椿對你學。」

　　　□・無名氏散套〔醉花陰〕《春困書齋睡魂擾》：「心間事，對誰學？似這般無打算淒涼何日了？」（見《詞林摘艷》卷九）

以上「學」字，都是「說」的意思。「學連理」，意即談情說愛。「對你學」，對你說也。「難學」，難說也。「對誰學」，對誰說也。「學」作「說」用，《大字典》、《大詞典》都舉出陸龜蒙《漁具・背蓬》詩「見說萬山潭，漁童盡能學」，來證明唐代已開其先河。其實此用法比這還要早些，如北周・王褒《從軍行》二首之一：「講戎平樂觀，學戲羽林亭。」「講」、「學」互文爲義，便是證明。《詩詞曲語辭匯釋》，顧名思義，便知其體例是以「詩詞曲」（唐詩、

宋詞、金元戲曲）作爲完整的讀解對象，但在征引金元戲曲之前，作者只引了宋・張至龍《題白沙驛》詩「枕邊學夢人方悟，未到鐘聲夢更頻」，宋・沈端節〔醉落魄〕詞「紅嬌翠弱，春寒睡起慵勻掠，些兒心事誰能學？」卻隻字未提唐詩的蹤影，更別說再往上推一步了。此其一。其二，《大詞典》在「述說、訴說」這一解中，舉《金瓶梅詞話》第七十五回：「你就學與他，我也不怕他」爲例，其實這是斷章取義。如把這段文字引全了，應該是：「春梅道：『我剛才不罵的你？你覆韓道國老婆那賊淫婦，你就學與他，我也不怕他。』」顯然這是轉述的意思，不是直接訴說。

二、

　　金・董解元《西廂記諸宮調》卷四〔仙呂調・點絳唇〕：「百媚鶯鶯，管許我同歡偶，更深後與我相約，欲學文君走。」

　　元・無名氏《黃花峪》二〔梁州〕：「（宋江云：）你做學那幾個人？（正末唱：）俺仿學那關張和劉備。」

　　清・李玉《永團圓》三〔破齊陣〕白：「欲學馬援、馬超，建少功業。」

　　清・李漁《風箏誤》三〔海棠春〕白：「尚有倒懸民未解，難將生計學漁樵。」

以上「學」字，意謂模仿、效法。例一「欲學文君走」，意言崔鶯鶯打算效法卓文君跟張生私奔。例二前云「做學」，後云「仿學」，則「學」爲模仿、效法義，不解自明矣。例三「欲學馬援、馬超」句，意言要效法馬援、馬超獻身沙場，建功立業。例四「學漁樵」，意言隱遁起來，效法漁民、樵夫的生活。故王念孫在《廣雅・釋詁三下》曰：「學，效也。」這種用義，亦起源較早。如：《墨子・貴義》：「貧家而學富家之衣食多用，則速亡必矣。」《晉書・隱逸傳・戴逵》：「是猶美西施而學其顰眉，慕有道而折其巾角。」可喜的是，這兩例，《大詞典》、《大字典》都引用了。接著兩書還引了杜甫的《北征》詩：「學母無不爲，曉妝隨手抹，」不過我以爲自晉至唐，中經南北朝和隋代，歷數百年之久，自唐至金也有不短的一段歷史，其間可以取爲例證的，一定不在少數，可適當增補幾例。如南朝梁・蕭巡《離合詩贈尚書令何敬容》詩：「斅斅終不似，學步孰能眞？」北魏・楊衒之《洛陽伽藍記》卷三：「海上有

逐臭之夫，里內有學顰之婦。」宋·柳永〔木蘭花〕《柳枝》詞：「楚王空待
學風流，餓損宮腰終不似。」宋·程顥《春日偶成》詩：「雲淡風輕近午天，
傍花隨柳過前川。時人不識余心樂，將謂偷閒學少年。」如果這樣一展示，
則作爲「效法、模仿」意義用的「學」字，則不絕如縷、一脈相承的歷史軌
跡，便躍然紙上了。應該說，這對語義學的研究，是很有幫助的。

三、

> 元·李文蔚《圯橋進履》三〔滾繡球〕：「（韓信云：）軍師論六
> 韜呵，怎生？（正末唱：）論六韜我學那定山河、保乾坤、伐無道
> 的姜呂尚。（韓信云：）論機見可學誰也？（正末唱：）論機見呵，
> 我似那齊孫臏報冤仇，在馬陵川夜擒了那一員虎將。（韓信云：）論
> 敢勇可學誰也？（正末唱：）論敢勇呵，我似那楚伍員，伏盜跖，
> 赴臨潼，舉金鼎，欺文武，保諸侯，逞英豪，狀貌堂堂。」

劇中韓信用「學」字發問，正末張良用「似」字作答，則「學」即「似」意，
昭然可見。「似」也是「如」的意思，「相像」的意思。這種用法，六朝以來，
屢見不鮮。如：南朝梁·何遜《與虞記室諸人詠扇》詩：「如珪信非玷，學月
但（一作且）爲輪。」南朝梁·鮑泉《奉和湘東王春日》詩：「新扇如新月，
新蓋學新雲。」北齊·顏之推《和陽納言聽鳴蟬篇》：「單吟如傳簫，群噪學
調笙。」唐·杜甫《瀼西寒望》詩：「猿掛時相學，鷗行炯自如。」唐·皮日
休《虎丘寺殿前古杉》詩：「勁質如堯瘦，貞客學舜霑。」以上各詩，皆「學」、
「如」互文，則「學」猶「如」，亦猶「似」也。再如南朝梁·范靜妻沈氏《映
水曲》：「輕鬢學浮雲，雙蛾擬秋月。」「學」、「擬」互文，則「學」猶「擬」，
「擬」亦比擬相似之意也。宋·陸游《黃州》詩：「局促常悲類楚囚，遷流還
嘆學齊優。」「學」、「類」互文，是「學」猶「類」，「類」亦類似意也。用字
各異，而含義皆同，亦可證漢語語匯之豐富多彩也。

四、

> 明·湯顯祖《紫釵記》三〔綿搭絮·前腔〕：「玉工奇妙，紅縈
> 水晶條。學鳥圖花，點綴釵頭金步搖。」

以上「學鳥圖花」，「學」、「圖」互文爲義，「學」猶「圖」也。「圖」者，繪
畫也。此用法，南北朝已見。如南朝梁·蕭綱《詠筆格》詩：「仰出寫含花，

橫抽學仙掌。」「學」、「寫」互文,「學仙掌」,畫仙掌也。唐詩亦多見之,如:杜甫《姜楚公畫角鷹歌》:「觀者貪愁掣臂飛,畫師不是無心學。此鷹寫眞在左綿,卻嗟眞骨逐虛傳。」李適《人日宴大明宮恩賜綵縷人勝應制》詩:「寶帳金屛人已帖,圖花學鳥勝初裁。」皆是。《大詞典》雖也提出個較早的例證,如南朝梁・江淹《空青賦》:「寫雲圖氣,學靈狀山。」但經查核,既不見蕭統的《文選》,也不見李昉等的《文苑英華》,在近人逯欽立輯注的《先秦漢魏南北朝詩》有關部分,也不見蹤影。關於它的出處,目前仍在追查落實中。

五、

　　元・無名氏《替殺妻》三〔石榴花〕:「俺是提刀屠翻做了知心交,論仁義有誰學?」(《元刊雜劇三十種本》)

　　元・王伯成《天寶遺事諸宮調》五十五〔梁州〕:「蕙姿天付群超,補方刺繡誰學?一扇扇番的堪誇,一行行納的是好,一針針縫的絕高。」

　　□・無名氏散套〔南呂一枝花〕《輕盈壓翠鸞》:「柳枝兒怎比纖腰,花朵兒難學玉容,月牙兒又剛比鞋弓。」(明・無名氏輯《盛世新聲》)

　　清・李漁《比目魚》十三〔節節高・前腔〕:「你的錢雖好,命亦高,人難學。這花星獨向伊行照,不知妬殺人多少?」

　　清・李漁《風箏誤》三十〔畫眉序・前腔〕:「雖不是桃李春榮,還學得枇杷晚翠。」

以上「學」字,皆「比」的意思。例一、例二「誰學」,謂「誰比」,意即誰比得上也。例四「人難學」,是指錢多命好,人難以相比也。例五「學得」謂比得也。例三「學」字與上下文「比」字互文爲義,更是顯證。此用法還可以上推到隋唐,例如:隋・薛道衡《奉和月夜聽軍樂應詔》詩:「崇岱終難學,丘陵徒自強。」唐・元稹《感事》詩三首之一:「爲國謀羊舌,從來不爲身。此心長(常)自保,終不學張陳。」兩「學」字,亦皆「比」的意思。「不學」,比不上也。

六、

　　　　金・無名氏《劉知遠諸宮調》三〔南呂宮・一枝花〕:「四叔，
你也休見罪，凡百事息言，莫學與洪信、洪義。」

　　　　明・朱權《荊釵記》四十八〔紫蘇丸〕白:「(淨:)年兄，你
可省得他說話?(外:)我從在那裏不曾聽得這話，年兄學與我聽
一聽。」

以上「學」字，謂轉述、學舌，意即把別人的談話，轉告給第三者。例一「莫
學與洪信、洪義」，意言劉知遠再婚之事，不要轉告給洪信、洪義。例二「學
與我聽一聽」，意言轉述給我聽聽。這種用法，宋代以來很普遍，除戲曲外，
還有如:宋・米芾《畫史》:「余輒撫案大叫曰:『慚惶殺人!』王詵每見余作
此語，亦常常道後學與曹貫道，貫道亦嘗道之。」《古今小說・滕大尹鬼斷家
私》:「倪善述聽到這裏，便回家學與母親知道，如此如此，這般這般。」《紅
樓夢》第八十八回:「(巧姐兒)手裏拿著玩意兒，笑嘻嘻走到鳳姐身邊學舌。」
以上皆其例也。其實，不僅宋、金以來如此，若尋蹤覓跡，早在南北朝時，
亦可找到這樣的用例。如《世說新語・輕詆》:「高柔在東，甚爲謝仁祖所重。
既出，不爲王劉所知。仁祖曰:『近見高柔，大自敷奏，然未有所得。』眞長
云:『故不可在偏地居，輕在角翰中，爲人作議論。』高柔聞，云:『我就伊無
所求。』人有向眞長學此言者，眞長曰:『我實亦無可與伊者。』」「人有向眞
長學此言者」，意即有人把高柔說的話轉述給眞長聽了。

七、

　　　　明・湯顯祖《紫釵記》三十八〔薄幸〕白:「時學養娘催繡，閒
陪幼婦題詞。」

以上「學」字，與「陪」互文爲義，是「學」猶「陪」也。「陪」者，陪伴也。
養娘，謂婢女，語出宋・黃庭堅書《趙伯充家小姬領巾》詞:「生受生受，更
被養娘催繡。」

八、

　　　　清・李漁《憐香伴》十四〔駐馬聽・前腔〕:「媒翁學做口難開，
理出尋常應見猜。」

以上「學」字，與下文「難」字反襯爲義，容易的意思。劇寫張仲友爲同列縣庠的姐丈范介夫作媒求前輩老孝廉曹個臣的令愛曹語花作妾，因名分問題，故曰「媒翁學做口難開」也。

九、

清・李漁《鳳求鳳》六〔孝順歌〕：「施喬扮，學艷裝，風流宛如才子腔。」

以上「學」字與「施」字互文爲義，是「學」猶「施」也。施，施加也。凡於物體上加上某種東西，均謂之「施」。如「施粉」、「施朱」等皆是。學艷裝，意即於人體施以盛服，即穿上醒人眼目的亮麗服裝也。

另外，在南北朝以來的詩歌、小說中發現的新義附收於後，供同道參考：

南朝梁・劉令嫺《答唐娘七夕所穿針》詩：「連針學並蒂，縈縷作開花。」隋・李德言《猗蘭操》詩：「不學芙蓉草，空作眼中花。」兩「學」字均與「作」字互文爲義，「學」猶「作」也。

南朝陳・江總《贈賀左丞蕭舍人》詩：「賀生思沉鬱，蕭弟學紛綸」。「學」與「思」互文爲義，「學」猶「思」也。

北周・庾信《奉和趙王西京路春旦》詩：「楊柳成歌曲，蒲桃學繡文。」「學」與「成」互文爲義，「學」猶「成」也。

隋・李德林《從駕巡遊》詩：「但睹凌霄觀，詎見望仙樓。鎖門皆秀髮，鴛池盡學優。」「學」，文苑作「覺」。唐・杜甫《解悶十二首》之七：「孰知二謝將能事，頗學陰何苦用功。」「學」字，《全唐詩》注云：「一作覺」。是「學」猶「覺」也。

隋・元行恭《秋遊昆明池》詩：「衣共秋風冷，心學古灰沉。」「學」與「共」互文爲義，是「學」猶「共」也。

唐・劉禹錫《送國子令狐博士起興元觀省》詩：「相門才子高陽族，學省清資五品官。」「學」字，《全唐詩》注云：「一作才」。是「學」猶「才」也。

唐・司空圖《河湟有感》詩：「漢兒學得胡兒語，又替胡兒罵漢人。」「學」字，《全唐詩》注云：「學作盡」。是「學」猶「盡」也。「盡」者，謂全部或曰所有也。

唐・劉氏媛《長門怨》詩：「雨滴梧桐秋夜長，怨心和雨到昭陽。淚痕不學君恩斷，拭卻千行更萬行。」詩中「不學」，謂不知也，言不知君已斷矣。

《金瓶梅》第五十四回：「（西門慶）問李瓶兒：『昨夜覺好些兒麼？』李瓶兒道：『可霎作怪！吃了藥，不知怎的睡的熟了。今日心腹裏，都覺不十分怪疼了。學了昨的下半晚，眞要痛死人也！』」這裏「學了」用作假設詞，意爲「如果像……那樣」。今徐州方言仍如此說。

《二十年目睹之怪現狀》第九十三回：「正是三窟未能師狡兔，一枝尚欲學鷦鷯。」「學」與「師」互文爲義，是「學」猶「師」也。

（原載於《河北師大學報》2009 年第 2 期）

釋「老」與「大」

王學奇

（河北師範大學　文學院，河北　石家莊 050024）

摘　要

中國古代戲曲中「老」與「大」雖是極普通的字眼，但其義項卻極爲豐富。本文以戲曲爲主，證之以小說、經史等古籍，詳盡探討了「老」與「大」的多種用法。

關鍵詞：「老」；「大」；釋義

老幼之「老」大小之「大」，本是極普通的字眼，但若親自動手，深挖細找，咀嚼玩味，總會發現出一些沒見過的新東西，使看似比較簡單瘦削的詞語，呈現出一片豐富多彩、引人入勝的境界，讓人流連忘返，欲罷不能。筆者從戲曲領域入手，多方求索，寫成這篇小文，或可供將來重修綜合性大辭典者一助焉。不當之處，請方家指正。

釋「老」

（一）

　　宋・無名氏《宦官子弟錯立身》十二〔越調鬥鵪鶉〕：「空滴溜老大小荷包，猛殺了鐐丁鋃底。」

　　元・王實甫《西廂記》五本四折〔喬牌兒〕白：「夫人聽誰說？若有此事，天不蓋，地不載，害老大小疔瘡。」

　　明・湯顯祖《紫釵記》三〔滿宮花後〕：「俺老大年華對此新春也。」

　　清・孔尚任《桃花扇》十二〔三段子〕白：「想因卻奩一事太激烈了，故此老羞變怒耳。」

　　清・查繼佐《續西廂》四、白：「（紅上）則俺爲君瑞姐夫及俺小姐的好事，老大擔個心事來。」

以上各「老」字，均用作甚辭，表示程度。「老大」、「老大小」（大小，即「大」，反義詞偏用），意即很大、甚大或非常大之意。《醒世恆言・施潤澤灘闕遇友》：「若是被小男女看見，偷吃了，到是老大利害。」又同書《李汧公窮邸遇俠客》：「老大一個漢子，沒處尋飯吃，靠著女人過日。」《金瓶梅》第五十四回：「到一木香棚下，蔭涼的緊，兩邊又有老大長的石凳琴台。」《紅樓夢》第三十三回：「有什麼不了的事，老早的完了。」以上皆其例。一說：「老」用同「佬」；「老大小」、「老大」，皆謂佬大（這般大）也。然細玩之下，不完全契合。

（二）

　　清・李漁《風箏誤》十五〔北醉太平〕白：「如今只得堅城固守，以老賊軍。」

以上「老」，用作動詞，意謂磨滅賊軍銳氣，消耗賊軍給養，以削弱其戰鬥力，

然後戰而勝之。《國語・晉語四》：「老，罷（pí）也，圍宋久，其師罷病。」宋・陸游《老學庵筆記》卷九：「今據大江之險，以老彼師，則有可勝之理。」《遼史・蕭思溫傳》：「思溫與諸將議曰：『敵眾而銳，不如頓兵以老其師。躡而擊之，可以必勝。』」《明史・高名衡傳》：「賊兵已老，可一戰走也。」

（三）

　　　　元・馬致遠《青衫淚》二〔一煞〕：「到如今，鶴歸華表，人老長沙，海變桑田。」

　　　　元・關漢卿《拜月亭》四〔殿前歡〕：「把黃虀淡飯相留戀，要徹老終年。」

以上「老」字，「死」的諱稱。例一「人老長沙」意謂賈誼在漢文帝時封爲太中大夫，爲諸老所不容，後貶爲長沙王太傅，最後就死在長沙。例二是劇中王瑞蘭表示要過苦日子一直到死，故說要「徹老終年」。「老」作「死」解，古早有之：漢樂府《古詩爲焦仲卿妻作》：「今若遣此婦，終老不復反。」「終老」，謂一直到死。唐・孟郊《烈女操》：「梧桐相待老，鴛鴦會雙死。」「老」與「死」互文見義。宋・陳師道《送鄭祠部》詩：「四著儒冠甘送老，數經奇遇得銷憂。」「甘送老」，謂甘心送死也。《紅樓夢》第十五回：「原來這鐵檻寺是榮、寧二公當日修造的，現在還有香火地畝，以備京中老了人口，在此便宜寄放。」「老了人口」，即謂死了人。

（四）

　　　　元・關漢卿《玉鏡台》三〔醉春風〕白：「若是他來時節，我抓了他那老臉皮，看他好做得人！」

　　　　元・鄭光祖《㑇梅香》三〔絡絲娘〕白：「（正旦云：）不妨事，休佯小心，老著臉子過去。」

　　　　明・李日華《南西廂》二八〔月上桂花・前腔〕白：「（貼：）你休假意，放面皮老些過去。」

　　　　清・孔尚任《小忽雷傳奇》九〔川撥棹〕白：「郭鍜，你老著臉皮，唐突潤娘，才會殺風景！

以上各「老」字，謂厚也。「老著臉板」，意即厚著臉皮。「放面皮老些」意即把臉皮放厚些。總之，是不顧羞恥的意思。《醒世恆言・李汧公窮邸遇俠客》：「事在無奈，只得老著臉，低聲下氣道……」《初刻拍案驚奇》卷三二：「唐

卿老著臉皮謝女子道：『昨日感卿包容，不然，小生面目難施。』」《官場現形記》第十三回：「後來被蘭山催不過了，只好硬硬頭皮，老老臉皮，同文七爺商量。」皆其例。今北京等地，形容臉皮厚，仍有「老著臉」的說法。

（五）

　　　　元・孔文卿《東窗事犯》四〔滾繡球〕：「每應舊功臣老盡，今
　　　日另巍巍別是個乾坤。果然道長江後浪催前浪，今日立起新君換舊
　　　君。」

以上「老」字，謂告老退休。「老盡」，謂皆已退休了。《左傳・隱公三年》載稱：「石碏諫寵州吁，弗聽。其子厚與州吁游，禁之不可。桓公立，乃老。」杜預注：「老，致仕也。」《遼史・蕭惠傳》：「十九年，請老，詔賜肩輿入朝，策扶上殿。」又同書《馬人望傳》：「人望使民出錢，官自募役，時以為便。久之請老，以守司徒，兼侍中致仕。」又同書《耶律谷欲傳》：「（谷欲）嘆風俗日頹，請老，不許。」《清史稿・聖祖紀一》：「平南王尚可喜請老，許之。」以上諸「請老」，皆自請退休之意。

（六）

　　　　元・王嘉甫散套《八聲甘州・六么篇》：「窄弓弓撇道，溜刀刀
　　　淥老，稱霞腮一點朱櫻小。」（「淥老」一本作「睩老」）

　　　　元・楊梓《敬德不伏老》三、白：「奶奶，我一自降唐出界丘，
　　　苦征惡戰數十秋：兩條眉鎖江山恨，一片心懷帝王憂；脊老尚嫌弓
　　　力軟，眼昏猶識陣雲愁；水磨銅鞭不喇喇一騎，我也曾扶立唐家四
　　　百秋。」

　　　　元・無名氏《爭報恩》一〔仙呂點絳唇〕：「怎覷那喬軀老，屈
　　　背低腰，款那步，輕抬腳。」

　　　　明・賈仲明（一作武漢臣）《玉壺春》二〔罵玉郎〕：「舒著一雙
　　　黑爪老，搯著一條黃桑棒。」

以上各例，例一「淥老」指眼和眼珠，例二「脊老」指脊梁骨，例三「軀老」指身體或身段，例四「爪老」指手。按：宋元以來戲曲中對人體各部分稱謂常綴以「老」字，除上舉各例外，它如稱「耳」為「聽老」，稱「頭」為「頂老」，稱「牙」為「齒老」，稱「鼻」為「嗅老」，稱「舌」為「搖老」，稱「腹（肚子）」為「奄老」或「腕老」，稱「髮」為「稍老」，稱「乳房」為「乳老」，

稱「屁眼」爲「角老」，稱「屩子」爲「灣老」，等等，這是中國近代戲曲語尾助詞的一種特殊用法。請參見南宋・陳元靚《事林廣記續集》八《綺談市語》、明・無名氏《墨娥小錄・行院聲嗽》等書有關章節。

（七）

　　元・楊顯之《酷寒亭》三〔黃鐘尾〕白：「我老公不在家，我和你永遠做夫妻，可不受用？」

　　元・秦簡夫《剪髮待賓》三〔醉春風〕白：「還要包些卓面東西，回家與俺老婆吃。」

　　元・武漢臣《老生兒》一〔混江龍〕：「我急煎煎去把那穩婆和老娘尋。」

　　明・湯顯祖《邯鄲記》二二〔五供養〕白：「難道老虎連金銀都吃去了？」

　　同劇同出〔江神子〕白：「（生）怎生叫四德狗子？（樵）他一德咬賊，二德咬野獸，三德咬老鼠，四德咬鬼。」

以上各例，所言「老公」（夫）、「老婆」（妻）、「老娘」（收生婆）以及「老虎」、「老鼠」之「老」字，皆不表示年歲。「老」放在人或動物的名詞前，作爲前置詞使用，通稱爲前綴。它如「老百姓」、「老玉米」等均是。它不僅運用廣，且由來已久。如唐・寒山《詩》之二六八：「老鼠入飯瓮，雖飽難出頭。」

（八）

　　元・馬致遠小令《天淨沙・秋思》：「枯藤老樹昏鴉，小橋流水人家。」

老樹，生命歷時長久的樹，今云「深山老林」是也。凡歷史久遠、表現衰敗與鮮嫩事物相對比的事物，均可謂之「老」。對象不同，意義亦別。以之言人，《孟子・梁惠王上》：「老吾老，以及人之老。」朱熹集注：「吾老，謂我之父兄。人之民，謂人之父兄。」故凡列入父兄之輩者，對子弟說，皆可稱「老」。以之言時令，表示季節到了晚期，如唐・岑參《喜韓樽相過》詩：「三月灞陵春已老，故人相逢耐醉倒。」宋・王安石詩：「歲老根彌壯，陽驕葉更陰。」皆是。以之言顏色，顏色深的則云「老綠」、「老紅」，均與「淺」相對，如唐・白居易《答韋八》詩：「春盡綠醅老，雨多紅蕚稀。」。它如「不嫩」也叫「老」，

如《紅樓夢》第五十回：「已預備下稀嫩的野雞，請用晚飯去罷；再遲一回就老了。」這是說，烹飪過了火候，本來鮮嫩的就要變老。以之言事，如「老工廠」、「老飯館」等積累些棘手的問題，也稱之爲「老」。老舍《茶館》第三幕：「老茶館，破了爛，想盡法子也沒法辦。」如此等等，筆難盡述。

（九）

> 元‧無名氏《神奴兒》一〔油葫蘆〕白：「哥哥，便好道：『老米飯捏殺不成團。』咱可也難在一處住了，似這般吵鬧，不如把家私分開了罷。」

以上「老」字，意爲「陳」，「老米飯」，即陳米飯也。凡云「陳」者，皆儲藏久遠之意。如「陳年老酒」、「陳年老醋」皆是。此蓋取義於漢‧蔡邕《獨斷》：「老，謂陳也，舊也。」老、陳、舊，義通。在這裏，「老米飯捏殺不成團」用作形容語，表示強合無益。

（十）

> 清‧李漁《蜃中樓》七〔交枝作供養〕白：「請問老寅丈，一向還在大令兄處？二令兄處？」

此「老」字非年老之老，而是對人的尊稱，今語猶然，如云「您老」、「王老」、「李老」等，但「老」字這樣用來指人時，有時也含輕蔑意，如云「闊老」、「外國老」。「老」也作「佬」，如云「美國佬」。

「老」字用法很多，除以上所列戲曲各解，有時還作「大」講，如清‧和邦額《夜談隨錄‧回煞》五：「秦人謂大爲老。有張大嘴者，又號老膽，以口大、膽大而得名也。」有時又作「小」講，如通常指排行最末的所謂老兒子、老閨女是也。有時又作「多」講，如周立波《暴風驟雨》：「大地主心眼壞透了，花招可老了。」又俗云「老鼻子」，亦多之意，如劉白羽《早晨六點鐘》：「說教導員的洋財可老鼻子啦！」《暴風驟雨》：「死的人老鼻子啦！」

同一行動的多次重覆也叫「老」，意即老是（總是、一直是），如唐‧杜甫《述懷》詩：「漢運初中興，生平老耽酒。」「老耽酒」謂總是沉溺於酒也。又弟兄排行，亦多用「老」字，如巴金《憩園》五：「楊家四兄弟，老大死了幾年，其餘三個好像都在省裏，老二、老四做生意相當賺錢，老三素來不務正業，是個出名的敗家子。」還有把話說死，不留餘地，也叫「老」，如《紅樓夢》第六十回：「倘若說些話駁了，那時候老了，倒難再回轉。」反覆多次

添水熬煮肉湯，今北京、天津等地把這類湯就叫做「老湯」。死心眼的人，北京話呼做「老蹩兒」。又「老」字也是尊敬之詞，如《禮記・大學》：「上老老而民興孝。」注：「老老，謂尊老。」《孟子・梁惠王上》：「老吾老，以及人之老。」注：「老，猶敬也。」又文字練達、剛勁，亦謂之「老」。如唐・杜甫《奉漢中王手札》詩：「枚乘文章老，河間禮樂存。」宋・徐積《崔秀才唱和》詩：「子美骨格老，太白文采奇。」「老」還有根基深遠之意，如把原籍稱「老家」，歸部稱「老營」是也。

釋「大」

（一）

元・鄭廷玉《看錢奴》一〔六幺序・幺篇〕：「似這等待窮民肚量些兒大，則你那酸寒乞儉，怎消得富貴榮華？」

明・徐渭《雌木蘭》一〔寄生草・幺〕白：「（木：）娘，爺該從軍，怎麼不去？（娘：）他老了，怎麼去得？（木：）妹子、兄弟，也就去不得了？（娘：）你瘋了！他兩個多大的人，去得？」

以上「大」字，細玩曲意內涵，所謂「大」，實言「小」也。例一「肚量些兒大」，意即肚量小。例二「多大的人」，也是說年紀還小。這都是修辭學上反其意而用的實例。

（二）

元・馬致遠《漢宮秋》一、白：「爭奈他本是莊農人家，無大錢財。」

明・徐渭《女狀元》五〔鮑老催〕：「那小姐呵，我從前哺乳他三年大，休說道在家止許我陪他，就路途中誰許個男兒帶？」

以上兩「大」字，均為「多」的意思。例一「無大錢財」，謂無多錢財也。例二「三年大」，謂三年多也。此用法亦見之小說，如《清平山堂話本・快嘴李翠蓮記》：「打緊他公公難理會，不比等閒的；婆婆又兜答，人家又大，伯伯、姆姆，手下許多人，如何是好？」「人家又大」，言人口又多也。《二刻拍案驚奇》卷十六：「你道為何？只因陳祈也有好大家事。」「好大家事」，謂好多家產也。其實，「大」、「多」互訓不始自近代戲曲小說，古已見之，如《呂氏春秋・知度》：「為人主而數窮於其下，將何以君人乎？窮而不知其窮，其患又

將反以自多。」高誘注:「多,大。」《史記‧五帝本紀》:「萬國和,而鬼神山川封禪與爲多焉。」司馬貞索隱:「多,猶大也。」

（三）

> 元‧關漢卿《拜月亭》二〔梁州〕:「怕不大傾心吐膽、盡筋竭力把個牙推請,則怕小處盡是打當。」

> 同劇三〔滾繡球〕白:「阿也!是敢大較些去也。」

> 元‧紀君祥《趙氏孤兒》二〔紅芍藥〕:「我怕不大盛活一日顯威風,難熬得暮鼓晨鐘。」

以上各「大」字,皆用如「待」。例一、例三「怕不大」,猶「怕不待」。例二「敢大」猶「敢待」,待者,欲也,要也。「怕不大」,豈不欲、豈不要也。「敢待」,就要或曰將會也。元刊本中的「大」字,在全校本中（如鄭騫《校訂元刊雜劇三十種》、徐沁君《新校元刊雜劇三十種》等）均有所校改,但也有遺漏。我認爲可不改,改了反失古籍原貌。因爲:大,讀作 dài,用同「待」,亦用同「代」,如敦煌變文《李陵變文》:「陵家歷大爲軍將,世世從軍爲國征。」「歷大」即歷代也。又明‧胡震亨《唐代癸籤‧卷十四‧樂通三‧散樂》:「大面,一名『代面』,出北齊蘭陵王長恭,膽勇善戰,以其顏貌無威,每入陣即著面具,後乃百戰百勝。」皆是。

（四）

> 元‧關漢卿《拜月亭》三〔滾繡球〕白:「梅香,安排香桌兒,我大燒炷夜香咱。」

以上「大」字,亦用同「待」,此謂等待、等候,與前項（三）義別。敦煌變文《難陀出家緣起》:「何處愚夫至此,輒來認我爲妻,不如聞早卻回,莫大此時挫辱。」「莫待」,莫等待也,與曲例義同。

（五）

> 元‧鄭光祖《倩女離魂》三〔上小樓‧么篇〕:「空疑惑了大一會,恰分明這搭裏。俺淘寫相思,敘問寒溫,訴說眞實。」

以上「大」字,意謂長也;「好大一會」,猶云好長一會也。「大」在這裏,用來表示時間的長度。這種用法早見之古代,如《呂氏春秋‧愼大》:「江河之大也。」高誘注:「大,長也」。《爾雅‧釋器》:「珪大尺二寸謂之玠,璋大八寸謂之琡,璧大六寸謂之宣。」意言珪長一尺二寸叫做玠,璋長八寸叫做琡,

璧長六寸叫做宣。按：珪、璋、璧，皆玉屬，郝懿行義疏云：「珪、璋、璧三者所以起度也。」

（六）

> 元‧武漢臣《老生兒》三〔紫花兒序〕白：「（正末云：）這裏也拜拜……（卜兒云：）是引孫的父母。老的，你差了也。他是咱的小，咱是他的大，我怎麼拜他？（正末云：）他活時節是咱的小，他今死了，也道的個生時了了，死後爲神。」

以上「大」字，意謂長輩。《清平山堂話本‧快嘴李翠蓮記》：「婆婆休得要水性，做大不尊小不敬。」亦其例也。

（七）

> 明‧康海散套《粉蝶兒‧賀登科》：「棟梁材自有非常用，好保護萬歲千年大一統。」

「大」在這裏有尊敬、重視之義。「一統」者，統一天下也。「一統」前冠以「大」字，尊而重之也。《公羊傳‧隱公元年》：「何言乎王正月，大一統也。」徐彥疏：「王者受命，制正月以統天下，令萬物無不一一皆奉之以爲始，故言大一統也。」清‧嚴復《論事變之亟》：「是故《春秋》大一統。大一統者，平爭之大局也。」推而言之，凡用「大」字冠以名物之上，如大唐、大宋、大明、大清、大人、大著、大札等，皆有尊敬、重視之義。

除在戲曲作品中「大」字有上列各解外，還有稱爹爲「大」者，如明‧沈榜《宛署雜記》「方言」：「父曰爹，又曰別，又曰大。」《濟寧縣志》卷四：「大，父也，亦有稱達者，疑爹的轉音。」《金瓶梅》第三十回、《歧路燈》第三回、今人杜鵬程《延安人》等小說中，也都記錄著稱爹爲「大」的習俗。亦有稱叔伯爲「大」者，如歐陽山《高干大》：「他的二大羅生旺，就是現今的鄉長，三大是個抗日戰士……四大叫羅志旺。」還有呼姊爲「大」的，如沈赤然《寄傲軒隨筆》云：「湖州人呼姊爲大。」還有把「大」指稱妖精的，如《西遊記》第七回：「行者笑道：『師父放心，沒大事。想是這裏有便有幾個妖精，只是這裏人膽小，把他就說成許多人、許多大，所以自驚自怪。有我哩！」前云「妖精」，後云「大」，便是證明。「大」還有居住的意思，如《湖就姑曲》云：「湖就赤山磯，大姑大湖東，仲姑居湖西。」「大」、「居」互文爲義，是「大」猶「居」也。「大」亦猶「廣」也，《詩‧魯頌‧泮水》：「元龜象齒，大賂南金。」箋：「大，猶廣也。」「大賂南金」，意即廣賂南金。南

金者，南方出產的黃金也。又凡「老」者皆曰「大」，《爾雅·釋木》：「大而皵楸。」郝懿行義疏：「老而皮粗皵（què）者為楸。」此乃呼樹老為大。對人而言，如口語常說：「年歲大了。」「大了」意即老了。「大」也作讚美講，如《論語·八佾》：「林放問禮之本。子曰：『大哉問。』」朱熹集注：「孔子以時方逐末，而放獨有志於本，故大其問。」「大其問」，謂讚美林放的提問也。《史記·匈奴列傳》：「昔齊襄公復九世之仇，《春秋》大之。」「大之」，即謂讚美之。《新五代史·一行傳·鄭遨傳附張薦明》：「（後晉）高祖大其言，延入內殿講《道德經》，拜以為師。」「大其言」，謂稱讚他的言論。六朝樂府《大子夜歌》，意即讚美《子夜歌》也。詩三百篇有《大叔于田》，意即讚美《叔于田》也。舊時讀「大」為「太」，誤為「太叔」，連為一名詞，不知「大」字在這裏係作動詞同也。也有作甚詞用的，「大」，猶「太」也，如《玉嬌梨》第十二回：「這蘇友白明明是個少年風流才子無疑矣；轉遭疏失，今不知飄零何處，大可恨耳！」「大可恨」，太可恨也。有時「大」也作「厚」講，如老舍《老張的哲學》十二：「姑娘，你可真臉大，敢說愛他！」「臉大」，即謂臉皮厚，不知羞恥也。「錢」也稱作「大」，如楊振聲《報復》：「在漁家的日月，春天的漁市一過，各人腰包裏都有幾個大。」再如孫犁《風雲初記》：「我一個大也不給你。」有時也形容粗為「大」，如漢·司馬相如《上林賦》：「欃檀木蘭，豫章女貞，長千仞，大連抱。」《後漢書·光武帝紀上》：「時有長人巨無霸，長一丈，大十圍。」兩例皆以長指高，以「大」指粗。但此「粗」字乃指粗細之「粗」，非粗糙之「粗（不細密）」。以「大」指粗糙之「粗」的例子也有，如《莊子·山木》：「莊子衣大布而補之。」疏曰：「大布，猶粗布也。莊子家貧，以粗布為服而補之也。」驕傲自滿亦稱「大」，如《國語·魯語下》：「閔馬父笑，景伯問之，對曰：『笑吾子之大也。』」韋昭注；「謂驕滿也。」今常云「驕傲自大」，把「驕傲」與「自大」連文，亦其證也。還有誇張、誇大亦曰「大」，如《禮記·表記》：「是故君子不自大其事，不自尚其功。」孔穎達疏：「大，謂誇大。」又「大」、「尚」互文為義，皆可證。今黑社會頭子或盜匪首領，亦曰「大」，通稱大當家的。還有「再」的意思，如云「大前天」、「大後天」，即再前天、再後天也。如把「大」字用在時間或節氣之前，則表示強調，如云「大熱天」、「大冷天」、「大年初一」、「大禮拜天」等等，不及備舉。

（原載於《燕趙學術》2012 年春之卷）